내가 싸우는 이유 1

내가 싸우는 이유 1

발행일   2021년 5월 3일

지은이   박대한
펴낸이   손형국
펴낸곳   (주)북랩
편집인   선일영   편집   정두철, 윤성아, 배진용, 김현아, 박준
디자인   이현수, 한수희, 김민하, 김윤주, 허지혜   제작   박기성, 황동현, 구성우, 권태련
마케팅   김회란, 박진관
출판등록 2004. 12. 1(제2012-000051호)
주소   서울특별시 금천구 가산디지털 1로 168, 우림라이온스밸리 B동 B113~114호, C동 B101호
홈페이지 www.book.co.kr
전화번호 (02)2026-5777   팩스   (02)2026-5747

ISBN   979-11-6539-742-5 04810 (종이책)   979-11-6539-744-9 05810 (전자책)
          979-11-6539-743-2 04810 (세트)

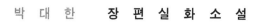

박대한 장편실화소설

내가 싸우는 이유 ①

궁핍과 결핍, 억압과 반항 속에서
강하고 곧은 영웅이 탄생한다!

북랩 book Lab

작가의 말

우리는 누구나 타고난 저마다의 쓰임을 가지고 살아갑니다. 하지만 삶의 길에서 만나는 인연과 상황은 무시로 우리의 쓰임과 가치(價値)를 잊고 살게 강요하기도 합니다. 제5공화국이 출범했던 1981년의 한국사회는 혼돈과 격랑의 세대였습니다. 2년여의 계엄령과 군사정권의 출범은 민주화(民主化)의 대한 열망(熱望)을 조금씩 잉태하고 있었고 그해 11월에는 86아시안게임과 88서울올림픽의 열망을 안고 올림픽조직위원회가 출범하기도 하였습니다. 어둠과 희망, 강권과 열망이 혼재하는 혼돈의 시기, 충남 논산에서 2남 1녀의 장남으로 태어난 저는 시대만큼이나 굴곡진 삶을 온몸으로 견뎌내며 살아야 했습니다.

조부모와 부모 세대를 이으며 급격히 가세가 기울어 어린 시절을 궁핍함 속에 살아야 했고 전형적인 가부장적 엄친의 훈육은 방황 속에 청소년기를 보내야 하는 이유가 되었습니다. 하지만 이런 어려움 속에서도 나를 지켜준 것은 정의(正義)에 대한 믿음이었습니다. 엄친의 지엄함이 더러는 번민(煩悶)의 원인이 되기도 하였지만 꼿꼿한 모습으로 격랑의 시대를 살아가는 엄친의 모습은 보는 것만으로도 인의예지(仁義禮智)와 정의(正義)의 가르침을 어린 가슴에 깊이 각인시켜 주었습니다.

인의예지(仁義禮智)는 내가 세상을 살아가는 인간 된 도리(道理)였으며, 정의(正義)는 내가 세상과 맞서 싸우는 명분이었습니다. 사람이 해야 할 도리를 알고 하늘의 명을 실천하며 어떠한 상황에도 불의와 타협하지 않는 것. 이것이 곧 제가 살아가는 저 나름의 원칙이었으며 지금까지도 저를 지켜주고 있는 힘의 원천입니다.

정의(正義)는 누구에게나 공정(公正)하고 올바르며 사람 사는 세상의 도리(道理)와도 합치해야 합니다. 만일 누군가의 정의가 다른 누군가에게는 공정하지도, 올바르지도, 세상의 도리에도 부합하지 않는다면 그 정의는 폭압이 될 수 있습니다.

서른 즈음의 저는 정의의 훼손과 세상의 불공정에 몸부림치기 시작하였습니다. 주먹 하나로 세상과 맞서며, 조직의 일원으로 거친 삶을 살아가던 저는 무너져가는 세상의 정의에 맞서고자 정치인의 삶을 살기로 결심했고 거침없이 정치계에 첫발을 내디뎠습니다. 비록 낙선이라는 결과에 고개를 숙여야 했지만 정의와 공정의 가치를 세우고자 하는 저의 여정은 아직도 끝나지 않았습니다.

오늘 세상 밖으로 나서는 저의 소설 〈내가 싸우는 이유〉는 제가 살았고 지금도 살고 있으며 앞으로도 살아가야 할 제 삶에 정의(正義)의 진정한 가치(價値)가 무엇인지를 묻고자 합니다. 그뿐만 아니라, 우리와 함께 같은 시대를 살아가고 있는 모든 사람들에게 그들의 정의(正義)는 무엇이며, 이 시대의 정의(正義)는 무엇이어야 하는지를 생각하게 하고자 합니다.

〈내가 싸우는 이유〉는 저의 지난날과 나만의 정의를 다시금 돌아보게 하는 계기가 되었습니다. 저의 진솔한 마음을 담은 이야기와 함께 독자 여러분의 정의(正義)의 의미(意味)를 되새겨보는 계기가 되기를 희망합니다.

박대한 드림

시의원 출마
(떳떳한 패배)

만 28세 젊은이의 시의원 출마는 이를 지켜보는 이들에게는 무모하게 보일 수도 있는 일이었다. 더구나 자신이 나고 자란 고향에서 출마하는 것이 아니라 성년이 되어 이주하고 새롭게 터전을 마련하기 시작한 곳에서의 출마였기 때문에 보는 사람들에게는 더더욱 무모하고 어리석은 도전으로 보일 수밖에 없었을지도 모른다. 이제 막 만 28세가 된 박대한은 창룡시 선거관리위원회를 찾아가 시의원 예비후보 등록을 마치고 본격적인 선거 운동을 시작한다. 창룡시 관내에서 최연소 시의원 예비후보인 대한은 젊은 이미지와 성실함을 앞세워 유권자들의 많은 지지와 호응을 얻고 있었다.

대한은 시의원 선거에 출마하기로 결심한 순간부터 자신과의 외로운 싸움을 시작하기로 한다. 대한은 매일 창룡시 시민들이 출퇴근하는 시간에 맞춰 똑같은 장소, 똑같은 시간에 하루의 선거운동

을 시작하고 마무리하기로 한 것이다. 창룡시 암사면 입구 삼거리
는 창룡 시민들이 가장 많이 오가는 곳이다. 대한은 눈을 뜰 수
없을 만큼 눈보라가 치는 날에도, 비바람에 온몸이 흠뻑 젖는 날
에도 사거리를 지나는 시민들을 향해 정중히 묵례를 드리는 선거
운동을 단 하루도 쉬지 않았다.

　대한의 출근길 인사로 시작하는 선거운동에는 그가 생각한 남
다른 의미가 있었다. 그 첫 번째 의미는, 하루의 첫 시작을 지역주
민들을 향한 인사로 시작하며 지금까지와는 다른 새 삶을 시작하
겠다는 각오를 다지는 것이다. 두 번째 의미는 이제 막 인생의 아
침을 열기 시작한 젊은이들에게 미래에 대한 꿈과 희망을 주는 것
이다. 무엇보다 중요한 세 번째의 의미는 새벽길 시민들에게 정중
하게 인사하며 아침을 맞는 아버지의 모습을 보며 두 딸들이 세상
에 대한 겸손을 깨우치고 아버지를 자랑스럽게 여기는 마음을 알
게 해주는 것이었다.

　대한이 단 하루도 거르지 않고 매일 아침저녁 한결같은 모습으
로 출퇴근길 시민들에게 묵례로 출퇴근 인사를 드리기 시작한 지
두어 달의 시간이 흐르자 조금씩 시민들에게서 변화의 모습이 보
이기 시작했다. 차창을 열어 반갑게 손을 흔들어 주는 사람, 차에
서 내려 악수를 청하는 사람, 지나던 길을 멈추고 격려의 인사를
건네는 사람들 그들의 숫자가 점차 늘어나기 시작한 것이다. 사실
아직 서른의 나이도 지나지 않은, 그것도 창룡시 지역 출신이 아니
라 타지역에서 이주해 온 이방인인 대한이 지역색이 절대적인 영향

력을 미치게 되는 지역구에 출마해서 당선되기란 절대 쉽지 않은 상황이다. 그것도 이번이 정치 신인인 대한이 시의원 후보로서 첫 출마 했다는 것을 생각한다면 당선 가능성은 거의 없다고 보아야 할 상황이었다. 하지만 대한은 특유의 끈기와 성실성으로 새벽부터 늦은 저녁 시간까지 촌음을 아껴가며 지역 주민들을 찾아다녔고, 함께 출마한 다른 후보들이 지쳐 잠들었을 시간에도 시민들의 목소리를 듣기 위해 민의의 현장 곳곳을 발로 누비며 성실하고 모범적인 선거운동을 계속하였다.

5월이 되자 대한이 소속된 정당에서 공천심사가 있었다. 기대했던 것처럼, 소속 정당의 공천심사위원회에서는 대한의 성실성과 지역민의 반응을 확인하고 대한에게 기호3-가 번의 공천을 확정함으로써 대한의 창룡시 시의원 출마가 공식화되었다.

매주 화요일은 창룡시 관내에 전통장이 서는 날이다. 이날은 지역주민들을 가장 많이 모이는 날이어서 지방선거에 출마한 각 당의 시의원 후보들에게는 자신을 홍보할 수 있는 최고의 선거운동일이 되는 날이었다. 그래서인지 장마당에 모여든 장사꾼들과 시민들 사이로 창룡시 선거 출마자들과 선거운동원들이 모두 모여 선거운동에 여념이 없었다. 장마당이 서는 날이면 늘 있는 각설이 품바공연의 요란한 북, 장구 소리도 선거운동원들의 출마변에 묻힐 지경이었으며, 장마당 바닥에는 선거에 출마한 후보들이 시민들에게 건넸던 명함들이 어지럽게 바닥에 나뒹굴고 있었다.

그 시각 어린이집에서의 하루를 마친 대한의 큰딸 여진과 작은 딸 여랑이 두 손을 꼭 잡고 집을 향해 걸어가고 있었다. 어지러운 장마당을 지날 무렵, 대한의 큰딸 여진이 바닥에 떨어진 아빠의 명함을 우연히 보게 된다.

여진 - 어? 이거 우리 아빠 사진인데! 이게 왜 더러운 땅바닥에 떨어져 있지?

여랑 - 언니! 저기에도 아빠 사진이 땅바닥에 많이 떨어져 있는데?

바닥에 떨어진 대한의 선거명함이 사람들의 발에 밟히는 것이 속상하다는 듯이 대한의 큰 딸 여진이 얼굴을 찡그린다.

여진 - 여랑아! 이거 줍자! 사람들이 아빠 얼굴을 밟고 있잖아! 아빠가 아프겠다. 어서 주워!

여랑 - 응! 알았어. 언니! 빨리 줍자!

대한의 두 딸들이 아빠의 사진이 지나는 사람들의 발에 밟힐까 안타까워하며 고사리 같은 손으로 정신없이 선거명함을 줍고 있는 모습을 백발이 성성한 촌로가 지긋이 미소를 지으며 유심히 바라본다. 얼마나 지났을까? 대한의 어린 두 딸은 선거명함을 주워 서둘러 집으로 향한다. 하지만 여전히 바닥에 떨어져 있는 아빠의 얼굴이 사람들의 발에 밟히고 있는 것이 못내 속상하다는 듯이 두 딸의 눈에는 어느새 눈물이 그렁그렁하다.

장마당 허름한 식당 한구석, 대한의 두 딸들이 바닥에 떨어진 대한의 명함을 줍는 모습을 흐뭇하게 지켜보았던 백발노인이 홀로 앉아 막걸리를 마시고 있다. 이때 대한이 선거 홍보를 위해 식당 안으로 들어선다. 대한은 식당 안을 휘 둘러보고는 막걸리를 마시고 있는 백발노인에게 다가가 정중하게 인사를 드리며 명함을 건넨다. 명함을 받아 든 백발노인이 대한과 선거명함을 번갈아 살펴보더니 갑자기 일어나며 악수를 청한다. 노인의 갑작스런 악수 요청에 대한이 옷매무새를 가다듬으며 다시 한번 정중히 인사를 한다.

백발노인 - 저기 박 후보님! 잠시 앉아서 내 잔 한 잔 받을 수 있겠어요?

대한 - 아~ 네! 그럼요. 어르신이 주시는 잔이라면 감사히 받아야지요! 그럼 제가 먼저 한 잔 올리겠습니다!

대한이 빈 잔을 들어 백발노인에게 막걸리 한 잔을 가득 따라드린다. 단숨에 잔을 비운 백발노인이 대한에게 잔을 되돌려주고는 잔에 가득 막걸리를 채운다. 대한이 고개를 돌리고 단숨에 벌컥 잔을 비운다. 그런데 어쩐 일인지 백발노인은 잔을 비운 대한의 빈 잔에 연거푸 막걸리를 채워주며 대한의 조부에 대해 묻기 시작한다.

백발노인 - 혹시 산내면 향수리 박정도 씨 손자 아닌가요?

대한 - 네. 박 정자 도자가 저의 조부님 함자십니다. 저의 조부님을 아시나요?

백발노인 - 허허허! 그렇지? 그랬구먼! 역시나 그랬어! 자네가 동진(대한의 부)이 아들이었어! 그러고 보니 자네 부친 동진이하고 아주 판박이구먼 그려! 척 보기만 해도 알겠어!

대한 - 제 부친도 아세요? 그런 말씀은 많이 들었습니다. 제가 아버지를 많이 닮았다고들 하세요. 제가 아들이니까 당연히 아버지를 닮았겠지요. 어르신~ 하하하!

백발노인 - 내가 누구냐 하면, 자네의 조부 박정도 형님께 아주 큰 은혜를 입은 사람이야!. 내가 아주 어렵게 지내던 시절에 자네 조부님께서 잘 돌봐주신 덕에 지금 이렇게 잘살고 있게 된 것이여!

대한은 선거운동을 하다가 우연히 만난 백발노인에게서 돌아가신 조부님과의 일화를 들을 수 있었다. 백발노인의 말에 의하면, 1960년대쯤 대한의 조부는 '산내면 향수리'라는 마을에 살고 있었는데, 그 지역에 사는 이는 대한의 조부 땅을 밟지 않고는 지날 수 없을 정도로 천석꾼 부자였다고 하였다. 대문이 동서남북으로 크게 나 있는 대저택에는 곳간마다 쌀이 가득가득 넘쳐났으며 당시로써는 보기도 어려웠던 미국산 지프차를 두 대나 보유하고 있을 정도로 대단한 부자였다는 것이다. 그때 당시 젊은 백발노인은 형편이 어려워 집도 없이 동가식서가숙하는 떠돌이 생활을 하면서 근근이 끼니를 걱정하는 처지였다고 한다. 그러던 어느 날, 젊은 백발노인의 아내가 임신하게 되었고 배가 불러오기 시작했지만 오갈 곳이 없었던 이들 부부는 어쩔 수 없이 비와 바람을 피해서 움집과 동굴에서 지내고 있었다고 한다. 그러던 중 젊은 백발노인과 부인이 대한의 조부 집에 잡일을 하려고 함께 갔었는데 이들 부부의 처지를 딱하게 여긴 대한의 조부가 사랑채를 내어주고는 먹을 음식과 아궁이에 불까지 지펴주며 그들에게 거처를 마련해 주었고, 이듬해가 되어 젊은 백발노인 부부가 출산하자 대한의 조부는 젊은 백발노인 아내가 몸조리를 마칠 때까지 돌보아 주었으며, 봄이 되자 건넛마을에 자그마한 집 한 채와 쌀 한 가마니를 마련해 주며 기거할 수 있게 도와주었다고 한다. 피죽도 못 끓여 먹던 배고픈 시절 대한의 조부 도움이 아니었더라면 젊은 시절 백발노인은 살아갈 희망이 없었다고 했다. 대한의 조부 도움으로 이들 부부는 더욱 열심히 일하여 자수성가하였고, 몇 년이 지난 후 은혜를 갚기 위해 대한의 조부 댁으로 찾아갔지만 어찌 된 영문인지 대한의 조부는 가문이 몰락해 결국 대한의 조부를 만날 수는 없었다고 한다. 이후에도 백발노인은 대한의 조부 소식을 알기 위해 백방으로 수소문했지만 도무지 소식을 알 수가 없었다고 했다.

당시 갑자기 가세가 기운 대한의 조부는 일가를 데리고 산내면 향수리를 떠나 청산 김씨 집성촌인 임수리라는 부락으로 거지꼴이 되어 쫓기듯 이사를 했었다. 열셋의 나이였던 대한의 부친 동진은 서울에 있는 친척 집에서 잠시 지내다 눈이 펑펑 내리는 추운 겨울 어느 날 집으로 돌아왔지만 대한의 조부 일가는 이미 이사를 가고 난 뒤였다. 영문을 몰라 당황한 열세 살 어린 나이의 대한의 부친 동진은 문을 열고 나오는 낯선 아주머니로부터 대강의 소식을 듣고는 어쩔 줄 몰라 하다가 한 시간이나 되는 눈길을 걸어 이웃 마을에 살고 있는 이모님 댁을 찾았고, 이모님 댁 앞에 도착한 대한의 부친은 절망감으로 하염없이 대문을 바라보다 한숨을 크게 내어 쉬고는 이모님을 부르며 대문을 두드렸다. 문밖에서 부르는 조카(동진)의 목소리를 들은 이모님은 신발도 신을 겨를도 없이 버선발로 뛰쳐나와 대한의 부친을 맞아들이고는 꽁꽁 얼어붙은 조카의 손을 부여잡고 하염없이 눈물을 흘렸다.

이모님으로부터 자초지종을 전해 들은 대한의 부친은 뜬눈으로 밤을 새우고 아침 식사를 먹는 둥 마는 둥 한 후에 이모부와 이모님께 큰절을 올리고는 이모님이 알려 준 부모가 계신 거처를 찾아 한 시간이 넘는 눈길을 걸었다. 대한의 부친 동진은 부모님이 계신 거처를 찾았지만 그곳은 사람이 사는 곳이라고는 할 수 없을 정도로 낡고 허물어져 다 쓰러져가는 폐가였다. 대한의 부친은 폐가나 다름없는 그곳에서 할머니(대한의 증조모)까지 모시며 7남매와 함께 지내고 있는 서글픈 상황이었으며, 그는 이 절망적인 모습에 홀로 눈물을 삼킬 수밖에 없었다. 저녁 무렵이 되자 대한의 조부는 몸을 가누지도 못할 정도로 만취한 채로 귀가하였고 대한의 부친은 눈이 쌓인 마당으로 맨발로 뛰어나와 부친(대한의 조부)을 맞으며 큰절을 올렸다. 오랜만에 상봉한 대한의 조부와 대한의 부친은 감정에 복받쳐 한참을 얼싸안은 채로 눈물을 흘렸고 이를 지켜보는 가족들도 함께 대성통곡을 하는 통에 집안은 온통 눈물바다가 되었다.

대한의 부친과 가족들이 청산 김씨 집성촌 마을로 이주한 후 초기에는 마을 주민들로부터 철저하게 이방인 취급을 받았다. 하지만 본성이 착한 대한의 부친 일가는 청산 김씨 집성촌 주민들의 지역 텃세에도 아랑곳하지 않고 정도를 지키며 성실하고 겸손하게 생활하며 지역민들과의 친분을 쌓기 위해 노력하였다. 그렇게 몇 년이 지나고 약간의 재원이 마련되자 대한의 부친은 대한의 조부와 함께 폐가를 허물고 새로 집을 지었으나 오랜 궁핍한 생활로 인해 지병을 얻은 대한의 조부는 집을 지은 뒤 몇 년이 채 지나지 않아 일찍 명을 달리하였다.

삼일장으로 장례를 치르고 발인하던 날, 대한의 부친이 살고 있던 임수리 마을 사람들이 상여를 메고 대한의 조부가 살았던 고향 향수리 인근에 들어서자 대한의 조부가 운명했다는 비보를 전해 들은 향수리 마을 사람들이 상여 앞을 막아서며 몰려들어 대성통곡을 하였다.

향수리 주민1 - 아이고 아까운 사람, 이리 가면 어찌하나?

향수리 주민2 - 이제야 자네에게 지은 신세를 갚으러 찾아왔건만 이리 먼저 가면 어찌하는가 무정한 사람아!

향수리 주민3 - 아이고 어르신! 이런 청천벽력이 어디 있답니까?

향수리 주민4 - 어르신! 어찌 그리 먼저 가십니까? 부디 극락왕생하세요.

향수리 주민들 - 아이고~ 아이고~

상여 앞에 엎드려 오열하는 대한의 조부 고향 사람들의 곡소리가 온 향수리 마을 곳곳에 울려퍼졌고, 장지로 향하던 상여는 앞을 막아선 향수리 주민들 때문에 노상에서 멈추어버렸다. 대한의 조부 고향인 향수리 마을 사람들은 대한의 조부가 가는 마지막 길을 자신이 함께하겠노라며 서로 상여를 메려고 했고, 상여를 멜 순서를 정하느라고 실랑이가 벌어지기도 하였다. 상여를 메고 온 임수리 마을 사람들은 이 광경을 지켜보며 이것이 도대체 무슨 영문인지를 몰라 어리둥절할 수밖에 없었다.

임수리 주민1 - 아니 죽은 박씨 집안이 대체 어떤 가문이기에 온통 이리 난리랴?

임수리 주민2 - 그러니 말일세. 듣자 하니 여기 향수리에서는 엄청난 호인이셨다는구만.

임수리 주민3 - 내 살다 살다, 가족이 죽은 것도 아닌데 저렇게 통곡을 하는 것은 생전 처음이여.

임수리 주민4 - 이쪽 동네 사람들 얘기가 향수리에서는 제일 큰 부자였다는구만.

임수리 주민5 - 으메~ 박 씨네가 그렇게 큰 부자였디야?

임수리 주민2 - 그러믄 그렇지! 우리 동네에 처음 이사 왔을 때부터 보통사람은 아닌 거 같더니만 역시나 그랬구먼.

임수리 주민1 - 저기 좀 봐 봐! 상여를 들어줄 사람들이 저렇게 많은 건 내 살다 살다 처음 본다니께. 거 참!

임수리 주민3 - 박 씨 어르신, 좋은 일 많이 하셨으니까 천당에 가시겠어.

대한의 조부 상여는 고인의 고향 향수리 마을 사람들이 건네받아 순서를 정하고 삼십 보씩 돌아가며 메었다. 드디어 상여가 향수리 박씨 선산에 도착해 하관이 시작되자 가족들과 대한의 조부 고향 사람들의 통곡 소리가 온 마을을 뒤덮었고 그렇게 대한의 조부는 고향인 향수리 박씨 선산에서 인생을 마감하였다.

　장례식이 끝난 후에도 대한의 부친 집에는 고인(대한의 조부)의 안타까운 별세 소식을 뒤늦게 전해 들은 지인들의 조문 행렬이 몇 날 며칠을 계속 이어졌다. 장례식이 끝나고 난 이후로는 대한의 가족을 이방인 취급하며 텃세를 부리던 임수리 청산 김씨 주민들도 대한의 가족에게 마음을 열기 시작했다.

　선거운동을 하던 장마당에서 우연히 만난 백발노인으로부터 대한의 조부와 부친의 일가에 대한 과거사를 처음으로 듣게 된 대한은 울컥해진 심정을 감추려 백발노인이 따라 준 막걸릿잔을 '벌컥벌컥' 들이킨다.

　　대한 - 저기 어르신! 제 할아버지의 이야기를 어르신을 통해서 오늘 처음 들었습니다! 이렇게 할아버지의 옛 지인분을 뵐 수 있어서 너무나 반갑고 감사했습니다! 제 할아버님을 기억해 주셔서 정말 감사합니다! 앞으로도 건강하게 오래오래 사세요!

　　백발노인 - 그려! 말이라도 고맙구먼! 박 후보 자네는 돌아가신 할아버지가 쌓으신 공덕으로 뭐든 다 잘될 걸세! 절대 포기하지 말고 힘내게!

　　대한 - 네! 어르신 명심하겠습니다. 그럼 저는 먼저 일어날게요!

　식당에서 인사를 하고 밖으로 나온 대한은 백발노인으로부터 돌아가신 할아버지의 이야기를 듣고 몹시 울컥했는지 그길로 선거운동을 마치고 곧장 집으로 향했다. 울적한 마음으로 집에 돌아온 대한은 거실 테이블 위에 어지럽게 놓인 자신의 흙 묻은 선거 홍보

명함을 본다. 어찌 된 영문인지 궁금해진 대한이 두 딸을 부른다.

대한 - 여진아! 이리와 봐!

여진 - 네! 아빠! 왜요?

대한 - 이거, 아빠 선거홍보 명함이 왜 이렇게 된 거야? 누가 이렇게 했어?

여진 - 아까 낮에 유치원에서 여랑이하고 집으로 오는데 아빠 사진이 시장에 떨어져 있었어요! 흙도 많이 묻고 사람들이 막 밟고 그러기에 여랑이하고 둘이 주어왔어요!

여랑 - 아빠! 저도 언니랑 같이 주었어요. 잘했죠?

조부의 일로 한껏 마음이 울컥해졌던 대한은 어린 두 딸의 대답을 듣고 가슴이 뭉클해지며 눈시울이 붉어졌지만 딸들 앞에서 눈물을 보이고 싶지 않았다. 그가 흐르는 눈물을 애써 감추며 큰딸 여진이와 둘째 딸 여랑이를 꼭 안아준다.

대한 - 그래 우리 딸! 최고야 최고! 잘했어! 여진이! 여랑이! 고마워!

다음 날, 대한은 선거사무장인 이필선과 회계책임자 신지영을 불러 선거사무소를 개소하기 위해 필요한 몇 가지 업무지시를 하고 서울로 향한다. 대한이 속한 조직의 성 회장(한양파 보스)을 만나 자신이 지방선거에 출마하는 것에 대한 승낙을 받기 위함이다. 그는 서울에 도착하자마자 곧장 성 회장(한양파 보스)의 건설시행사 사무실을 찾는다. 회장실 문을 열고 들어선 대한은 성 회장에게 깊이 머리를 숙여 인사를 올리고는 대뜸 그 앞에 무릎을 꿇는다.

느닷없는 대한의 행동에 도대체 무슨 영문인지 아무것도 모르는 성 회장은 한동안 말없이 대한을 내려다보며 아무런 말도 하지 않는다. 한참의 정적이 흐르고 성 회장이 입을 연다.

성 회장 - 그래! 남자가 무릎을 꿇었을 때는 무언가 분명한 이유가 있는 법인데, 무슨 일인지 그만 일어나서 얘기해 봐!

대한 - 큰형님께서 제 뜻을 허락해 주실 때까지는 못 일어납니다!

성 회장 - 어라? 이놈 봐라! 아무런 설명도 없이 대체 이게 뭐 하는 짓이냐?

대한 - 무례인 줄은 잘 알지만 큰형님께 제 뜻을 말씀드리고, 만일 큰형님께서 제 뜻이 잘못되었다고 생각하신다면 맞아 죽을 각오로 용기 내어 이렇게 찾아뵈었습니다.

성 회장 - 그래? 대체 무슨 일인지 어디 얘기나 들어보자! 말해 봐!

대한 - 사실 이번 지방선거에 창룡시 시의원 출마를 결심하게 되었습니다! 이번 선거를 시작으로 건달이 아닌 정치인으로 새로 태어나서 지역을 위해 헌신하고 싶습니다! 큰형님께서 허락해 주셨으면 합니다!

성 회장 - 아니 이놈이 뭘 잘못 먹었나! 갑자기 건달이 무슨 정치를 한다고 시건방을 떨고 있냐? 이놈아!

대한 - 큰형님! 요즘 세상이 하루가 다르게 급변하고 있습니다. 폭력조직이라는 과거의 인식에서 탈피해서 이제는 사회에 꼭 필요한 단체로 양성화 할 때가 되었다고 생각합니다. 과거의 방식을 벗어나지 못한다면 진산 한양파는 언젠가는 무너지고 말 것입니다. 제가 건달 생활을 청산하고 지역을 위해서 일할 수 있도록 도와주십시오! 부탁드립니다!

대한의 진지하고 굳건한 의지를 그의 강렬한 눈을 통해 확인한 성 회장은 소파에서 잠시 일어나 사무실 창문 밖을 한참 동안 무심히 바라본다. 무거운 침묵이 흐른다. 성 회장이 결심한 듯 깊은 숨을 내리 쉬고는 돌아서서 무릎을 꿇고 있는 대한에게 다가가 말을 꺼냈다.

성 회장 - 그래! 네 말처럼 시대가 변한다는 것에는 나도 공감한다. 하지만 건달이 정치인으로 변신한다는 것이 생각처럼 그렇게 쉽지는 않을 것이야! 한 번 더 깊이 생각하고 다시 와라!

대한 - 큰형님께서 지금 이 자리에서 허락해 주실 때까지 저는 못 일어납니다! 출마를 반대하실 거라면 차라리 이 자리에서 저를 죽여주십시오!

성 회장 - 하~아. 이놈 참 고집 세구먼. 정말 네 목숨을 걸 만큼 정치를 하고 싶은 거냐?

대한 - 그렇습니다! 그리고 제가 꼭 건달을 해야만 큰형님을 모실 수 있는 것은 아니라고 생각합니다. 다른 방법으로도 얼마든지 보필할 수 있습니다!

성 회장 - 음… 그래? 그렇다면 네 생각을 어디 한번 얘기해 봐!

대한 - 지금까지 해 오던 것처럼, 조직원들이 술장사를 하거나 도박 또는 오락실을 운영해서 불법으로 돈을 벌던 시대는 이제 끝났습니다. 일본의 야쿠자처럼 재능과 기질 있는 인재들을 발탁해서 이끌어주고 사회적으로 양성화시켜야 합니다! 조직이 개과천선해서 공익적인 단체로 거듭나야 한다고 생각합니다.

성 회장 - 양성화? 음! 그거참 좋은 생각이구먼! 대한아! 이제 그만 일어나라!

대한 - 큰형님! 허락해 주시는 겁니까?

성 회장 - 야! 이놈아! 그럼 내 앞에서 죽을 각오로 왔다는 놈한테 어찌 반대하겠냐? 열심히 하고 네가 꿈꾸는 그 날이 오기를 응원하마! 네 선배들에게는 내가 조치해 놓을 테니 그리 알고!

대한 - 정말 감사합니다! 열심히 해 보겠습니다! 큰형님!

성 회장 - 그래! 후회하지 않도록 열심히 해 봐라. 참! 아버지는 어찌 지내시냐?

대한 - 예! 건강히 잘 계십니다!

성 회장과의 만남은 대한에게는 목숨을 건 도박과 마찬가지였다. 오랜 시간을 극도의 긴장감 속에서 무릎을 꿇은 채로 성 회장에게 자신의 소신을 끝까지 주장한 대한은 목숨을 건 설득 끝에 결국 조직의 보스인 성 회장의 허락을 받아낼 수 있었다. 오랜 시간 무릎을 꿇고 있었던 대한은 다리에 경련이 일어 잠시 일어나지 못하다가, 일어나서 성 회장에게 큰절을 올리고 다시 창룡시로 향한다.

며칠 후 대한의 선거사무소 개소식 날이다. 대한의 시의원 출마 소식을 듣고 선거사무소 개소식에 찾아 준 손님들을 반갑게 맞이하고 있었다. 얼마 지나지 않아 선거사무장 이필선의 사회로 대한의 선거사무소 개소식이 시작되었다. 내빈소개에 이어 강한남 (전) 진산시의원과 국민가수 탁영호의 축사를 시작으로 이일수 청년부장이 격려사를 이어갔다. 제일 마지막 순서는 대한의 선거사무소

개소식 인사말과 출마의 변에 이어 대한이 자신의 부모님께 큰절을 올리는 것으로 선거사무소 개소식 1부 행사의 막이 내렸다. 이어 축하 케이크가 마련되자 참석한 창룡시장, 충남도의원, 창룡시의원 후보들과 내·외빈이 함께 축하 케이크 컷팅식을 하고 기념 촬영을 하는 것으로 선거사무소 개소식의 모든 행사가 막을 내렸다.

개소식을 마치자 선거사무소에는 간단한 다과상이 마련되었다. 참석한 손님들은 대한에게 승리를 기원하는 인사를 건넸고 방송국에서 근무했던 대한의 여동생 수연은 직접 카메라를 들고서 홍보 영상을 촬영하였다. 이때 대한의 선거 승리를 기원하는 응원 메시지 인터뷰를 마친 국민가수 탁영호가 대한에게 다가온다.

탁영호(가수) - 대한아! 꼭 당선되어서 기쁜 소식 전해줘라! 누구보다 열심히 한 발 더 발로 뛰고, 알았지? 나는 여기 내려온 김에 시장님 좀 보고 갈 테니까 나는 신경 쓰지 말고 넌 개소식에 참석해주신 손님들부터 챙겨라!

대한 - 예! 선배님! 먼 길까지 직접 와주셔서 큰 힘이 되었습니다! 감사합니다!

탁영호 - 그래! 아우야! 힘내라! 파이팅!

대한의 고향 선배인 국민가수 탁영호는 바쁜 공연 일정에도 불구하고 대한의 출마 소식을 듣고 한걸음에 달려와 대한의 선거운동에 힘을 보태주었다. 이로써 대한의 시의원을 향한 공식 선거운동이 본격적으로 시작되었다. 대한이 출마한 지역 '가 선거구(도마, 암사)'에서는 4명의 시의원을 선출하게 되는데 무려 11명의 시의원 후보가 출마하여 창룡시에서는 가장 치열한 경쟁이 펼쳐지고 있었다.

자신의 고향도 아닌 곳에서 서른도 채 되지 않은 나이로 출마한 대한이 다른 후보자들에 비해 유리하다고 할 수 있는 것은 아무것도 없었다. 그만큼 대한의 시의원으로 향하는 길은 매우 험난할 수밖에 없었다. 하지만 대한은 어려움에 처하면 처할수록 더 힘을 내는 강인한 도전정신을 가지고 있었다. 출마를 결심하고 선거운동을 시작한 직후부터 궂은 날이건 좋은 날이건 가리지 않고 출·퇴근 시간에 시민들이 오고 가는 길목에 변함없이 서서 묵묵히 홀로 인사를 드리는 일을 단 하루도 거르지 않았다. 이러한 대한의 성실성이 시민들의 마음을 움직이기 시작했고, 얼마 뒤부터는 여론도 서서히 대한에게 호의적으로 변하기 시작했다. 여론조사기관에서 공식, 비공식적으로 발표한 선거 당선 가능성 예측 결과는 실로 놀라웠다. 선거 초반 대한의 지지도는 11명의 후보 중에서 낙선권인 9위에 불과했지만, 날이 지나면서 대한의 지지도가 점차 상승하더니 2차 여론조사에서는 7위로 소폭 상승하였고 투표일이 가까워지자 당선권인 2위까지 급상승하기에 이르렀다. 하지만 대한은 이러한 선거 예측 결과에도 초심을 잃지 않고 매일 아침저녁 출퇴근 인사를 하루도 거르지 않으며 지역구 이곳저곳을 발로 뛰어 유권자들의 마음을 움직이기 위해 동분서주하였다.

선거운동 기간의 약 2분의 1이 지날 무렵이었다. 창룡시 선거관리위원회에서 선거공보 책자의 배부 문제로 대한에게 한 통의 전화가 걸려온다.

선관위 직원 - 박 후보님! 여기 선거관리위원회인데요. 방금 후보님의 공보 책자를 검토해 보니까 전과 기록이 한 건 있는 것으로 되어있어서요. 이대로 선거공보 책자가 유권자에게 발송된다면 선거에 좋지 않은 영향을 미칠 수가 있거든요. 요즘 박 후보님이 선거유세를 정말 열심히 하신다고 여론이 좋으시던데, 선거공보 책자의 소명 난이 있거든요. 제 생각에는 전과 기록에 대해서 유권자분들에게 간단히 소명을 하시는 것이 좋을 것 같아요. 걱정되는 마음에 안내차 연락을 드렸어요.

대한 - 네! 고맙습니다! 스무 살 철없던 시절에 친구가 어려움에 처했다는 것을 알고 차마 부탁을 거절하지 못해 어쩔 수 없이 실수했던 일이 있었습니다. 친구로서 신의를 외면할 수 없어서 저질렀던 제 부끄러운 과거이기는 합니다만 지금은 지난날을 반성하고 새로운 사람으로 살려고 노력하고 있습니다. 그렇다고 해서 선거에서 이기기 위해 제가 했던 허물을 감추고 싶지는 않습니다. 저의 있는 모습 그대로를 시민들께 보여드리고, 시민들의 선택에 맡겨야지요!

선관위 직원 - 아! 그러시군요! 박 후보님의 뜻을 잘 알겠습니다. 그러면 후보님께서 의견 주신대로 별도의 소명 없이 발송처리 하겠습니다.

대한은 선거관리위원회 담당자의 걱정에도 불구하고 선거공보 책자에 기록되어 있는 과거의 전과 기록에 대해 아무런 소명을 하지 않았다. '혹시 이것 때문에 유권자들로부터 외면받지 않을까?'

하는 마음이 들기도 했지만 그는 과거를 속이면서까지 유권자의 선택을 받고 싶지는 않았다.

며칠 뒤 선거 공보 책자가 창룡시 유권자의 집으로 발송되자 혹시나 하고 우려했던 상황이 결국 벌어지고 말았다. 창룡시 지역주민들을 일일이 찾아다니며 선거명함을 건네고 있던 대한에게 한 여성 유권자가 다가온다.

여성 유권자 - 저기요! 박 후보님! 궁금한 것이 있는데여~ 말씀드려도 될까여?

대한 - 네! 뭐든 물어보세요~ 괜찮습니다!

여성 유권자 - 박 후보님의 선거공보 책자를 봤는데요. 혹시 과거에 무슨 일이 있으셨던 거예요?

자신의 과거를 묻는 여성 유권자의 갑작스런 질문에 내심 마음이 불편하기는 하였지만 대한은 특유의 당당한 미소를 지으며 담담하게 대답한다.

대한 - 저에 대해 이런저런 떠도는 루머가 많다는 것은 저도 들었습니다. 그중에는 물론 사실인 것도 일부 있습니다. 어린 나이에 곤경에 처한 친구의 어려움을 차마 외면할 수 없어서 어리석은 실수를 했던 적도 있었지요. 하지만 그 이후로는 저의 잘못된 과거를 반성하는 마음으로 누구보다도 성실하게 살았습니다. 저의 진심을 믿고 기회를 주신다면 창룡시를 위해 열심히 봉사하겠습니다!

대한은 자신이 과거에 저지른 잘못을 회피하거나 변명하려고 하지 않았다. 자신의 진심을 유권자에게 전하고 유권자의 판단에 자신의 정치적 운명을 맡기겠다는 순수한 마음뿐이었다. 진심어린 표정으로 호소하는 대한의 눈빛에서 진심을 읽을 수 있었던 여성 유권자는 그의 순수한 마음을 알겠다는 듯이 고개를 끄덕이고는 돌아선다.

선거공보 책자가 발송된 직후부터 그동안 대한의 성실함에 이끌려 대한의 편으로 돌아섰던 여론이 조금씩 악화되기 시작했다. 더욱이 여론조사 결과에 대해 내심 걱정을 하며 대한을 견제하고 있던 상대방 후보들이 대한에 대해 근거도 없는 흑색선전을 마구 만들어내기 시작했다. 하지만 대한은 이러한 흑색선전에도 불구하고 상대방 후보들 누구에게도 불편한 마음을 드러내지 않았으며, 자신의 선거운동원들이나 유권자들에게도 이러한 흑색선전에 맞대응하지 않도록 자제시키며 정도를 유지하고 있었다. 그에 대한 각종 흑색선전이 난무하는 가운데 13일간의 공식 선거운동 기간이 끝나고 투표 날이었다. 그는 자신의 선거운동원들과 함께 각자의 투표장에 가장 먼저 도착해 투표를 마치고 선거사무소로 돌아왔다. 대한의 선거운동원들과 지지자들은 투표를 마치고 선거사무실로 돌아오자마자 각자의 지인들에게 일일이 전화를 돌리며 투표를 독려하고 있었다. 이때 갑자기 선거사무장인 이필선에게서 다급한 전화 한 통이 걸려온다. 이필선의 목소리가 몹시 격앙되어 있었다. 이필선은 지역주민으로부터 상대방 후보 측에서 대한에 대한 흑색선전으로 의심되는 소문을 여기저기 퍼뜨리고 다닌다는 제보를 받았다는 것이다.

이필선(선거사무장) - 어떤 후보 진영의 사람들인지는 몰라도 투표소 입구에서 어떤 아주머니들이 이런저런 나쁜 이야기를 하면서 대한이 너만 빼고 찍으라고 시끄럽게 떠들면서 돌아다닌다고 하는데, 그 얘기 못 들었어? 흑색선전을 해도 어느 정도껏 해야지. 이거는 너무 심한 거 아닌가?

대한 - 그건 그렇지만, 확실하지 않은 제보를 두고 상대방 후보를 고발하거나 성급히 조치하는 것은 너무 경솔하다는 생각이 들어요! 그런 얘기가 있다고 해도 일단은 참으시고 차후에 이 문제를 다시 의논해 보시지요!

이필선(선거사무장) - 만약 이게 사실이라면 선거법 위반인데 이걸 알고도 참으란 말이여? 박 후보!

대한 - 투표소 앞에서 그 아주머니들이 아무리 저를 비방하고 떠든다고 해도 그게 유권자들의 투표에 얼마나 큰 영향을 미칠까요? 제 생각에는 유권자들은 어떤 후보에게 투표할 것인지 이미 결정해 놓은 상태라고 생각합니다. 설사 그런 흑색선전이나 비방 때문에 유권자들이 저에게 투표하지 않는다고 해도 그것 또한 하늘의 뜻이겠지요! 저는 비겁한 승자가 되기보다는 차라리 정의로운 패자가 되겠습니다!

이필선(선거사무장) - 아이고~ 속 터져! 선거판에서 무슨 정의를 따져? 무조건 이길 생각만 해야지!

분을 삭이지 못한 대한의 선거사무장 이필선은 연신 담배만 뻐끔뻐끔 피워댄다.

저녁 6시가 지나자 투표가 마감되었다. 개표 현장에 나가 있던 대한의 지역 선배 문철이 이필선 선거사무장에게 개표상황을 실시간으로 보고하기 위해 준비하고 있었다. 개표 현장에는 대한의 친구 정연과 후배 지현이의 모습도 눈에 띈다. 문철은 이들과 눈인사를 나눈 뒤 선거 개표 상황을 초조한 마음으로 마지막까지 함께 지켜본다.

대한이 출마한 창룡시의원 가 선거구(도마, 암사)에는 총 11명의 후보가 출마하였다. 이성훈(기호1-가), 김한철(기호1-나), 안현수(기호1-다), 김철수(기호2-가), 박찬호(기호2-나), 박대한(기호3-가), 민봉헌(기호3-나), 최윤선(기호7-가), 이상용(기호7-나), 주진호(기호7-다), 이규철(기호8) 이었다. 드디어 부재자 투표함을 시작으로 개표가 시작되었고 개표 초반 대한은 하위권을 맴돌고 있었다. 부재자 투표함에 대한 개표가 끝나고 이어서 도마면 지역의 개표가 시작되었다. 그러자 갑자기 대한의 득표율이 급상승하기 시작하였고 이를 지켜보는 개표장에는 긴장감이 맴돌기 시작한다.

정연 - 이야~ 지금 분위기로 계속 간다면 대한이 당선될 것 같은데! 안 그래?

지현 - 우와! 진짜 대단한데요? 대한 형이 현재 1등이에요!

문철 - 근데 표 차이가 아직 얼마 나지 않아서 끝까지 지켜봐야 할 것 같은디?

도마면 개표가 거의 막바지에 이르고 있는 가운데 선두를 달리고 있는 대한은 현재까지의 개표 진행 상황으로는 당선권에 가깝다는 소식을 개표 현장으로부터 전해 듣고는 지지자들과 함께 숨을 죽이며 개표방송을 시청하고 있었다. 대한이 잠시 긴장을 풀기 위해 선거사무소 밖으로 나가 담배 한 대를 피워 물고 허공으로 담배 연기를 길게 내뿜는다. 때마침 대한의 휴대폰이 울린다.

용환 - 친구야! 지금 TV 개표방송을 보고 있는데, 네가 현재 1등으로 당선 유력으로 뜨던데? 난 네가 꼭 당선됐으면 좋겠다! 계속 파이팅 해라!

전화를 끊고 나자 또다시 휴대폰이 울린다.

상준 - 대한아! 그동안 열심히 했으니까 좋은 결과가 나올 거야! 힘내라!

대한은 TV로 선거 개표방송을 시청하던 지인들로부터 응원 전화를 여러 차례 받고 있었다. 대한과 함께 개표상황을 지켜보는 가족들과 지지자들은 대한이 당선권에 있다는 소식에 더욱 긴장하면서 손에 땀이 흐르는 힘든 시간을 보내고 있었다.

몇 시간이나 지났을까? 대한의 선거사무실 분위기는 중간개표 결과 1등을 달리고 있었을 때와는 달리 냉랭하기 그지없었다. 이필선 선거사무장이 도저히 분을 참지 못하겠다는 듯이 거친 말들을 토해낸다.

이필선(선거사무장) - 그것 봐! 박 후보! 내가 이렇게 될 것이라고 했지? 선거판에 정의니 공정이니 그따위가 다 무슨 소용이야? 선거는 무조건 이기고 보는 것이여! 박 후보 자네는 어찌 그리 세상 물정을 몰라? 지금이라도 선거법으로 고발해서 다 잡아 처넣어 버리자!

말없이 앉아서 이필선 선거사무장의 푸념을 듣고 있던 대한이 말없이 일어서더니 침통한 표정으로 둘러서 있는 지지자들을 한사람, 한사람 천천히 둘러본다.

대한 - 죄송합니다. 제가 부덕해서요. 하지만 아무리 상대가 저를 비방하고 흑색선전을 한다고 해도 저마저 그렇게 할 수는 없었습니다. 지금까지 저를 위해 애써주신 모든 분들께 진심으로 죄송스럽습니다만, 지금의 패배에 대해 부끄럽지도 후회스럽지도 않습니다. 겸허하게 선거결과를 받아들이겠습니다!

대한은 그랬다. 철없던 시절, 비록 어린 치기로 친구들과 몰려다니며 이런저런 사고를 저지르기도 했고, 또 그런 과거의 일들로 인해 상대 후보들의 흑색선전으로 피해를 입어 첫 출마한 정치인의 길에서도 쓰라린 패배를 경험했지만, 대한은 그마저도 자신만의 정의, 박대한 식의 정의로 기꺼이 받아들이고 있었다. 대한에게는 정의롭지 않은 승리보다는 정의로운 패배가 훨씬 가치 있게 느껴졌던 것이다.

소년 박대한
(사랑 말고 우정)

대한은 1981년 진산의 작은 시골 마을(임수리)에서 2남 1녀의 장남으로 태어났다. 농사일을 하는 대한의 부모는 고되고 가난한 살림살이에도 불구하고 대한의 증조할머니와 할머니를 모시며 4대가 함께 살았다. 천성이 선하고 베풀기를 좋아하는 대한의 가족은 마을 사람들과 원만한 관계를 유지하고 있었으며, 가난한 살림살이임에도 불구하고 자신들이 가지고 있는 소량의 곡물마저도 자신들보다 더 어려운 사람들을 위해 기꺼이 내어주는 등 대한의 고향 임수리에서는 썩 좋은 평판을 얻고 있었다. 훗날 자신은 비록 곤경에 처하더라도 친구들의 어려움을 결코 외면하지 못하는 대한의 마음 쓸쓸이는 이러한 가정환경에서부터 비롯된 것이다.

대한의 나이 이제 막 5세가 될 무렵, 고령의 대한의 증조할머니는 치매 증상과 병세가 날로 심해져 가고 있었지만, 대한의 가족들은 병색이 깊은 증조할머니를 살뜰히 모시고 살고 있었다. 그러던 어느 날 마지막 임종이 다가왔음을 짐작게 하듯, 대한의 증조할머니 병세가 급격히 악화되자 대한의 가족들이 임종을 지키기 위해 한자리에 모두 모인다. 어린 대한은 가쁜 숨을 몰아쉬는 증조할머니와 곁에서 오열하고 있는 가족들을 번갈아 바라본다. 대한이 증조할머니의 머리맡으로 다가가 주름진 손을 움켜잡으며 재롱을 떤다.

대한 - 증조할머니! 나 보여요?! 내가 누구에요? 응? 내가 누구냐고여!

대한의 증조할머니 - 누구긴 누구여. 우리 증손자 대한이지.

거친 숨을 몰아쉬던 대한의 증조할머니가 대한의 재롱에 미소를 지으며 힘겹게 대답한다. 이를 보는 가족들은 어안이 벙벙하다는 표정이다. 사람을 알아보거나 말을 하기는 고사하고, 숨쉬기도 힘겨울 만큼 병세가 악화된 대한의 증조할머니가 자신이 그토록 사랑했던 증손자 대한 만큼은 용케 알아보시고 대한과 눈을 맞춘다. 가족들 모두가 증조할머니의 임종이 다 되었다는 것을 느끼며 오열하고 있는 바로 그때, 기력이 쇠해질 대로 쇠해진 대한의 증조할머니가 곁에 있는 대한의 부친과 대한을 퀭한 눈으로 바라본다. 떨리는 목소리로 대한의 증조할머니가 마지막 말을 유언처럼 힘겹게 뱉어낸다.

대한의 증조할머니 - 우리 손자. 그동안 너무 고맙고 고생 많았어.

대한의 아버지 - 할머니! 그게 대체 무슨 말씀이세요? 할머니! 할머니!

대한의 증조할머니 - 아니여. 이젠 가야지. 내가 마지막으로 너희들에게 남겨 줄건 없고, 우리 손자에게는 삼천 석을 주고 우리 증손자 대한이 헌티는 사천 석을 줄겨. 그리들 알어. 다들 건강하렴.

그렇게 대한의 증조할머니는 마지막 말을 남기고 임종하였다. 대한의 증조할머니는 마지막 순간까지도 대한을 바라보며 오열하는 가족들 곁에서 마지막 숨을 거둔다. 대한의 증조할머니는 가난한 살림살이에 대해 가족들에게 미안해하고 있었다. 장손에 대한 마음이 남달랐던 증조할머니는 생을 마감하는 순간까지도 가난한 삶에 대한 투정이나 불평 한마디 없이 늘 자신을 각별히 섬긴 자신의 장손에게 모든 것을 물려주고 싶었을 것이다. 어쩌면 지금은 비록 가난한 삶을 살고 있을지라도 손자(대한의 아버지)와 증손(대한)의 사람 됨됨이가 언젠가는 집안을 크게 일으키리라는 것을 확신하고 있었는지도 모른다. 이때는 가족 누구도 그 뜻을 알지 못했다. 먼 훗날 대한이 꿈꾸고 있는 미래는 대한의 증조할머니가 숨을 거두며 미안함으로 마지막 남기신 유언이 한 알의 밀알과도 같은 역할을 하게 되리라는 것을 아무도 알 수 없었다.

대한은 어려운 가정 형편에도 불구하고 또래의 아이들보다 훨씬 밝고 당당하게 성장해간다. 그는 고작 6세가 되면서부터 마치 누가 시키기라도 한 것처럼, 새벽부터 저녁 늦은 시간까지 고된 농사일을 하는 부모님을 따라다니며 흙일도 마다하지 않는다. 대한은 봄이 되어 씻나락 모종을 할 때면 부모님의 일손을 돕겠다며 고사리 같은 그 작은 손으로 무거운 모판을 낑낑거리며 옮겨주었고, 여름철 벼 모가지가 나와 무르익을 때쯤이면 어머니와 함께 거친 논밭을 누비며 빈 깡통을 요란하게 두드리면서 하루 종일 참새를 쫓았다. 가을 추수철이 되면 대한의 아버지는 콤바인으로 이웃집 벼를 수확하는 삯일을 밤늦은 시간까지 하곤 했다. 어린 대한은 어두워진 들판에서 작업등을 켠 채로 일을 하는 아버지를 바라보며 아버지가 일을 끝내고 콤바인을 몰아 논에서 나올 때까지 아버지가 일하는 논두렁 옆을 늘 지키곤 했다. 그러다 아버지가 일을 끝내고 콤바인을 몰아 논에서 나오면 대한은 콤바인 옆면의 벼를 받아내는 줍디좁은 공간에 올라타고는 터덜거리는 시골길을 아버지와 함께 돌아오다 이내 잠이 들곤 했다. 집에 도착하면 대한의 아버지는 곤히 잠들어 있는 대한을 깨워 피곤함에 졸고 있는 대한을 씻겨 흙투성이가 된 대한의 옷을 갈아입힌다. 대한의 어머니는 정성껏 저녁상을 차려주었고 대한은 아버지와 단둘이 허겁지겁 늦은 저녁을 먹고는 몰려드는 피곤함에 금세 잠이 들곤 했다. 대한의 어머니는 이런 대한의 아버지와 대한의 잠든 모습을 측은한 눈으로 바라보곤 했다.

1988년 3월, 대한이 진산국민학교에 입학했다. 대한의 집에서 학교까지 통학하는 방법은 두 가지였다. 약 한 시간 정도나 되는 먼 거리를 걸어서 가거나 버스를 타고 통학하는 것이었다. 아직 어린 대한에게는 걸어서 한 시간이나 되는 먼 길이었지만 대한은 버스비라도 아끼려는 생각에서 버스를 타기보다는 걸어서 통학하기를 즐겼다. 매일 한 시간을 걸어야 하는 힘든 통학 길이었지만 천성이 낙천적인 대한은 친구들과 함께 하는 통학 길을 차라리 즐기고 있는 것처럼 보였다. 원래 꾀가 많은 대한은 집에서 학교까지 가장 빨리 갈 수 있는 지름길을 찾아내기도 하였다. 하지만 대한이 찾아낸 이 지름길은 늘 기차가 쌩쌩 다니는 철길을 따라 걸어야 했기 때문에 언제나 위험이 도사리고 있었다.

어느 날 대한은 항상 그랬던 것처럼, 친구들과 함께 호남선(상행선) 철길을 따라 학교를 향해 걸어가고 있었다. 대한과 친구들이 한참을 철로를 따라 걸어가고 있을 무렵, 철로 레일과 그 주변이 온통 검붉은 피로 범벅이 되어있는 것이 대한과 친구들의 눈에 띈다. 대한과 친구들은 기차에 치인 동물의 피가 묻었을 것이라고만 생각했다. 대한과 친구들이 아무런 의심 없이 검붉은 피로 범벅이 된 철길을 따라 계속 걸어가던 중에 갑자기 대한과 친구들 앞에 사람의 잘려진 다리 한쪽과 손목이 눈에 들어온다. 저 멀리에는 피투성이가 된 사람의 몸통과 형체를 알아볼 수 없을 정도로 처참하게 훼손된 얼굴도 보인다. 순간 이 참혹한 광경에 대한과 친구들이 놀라 "사람 살려!", "여기 사람이 죽었어요!", "으아악!" 하고 비명을 지르며 내쳐 뛰기 시작한다. 한참을 내달린 대한과 친구들이 철도 건널목에 이르자 인근 마을의 주민 몇몇이 눈에 들어온다. 대한과 친구들이 겁에 질려 오들오들 떨며 자신들이 본 참혹한 광경을 마을 주민들에게 설명하자 주민들이 이 사실을 경찰서로 알렸다.

대한과 친구들은 등굣길에 본 시신의 끔찍한 모습이 자꾸만 머릿속에 떠올라 온종일 수업에 집중하지 못한다. 하지만 대한은 점점 묘한 궁금증이 생기는 것을 느낀다. 수업이 끝나자 대한은 하교하는 길에도 버스를 타지 않고 다시 철길을 따라 걸어서 하굣길에 오른다. 대한이 아침 등굣길에 목격했던 시신의 끔찍했던 모습이 떠올라 두려움을 잊으려고 애써 다른 생각을 해보지만 두려움을 떨칠 수는 없었다. 대한이 아침에 있었던 사고 장면을 떨치기 위해 애쓰는 사이, 어느새 철길 사고현장에 다다르고 있었다. 그런데 이때 대한의 눈에 철로 옆길 위에 무언가 멍석으로 덮어놓은 것이 보인다. 호기심이 많고 또래 아이들보다 배포가 큰 대한이지만 갑자기 심장이 쿵쾅거리며 빠르게 뛰기 시작한다. 대한이 멍석 앞으로 천천히 다가가 한숨을 크게 내쉬고는 조심스럽게 멍석을 살짝 들춘다. 그러자 아침 등굣길에 보았던 시신의 얼굴이 대한의 발 앞으로 데구루루 구른다. 대한은 자신도 모르게 "으아악!" 하고 비명을 지르며 집까지 한걸음에 내달린다. 대한은 마치 뒤에서 무언가가 쫓아오는 것 같은 기분을 느끼며, 머리끝이 바짝 서는 것 같은 오싹함에 한 시간이나 되는 거리를 쉬지 않고 달려간다.

　무언가 겁에 질린 듯 헐레벌떡 집으로 뛰어 들어오는 대한을 무슨 영문인지도 모르는 대한의 할머니가 꼭 끌어안아 준다. 대한의 할머니는 온몸에 땀이 흥건한 대한의 몸을 마른 수건으로 닦아내며 대한의 거친 숨을 고르기까지 기다린다. 대한이 조금 진정한 것처럼 보이자 대한의 할머니가 걱정스러운 눈빛으로 대한을 바라보며 무슨 일인지 묻는다.

할머니 - 우리 장손! 무슨 일이 있었니? 대한이답지 않게 헐레벌떡 뛰어 들어오다니, 무슨 일이라도 있었던 게야?

대한이 아직도 겁에 질린 얼굴로 아침 등굣길에 친구들과 보았던 철로길 사고에 대해 자초지종을 말씀드린다.

할머니 - 어이구! 그런 끔찍한 일이 있었어? 대한아! 이제 괜찮아! 요즘은 사는 게 어려워서 그런지 기차에서 철로로 떨어져 죽는 사람이 가끔 있다고 하더라. 또 철로 주변은 기차가 쌩쌩하고 달려서 지나는 사람들이 다치거나 죽는 일도 있어! 할머니는 대한이가 철로로 다니지 않았으면 좋겠어! 사람은 모름지기 큰길로 다니는 것이 좋아! 큰길에는 거칠 것이 없지만 지름길이나 샛길에는 이런저런 문제가 항상 생기기 마련이거든. 혹시 어쩔 수 없이 철로 주변으로 다니게 되더라도 항상 넓은 곳으로 다니고, 기찻길 위로는 절대 올라가지 말거라! 주변도 잘 살피고… 알았지?

대한 - 네! 할머니! 앞으로는 큰길로 다닐게요! 주변도 잘 살피고요. 근데 아까 보았던 끔찍한 광경이 자꾸 머릿속에 떠올라요. 할머니!

할머니 - 놀래서 그려! 할미가 약줄 테니까 그거 먹고서 한숨 자고 나면 괜찮아 질겨! 그니께 잠깐만 기둘러 봐!

할머니가 놀란 대한에게 우황청심환 반 알을 먹이고는 방 아랫목에 눕혀 안정을 취하게 한다. 뜻밖의 참혹한 광경에 놀란 탓인지, 아니면 한 시간여나 되는 거리를 한달음에 달려온 탓인지 대한은 할머니가 지켜보는 가운데 한참을 뒤척거리다 겨우 잠이 든다.

어쩌면 대한은 꿈결에서도 오늘의 참혹한 장면을 떠올리고 있을지도 모른다. 하지만 대한이는 할머니의 따스한 사랑을 느끼며 이겨내고 있을 것이다.

시간이 흘러 대한의 나이가 어느덧 12세가 되었다. 대한은 또래 아이들보다 유독 체격이 크고 장대했다. 서글서글한 외모에 골목대장 리더십까지 갖춘 그는 나이가 들면서 다른 아이들보다 머리 하나는 더 클 정도로 웃자랐고 자연스럽게 또래들의 대장 노릇을 하였다. 대한은 큰 체격과 후덕하고 서글서글한 외모뿐만 아니라 말투에서도 또래 아이들보다는 한결 짙은 사내다움을 풍기고 있었다. 그래서인지 같은 국민학교 여학생들로부터 이성적인 호기심 이상의 관심을 받는 경우가 종종 있었다. 진산국민학교 같은 반 여학생인 은지도 대한에게 호감을 가진 여학생 중 한 명이었다. 은지는 밸런타인데이가 되자 대한에게 자신의 마음을 고백하기로 작정한다. 은지는 밤을 새워 자신의 마음을 손편지에 담고 초콜릿을 정성스럽게 포장하였다. 밸런타인데이를 맞아 은지는 대한에게 손편지와 초콜릿 선물을 대한에게 전하고 싶었지만 인기가 많아 늘 친구들에게 둘러싸여 있는 대한에게 밸런타인데이 선물을 공개적으로 주는 것이 그리 쉽지 않았다. 그래서 은지는 손편지와 초콜릿을 같은 반 친구에게 주면서 대한에게 대신 전해달라고 부탁하고는 대한의 답장을 애타게 기다리고 있었다. 은지가 적은 손편지에는 '자신이 대한을 단순한 친구가 아닌 이성으로서 좋아하고 있으며, 사귀고 싶다.'라는 은지의 속마음이 적혀져 있었기에 은지가 대한에게 전한 밸런타인데이 선물은 사실상의 사랑 고백이었던 셈이다. 그런데 어쩐 일인지 며칠이 지나도록 은지가 쓴 손편지와 초콜릿 선물을 받은 대한이 아무런 반응을 보이지 않는다. 대한과 은지가 마주치는 일이 있어도 대한은 은지가 전한 마음을 알겠다는 건지 모르겠다는 건지 아무런 반응이 없으니 은지는 속이 새카맣게 탈 지경이었다.

　기다리다 조바심이 난 은지가 대한에게 밸런타인데이 선물을 대신 전해달라고 했던 반 친구에게 자신의 마음이 대한에게 제대로 전해졌는지 묻는다. 그러자 반 친구는 분명 대한에게 은지가 전해준 손편지와 초콜릿을 정확하게 전달했다고 한다. 하지만 대한은 은지의 밸런타인데이 선물과 편지를 받고도 여전히 묵묵부답이다. 이런 은지의 애타는 마음을 곁에서 지켜보던 같은 반 여학생들이 은지보다도 오히려 더 답답해한다. 내심 말들은 하지 않지만 은지가 대한에게 전한 마음을 대한이 받아들일 것인지 받아들이지 않을 것인지 하는 것은 대한에게 은근히 마음을 돌고 있는 다른 여학생들에게도 굉장한 관심거리였다.

　　미리(은지 친구) - 대한이 너! 은지가 준 밸런타인데이 선물 받았다며?

　　대한 - 응? 아~초콜릿? 그래 받았어! 근데 모?

　　미리(은지 친구) - 초콜릿 말고, 손편지도 받았다면서?

　　대한 - 그래! 편지도 있더라!

미리(은지 친구) - 편지에 답장은 했어?

대한 - 응? 답장? 무슨 답장? 그런 거 받으면 꼭 답장해야 하는 거야?

미리(은지 친구) - 헐~ 어이없네? 편지를 받았으면 당연히 답장해 주는 게 상대방에 대한 예의지. 은지 얘기를 들어보니까 너 좋아한다고 썼다던데? 그런 편지를 받고도 벌써 몇 달째니? 은지는 네 답장만 기다리고 있다던데. 대한이 너! 너무한 거 아니야?

대한 - 아! 그래? 난 그런 줄 몰랐어! 근데 내가 편지를 한 번도 써본 적이 없어서 말이야. 그렇기도 하구, 나는 그냥 친구가 좋은데 사귀자고 하니까 부담스러워서.

미리(은지 친구) - 야! 그건 난 모르겠구~ 이번 주 토요일 오후 2시에 대한이 너희 동네 냇가에서 친구들하고 같이 모여서 놀기로 했으니까, 그날 늦지 말고 거기로 나와! 은지도 온다고 그랬으니까. 나와서 은지한테 네 마음을 네가 직접 말해! 알았지? 꼭 나와라! 꼭!

대한 - 모가 꼭이냐? 그렇게 강요 좀 하지 마! 일단은 알겠어! 미리 넌 너무 강요가 심해!

미리(은지 친구) 난 분명히 말했다! 내 성격 알지? 너 안 나오면 너희 집으로 쳐들어갈 거야! 은지랑 애들 다 데리고. 그러니까 알아서 해라! 응?

대한 - 야! 알았어! 알았다고! 생각만 해도 끔찍하다! 너희들 그러기만 해 봐!

어느덧 여자아이들과 약속했던 주말이 다가왔다. 대한은 언제나처럼 어머니의 일을 도와 함께 밤나무 산에서 밤을 줍고 있었다. 하지만 여학생들과 약속한 시간이 가까워지자 대한은 여학생들이 집으로 몰려올 것이 걱정되었지만, 자신이 나가면 어머니 혼자 일을 해야 한다는 죄스러운 마음에 이러지도 저러지도 못하고 있었다. 조금씩 약속시간이 다가오자 대한이 밤을 줍고 있는 산자락에서 멀찌감치 내려다보이는 냇가를 자꾸 흘끔거린다. 냇가에는 이미 30여 명 정도나 되는 여자아이들이 옹기종기 모여 있었다. 어떤 아이는 자전거를 타고 있었고 어떤 아이는 친구들과 재잘거리고 있었지만 어쩐지 대한이 오기만을 기다리고 있는 것이 분명해 보였다. 이 모습을 바라보고 있는 대한은 '아이들이 쳐들어오면 어쩌나?' 하는 마음에 더는 편히 밤을 줍고 있을 수만은 없었다.

대한의 어머니는 밤을 줍다 말고 똥 마려운 강아지처럼 쩔쩔매는 대한이 무언가 이상하다는 생각이 들기도 했고, 불안한 듯 먼 발치에 있는 냇가를 연신 흘끔거리며 쳐다보는 것도 이상하다는 생각이 들어 뒤를 돌아본다. 저 멀리 냇가에 대한 또래의 여자아이들 한 무리가 모여 있는 것이 눈에 들어온다. 그제야 대한이 평소와는 달리 일을 하다말고 무언가 할 말이 있다는 듯이 입을 달싹거리는 이유를 알 것 같다는 표정으로 대한을 바라본다.

대한의 어머니 - 친구들 만나기로 했니? 어떤 친구들인데?

대한의 어머니는 공연히 대한의 마음을 떠보고는 대답을 들으려고도 하지 않고 대한에게 그만 가보라는 듯 고개를 끄덕인다. 대한이 약속된 시간을 조금 넘겨 약속장소인 냇가에 도착하자 물놀이를 하던 친구들이 누가 먼저라고 할 것도 없이 일제히 대한에게 달려들어 대한을 물속으로 밀어 넣는다. 힘으로야 여자아이들이 대한을 당할 수는 없었지만 대한은 머쓱한 마음에 여자아이들에게 떠밀리는 척 물속으로 풍덩 뛰어든다. 한바탕 물장난이 지나고 여자아이들이 대한을 빙 둘러싼다. 물장난으로 옷이 흠뻑 젖은 여자아이들의 이제 막 봉긋하게 솟아나기 시작한 가슴선이 그대로 겉으로 드러난다. 대한이 옷이 몸에 착 달라붙은 여학생들을 바라보다 봉긋하게 솟은 젖가슴에 시선이 닿자 금세 얼굴이 발그스름하게 변한다. 그러자 여자아이 중 한 아이가 옷매무새를 매만지며 대한을 쏘아본다.

정화 - 야! 대한이 너! 뭘 그렇게 빤히 쳐다보냐? 아주 엉큼해!

대한 - 엉큼하다고? 뭐가 엉큼하다는 거야! 내가 뭘 어쨌는데? 난 그냥 너희들이 물에 빠져서 허우적거리면 어쩌나 싶어서 안전문제 때문에 너희들을 지켜보고 있었던 것뿐이거든?

정화 - 으이그~ 둘러대기는. 넌 아무튼 둘러대기도 잘해! 어쨌든 저질이야! 너!

대한 - 난 너희들 보디가드야. 너희들을 지켜주는 사람이라는 거지. 지켜주면 고맙다고 해야 하는 거 아냐? 내가 엉큼한 게 아니고 너희들이 앙큼한 거야.

정화 - 야! 뭘 계속 뚫어지게 쳐다보냐구! 나 쳐다보지 마! 징그러워!

정화와 재잘거리며 웃고 있는 대한의 모습을 지켜보고 있던 은지와 절친 미리가 어처구니없다는 표정으로 대한에게 다가선다.

미리 - 야! 박대한! 너 지금 여기 웃고 장난치러 온 거니?

은지 - 대한아! 미리가 한 말 때문에 괜히 부담 갖지 마! 알았지?

대한 - 어… 그…그래! 네가 그렇게 말해주니까 땡큐다. 땡큐~

은지의 우유부단한 행동이 답답했는지 미리가 끼어든다.

미리 - 야! 강은지! 넌 마음에 없는 소리는 하지 말고… 은지 넌 가만히 좀 있어 봐!

은지 - 어? 그래! 아… 알겠어!

미리 - 대한이 너! 어제 내가 한 말 기억나지? 네가 오늘 말하기로 했잖아! 그치? 그니깐 어서 말해 봐!

대한 - 그래. 그랬어! 그러기는 했는데…

미리 - '뭐가 그러기는 했는데'야? 은지가 준 편지에 대해서 너는 어떻게 생각하는지 네 솔직한 생각을 말해주면 되잖아! 그래야 은지도 생각을 정하지.

대한 - 지난번에 미리 네가 한 얘기를 듣고 생각해 봤는데… 사실 난 은지가 좋아!

순간 은지의 표정이 환하게 밝아진다.

대한 - 그런데 난 미리 너도 좋더라! 또 정화도 좋고… 다른 여자아이들 모두 좋더라고~

순간 대한을 둘러싸고 있던 모든 여자아이들이 대한을 쏘아본다. 여자아이들은 '쟤는 어떻게 저런 말을 하지?'라고 생각하며 대한을 쏘아붙이기 시작한다.

미리 - 야! 너 지금 장난하나? 그런 말이 어디 있냐?

정화 - 은지가 보낸 고백에 대해서 답을 하라니까 여자아이들 모두가 좋다고 하면 뭘 어쩌겠다는 거냐?

여자아이 1 - 어이구~ 저 바람둥이 같은 놈!

여자아이 2 - 선택을 하려면 한 사람만 선택해야지. 어떻게 다 좋다고 하니?

정화 - 야! 이 이기적인 놈아!

미리 - 너 완전 왕짜증이야!

은지와 여자아이들이 대한에게 달려들며 대한이 몹시 나쁜 짓을 저지르기라도 한 것처럼 언성을 높이며 몰아붙이기 시작한다. 대한은 여자아이들의 예상하지 못한 반응이 내심 당황스럽기도 했지만 주변에 둘러선 여자아이들을 돌아보며 당당하게 말한다.

대한 - 야! 시끄러워! 난 그냥 은지나 정화나 미리, 그 어느 누구하고 사귀는 사이가 되기보다는 너희들 모두하고 그냥 오랜 친구로 지내고 싶어! 그러니까 난 너희들 중 누구를 선택해서 사귀는 사이가 되는 것보다는 너희들 모두하고 영원히 친구가 되었으면 좋겠다는 거야. 이게 내 대답이야! 알았니? 이젠 정리된 거다! 다시는 이런 문제로 나한테 뭐라고 얘기하기 없기다!

얼굴색 하나 변하지 않고 너무도 당당하게 자신의 생각을 말하는 대한의 태도에 여자아이들 모두 할 말을 잃었다는 듯이 멍하니 대한을 바라본다. 은지의 얼굴에는 실망하는 기색이 역력하다. 대한의 말이 끝나고 나자 잠시 정적이 흐른다.

미리 - 야! 그게 무슨 말이야? 너 지금 장난해?

은지 - 어휴~ 대한아! 너 왜 그래?

정화 - 야! 됐어! 그냥 대한이 쟤를 물속에 빠뜨려 버리자! 진짜 짜증 나! 대한이 너!

여자아이들이 일제히 달려들어 대한의 팔과 다리를 붙잡고 물속에 내동댕이치듯 던져버린다. 하지만 대한이 은지나 어느 여자아이 한 사람에게만 마음을 주지 않은 것이 다행스럽다는 듯이 대한과 여자아이들 모두 냇물에 들어가 한바탕 물싸움을 즐기며 시간을 보낸다. 어느새 해가 뉘엿뉘엿 저물고 어둠이 내리자 대한이 은지를 따로 불러 잠시 이야기를 나눈다.

대한 - 저기… 은지야! 내가 그냥 친구로 지내자고 그래서 서운했니?

은지 - 어? 으응… 난 사실 네가 사귀자고 말해주길 기대하고 있었는데… 네가 다른 여자애들이 다 있는 앞에서도 그렇게 말하니까 조금은 창피하더라!

대한 - 그래. 그랬겠다! 근데 우린 아직 국민학생이잖아. 애인 그런 거 보다는 오랫동안 만날 수 있는 친구가 더 좋지 않겠니?

은지 - 그래! 알았어! 네 생각이 그러면 할 수 없지. 모… 나도 네 생각 존중해 줄게! 하지만 만약에 나 말고 다른 친구랑 사귀거나 그러면 나한테 죽는 거다! 알겠지?

대한 - 그…그래! 네가 그렇게 말하니까 무섭다야~ 알겠어. 그럴 일은 없을 거야.

은지 - 그래! 고마워! 대한아! 네 생각은 잘 알았으니까… 앞으로도 좋은 친구로 오랫동안 사이좋게 잘 지내자!

대한 - 그래! 은지야! 네가 절대로 싫어서 그런 건 아니니까 오해하지 않았으면 좋겠어~ 오늘 재밌었어! 조심히 잘 들어가!

은지 - 그래! 너도 잘 가구… 다음 주에 학교에서 보자! 나 먼저 간다!

대한은 은지와 잠시 서로의 속마음을 이야기하고 각자의 집으로 돌아간다. 은지는 자전거를 타고 떠나며 대한과 짧은 눈인사를 나누고는 김수희의 애모라는 노래를 나지막이 부르며 자리를 떠난다. 어쩐지 은지가 부르는 노랫말이 지금 은지의 심정을 이야기해 주기라도 하는 것 같았다. 트롯을 부르며 자전거를 타고 떠나는 은지의 뒷모습을 물끄러미 바라보던 대한이 왠지 모를 미안함과 함께 묘한 감정이 뒤섞이는 기분을 느낀다. 홀로 남은 대한이 한참 동안 냇가를 떠나지 못한다.

대한은 국민학교 내내 학교 여자아이들에게 많은 관심을 받았지만, 남녀 간의 연애보다는 친구간의 의리를 더 좋아해서 국민학교를 졸업할 때까지 그 어떤 여자아이에게도 관심을 주지 않는다. 대한과 은지는 노래를 잘 부르고 음악을 좋아하는 공통점을 가지고 있었다. 그래서인지 국민학교 내내 또래 아이들 중에서도 가장 마음이 잘 맞는 좋은 친구로 지낼 수 있었다. 이렇듯 대한은 국민학교 시절부터도 복잡한 이성 관계보다는 동성 친구들과의 진한 의리를 중요하게 생각하는 골목대장감이였으며, 이런 대한의 성향은 대한이 국민학교를 졸업하고 성인이 될 때까지도 이어진다.

중학생 대한 上
(팔방미인)

1994년 국민학교를 졸업한 대한은 청남 진산에 위치한 진산중학교에서 3년간의 중학생 시절을 시작하게 된다. 대한은 중학교 신입생이라고 말하기에는 외모부터가 남달랐다. 크고 당당한 체격하며 진중한 걸음걸이, 단정한 용모와 품행은 중학교에 갓 입학한 신입생이라고는 할 수 없을 만큼 의젓했다. 그래서인지 대한은 중학교에 입학한 첫날부터 많은 선생님들과 학생들로부터 상당한 관심을 받았다.

대한이 중학교에 입학하고 처음으로 맞는 체육 시간. 이날은 학생들 사이에서 독종으로 소문 난 펜싱부 최상준 체육 선생님의 체육수업 시간이다. 최상준 선생은 주로 2, 3학년의 체육수업을 담당하고 있었는데 이날은 교내 펜싱부에 입부할 신입생을 선발하겠다며 1학년 체육 담당교사 송명덕 선생을 대신하여 최상준 선생이 1학년 체육수업을 진행하게 되었다. 최상준 선생은 재학생들뿐만 아니라 학교를 거쳐 간 졸업생들도 기억하고 있을 정도로 학생들 사이에서는 독종으로 악명이 높은 공포의 대상이다. 최상준 선생의 악명에 대해 익히 알고 있던 대한과 친구들이 처음으로 마주하게 된 최상준 선생이 지시봉 하나를 손에 들고 천천히 계단을 올라 단상에 서는 모습을 숨을 죽인 채 긴장된 표정으로 바라보고 있다.

최 선생 - 자! 주목! 1학년 신입생들은 잘 들어라. 내가 누구라는 것은 너희들도 이미 들어서 잘 알고 있을 테고… 진산중학교 하면 오랜 전통의 펜싱부가 있다는 것을 여러분도 자랑스럽게 여기고 있을 것이라고 생각한다! 나는 오늘 펜싱부에 입부할 신입생을 선발하려고 한다. 내가 지목하는 학생들은 점심을 먹고 오후 1시까지 펜싱부 강당으로 집합해라! 알겠나!

학생 일동 - 예! 알겠습니다.

말을 마친 최 선생이 단상에서 내려와 줄지어 서 있는 1학년 학생들 사이를 지나며 날카로운 눈빛으로 학생들의 체격이며 신체조건을 꼼꼼히 살핀다. 또래 학생들보다 체격이 남다른 대한과 함께 대한의 친구인 성엽, 병희, 영준, 종서, 이현 등이 차례차례로 최 선생에게 지목된다. 최 선생으로부터 지목받은 대한과 친구들의 얼굴 표정이 똥 씹은 듯이 일그러진다. 큰일이라도 났다는 표정으로 대한과 친구들이 서로서로의 얼굴을 근심스럽게 쳐다본다.

1990년대만 해도 펜싱은 운동 종목으로서는 비인기 종목의 신세를 면하지 못하고 있었다. 대한의 선배들 중에서도 펜싱부에 들었던 선배들이 죽어라고 운동을 했지만 막상 진로에는 별로 도움이 되지 않는 것을 자주 보아왔다. 더욱이 펜싱부를 지도하고 있는 최상준 선생의 악명이 자자했기 때문에 중학교에 갓 입학한 신입생이 펜싱부 입부 대상 학생으로 지목되는 것은 두려운 일일 수밖에 없었다.

최 선생 - 뭐야? 이것들은 왜 전부 똥 씹은 표정이여? 너희들은 우리 진산중학교를 빛낼 수 있는 영광스러운 자리에 선출된 것을 자랑스럽게 생각하고 이따가 강당에서 보자! 알겠냐!

대한과 친구 일동 - 네!

그날 체육 시간은 대한과 친구들에게는 악몽과도 같은 시간이었다. 어떻게 지났는지도 모르게 악몽 같은 체육 시간이 지나고 대한과 친구들이 점심 도시락을 두고 옹기종기 둘러앉는다.

대한 - 야! 근데 펜싱이 뭔 운동이냐? 어디서 듣도 보도 못한 운동을 하라는 건지… 속 터져 미치겠다 진짜!

성엽 - 펜싱? 그거 칼싸움이잖아? 영화 '달타냥'에 나오는 거 그거. 뭔지 알지? 근데 우리 형이 펜싱부는 들어가지 말라고 하던데. 펜싱부에 들어가면 아까 본 최상준 선생한테 존나 맞으면서 운동한다고 하더라고.

병희 - 아이 씨발! 난 또 운동부에 들어가서 살이나 좀 빼보려고 했더니 다 틀렸네!

영준 - 에라~ 난 모르겠다! 그냥 될 대로 되겠지. 뭐!

병희 - 그래. 영준아! 생각 잘했어! 넌 운동이 맞을 거 같다! 넌 공부는 어차피 안 되니까.

종서 - 우리 형도 펜싱부였는데, 장학금도 받고 오후에는 수업을 안 해서 개꿀이라던데?

이현 - 진짜? 그럼 나는 펜싱부 해야겠다! 내 적성에 딱 맞을 거 같구먼!

대한 - 그래 잘 생각했다! 공부가 안되면 운동을 선택하는 것도 괜찮지! 근데 난 최 선생이 별로라서 안 할란다!

병희 - 뭐? 대한이 넌 안 한다고? 너 안 하면 나도 안 할려!

성엽 - 그랴! 시발 꺼. 하지 말자! 난 맞아 가면서 운동하긴 싫어!

점심시간이 끝나고 최 선생이 강당으로 모이라고 한 오후 1시가 다가오자 대한과 친구들이 마지못해서 펜싱부 강당으로 어슬렁어슬렁 걸어간다. 이미 약속 시각보다 10분 전부터 펜싱부 강당에 도착해 있던 최 선생은 그들이 천천히 걸어오는 모습을 창문 밖으로 바라보며 못마땅했는지 '버럭' 하고 고함을 지른다.

최 선생 - 야! 이 새끼들아! 이것들이 빠져 가지고… 빨리 안 뛰어?

최 선생의 고함 소리에 놀란 그들은 강당 안으로 허겁지겁 뛰어들어간다. 하지만 이들을 보는 최 선생의 눈에는 벌써 독기가 잔뜩 서려 있다. 그들은 최 선생의 독이 바짝 오른 것 같은 눈빛을 보자마자 몸이 오그라드는 공포를 느끼며, 잔뜩 주눅이 들어 열중쉬어 자세로 최 선생 앞으로 모인다.

최선생 - 이것들이 학교에 놀러왔나? 앉아! 일어 서! 지금부터 내 말 잘 들어라. 잉? 여기 펜싱부에 들어온 이상 니들은 뼈를 묻을 생각으로 열심히 운동만 해라! 알겠냐?

대한과 친구 일동 - 네!

최 선생 - 네 선배들한테 내 얘기를 하면 잘 알거여! 펜싱부에 그만두고 싶
다고 집에 가서 부모님한테 말하는 놈은 나한테 뒤지는겨! 무슨 말인지 알
겠지? 펜싱하기 싫으면 학교를 그만두던가 전학을 가던가 하면 된다! 펜싱
부는 부모님이 찾아와 사정을 해도 함부로 탈퇴할 수 없는 곳이다. 내 말뜻
은 알아들었어? 이상! 질문이나 하고 싶은 말 있으면 해라!

최 선생이 독이 바짝 올라 토해내는 이야기를 숨을 죽인 채 듣
고 있던 그들은 냉랭한 분위기 속에서 서로 눈치만 살피고 있다.
그때 갑자기 병희가 먼저 손을 든다.

최 선생 - 그래. 뚱뗑이. 너! 말해 봐!

병희 - 저어… 저기… 저는 살 좀 빼보려고 펜싱부에 들어왔습니다!

최 선생 - 그래? 그럼 아주 잘 왔구먼! 내가 네 몸뗑이를 보니까 넌 3개월이
면 근육맨으로 만들어 줄 수 있어! 그러니까 열심히 운동해 봐!

병희 - 아… 그게 아니고요. 저는 펜싱부에서 빠지고 싶습니다!

잠시 적막이 흐른다. 최 선생이 화가 난 얼굴로 병희를 노려본다.

최 선생 - 이 새끼가! 지금 나 가지고 장난치는겨? 아! 뚱뗑이! 엎드려뻗쳐!

병희 - 선생님! 그게 아니라… 제가요~

최 선생 - 시끄러워! 새끼야! 넌 지금 운동을 시작도 안 해보고 관둔다는 말
이 나와? 네가 그 말을 내 앞에서 했다는 것이 큰 실수여. 알겠냐?

병희의 말에 흥분한 최 선생이 펜싱 칼을 들어 거침없이 병희의
엉덩이를 내리친다. 병희는 '아이고~ 선생님! 아악~ 아이고~ 선생
님! 살려주세요!'라고 자지러지게 비명을 지르며 강당 바닥을 데구

르르 구른다. 이 모습을 지켜보던 나머지 친구들이 잔뜩 겁에 질린 채 꼼짝도 못 하고 서 있다.

최 선생 - 뚱땡이 말고 펜싱부에서 빠지고 싶은 놈 또 있으면 앞으로 나와서 엎드려뻗쳐!

순간 대한이 대뜸 한 걸음 앞으로 나와 최 선생 앞에 엉덩이를 드러내고 엎드린다. 이 모습을 본 성엽도 대한을 따라 대한의 옆에 엎드린다.

최 선생 - 어라? 어쭈! 이것들 봐라! 지금 니들이 나한테 반항하는 거지? 그럼 얘들 빼고 나머지 니들 셋은 펜싱부에 뼈를 묻겠다는 거여?

영준, 종서, 이현 - 네! 열심히 하겠습니다!

최 선생 - 그러믄 니들 셋은 저쪽에 가서 쉬고 있어!

펜싱부에서 빠져나오기 위해 대한과 성엽은 병희와 함께 진산중의 악마 최상준 선생에게 죽도록 맞고 나서야 어렵게 펜싱부에서 탈퇴할 수 있었다.

5교시가 끝나는 종이 울린다. 대한과 성엽, 병희는 최 선생에게 잔뜩 두드려 맞은 고통에 바들바들 떨며 펜싱부 강당에서 나온다. 고통스러움을 참으며 어기적어기적 교실로 향하던 대한이 복도에서 하필이면 1년 선배 은희와 부딪혀 나뒹군다.

은희 - 아! 아파! 뭐야~

대한 - 아이씨~ 또 누구야?

은희 - 부딪혔으면 '괜찮냐?'고 먼저 물어보는 것이 예의 아니니?

대한 - 아! 미안해요! 딴생각을 하느라 미처 앞을 보지 못했어요. 괜찮으세요?

이때 복도 바닥에 벌러덩 넘어진 은희의 젖혀진 교복 치마 속으로 은희의 속옷이 대한의 눈에 들어온다. 순간 대한의 얼굴이 빨개진다. 대한이 얼른 자신의 교복 재킷을 벗어 은희의 속옷이 보이지 않도록 덮어준다. 은희가 얼굴이 발그레하게 물들면서도 자신의 재킷을 벗어 은희의 속옷이 보이지 않도록 덮어주고 있는 대한의 모습을 물끄러미 바라본다.

은희 - 고마워! 혹시 너! 이름이 뭐니?

대한 - 예? 저요? 대한이요! 1학년 신입생 박대한입니다!

은희 - 박대한? 좋아! 누나가 꼭 기억할게! 누나는 2학년 은희라고 해! 그럼 다음에 또 보자!

갑작스럽게 벌어진 일이었지만 은희는 대한의 사내다운 모습에 묘한 매력을 느낀다. 은희는 볼이 달아오르는 것을 느끼며 대한과 가볍게 인사를 나누고 헤어진다.

대한이 중학교에 입학한 지도 1년이 한참 지나 어느새 가을이 되었다. 2학년 대한은 통학버스를 타고 차창 밖으로 보이는 가을 단풍을 바라보고 있었다. 가을은 대한이 가장 좋아하는 계절이다. 사내답고 투박한 외모를 가진 대한은 생긴 것과는 다르게 단풍이나 꽃 같은 예쁜 것들을 좋아했다. 그래서인지 대한은 코스모스나 단풍이 흐드러진 가을을 유난히 좋아한다. 또래의 여느 아이들 같으면 아침 일찍 통학버스를 타고 지나는 등굣길이 그리 즐거울 리 없을 것이다. 하지만 대한에게 통학버스를 타고 등교하는 시간은 하루 중 제일 즐거운 시간이다. 차창 밖에서 스며들어오는 코스모스 꽃향기를 맡으며 온 산을 울긋불긋하게 물들인 단풍을 즐길 수 있는 유일한 시간이기 때문이다. 한참을 넋을 놓고 코스모스 향기와 단풍의 정취에 취해있던 대한이 학교 앞이라는 친구들의 말을 듣고서야 버스에서 내린다. 대한이 친구들과 함께 학교 정문을 통과하여 교실로 이르는 오르막길을 거슬러 올라가고 있다.

이때 2층 3학년 여학생 교실 창가에서 대한의 1년 선배인 은희와 그녀의 친구들이 대한이 등교하는 모습을 바라보고 있다. 대한이 은희와 친구들이 있는 창문 아래를 지날 때쯤 은희와 친구들이 대한의 이름을 부르며 손을 흔든다. 대한은 무심한 듯 '싱긋' 웃으며, 은희에게 손을 흔들고 지나친다. 1년 전 신입생인 대한과 복도에서 부딪혀 넘어진 일 이후로 은희는 은근히 대한에 대해 호감을 가지고 있었지만 학교 직속 선후배라는 사실 때문에 대놓고 마음을 드러내지는 못하고 있었다. 하지만 대한은 이런 은희의 마음을 어느 정도는 알고 있었기에 은희가 자신에게 알은체를 할 때면 무심한 듯 '싱긋' 웃어주고는 했다. 대한은 외모와는 달리, 다른 사람의 작은 마음에도 신경을 써주는 세심한 성격을 가지고 있었다.

가을이 깊어진 어느 날, 대한의 학교 소풍날이 다가왔다. 1학년 신입생은 당일치기, 2학년은 수학여행(2박 3일), 3학년은 졸업여행을 하는 일정이 꾸려졌다. 교복을 말끔하게 차려입고 배낭을 멘 대한이 학교 운동장 벤치에 앉아 친구들과 함께 수학여행에 대해 이런저런 이야기를 나누고 있다. 이때 멀리서 선배 은희가 대한의 이름을 부른다.

은희 - 대한아! 여기서 모해?

대한 - 으응… 아니 그냥 뭐… 오늘 누나 졸업여행이지? 잘 다녀와! 누나!

은희 - 그래. 대한아! 너도 수학여행 잘 다녀와! 이건 누나가 너 먹으라고 가져온 음료수하고 간식이니까 이거 가져가서 친구들하고 나눠 먹어! 그렇다고 다른 애들만 다 주지 말고.

대한 - 와~ 알았어 누나! 잘 먹을게! 고마워!

은희 - 3일 동안 우리 대한이 얼굴을 못 보게 된다니까 슬프네! 호호호!

대한 - 응? 슬퍼? 왜? 누나 혹시 나한테 관심 있어? 하하하!

은희 - 뭐?

갑자기 속마음이라도 들킨 것처럼 은희의 얼굴이 빨개진다.

방송실 - 전교생은 지금 즉시 운동장으로 모여주세요!

때마침, 전교생은 모두 운동장으로 모이라는 학교 안내방송이 흘러나온다. 대한과 은희가 대화를 마무리 짓지 못하고 어정쩡하게 운동장으로 향한다. 은희가 앞선 대한의 뒤를 따라 운동장으로 향한다.

전교생이 운동장에 모이자 국민의례를 시작으로 조회가 시작되었다. 오늘도 교장 선생님의 훈화는 벌써 30분째 이어지고 있다. 하품하는 사람, 서서 눈을 감고 조는 사람, 옆의 친구들과 잡담을 하는 사람, 교장 선생님의 훈화가 길어지자 운동장에 모여 있는 학생들은 점점 지루함을 느끼기 시작한다. 관광버스 출발 시각인 9시를 넘기자 교무과 선생님이 교장 선생님에게 손을 들어 시계를 가리키며 훈화 말씀을 그만 끝내라는 신호를 보낸다. 하지만 눈치 없는 교장 선생님은 더욱 열정적으로 훈화 말씀을 이어간다. 버스 기사들이 클랙슨을 누르며 출발을 독촉하는 신호를 보내지만 교장 선생님은 여전히 훈화 말씀을 이어가고 있다. 교무과 선생님이 더는 안 되겠던지 방송실로 달려가 교장 선생님의 마이크 전원을 꺼버린다. 하지만 교장 선생님은 마이크 전원이 꺼진 것도 모르고 훈화 말씀을 계속한다. 학생들이 이 우스꽝스러운 광경에 깔깔거리며 웃음을 터뜨리자 교무과 선생님이 방송실로 들어가 마이크를 들고 버스의 출발을 알린다.

교무과 선생님 - 자! 출발 시간이 예상보다 많이 늦어졌습니다. 모두 차렷! 단상에 계신 교장 선생님께 경례! 각 학급별로 배정된 버스에 질서 있게 줄 서서 탑승하세요! 그럼 모두 즐거운 소풍이 되길 바라요!

훈화 말씀을 다 끝내지 못한 교장 선생님이 아쉬운 표정으로 단상에서 내려와 학생들을 싣고 떠나는 버스를 향해 손을 흔든다.

학교를 벗어난 버스가 어느덧 고속도로에 진입한다. 대한의 학급 담임 여인선 선생님이 버스에 탑승한 학생들에게 준비해 온 유인물을 나누어준다. 유인물에는 수학여행 2박 3일 동안의 프로그램과 안전수칙에 대한 자세한 안내가 기록되어 있었다. 여인선 선생님은 유인물에 적힌 내용을 학생들에게 간단히 설명하고는 마지막으로 대한과 친구들 쪽을 쳐다보며 의미심장한 경고성 말을 던진다.

여인선 선생님 - 내가 혹시나 해서 마지막으로 한마디 덧붙여 말하는데, 만약 숙소에서 몰래 이탈을 한다거나 술 처먹다 나한테 걸리는 놈들은 아주 작살날 줄 알아라. 기분 좋게 여행 와서 사고 치지 말고. 알겠지? 특히, 대한이! 병희! 성엽이! 너희들! 잘하자! 알겠지?

대한 - 아이고~ 깜짝이야! 걱정 마세요! 선생님!

병희 - 선생님! 우리 반 애들은 술 마실 줄 몰라요. 걱정하지 않으셔도 돼요.

성엽 - 콜라만 마셔도 취하는데 무슨 술을 마셔요? 그것도 학생이요.

여인선 선생님 - 으이그~ 이 응큼한 놈들! 지랄 말고 잘해라. 진짜다! 너희들!

말을 마치면서도 여인선 선생님의 눈은 대한과 친구들 주변에서 떠나지 않는다.

버스는 학교를 나선 후 고속도로를 약 3시간여 달려 수학여행지인 경주의 숙소 앞에 도착한다. 대한과 친구들이 배정된 방으로 들어가 짐을 풀고 점심 식사를 서둘러 마친 뒤 수학여행 첫날 스케줄을 시작한다. 하지만 수학여행이 늘 그렇듯 대한과 친구들의 관심은 첫날 공식일정을 마치고 그날 밤을 어떻게 보낼 것인가? 하는 것에 더 관심을 두고 있었다. 대한과 병희, 성엽, 영섭은 저녁 식사시간을 이용해 같은 식탁에 둘러앉아 식사하며 어떻게 하면 밖에서 몰래 술을 사올 수 있을 것인지? 이런저런 작당을 한다. 대한이 허둥지둥 식사를 마치고는 숙소 밖에 널려있던 빨랫줄을 몰래 걷어 3층 숙소의 자신들 방에 미리 가져다 놓는다.

어둠이 내리고 취침 시간이 되자 점호를 마친 대한과 친구들은 같은 방에 배정된 다른 친구들이 모두 잠든 것을 확인하고는 1층에 있는 선생님들이 무엇을 하고 있는지 살피기 위해 살금살금 발소리를 죽이며 1층으로 내려간다. 1층 선생님들 숙소에서는 선생님들이 모두 모여 첫날 일정에 관한 이야기꽃을 피우며 술자리를 벌이고 있었고 이런저런 이야기로 분위기는 화기애애해 보였다. 대한은 숙소 1층의 현관문이 잠겨 있다는 것까지 확인한 후에야 다시 3층에 있는 자신들의 방으로 올라간다. 이제 모의한 계획을 실행에 옮길 시간이 된 것이다. 대한과 친구들은 대한이 미리 가져다 놓은 빨랫줄을 단단하게 묶어 연결한 다음 창밖으로 내려보낸다. 대한은 빨랫줄을 잡고 선발대로 가장 먼저 1층으로 내려가 주변을 살핀 후 나머지 친구들이 안전하게 내려올 수 있도록 줄을 잡아주며 망을 보고 기다린다. 제일 마지막으로 몸무게 100kg이 넘는 거구의 병회가 줄에 매달리듯이 대롱대롱 안간힘을 쓰며 불안하게 내려오고 있다. 이 모습을 바라보고 있어야 하는 그들의 심장은 혹시라도 떨어지거나 발각이 되면 어쩌나 하는 마음에 심장이 멎을 것만 같다.

대한 - 아이~ 저 새끼는 평소에 운동 좀 하지. 왜 이렇게 내려오는 게 불안하냐?

성엽 - 야! 저 새끼 저러다 줄 끊어지는 거 아녀?

병희 - 야! 이 씨발놈들아! 난 손이 아파 죽겠는데. 제발 웃기지 좀 마! 새끼들아! 니들 때문에 손에 힘이 다 풀리잖아.

대한 - 그러니까 살 좀 빼라! 이 새끼야! 너 땜에 불안해 죽겠다!

영섭 - 야! 야! 장난치지 마! 위험해! 병희야! 천천히 내려와.

가까스로 내려온 병희는 1층 바닥에 발이 닿자마자 바닥에 털썩하고 주저앉는다.

대한 - 야! 이 미친놈아! 빨리 안 일어나? 이러다가 선생님한테 걸리겠다! 빨리 일어나라고! 이 뚱띵아!

병희 - 아이고 힘들어 죽겠다. 조금만 있어 봐! 어?

성엽 - 저 씨발놈! 야! 저 새끼 그냥 놓고 가자! 으이그 돼지새끼!

병희 - 의리 없는 새끼들! 니들이 이러고도 친구냐?

영섭 - 병희야! 일단 여기서 이동하자! 여기는 위험해!

숙소로부터 탈출에 성공한 대한과 친구들은 허겁지겁 숙소를 빠져나와 술을 사기 위해 각자 가지고 있는 돈을 걷는다. 이제는 누가 이 돈을 가지고 가서 술을 사 올 것인가? 하는 것이 문제다. 다른 친구들이 술을 사려고 하면 가게 주인이 술을 순순히 내 줄리만무하다. 대한과 친구들의 시선이 일제히 병희에게로 향한다. 아무리 봐도 친구들 중에서 술을 사 오기에는 병희가 제격이다. 100kg이 넘는 체격에다가 얼굴이 우락부락하게 생겨서 병희는 아무리 보아도 학생처럼 보이는 얼굴은 아니다. 대한과 친구들이 각출한 돈뭉치를 병희에게 건네자 병희가 황당하다는 듯이 어이없는 표정으로 친구들에게 쏘아붙인다.

병희 - 야! 니네 씨발놈들! 진짜 해도 해도 너무한다.

성엽 - 이 미친 새끼야! 우리 중에서 술을 사 올 수 있는 생김새가 지금 너 말고 누가 있냐? 넌 원래 아저씨삘이잖아? 너밖에 없다니까? 진짜로!

병의 - 성엽이 네가 가! 미친놈아!

대한 - 저기… 병희야! 이거는 있지. 우리가 술을 사려고 지금까지 이 고생을 하는 거잖아. 그치? 술을 사려면 그래도 좀 성인처럼 보이는 사람이 가서 사야 수월하잖어, 우리들 중에서 누가 봐도 병희 네가 제일 성인처럼 보이잖냐?

병희 - 야! 무슨 근거로 그딴 말을 하나?

대한 - 일단, 평소 네 얼굴이 무기야! 무기! 왜 그러냐면… 술도 안 마셨는데 넌 얼굴이 빨갛잖아! 그리고 병희 널 처음 본 사람들은 절대로 널 학생으로 안 보잖어!

영섭 - 하하하! 그건 맞어! 병희야! 기분 나쁘게 생각하지 말고 대한이 말대로 하자! 응?

병희 - 개 씹새끼들! 알았어! 간다. 가!

대한과 친구들이 못마땅한 표정으로 투덜거리며 상점으로 향하는 병희의 뒷모습을 바라보며 낄낄거린다.

영섭 - 근데, 병희 없었으면 진짜 술 사기 힘들 뻔했겠다! 그치?

성엽 - 그러게 말이야. 우리의 병희! 우리의 빨갱이가 있어서 다행이야!

암만~

대한 - 쟤 걷는 폼 좀 봐라! 누가 쟤를 중학생으로 보겠냐? 완전 동네 아저씨 스타일이야. 하하하!

성엽 - 그러니까! 하하하! 병희가 우리 집 바로 앞에 살잖아. 우리 동네 아줌마들이 병희 얼굴이 항상 빨갛게 되어 있으니까 맨날 술 마시는 비행 청소년으로 알더라고. 그래서 우리 엄마는 병희랑은 놀지 말라고 했어! 하하하!

영섭 - 뭐? 진짜야? 캬하하하!

잠시 후 병희는 건너편 상점에서 술과 안주를 한가득 담은 비닐 봉지를 양손으로 나누어 들고 툴툴거리며 돌아온다.

병희 - 아~ 씨팔! 저 아줌마 진짜 짜증 나네!

대한 - 왜? 갑자기 왜 그러는데? 응?

병희 - 아~ 저 슈퍼 아줌마가 자꾸 나보고 아저씨! 아저씨! 그러잖어! 아 씨팔! 열 받네!

성엽 - 에라~ 이 미친 새끼야! 네 생김새를 보고서나 화를 내라. 넌 누가 봐도 노가다 아저씨 같어! 알겠냐?

대한 - 에이고~ 우리 병희 화났어요? 하하하하!

영섭 - 그래도 병희가 애썼는데 이제 병희 좀 그만 놀려!

병희가 무사히 술을 사 온 것에 안도하며 대한과 친구들은 병희를 둘러싸고 낄낄거리며 한참을 웃는다.

아저씨삘이 나는 병희의 눈부신 활약 덕분에 무사히 술과 안줏

거리를 구입하기는 했지만, 이제는 3층에 있는 방으로 다시 돌아가는 것이 문제다. 늘 그랬듯이 숙소 1층에 도착한 그들 중에서 대한이 제일 먼저 움직인다. 대한은 3층에서 내려온 후 남들 눈에 띄지 않도록 나뭇가지 위에 감추어 놓았던 빨랫줄을 찾아서 순식간에 3층 숙소로 올라간다. 그리고는 잠시 뒤에 빨랫줄에 빈 가방 하나를 묶어 1층으로 내려보낸다. 밑에서 숨을 죽이고 기다리던 친구들은 대한이 내려 준 빈 가방에 조심스럽게 술과 안주를 모두 챙겨 넣은 후에 3층에 있는 대한에게 신호를 보냈고 대한은 소리가 날까 염려하면서 조심조심 잽싸게 3층으로 가방을 끌어 올린다. 그리고는 친구들이 숙소로 올라올 수 있도록 빨랫줄을 다시 밑으로 내려준다. 영섭과 병희가 망을 보는 사이에 성엽이 먼저 올라가고 이어서 영섭도 안전하게 3층 숙소로 올라간다.

이제 남은 것은 100kg이 넘는 병희뿐이다. 병희는 비만 체질이라 내려오기도 어려웠지만 빨랫줄을 잡고 다시 3층으로 올라간다는 것은 더 어려운 일이다. 대한은 할 수 있다면 차라리 줄을 잡고 있는 병희를 끌어올리는 편이 더 낫겠다고 생각한다. 그래서 1층에 있는 병희가 빨랫줄을 움켜잡은 것을 확인하고 대한이 병희를 끌어올리기 위해 줄을 당겨본다. 하지만 아무리 대한이 또래의 아이들에 비해 체격도 크고 힘이 세다고는 해도 100kg이 넘는 병희를 대한의 팔 힘만으로 끌어올리기란 처음부터 불가능한 일이었다. 그들은 빨랫줄을 잡고 3층으로 올라오기 위해 안간힘을 쓰고 있는 병희를 바라보며 그가 안쓰럽기도 하고 이러다 1층 선생님들에게 발각되는 것은 아닌지 조바심이 날 지경이다. 대한은 이렇게는 안 되겠다고 생각하고는 빨랫줄을 잡고 병희가 있는 1층으로 다시 내려간다.

대한 - 병희야! 조금만 참아! 내가 널 3층으로 올라오게 할 수 있는 방법을 찾아볼 테니까. 알겠지?

병희 - 그래! 대한아! 난 너만 믿는다! 친구야!

이리저리 궁리하던 대한이 순간 머릿속에서 기막힌 묘수 하나를 생각해 낸다. 대한은 병희에게 눈에 띄지 않게 숨어서 기다리라고 지시한 후 다시 빨랫줄을 잡고 3층 숙소로 올라간다.

대한 - 야! 답 나왔다! 나왔어! 그냥 소화전을 누르는 거야!

성엽 - 뭐라고? 야! 씨발! 그럼 여기 난리 나! 그럼 진짜 일이 너무 크게 벌어질지도 몰라!

영섭 - 그래! 대한아! 나도 그건 조금 겁이 난다. 차라리 1층으로 몰래 내려가서 현관문을 열어 주는 건 어때?

성엽 - 벌써 1층으로는 내려가 봤지! 1층 계단에 센서가 있어서 누군가 2층에서 1층으로 내려가면 '띵동' 하는 소리가 난단 말이야. 그러면 무조건 선생님들한테 걸리는 거야.

대한 - 그럼 내가 소화전을 누를 테니까, 너희들은 내가 하라는 대로만 해! 무슨 말인지 알겠지?

성엽 - 근데? 소화전을 누르면 119 소방차가 오는 거 아니야? 그러면 일이 존나 커지는데. 그건 대한이 너도 알지?

영섭 - 대한아! 이러다 괜히 우리 경찰서에 끌려가는 거 아니냐? 난 좀 무섭다!

대한 - 야! 그러면 병희는 어떻게 하냐? 지금은 다른 방법이 없어! 내가 소화전을 누르면 너희들은 '불이야! 불이야!' 하고 크게 소리를 지르면서 애들을 1층으로 대피시켜! 알겠지? 그리고 자연스럽게 1층 문을 열고 병희랑 같이 합류하면 되는 거야. 알겠냐?

영섭 - 들어보니 괜찮은 방법인데. 그래. 알겠어!

성엽 - 와~ 존나 떨린다! 소리 존나 크게 질러야겠다!

영섭 - 존나 무서워! 히히! 근데 존나 재밌을꺼 같어! 크크크!

대한 - 야! 너희들 쫄지 말고… 까짓것, 이판사판이니까 소리 크게 질러! 알겠지?

숙소 방문을 열고 나간 대한이 복도에 설치된 소화전의 화재경보기 스위치를 과감히 눌러버린다. 순간 화재경보기의 '따르릉' 하는 요란한 경보음이 모두가 곤히 잠들어 있는 숙소 전역에 발작하듯 울려 퍼진다. 경보음이 울림과 동시에 대한은 사전에 약속했던 대로 성엽, 영섭과 함께 큰 소리로 '불이야! 불이야!'하고 외치면서 잠에 취해 무슨 영문인지 몰라 어리둥절해 하는 친구들을 모두 깨워 1층 계단으로 내려보낸다. 1층 숙소에서 잠들어 있던 선생님들도 놀라 일어나 1층으로 내려 온 아이들과 함께 현관문을 열고 밖으로 뛰쳐나간다. 아닌 밤중에 화재경보음이 느닷없이 울리자 주변 인근까지 요란한 화재경보기 소리가 울려 퍼졌고 숙소 주변은 화재를 피해 대피하는 사람들로 온통 북새통이 된다. 학생들이 안전히 대피하도록 유도하느라 정신없이 뛰어다니는 선생님들의 모습을 보고 있자니 대한과 친구들은 웃음이 나오는 것을 참느라 배꼽이 빠질 지경이다.

화재경보기 소리로 시작된 한바탕 소동이 어느 정도 진정되자 학생들을 모두 안전한 곳으로 대피시킨 선생님들이 숙박업소의 사장님을 찾아 어떻게 된 영문인지 사태를 파악하기 시작한다. 화재경보기가 울렸다면 건물 어딘가는 불에 타고 있어야 하는데 불에 타고 있는 곳은 어디에서도 찾아 볼 수 없었으며, 심지어는 물건이 타는 냄새조차도 맡을 수 없었다. 숙박업소 주인이 여기저기 건물을 한참 둘러보고는 무언가 생각이 났다는 듯이 건물 안으로 들어가더니 차단기를 내렸다가 다시 올리고는 계면쩍은 표정으로 돌아온다. 어느새 요란하게 울리던 화재경보음 소리가 들리지 않는다.

숙박업소 주인 - 아이고~ 선생님! 정말 죄송합니다! 진즉에 수리를 했어야 하는데… 얼마 전부터 소화전이 가끔 말썽을 부리더라고요. 접촉 불량인지… 가끔 화재경보기가 울리는 통에… 전에도 이런 일이 몇 번 있기는 했습니다! '수리해야지! 해야지!'하면서도 바빠서 수리를 하지 못했지 뭡니까? 정말 죄송하게 되었습니다! 선생님들!

선생님 - 아~ 아닙니다! 화재가 아니라니 다행이지요! 화재였으면 정말 어쩔 뻔했습니까? 괜찮습니다.

숙박업소 주인의 얘기를 듣고 난 선생님들은 다행이라는 듯이 안도의 한숨을 내 쉬고는 놀랐던 가슴을 쓸어내리며 학생들을 다시 숙소로 복귀시킨다. 그렇게 병희는 대피했던 친구들과 함께 3층 숙소로 무사히 돌아올 수 있었다.

한바탕 화재소동이 끝난 뒤, 아직도 조금 겁을 먹은 듯 얼굴빛이 벌겋게 물든 병희가 하나둘 방으로 돌아오는 대한과 친구들을 잔뜩 쏘아본다.

병희 - 야! 이 미친놈아! 밖에서 내가 얼마나 조마조마했는지 알기는 하냐? 난 대한이 네가 불이라도 지른 줄 알고… 화재경보기가 요란하게 울리는데, 정말 무서워 죽는 줄 알았다!

영섭 - 나도 엄청 겁이 나기는 했는데, 그래도 대한이가 화재경보기를 눌러서 네가 지금 여기에 있는 거니까 대한이한테 고맙다고나 해! 하하하!

병희 - 하여튼 대한이 너는 참 비상한 놈이란 말이야! 조금 놀라기는 했지만… 아무튼 고맙다! 친구야! 에구~ 아직도 내 심장이 쿵쾅거리네. 휴우~

대한 - 친구끼리 고맙긴 뭐가 고맙냐? 당연한 거지. 안 그러냐?

성엽 - 그렇지! 친구끼리니까 당연한 거지. 근데… 병희야! 넌 살 좀 빼라! 이 새끼야! 너 때문에 내가 살 빠지겠다! 임마!

대한과 친구들 - 하하하하하하!

한바탕 무용담으로 대한과 친구들이 왁자지껄한 사이, 복도에서 선생님의 발소리가 들려온다. 대한과 친구들은 모두 실내등을 소등하고는 잠이 든 것처럼 눈을 감고 눈치를 살핀다. 대한과 친구들의 방문을 연 선생님은 문간에 서서 방안을 대충 둘러보고는 아래층 숙소로 다시 내려간다. 잠시 시간을 두고 기다리던 대한이 선생님이 밑으로 내려가신 것을 확인하고는 친구들을 일으켜 창가에 암막 커튼을 쳐서 빛이 새어나가지 않도록 하고는 실내등을 켠다.

대한은 자신들이 사 온 술과 안주를 꺼내 방안에 함께 배정된 친구들을 모두 깨워 둘러앉게 하고는 종이컵에 소주를 가득 채워주며 마시게 한다. 다들 술이라고는 처음 마셔보는 터라 대부분의 친구들은 술 몇 잔을 마시지도 못하고는 빨갛게 얼굴이 홍당무가 되어 뻗어버린다. 모두 술에 취해 잠이 들자 결국 남은 것은 대한과 병희, 성엽뿐이었다. 이들은 얼굴색 하나 변하지 않고 밖에서 사 온 술병이 모두 바닥을 드러낼 때까지 술잔을 들이킨다. 세 사람은 어느덧 창밖이 훤해질 때가 되어서야 술자리를 끝내고 잠자리에 든다.

수학여행 2일 차인 다음 날 아침은 경주 불국사 일정이 잡혀 있었다. 대한과 친구들은 간밤의 한바탕 소동과 숙취로 인해 버스 인솔자인 담임선생님이 마이크를 잡고 이런저런 주의와 안내를 하는 중에도 꾸벅꾸벅 졸고 있다. 잠시 후 대한과 친구들을 태운 관광버스가 경주에 도착한다. 경주에 도착한 대한과 일행의 첫 일정은 담임선생님과 함께 기념촬영을 하는 것이다. 이후에는 자유시간이다. 대한은 기념촬영을 하는 둥 마는 둥 하더니 모두가 삼삼오오 사진을 찍느라 정신이 팔린 사이에 평소 관심을 두고 있던 민희에게 슬그머니 다가간다. 깔끔한 외모와 차분한 성격의 민희는 학업성적이 우수하고 교우들과의 관계도 원만해서 남학생들 대부분이 호감을 가지고 있는 소위 퀸카다. 더구나 민희는 또래의 여학생들에 비해 한층 돋보이는 성숙미를 풍기고 있어서 남학생들에게는 선망의 대상이다. 대한도 이런 민희에게 호감을 가지고 있었지만 주변 친구들의 관심이 온통 민희에게 집중되어 있어서 지금까지 그녀에게 사적인 말을 단 한 마디도 건네지 못하고 속만 태우고 있었다. 오늘도 민희는 친구들과 어울려 기념사진을 찍느라 정신이 없다. 이렇게 저렇게 포즈를 취하는 민희를 먼발치에서 바라보는 대한의 가슴이 방망이질을 한다. 대한의 시선은 민희에게 붙어 있는 것처럼 보인다. 이런 대한을 유심히 바라보던 병희가 대한에게 다가간다.

병희 - 대한이! 너! 민희 좋아하지? 자꾸 민희 주변을 맴도는 것이 어째 수상한디? 솔직하게 말해바! 응?

대한 - 미친놈! 뭔 소리여? 아니거든!

순간 몰래 먹다 들키기라도 한 것처럼 대한의 얼굴이 발그스레하게 물든다.

병희 - 근데… 왜 자꾸 민희만 쳐다보고 있냐? 내가 아까부터 대한이 널 쭈욱 지켜보고 있었거든?

대한 - 뭐가 임마! 내가 내 눈 가지고 그냥 쳐다보는 것도 안 되냐?

병희 - 야! 민희야! 너 잠깐만 이리 와 봐!

민희 - 어? 병희야~ 왜?

대한은 민희가 조금씩 가까이 다가오자 가슴이 터져버릴 것처럼 쿵쾅거리고 마치 얼어버린 것처럼 몸이 경직되는 것을 느낀다. 병희는 평소답지 않은 대한의 부자연스러운 행동을 보며, '아! 대한이가 민희를 좋아하기는 하는가 보다.'라는 생각을 한다. 병희는 어떻게든 대한과 민희를 연결해주고 싶은 마음이 든다. 아무 말도 하지 못하고 먼 산을 바라보고 있는 대한의 마음을 알겠다는 듯이 병희가 대한을 슬쩍 바라보고는 민희에게 기념사진을 찍자고 제의한다. 병희는 자신이 나서서 대한과 민희의 기념사진을 찍어주겠다고 하고는 대한과 민희가 함께 한 사진을 몇 장 찍는 척하면서 민희의 독사진을 몇 컷 슬쩍 찍는다.

수학여행 2일 차 공식 일정이 끝나고 대한과 일행을 태운 관광버스가 저녁 해가 어스름할 무렵 숙소로 돌아온다. 버스가 숙소에 도착하자 담임 여인선 선생님은 대한과 일행이 버스에서 내리기 전에 그날 저녁 일정에 대해 전달한다.

여인선 선생님 - 오늘은 저녁 식사 후에 각 반별로 장기자랑 이벤트가 있으니까 반장하고 상의해서 다들 잘 준비해서 나오도록 해!

저녁 식사를 마친 학생들이 숙소 여기저기에서 장기자랑에 참가하기 위해 춤과 노래를 연습하느라 분주하다. 대한과 같은 반 친구들도 그날 있을 장기자랑을 준비하고 있었다.

대한 - 저기… 반장! 분명히 말해 두는데… 나는 아무것도 준비한 게 없으니까 진짜 시키지 마라. 알겠지?

반장 - 그럼 우리 반은 종호랑 병희가 대표로 나가는 것으로 할게! 다들 괜찮지?

병희 - 그라! 그까짓 거 내가 하지. 뭐! 내가 종호랑 잘 준비해 볼게!

종호 - 병희야! 갈채 어때? 갈채 한 번 불러보자!

병희 - 갈채? 그래 좋지~ 그럼! 갈채로 하자!

어느덧 날이 저물고 드디어 장기자랑 이벤트 시간이 되었다. 진산중학교 2학년 남녀 학생이 모두 한자리에 모인다. 장기자랑 사회는 여인선 선생님이 맡았다.

여인선 선생님 - 여러분! 이번 수학여행에 여러분 모두가 기억할 수 있는 좋은 추억을 만들어 보자는 취지에서 2학년 4개 반 선생님을 대표해서 오늘 장기자랑 사회는 내가 맡았어요! 지금부터 장기자랑을 시작할 건데… 특별한 룰은 없어요! 다만, 배틀 형식으로 진행할 테니까 자신 있는 반은 앞으로 나오면 돼요! 알겠죠?

학생들 - 네!

장기자랑에 대한 기대로 학생들의 목소리가 이미 잔뜩 들떠있다.

여인선 선생님 - 그럼 지금부터 시작합니다! 제일 첫 순서는 댄스 배틀입니다. '춤에는 내가 자신 있다.'하는 사람은 앞으로 나와요!

각 반을 대표하는 댄스팀들이 한 팀씩 나와서 댄스 배틀을 하는 것으로 장기자랑이 시작되었고 연습했던 기량을 마음껏 뽐내는 각 반 춤꾼들의 실력은 상상 이상이었다. 각자의 반을 대표한 댄스팀을 열렬하게 응원하는 학생들의 함성 소리로 장기자랑의 분위기가 점점 무르익는다. 요즘 제일 핫한 히트곡, '룰라'의 '날개 잃은 천사'에 맞춰 맛깔스러운 안무를 보여준 4반 여학생들에 대한 반응이 가장 뜨거웠다.

이어서 각 반 대표들의 노래경연이 시작된다. 소문난 노래꾼 정세희는 기타를 들고 한껏 분위기 있는 노래로 관중들의 시선을 사로잡는다. 다음 순서는 대한의 반대표 병희와 종호의 순서다. 병희와 종호는 자신들이 선곡한 최용준의 '갈채'라는 곡을 열심히 불렀지만 어쩐 일인지 청중들의 반응이 그리 뜨겁지 않다. 순간 눈치꾼 병희가 무언가 분위기가 좋지 않다는 것을 느꼈는지 물귀신 작전을 쓴다. 평소 여자아이들에게 인기도 많고 노래도 잘 하는 대한을 끌어들이려는 것이다.

병희 - 사실 저하고 옆에 있는 종호는 들러리고요! 저희 반 진짜 대표를 불러보겠습니다! 하하하! 박대한! 미안한데! 앞으로 나와라!

학생 일동 - 나와라! 박대한! 나와라! 박대한!

병희의 갑작스러운 물귀신 작전에 당황한 대한이 병희와 종호를 번갈아 쏘아본다. 학생들의 시선이 호명된 대한이 있는 쪽으로 일제히 쏠리며 박수와 함께 함성을 질러댄다. 옆에 있던 친구들이 대한을 무대 쪽으로 떠다민다. 이제는 꼼짝없이 노래를 불러야만 하는 분위기다. 결국 대한은 분위기에 떠밀려 엉거주춤 무대 위로 내몰리듯 올라선다. 관중들의 관심은 기대 이상이었다. 병희는 평소 여학생들로부터 절대적인 관심을 받고 있던 대한에 대한 뜨거운 환호에 내심 놀라며 대한에게 찡긋 윙크하고는 마이크를 넘겨준다.

대한 - 어… 갑자기 제 친구 덕분에 이렇게 요란하게 등장을 하기는 했는데요. 아… 사실 준비한 게 없어서 당황스럽네요! 지금 이 순간 제 친구 병희가 얼마나 얄미운지. 아~ 일단 무대에 올라왔으니까 평소에 가끔씩 부르던 드라마 '창공'의 OST '김원준'의 '세상은 나에게'라는 노래를 불러보겠습니다!

스피커에서 반주가 흐르기 시작하자 무대를 바라보는 학생들의 시선은 마이크를 잡은 대한에게로 집중된다. 대한은 객석을 슬쩍 둘러보고는 특유의 청음으로 첫 소절을 부르기 시작한다.

대한 - 수많은 질문과 함께 자란 내 꿈에~♬ 조그만 날개 이제는 달아 줄 때야~♬

대한이 첫 소절을 마치기도 전에 객석의 여학생들이 대한의 빼어난 가창력에 놀라며, 원곡자인 김원준의 목소리와 똑같다는 등 호들갑이다. 어느새 여학생들이 대한의 노래에 맞춰 떼창을 부르기 시작한다. 대한의 노래가 끝나자마자 여학생들의 비명과도 같은 뜨거운 환호로 장기자랑 장이 떠나가는 듯하다. 여학생들은 마치 대한의 노래가 끝나기를 기다리기라도 했다는 듯이 앙코르를 외쳐 댄다.

여학생들 - 앵콜! 앵콜! 앵콜!

대한 - 어… 감사합니다! 하지만 이제 시간이 얼마 남지 않았거든요. 저보다는 다른 친구들의 멋진 무대가 또 많이 있어서, 저는 여기서 그만하고 다른 친구들의 무대를 보게 하는 것이 예의인 것 같아요.

갑작스러운 병희의 물귀신 작전으로 어쩔 수 없이 노래를 부르기는 했지만, 자신의 노래가 계획된 순서가 아니라고 생각한 대한은 앙코르를 연호하는 학생들의 함성을 뒤로한 채 서둘러 무대에서 내려온다.

대한이 무대에서 내려오자마자 병회의 뒤통수에 보기 좋게 한방을 먹이고는 머쓱한 듯 객석 제일 뒤쪽에 가서 자리를 잡고 앉는다. 무대를 마친 대한의 인기는 대한 자신도 당황스러울 만큼 폭발적이었다. 무대에서 공연이 한창 이어지고 있는데도 불구하고 여기저기서 몰려든 여학생들이 대한에게 함께 사진을 찍자며 연신 카메라를 들이민다. 대한은 이런 분위기가 어색하면서도 은근 싫지는 않다. 그중에는 자신이 평소에 좋아했던 민회도 있었다. 하지만 대한은 민회가 곁으로 다가온 것을 의식하지 못할 정도로 다른 여학생들의 카메라 공세에 일일이 포즈를 취하며 성심껏 응해주고 있었다.

대한의 수학여행 마지막 밤은 장기자랑 이벤트의 뜨거운 열기와 함께 즐겁게 마무리되어가고 있었다. 학생들은 장기자랑 이벤트의 홍겨운 여운에 취해 아쉬운 듯 숙소로 들어가지 않고 삼삼오오 웃고 떠들며, 기념사진을 찍느라 카메라 버튼을 연신 눌러댄다. 장기자랑 이벤트의 아쉬움을 그렇게 달래고 있었던 것이다. 뜻하지 않았지만 대한의 노래는 장기자랑이 끝난 뒤에도 여기저기서 홍얼거릴 정도로 큰 인기와 호응을 받았다. 이날 장기자랑 이벤트의 최고 스타는 역시 대한이었다. 여학생들에게 둘러싸여 기념사진 촬영 요청에 응해주느라 진땀을 흘리고 있는 대한을 멀리서 바라보고 있는 민희의 눈빛이 가볍게 흔들린다.

중학생 대한 下
(열여섯의 추억!)

1996년 4월 어느 봄날. 아침을 깨우는 요란한 자명종 소리에 잠이 깬 대한은 머리맡에 놓인 자명종을 찾아 버튼을 누르고는 졸음이 채 가시지 않은 눈으로 부스스 침대에서 일어나 창문을 활짝 열어젖힌다. 대한은 아침상을 준비하기 위해 어머니가 도마에 칼질하는 소리, 압력밥솥 김빠지는 소리를 들으며 아직도 곯아떨어져 있는 동생 민국을 물끄러미 내려다본다.

대한의 동생 민국은 유독 아침잠이 많았다. 어젯밤에는 밤늦도록 게임을 하느라 바스락거리더니만 아침 해가 중천에 떴는데도 일어날 기미를 보이지 않는다. 이러다가는 아침 준비로 분주하실 어머니가 대한과 동생 민국을 깨우러 오지나 않을까 하는 마음에 대한이 동생 민국의 엉덩이를 보기 좋게 후려갈긴다. 잠에서 깬 민국이 대한을 흘겨본다.

민국 - 아야! 왜 때려? 아침부터!

대한 - 어라? 요놈 보게? 그러게 일찍 자라고 했잖아? 또 어머니가 부르러 오시게 하지 말고 그만 일어나자!

대한이 아직도 이불 속에서 꼼지락거리는 동생 민국의 겨드랑이를 간질여 일으켜 세우고는 등교할 준비를 시작한다. 대한이 욕실로 들어가 샤워를 마치고 헤어드라이어로 머리를 말릴 때까지도 민국은 여전히 침대에 걸터앉은 채로 졸고 있다. 장난기가 발동한 대한이 두 손에 물을 가득 떠 꾸벅꾸벅 졸고 있는 동생 민국의 얼굴에 냅다 튕긴다.

민국 - 앗! 차가워! 형! 쫌~ 그만해!

대한과 동생 민국은 터울이 많지 않은데도 둘이 놀고 있는 모습을 보고 있노라면 대한이 나이 터울이 많이 나는 형인 것처럼 보인다. 의젓하고 대범한 대한과 달리 동생 민국은 여리고 온순했다. 체격을 보더라도 민국은 처음부터 형 대한의 상대가 될 수는 없었다. 교복을 차려입은 대한의 삼 남매와 어머니가 아침 식탁에 마주 앉는다. 어쩐 일인지 대한의 아버지는 아침부터 보이지를 않는다.

대한 - 아버지는 벌써 어디 가셨어요?

대한 엄마 - 새벽부터 논 가신다고 일찌감치 나가셨다! 아버지는 조금 있어야 식사하러 오실 거니까 니들부터 언능 챙겨먹고 가거라! 그러다 학교 늦을라.

대한 - 네! 민국이! 수연! 얼른 밥 먹자! 그나저나 아버지 배고프시겠네!

대한 엄마 - 엄마가 어제저녁 꿈자리가 안 좋아! 그러니까 오늘은 각별히 조심들 하거라! 찻길 건널 때 주변 잘 살피고… 학교에서 선생님 말씀 잘 듣고… 친구들이랑 다투지 말고… 알겠니? 항상 그래야 하지만, 오늘은 특히 더 매사에 조심해라! 다들 알았지?

대한 삼남매 - 네!

대한과 동생들은 꿈자리가 좋지 않다는 어머니의 당부 말씀에 그저 대답만 할 뿐, 그다지 귀담아듣지 않고 대수롭지 않게 흘려넘긴다. 아침 식사를 마치고 대한이 동생 민국과 여동생 수연을 데리고 삼 남매가 나란히 대문을 열고 등굣길에 나선다. 대한의 동생 민국은 대한과 같은 진산중학교의 1학년 신입생이었고 초등학생인 막내 여동생 수연이 다니는 초등학교는 대한의 학교로 가는 길목에 있었다. 버스를 타고 몇 정거장 지나 수연이 다니는 초등학교에 이르자 대한의 여동생 수연이 먼저 내린다. 차창 밖으로 봄 아지랑이가 아른아른 피어오르고 있다. 대한이 새싹이 돋아 초록이 짙은 봄 들판 아지랑이를 물끄러미 바라보고 있다. 그때 '삑~' 하고 정차를 알리는 벨이 울린다.

민국 - 형! 내려야지!

동생 민국이 대한의 팔을 잡고 흔든다. 대한과 민국이 학교 앞 버스정류장에서 내려 학교를 향해 나란히 걷는다. 대한의 동생 민국이 주위를 살피지도 않고 경중경중 발걸음을 내디딘다. 이런 민국을 앞에 두고 뒤에서 걷는 대한이 입가에 슬며시 미소를 짓는다.

대한 일행을 내려 준 버스가 '횡~' 하고 대한의 앞을 지나자마자 건널목 신호가 초록색으로 바뀐다. 신호가 바뀌자마자 민국이 주위를 살펴보지도 않고 횡단보도로 내려선다. 대한도 민국의 뒤를 따라 횡당보도로 들어선다. '그르릉~' 대한의 등 뒤에서 대형트럭의 굉음이 갑자기 가까워지기 시작한다. 불현듯 아침 식탁에서 엄마가 하셨던 말씀을 떠올린 대한이 찰나의 순간에도 무언가 좋지 않은 일이 생길지 모른다는 불안함을 느낀다. '앞에서 걷고 있는 민국을 밀쳐내야 한다.' 뒤에서 빠른 속도로 다가오고 있는 대형트럭이 어쩌면 자신과 동생 민국을 덮칠 수도 있다는 생각에 대한이 동생 민국의 몸을 밀쳐내려는 순간 어느새 대형트럭이 대한과 동생 민국의 몸을 옆에서부터 덮쳐온다. '우-우-웅! 픽! 쿠당탕!' 대형트럭의 운전석 앞부분에 정면으로 충돌 당한 민국의 몸이 공중으로 '부웅~' 뜬다 싶더니 족히 30여 미터는 날아가 아스팔트 위에 낙엽처럼 내동댕이쳐진다. 대한도 대형 트럭의 조수석 측면 부분에 충돌되어 마치 볼링 핀처럼 갓길 쪽으로 맥없이 고꾸라져 나뒹군다. 대한과 동생 민국을 덮친 대형트럭은 대한과 민국을 수습할 생각도 하지 않고 '윙~' 하는 굉음을 내고는 이내 사람들의 시선에서 사라져버린다. 대한과 민국이 정신을 잃은 채 피를 흘리며 도로 위에 널브러져 있다.

때마침 사고현장 옆을 지나고 있던 대한의 같은 반 친구 준기가 상대적으로 부상의 정도가 덜해 보이는 대한을 먼저 흔들어 깨운다. 사고의 충격으로 일순간 정신을 잃었던 대한이 친구들의 부축을 받아 일어나며 동생 민국을 찾는다. 걱정스런 눈빛으로 민국을 찾으려 주변을 훑던 대한의 눈에 비친 사고현장의 모습은 실로 참혹했다. 대한이 머리에서 피를 철철 흘리며 아스팔트 위에 죽은 듯이 널브러져 있는 동생 민국을 향해 내달린다.

대한 - 민국아! 민국아!

민국의 머리는 깨어져 피를 물처럼 쏟아지고 있었고, 마치 체하여 토하는 것처럼 입에서는 검붉은 피를 토해내며 고통스럽게 신음하고 있다. 이런 동생 민국의 처참한 광경을 지켜보던 대한도 이내 정신을 잃고 바닥에 맥없이 고꾸라진다.

잠시 후 학생들이 학교 앞에서 교통사고를 당했다는 소식을 전해 들은 학교 선생들 여럿이 허둥지둥 사고현장으로 뛰어온다. 대한의 동생 민국의 상태가 몹시 위중해 보인다. 머리가 깨어져 피가 빗물처럼 쏟아지고 있는 민국의 머리를 지혈하는 것이 가장 급해 보인다. 선생 중 일부는 깨어진 민국의 머리에서 흐르는 피를 멈추게 할 요량으로 자신들의 손수건을 꺼내 지혈을 하면서 피가 목으로 역류하지 않도록 기도를 확보하는 등 응급조치를 취한다. 문제는 시간이다. 이렇게 지체하다가는 과다출혈로 민국의 생명이 위태로울 수도 있는 긴박한 상황이다. 언제 올지도 모르는 구급차를 마냥 기다리고 있을 수만은 없는 노릇이다. 때마침 사고현장을 지나던 대한의 동네 주민 박 씨가 대한과 민국을 알아보고는 차를 세운다.

박 씨 - 아니 대체 어떤 노무 개새끼가 이렇게 한 겨? 구급차는 아직이여? 애가 이렇게 피를 철철 흘리고 있는데 이 씨발놈의 구급차는 왜 안 오는 거여? 구급차를 부르기는 한 거여?

한마을에 살고 있는 박 씨는 대한과 민국이 교통사고로 사경을 헤매는 모습을 보며 마치 내 자식이 사고를 당한 것처럼 흥분하여 쌍욕을 해댄다.

박 씨 - 아따 선생님! 그러고만 있지 말고 전화나 다시 해 봐요! 제기랄 이놈의 구급차. 부른 거는 맞아요?

문 선생 - 예! 여기 도착하자마자 제일 먼저 구급차부터 불렀는데 출근 시간이라서 그러는지 아직도 오지를 않네요! 뭘 어떻게 해야 할지 모르겠어요. 민국아! 대한아! 조금만 참아라! 아이고~ 어떡하니? 아이고~

민국 - 아~ 아~

교통사고로 인해 피투성이가 된 민국은 고통스러움에 울부짖고 있다. 대한은 이 모습을 말없이 바라보며 걱정스러운 표정을 하고 있다. 참다못한 박 씨가 건너편에 더블캡 차량을 끌고나온 정 씨를 보며 큰소리로 말했다.

박 씨 - 아~ 이 씨발놈들! 구급차 기다리다 애들 다 죽이겠네! 민국이가 피를 너무 많이 쏟아서 그냥 이렇게 기다려서는 안 되겠어! 저기… 정 씨! 차 좀 줘 봐!

정 씨 - 아이고 이를 어쩐댜? 큰일 났구먼!

박 씨 - 저기 선생님! 일단 민국이랑 대한이를 이 차에 태우고 진산병원으로 가야겠어요! 여기서 더 늦으면 얘들 큰일 나요! 애들이 위험해서 안 되겠어요. 빨리 서둘러야 해요!

문 선생 - 네! 아저씨! 그러는 게 좋겠어요! 민국이는 다리도 부러진 거 같아요! 그러니까 들 때 조심해서 들어주세요! 저기… 준기야! 대한이도 뒷좌석에 태워야 하니까 너도 좀 거들어라!

박 씨 - 얘들아! 시간이 없어! 빨리 좀 서둘러!

박 씨 아저씨는 정 씨의 더블캡 차량을 빌려 상태가 위중한 대한과 민국을 뒷좌석에 조심스럽게 태우고 조수석에는 문 선생을 태워 급히 인근에 있는 병원으로 출발한다. 사람의 목숨이 경각에 달렸다고 생각한 박 씨는 비상등과 전조등을 밝히고 요란하게 경적을 누르며 병원을 향해 내달린다. 신호나 과속 따위가 문제 될 일은 아니다. 응급환자를 싣고 내달리는 차량에 지나는 차들도 무슨 급한 일이 생겼다는 것을 알고는 알아서 길을 터준다. 이제 바로 앞에 있는 사거리만 지나면 병원이다. 그런데 갑자기 사거리의 교통신호가 바뀐다. 박 씨가 지나가려고 하지만 영문을 모르고 신호대기 중인 앞 차량들이 길을 터주지 않는다. 박 씨가 요란하게 경적을 누르더니 창문을 열고 냅다 소리를 지른다.

박 씨 - 야! 이 씨발 것들아! 좀 비키라고… 여기 응급환자가 있단 말이야! 좀 비켜! 이 새끼들아!

문 선생 - 긴급한 환자가 차에 타고 있어요. 양보 좀 해주세요!

박 씨 - 좀! 비켜! 비키라구… 이 개새끼들아!

박 씨 아저씨가 눈치 없이 길을 터주지 않는 앞차들을 향해 거친 욕설을 퍼붓는다. 우여곡절 끝에 대한과 민국을 실은 차량이 병원응급실에 도착한다. 응급실 앞에는 진산중학교 선생님들로부터 연락을 받은 응급의료진들이 미리 대기하고 있다. 박 씨의 더블캡 차량이 요란한 경적을 울리며 응급실 앞에 곤두박질치듯 멈춰 서자 응급실 앞에서 대기하고 있던 의료진들이 황급히 차량 뒷문을 열고 피를 철철 쏟고 있는 민국과 대한을 들것에 옮겨 싣고는 응급처치를 하며 상태가 위중한 민국을 먼저 급히 수술실로 옮긴다.

뒤늦게 대한과 민국의 사고 소식을 학교 측으로부터 전해 들은 대한의 부모가 정신없이 병원으로 달려온다. 갑작스런 두 아들의 비보에 마치 날벼락이라도 맞은 듯 대한의 부모가 걱정스러운 표정으로 두 아들을 바라본다. 민국의 상태가 매우 위중해 보인다. 머리가 깨어져 피를 많이 흘린 탓에 민국의 낯빛은 창백했으며, 피범벅이 된 채 퉁퉁 부어오른 민국의 상태는 얼핏 보기에도 심각해 보인다. 대한의 엄마는 대한과 민국을 번갈아 바라보며 아버지 곁에서 큰 충격을 받은 듯 아무런 말도 하지 못하고 울고만 있다. 출혈이 가장 심했던 민국이 먼저 수술실에 들어간 후 수술 동의를 받기 위해 진산종합병원의 담당 의사들이 대한의 부모에게 다가온다.

대한의 아버지 - 혹시 지금이라도 대전 큰 병원으로 이송할 수 있을까요? 가족들이 다들 큰 병원으로 옮겼으면 해서요.

의사 - 물론 지금이라도 환자이송은 가능합니다. 하지만 지금 아드님의 상태로는 무리하게 이송하게 되면 가는 도중에 자칫 더 위험해질 수도 있습니다. 조금 전에 아드님들의 몸 상태를 보셔서 알겠지만 지금은 시간이 없습니다. 저희 의료진을 믿어보세요! 저희도 최선을 다 해보겠습니다.

대한의 아버지 - 그러면 어떤 수술을 해야 하는 건가요? 애들 상태가 많이 심각한가요?

의사 - 글세요… 겉으로 봐서는 민국이가 심각해 보이지만 대한이가 더 위험합니다 아버님!머릿속에 고여 있는 피를 수술을 통해서 밖으로 빼내야 하는 거죠. 하지만 어떤 수술이든 단정 지을 수는 없습니다. 특히, 뇌수술이다 보니까, 그게… 뇌수술에는 늘 위험이 따르거든요!

대한의 엄마 - 그럼 민국이보다 대한이가 더 위험한 상황이라는 건가요? 아이구 어뜩해~

의사 - 솔직히 말씀을 드리면 그렇습니다! 지금 수술을 빨리 서둘러야 합니다. 제가 다른 건 몰라도 뇌수술만큼은 전문입니다. 저도 같은 부모의 입장이니 최선을 다해서 성심껏 수술하겠습니다. 저를 믿고 맡겨주세요!

앞서 수술실로 보낸 민국에 이어서 대한이마저 또다시 수술실로 향하는 것을 보며 대한의 부모는 억장이 무너지는 것 같은 심경이다. 한날한시에 두 아들을 모두 수술실로 들여보낸 부모의 심경이란 참으로 비통할 일이었다.

수술이 시작된 지 약 8시간이 지나자 먼저 수술이 끝난 민국이 중환자실로 옮겨진다. 하지만 대한의 부모는 중환자실로 옮겨지는 민국을 걱정스런 표정으로 바라보면서도 아직도 수술 중인 대한의 수술실 앞을 떠날 수는 없었다. 민국이 중환자실로 옮겨진 후로도 4시간이 더 지나, 대한의 수술이 시작된 지 12시간이 지나서야 수술실 문이 열린다.

의사 - 많이 기다리셨죠?

대한의 엄마 - 우리 애 수술은 어떻게 됐나요? 시간이 너무 오래 걸려서 혹시나 잘못된 것은 아닌가 걱정이 돼서…

의사 - 수술은 아주 성공적으로 잘 됐습니다. 일단 중환자실로 옮겼다가 회복되는 경과를 지켜보면서 일반병실로 옮기도록 할 겁니다.

대한의 엄마 - 아이고~ 감사합니다! 선생님! 정말 감사합니다!

다음 날 아침이 밝자마자 병원에 도착한 대한의 부모는 중환자실의 아침 면회시간을 기다려 두 아들을 만난다. 머리에 붕대를 칭칭 감고 있는 대한이 부모님이 오신 것을 알고는 병상에서 일어나려고 하지만 어지러움에 몸을 일으킬 수조차 없다. 오랜 시간의 뇌수술 때문인지 머릿속이 온통 멍해진 대한이 퀭한 표정으로 말없이 부모님을 바라만 보고 있다.

수술이 끝난 후 대한의 회복은 생각보다 훨씬 빨라 중환자실에서 불과 며칠간의 집중치료를 받고는 곧 일반병실(6인실)로 옮겨졌다. 일반병실로 옮긴 대한의 마음에는 하루라도 빨리 회복해서 부모님의 걱정을 덜어드려야겠다는 생각뿐이다. 사실 12시간의 뇌수술을 받은 환자가 수술 후 불과 며칠 만에 일반병실로 옮긴다는 것은 보통 강인한 체력과 정신력이 아니라면 생각할 수도 없는 일이다. 하지만 대한은 일반병실로 옮긴 직후부터 누구의 간병도 받지 않고 모든 일을 혼자 힘으로 해결하려고 했다. 중환자실에서 일반병실로 옮긴 당일 날에도 소변을 보러 가기 위해 이동식 링거 스탠드를 붙잡고 혼자 화장실로 가려던 대한이 빈혈증세로 갑자기 넘어질 뻔도 했다. 대한은 하루라도 빨리 자리를 털고 일어나기 위해 엄마가 준비해 주신 보양식을 매 끼니 꼬박꼬박 챙겨 먹으며, 자투리 시간을 활용해서 운동도 틈틈이 하면서 회복을 위해 부단히 노력한다.

대한이 일반병실로 옮기고 나서도 대한의 동생 민국은 여전히 중환자실에 머물며 집중치료를 받고 있었다. 대한과 나이 터울이 별로 나지 않는 동생 민국이었지만, 체력적으로 그리 강건하지 못한 데다 민국의 사고 부위가 대퇴부와 무릎 부위의 골절이어서 치료가 쉽지 않은 탓도 있었다. 민국은 혼자서는 거동을 할 수 없는 상황이어서 대한의 엄마가 민국의 곁을 지키며 대소변을 받아낼 수밖에 없는 처지였다. 더구나 민국은 사고의 충격으로 온몸이 공중으로 '부웅~' 떴다 떨어지면서 콘크리트 바닥에 얼굴을 심하게 충돌해서 앞니가 여러 개 부러진 상태라서 임시 이를 끼우고 있는 상태였기 때문에 혼자서는 음식을 먹을 수도 없는 상태였다. 대한은 7층, 민국은 6층에 있었기 때문에 대한의 엄마는 상대적으로 부상의 정도가 심한 민국의 병 수발에 좀 더 시간을 할애할 수밖에 없었다. 대한이 하루라도 빨리 회복하기 위해 애쓰는 것도 동생 민국에게는 엄마의 도움이 꼭 필요하다는 것을 알고 있었기 때문이다.

어느 날 대한과 민국의 처지를 살핀 의사가 대한 엄마의 간병 부담을 덜어주려는 마음으로 대한의 동생 민국을 대한의 병실이 있는 7층으로 옮길 것을 권유한다.

의사 - 어머님! 앞으로 민국이는 몇 차례 수술을 더 해야 합니다. 그런데 아들 한 명은 7층에, 또 다른 아들은 6층에 입원하고 있으니 간병하시는 어머님이 여러 가지로 어려우시겠어요. 간병하기 어려우시면 병실을 옮겨드릴 수 있는데… 그렇게 하시겠어요?

대한의 엄마 - 어이구~ 선생님! 그래 주시면 감사하지요!

며칠 뒤 민국은 대한이 있는 7층의 신경외과 병동으로 입원실을 옮겼고 그 덕에 대한도 더러 어머니의 보살핌을 받을 수 있었다. 하지만, 이것도 대한에게는 부담이었다. '자신보다 체격이 더 큰 두 아들을 한꺼번에 돌보아야 하는 엄마가 얼마나 힘드실까?' 하는 생각을 하니 마음이 불편해서 견딜 수가 없었다. 사교성이 좋은 대한은 일부러 간호사 누나들과 어울리는 기회를 자주 만든다. 그래야 어머님이 동생 민국을 더 많이 돌보게 할 수 있겠다는 생각에서였다. 대한이 빠르게 회복하고 있기는 했지만, 대한의 뇌수술 증세는 동생 민국의 단순 골절 증세보다 의료적으로는 오히려 더 위중한 것이었다. 하지만 대한은 동생 민국에게 엄마의 관심이 더 가도록 만들기 위해 일부러 병동의 간호사 누나들과 함께 수다를 떨거나 간호사들이 하는 자질구레한 일들을 도와주며 가깝게 지낸다. 이런 대한의 마음 씀씀이를 대한의 엄마도 모를 리 없었지만, 대한의 엄마는 대한의 생각대로 동생 민국을 돌보는 일에 조금 더 시간을 할애한다.

　대한이 입원해 있는 7병동에는 6명의 간호사가 교대근무를 하고 있었다. 이들 중 세 명의 간호사들이 대한과 유독 친하게 지냈다. 이들은 대한이 아직 어린 나이지만 생각이 깊고 붙임성이 좋아 대한을 마치 친동생처럼 살뜰히 돌본다. 가끔 병원 인근 노래방에서 '바다새'라는 노래를 멋지게 부르곤 했던 임 간호사는 활달한 성격을 가지고 있었고 시골 마을에서 얼마 전에야 진산으로 이사 왔다는 김 간호사는 순박한 시골 처자답게 촌스럽지만 귀엽고 천사 같은 마음씨를 지녔으며, 얼굴이 하얗고 예쁜 백 간호사는 자신의 여동생 미주를 대한에게 소개시켜 주겠다고 쫓아다녔다. 대한은 이 세 명의 간호사들과 점점 더 친근하게 지내는 모습을 엄마에게 일부러 보여주며 엄마가 동생 민국의 간호에 좀 더 집중할 수 있게 배려한다.

　대한이 병동의 간호사들과 친누나처럼 가깝게 지낼 수 있을 정도로 가까워질 무렵의 어느 토요일. 대한이 저녁을 먹고 한바탕 운동을 하고는 피곤을 느꼈는지 일찍 잠이 든다. 더러 회진하는 당직 간호사가 대한의 병실을 확인하는 것 말고는 늦은 시간인지라 병동 전체가 조용했다. 그 시각 당직 근무 중인 간호사들은 입원 환자 모두가 잠들어 있음을 알고는 직원대기실에서 자신들만의 은밀한 시간을 즐기고 있었다. 사실 당직 근무시간 내내 환자 상태를 점검하는 것 말고는 그다지 큰일이 없이 뜬눈으로 밤을 새운다는 것은 어지간히 무료하고 따분한 일이 아닐 수 없다. 그래서인지 간호사들은 당직을 서는 날이면 잠을 쫓는다는 명분으로 당직실 한편에 마련된 대기실에서 영화를 보는 일이 더러 있었다. 그날 당직 간호사들은 '옥보단'이라는 19금 성인영화를 몰래 보고 있었다. 일찍 잠이 들었다 요의를 느껴 깨어난 대한이 링거액이 바닥을 드러내는 것을 보고는 링거주사를 빼달라고 할 생각으로 간호사 대기실로 향한다. 평소에도 간호사 누나들과의 왕래가 잦았던 대한은 별생각 없이 대기실 문을 거침없이 열어젖힌다.

임 간호사 - 어머나! 야! 문을 열기 전에 노크는 해야지! 깜짝 놀랐잖아!

대한 - 아! 미안~ 누나! 링거 좀 빼려고 근데… 누나들 반응이 왜 이래? 얼굴색도 빨갛고. 수상한데! 뭐야? 뭐 했어? 지금 이 시간에 뭘 그렇게 몰래 숨어서 보는 거야? 뭔데? 재미있는 거면 나도 같이 보자! 응?

임 간호사 - 아! 애들 보는 영화 아니야! 그니까 링거 빼고 빨리 들어가 잠이나 자!

대한 - 그래? 뭐 누나들이 자빠져 자라고 하면 자야지! 근데 근무시간에 성인비디오 봐도 되는 건가? 어라? 옥보단. 이거 뭐야? 내일 회진 때 의사 선생님께 물어봐야겠다! 근무시간에 옥보단 같은 성인영화를 봐도 되는지… 그럼 난 잘게. 누나! 19금 성인영화 몰래 실컷 봐!

임 간호사 - 야! 그걸 왜 의사 선생님한테 얘길 해!? 너~ 셔터 마우스 해라! 누나 화나게 하지 말고. 엉?

백 간호사 - 언니! 그냥 대한이도 같이 보라고 그러자! 쟤가 조잘거려서 괜히 병원에 말이라도 새 나가면 큰일이잖아! 그 대신 대한이 너! 여기서 있었던 일은 비밀이야! 응? 알겠지?

대한 - 그럼~ 걱정 말아! 나 입 엄청 무거운 사람이야!

임 간호사 - 야~ 대한이! 너~~어! 진짜 무서운 애다!

백 간호사 - 대한이 너! 이전에 포르노 같은 거 본 적 있지?

대한 - 포르노? 초등학교 4학년 때 친구 집에서 몇 번 본 적은 있지~

임 간호사 - 백 간호사는 애한테 못하는 소리가 없어.

백 간호사 - 언니! 요즘은 대한이 나이면 알 거 다 알아. 요즘 애들이 얼마나 조숙한데… 누나 옆에 앉아서 봐~

하지만 어쩐 일인지 대한은 19금 성인영화 따위에는 별로 관심이 없었다. 누나들을 골탕 먹이려는 장난기로 간호사 누나들과 함께 잠시 성인영화를 보기는 했지만, 대한은 이내 흥미를 잃고 슬그머니 대기실을 빠져나와 병실로 돌아온다.

다음 날. 저녁 시간이 다 되어가는 오후 5시 무렵. 수업을 마치고 누군가의 병문안을 온 것처럼 보이는 여학생들이 대한의 병실 앞을 서성이고 있다. 백 간호사는 그 여학생들이 대한을 면회하러 온 친구들이라는 것을 금세 알아채고는 빙그레 웃는다.

백 간호사 - 너희들 혹시 대한이 문병 온 거니?

여학생 - 아~네~ 여기가 대한이 병실 맞아요?

백 간호사 - 병문안을 왔으면 들어가면 되지~ 왜 밖에서 서성이고 있니? 괜찮으니까 여기서 서성대지 말고 병실 안으로 들어와! 어서!

백 간호사를 따라 몇 명의 여학생들이 꽃다발과 음료수를 들고 들어온다. 여학생들이 누워있는 대한과 눈이 마주치자 어쩐 일인지 금세 얼굴이 빨개져서 수줍어하며 얼굴을 돌린다. 대한이 특유의 무덤덤한 말투로 여학생들에게 고맙다고 말하고는 보조 침대를 가리키며 앉으라고 권한다. 하지만 서성거리기만 할 뿐, 여학생들 중 누구도 보조 침대에 앉기를 수줍어하는 것처럼 보인다.

백 간호사 - 어머? 너희들 대한이를 좋아하는 구나?

대한 - 아니야! 누나! 얘들은 그런 거 아니야! 그냥 친구들이야.

속마음을 들켰는지 여학생들의 얼굴이 빨갛게 달아오르더니 대한에게 쾌유를 빈다는 말을 남기고는 서둘러 병실을 나간다. 대한이 그들의 뒷모습을 물끄러미 바라보며 병상에 비스듬히 누워 여전히 무표정한 표정으로 잘 가라는 짧은 인사를 건넨다.

백 간호사 - 쟤들 대한이 너 좋아하는 거 맞는 거 같은데?

백 간호사는 여학생들이 떠난 뒤에도 대한에게 여학생들에 대해 이것저것 캐묻는다.

여학생들이 다녀간 뒤로 며칠이 지난 어느 날 저녁 10시. 야간 당직 근무인 백 간호사와 김 간호사를 복도에서 만난 대한이 언제나처럼, 간호사 누나들을 따라 간호사실 원탁에 함께 둘러앉는다. 의료기록이 담긴 차트를 받침으로 삼아 반창고를 미리 재단하는 작업을 하던 김 간호사가 대한에게 가위를 건넨다.

김 간호사 - 그래. 잘 왔어! 대한이! 온 김에 누나들 일 좀 도와줘라!

대한 - 그러죠. 뭐. 시간도 많은데. 근데… 누나! 나 요즘 병원 생활이 조금 답답해!

김 간호사 - 하긴 대한이 나이면 친구들하고 한참 나가서 뛰어놀아야 할 때 인데, 이렇게 오래 병실에 있으려니 대한이가 답답하긴 하겠다.

백 간호사 - 근데… 요즘 들어 네 병실에 여학생들 병문안이 많은 것 같던 데. 대한이가 학교에서 여학생들한테 인기가 상당한가 봐?

대한 - 인기는 무슨… 그냥 같은 학교에 다니는 동문들이지.

백 간호사 - 아니던데? 여학생들이 밖에서 얘기하는 걸 들었는데… 대한이 널 좋아하는 여학생들이 많더구만~ 너 진짜 여자친구 없어?

대한 - 그냥 친구나 선후배들은 많은데 사귀는 사람은 없어요!

백 간호사 - 솔직하게 말해 봐! 대한아! 그중에서 사귀고 싶은 친구는 없 니?

대한 - 글쎄요! 동창 애들 중에서 민희라고 있는데… 그 친구가 조금 마음 에 들긴 해요! 잘 웃고 착한 애 같은데… 그냥 저 혼자 짝사랑하는 거지요. 뭐~

백 간호사 - 짝사랑? 네가 뭐가 아쉬워서 짝사랑을 하니? 누나가 내 친동생 소개시켜 줄게! 너랑 나이도 비슷할 건데… 대한이 너 몇 살이지?

대한 - 16살이죠. 근데~ 누나 막냇동생을 저한테 정말 소개시켜 주시겠다 고요?

백 간호사 - 응~ 우리 집 막냇동생(장미)이 아마 너하고 동갑일 거야. 얼굴도 이쁘고 엄청 착한데… 한 번 만나볼래? 누나가 소개시켜 줄게! 어때?

대한 - 고맙긴 한데여~ 내 여자는 내가 직접 선택할 거예요! 운명처럼~

김 간호사 - 와~ 멋지다! 우리 대한이는 이 누나가 애인해줄게! 운명처럼 말이야. 그러면 어떨까? 대한아? 누난 연하남도 좋은데… 응?

대한 - 하아~ 누나! 나 좀 빨리 퇴원시켜줘라! 미안한데… 누난 내 스타일 아니거든! 하하하!

오랜 병원 생활이 따분하고 고통스러웠을 텐데도 대한은 특유의 친화력을 발휘하여 간호사 누나들과 쉽게 친분을 맺고 이들과 함께하며 지루한 병원 생활을 잘 견뎌낸다. 언제나 긍정적이고 활달하며 사내다운 모습을 눈여겨본 백 간호사는 여러 번이나 자신의 친동생인 미주를 대한에게 소개시켜주려 했지만 대한의 거부로 성사되지는 않았다.

대한이 진산종합병원에 입원한 지도 어느덧 두 달이 흘렀다. 입원 기간이 오래되다 보니 대한과 민국의 학교 출석 일수가 문제가 되었다. 대한의 담임인 지덕산 선생이 대한의 출석 문제를 상의하기 위해 병실을 찾는다. 대한은 곧 중학교 3학년을 졸업하고 고등학교에 진학해야 하는 입장이어서 입원 기간이 길어지면 길어질수록 그만큼 수업일수가 부족해서 학교를 졸업하는 데 문제가 생길 수 있는 상황이었다. 다행히 대한의 회복속도가 빨라서 지덕산 선생이 병실을 찾아 출석 일수 문제를 상의하고 난 뒤 불과 얼마 뒤에 대한은 민국보다 먼저 퇴원하여 6월부터는 다시 등교할 수 있었다.

대한의 중학교 생활을 3년이 금세 다 지나고 고등학교 진학문제를 결정해야 하는 시기가 다가왔다. 지덕산 선생은 진학상담을 위해 대한을 교무실로 부른다.

담임선생 - 올봄에 있었던 사고 때문에 수업을 제대로 받지 못해서 대한이 성적이 크게 떨어졌구나! 1, 2학년 때 성적이 아무리 좋았더라도 고등학교 입시를 위해서는 3학년 성적이 제일 중요하다는 것쯤은 너도 알고 있지? 대한이 넌 인문계를 지망했지만, 내 생각엔 실업계 쪽으로 진로를 바꾸어 보는 것이 어떨까 싶다!

대한 - 실업계요? 실업계로 진학해야 한다면 저는 진산공고 전기과로 진학하는 것도 괜찮을 것 같다고 생각했습니다! 사실 얼마 전부터 '인문계는 어렵겠구나!'라고 생각하고 있었어요!

담임선생 - 그랬어? 잘 생각했다! 용두사미라는 말 알지? 억지로 인문계 고등학교에 진학해서 하위권에 있는 것보다는 실업계인 진산공고에 가서 상위권에 있는 것이 대한이 네 앞날에도 더 도움이 될 수 있을 거야! 그러면 대한이는 진산공고 전기과로 진학하는 것으로 하자! 그렇게 해도 되겠어?

대한 - 네! 선생님! 그렇게 하겠습니다!

담임선생과 입학상담을 마친 대한이 교실로 돌아오자 친구들이 대한에게로 다가와 대한의 고등학교 입학상담 결과를 묻는다.

영재 - 대한아! 나는 네 말대로 진산고로 어제 입학지원서를 제출했는데… 너도 그쪽으로 가기로 했지?

대한 - 어~ 영재야! 미안한데… 난 진산공고 전기과로 원서 제출했어! 담임하고 얘기하다 보니 어설픈 진산고로 가는 것보다는 실업계 고등학교에 진학하는 것이 맞을 듯해서….

영재 - 야! 이 니미야! 지금 장난하냐? 대한이 네가 한 말 때문에 어제 병희랑 같이 진산고에 입학원서 냈는데. 네가 같이 진산고에 가자고 해놓고 바꾸면 우린 어떻게 하냐? 아이씨~

용길 - 그러면 나도 진산공고로 원서 써야겠다! 야! 가자!

성엽 - 그랴! 씨발! 다 같이 진산공고로 가즈아!

대한 - 영재야! 내가 일부러 진로를 바꾼 건 아니고 내 성적 때문이니까 네가 이해해줘라. 삐지지 말고….

대한의 친구들은 친구 따라 강남 간다는 말처럼, 대한이 진산공고로 진학한다는 말을 듣고 분위기에 휩쓸려 대부분 진산공고로 입학원서를 낸다. 결국, 대한의 친구들 중 미리 부모님들에게 진학 문제를 얘기했던 영재와 병희 두 사람만 인문계인 진산고로 입학원서를 제출하게 된 것이다.

고등학교 진학문제로 어수선했던 교내 분위기가 조금 수그러들 즈음, 대한의 중학교 3년의 마지막 겨울방학이 시작된다. 인문계 고등학교로 진학을 하지 못하게 되었다는 상실감에서일까? 대한은 방학이 시작되자 친구들과 함께 담배를 배우기도 하고, 당구장과 오락실, 노래방 등을 전전하며 쏘다닌다. 친구들을 거느리고 배회하는 대한의 거침없는 모습은 또래 여자아이들에게는 대한에게서 또 다른 사내다움을 느끼게 해준다. 어느 날 대한의 학교 동창인 석준이 대한에게 소개팅을 제의한다.

석준 - 대한아! 너 여자친구 한 명 소개받아 볼래? 내 친군데… 정말 이쁘거든!

대한 - 뭐? 소개? 이쁘다구? 얼마나? 근데 내 짝사랑 민희를 두고 여친 소개를…?

석준 - 민희는 그냥 너 혼자 짝사랑하는 거잖아? 차라리 이참에 소개 한번 받아 봐! 우리 학교 여자애들은 말도 많고 쌍판들이 완전 쉣이잖아. 그냥 편하게 한번 만나나 봐! 응?

대한 - 그래? 하아~ 그럼 이제 민희는 내 가슴속 추억으로 묻어두어야 하나? 내가 첫사랑 민희를 두고 딴 여자를 만난다? 크크크! 야! 연락처나 한번 줘 봐!

석준으로부터 연락처를 받은 대한이 다른 중학교 여학생 김진선에게 망설임도 없이 전화를 건다. 몇 번의 신호음이 들리는가 싶더니 한 여자아이의 목소리가 들린다.

경선(진선의 동생) - 여보세요?

대한 - 혹시 진선이하고 통화 좀 할 수 있을까요?

평소와는 달리 대한의 말이 사뭇 조심스럽다.

경선(진선의 동생) - 우리 언니하고 통화하고 싶다고요? 언니! 김진선! 근데… 누구신데요?

대한 - 아~ 네! 저는 진선이 친구 대한이라고 하는데요. 잠시만….

진선 - 아… 미안! 내 동생이 조금 짓궂어서 그러니까 네가 이해 좀 해줘.

대한 - 동생한테 취조당하는 느낌이었어! 뭐… 조금 당황하기는 했지만 괜찮아! 내 동생들도 그러니까 충분히 이해해! 친구 석준이한테 너에 대한 얘기는 조금 들어서 알아!

진선 - 나도 대한이 네 얘기 예전부터 많이 들었어! 네가 너네 학교에서 인기투표 1등 했다면서? 석준이가 소개팅하라고 몇 번이나 말했지만 사실 내가 조금 망설였거든.

대한 - 석준이가 과장을 많이 한 것 같은데… 내 외모는 너무 기대하지 말고… 그러면 내가 너무 부담스럽잖아! 하하하! 혹시 내일 시간이 괜찮으면 만날 수 있을까?

진선 - 응! 시간 괜찮아! 근데 나 혼자서 나가기는 조금 어색하니까 내 단짝 친구 한 명이랑 같이 나가도 될까?

대한 - 그럼~ 괜찮지! 그러면 나도 내 친구 한 명이랑 같이 나갈게!

약속한 다음 날, 대한이 친구 이현과 함께 약속장소인 진산 롤러스케이트장으로 향한다. 롤러스케이트장 입구 매표소 앞에서 여학생 두 명이 누군가를 기다리고 있는 모습을 보고 대한이 먼저 다가가 말을 건다.

대한 - 저어… 혹시 진선이 맞니?

진선 - 응! 그럼 네가 대한이니?

친구의 소개로 처음 만나게 된 진선과 진선의 친구 현지는 두 사람의 이미지가 어딘지 모르게 흡사해 보였다. 키도 고만고만했고 머리에 깻잎 한 장을 붙여놓은 것 같은 헤어스타일도 비슷했다. 사실 둘의 외모는 대한의 이상형과는 전혀 거리가 멀었다. 대한은 소개해 준 친구 석준의 입장을 생각해서 최대한 예의를 갖추려고 애쓴다. 대한이 입가에 미소를 지으며 이현을 소개한다.

대한 - 저기… 진선아! 여긴 내 친구 이현이라고 해!

진선 - 반가워 난 진선이야! 함께 온 친구는 현지야!

현지 - 반가워 대한이! 이현이! 대한이 얘기는 진선이한테 많이 들었어!

이현 - 그래. 반가워! 이거 참 쑥스럽네!

인사를 나눈 네 사람이 롤러스케이트장으로 들어간다. 롤러스케이트를 받아 끈을 조이고 대한과 이현이 진선과 현지의 손을 잡아주며 링크를 몇 바퀴 돈다. 롤러스케이트에 익숙하지 않은 진선이 금세 발이 아픈지 현지와 함께 의자에 앉아 쉬고 있다. 순간 갑자기 음악이 바뀐다. 분위기 있는 발라드 음악이 흘러나오자 대한과 이현이 각자의 파트너에게 다가가 손을 잡고 원형트랙을 따라 천천히 돈다. 대한을 똑바로 바라보며 미소 짓고 있는 진선의 눈매에는 색기가 가득하다. 진선을 바라보는 대한의 머릿속이 복잡해진다. '어라! 얘 봐라? 남자들하고 롤러장에 한두 번 다녀본 솜씨가 아닌데! 얘 대체 뭐지?' 한 시간 남짓 롤러스케이트를 타고 링크를 돌던 대한이 점차 지루함을 느끼기 시작한다.

대한 - 진선아! 우리 이제 밖으로 나갈까?

진선 - 그래! 음악 소리가 너무 시끄럽다! 이제 귀가 아프다! 그만 나가자!

롤러스케이트장에서 나온 대한이 시원한 바깥바람을 맞으며 혼잣말을 중얼거린다.

대한 - 아~ 나오니까 이제 살 것 같다!

뒤에서 진선이 대한의 뒤로 바짝 다가선다.

진선 - 대한아! 우리 이제 어디 갈까?

이현 - 대한아! 그냥 노래방으로 가는 건 어떠냐?

진선 - 그래 노래방으로 가자! 현지야 너는 어때?

현지 - 나야 모… 니들이 가고 싶은 데로 가야지!

대한 일행이 다 함께 노래방으로 향한다. 룸 안으로 들어서자 이현이 제일 먼저 마이크를 잡고 '자자'의 '버스 안에서'라는 노래를 선곡한 뒤 마이크 하나를 현지에게 건넨다. 이현이 현지와 함께 듀엣으로 노래를 부르며 슬쩍 분위기를 띄운다. 노래를 끝낸 이현이 대한에게 마이크를 건넨다. 마이크를 받아 든 대한이 '김정민'의 '애인'이라는 곡을 선곡하고는 노래를 부르기 시작한다. 대한이 감미로운 목소리로 멋들어지게 노래를 부르자 진선과 현지가 대한의 노래 실력에 감탄했는지 입을 다물지 못하고 그를 멍하니 바라본다. 노래방은 마치 대한의 콘서트에 온 것 같은 분위기가 연출된다. 한때 잠시나마 가수의 꿈을 키웠었던 대한의 노래 실력은 진선이 호감을 느끼기에 충분했다. 어느새 노래방 타이머가 겨우 1분이 남았음을 가리킨다. 이현이 마지막 곡이라며 'H.O.T'의 '캔디'를 선곡하고는 앉아있던 일행들을 모두 일으켜 세운다. 목이 터져라 다 함께 노래를 부른 일행은 노래를 마치고 밖으로 나온다. 이제는 서로 헤어질 시간이다. 아무렇지도 않은 것처럼 보이는 대한과는 달리 진선과 현지 그리고 이현의 표정에는 아쉬움이 역력하다.

대한 - 오늘 진선이하고 현지 너희들을 만나게 돼서 너무 즐거웠고… 오늘은 이쯤에서 쫑내자! 약간 아쉬운 듯할 때 그만하는 것이 좋은 거야!

이현 - 대한아! 그럼 우리 커피숍이라도 가서 조금만 더 놀다 가면 안 되겠냐? 이대로 집에 가기는 싫은데….

대한 - 미친놈! 오늘은 여기까지. 오케이?

진선 - 그래! 대한아! 그러면 오늘은 이쯤에서 헤어지자!

현지 - 오늘 즐거웠어! 얘들아! 나 먼저 갈게! 근데 많이 아쉽기는 하다! 호호호!

대한 - 아쉬움이 남아야 다음의 만남이 기다려지는 법이야. 다들 잘 가!

대한은 진선, 현지, 이현이 아쉽다고 하는 것을 뿌리치고 집으로 향한다. 어쩐지 진선과 현지가 정숙한 여학생이라는 느낌을 받을 수 없었던 대한이 홀가분한 마음으로 얼른 자리를 뜬다. 하지만 진선과 현지, 이현은 아쉬운 표정으로 대한이 떠나는 것을 지켜보며 대한에게 손을 흔든다. 대한이 집에 도착하자마자 대한이 집에 도착하는 시간을 알고 있기라도 한 듯 진선에게서 전화가 걸려온다.

대한 - 어? 진선이구나! 집에는 잘 들어갔어?

진선 - 응! 이제 도착했어. 오늘 너무 재미있었어. 그리고 대한아! 저…

대한 - 응? 뭔데? 왜 말을 못 하고 망설이냐?

진선 - 우리 서로 사귀어 볼래?

난데없는 진선의 사귀자는 제의에 대한이 순간 속으로 잠시 망설인다. 하지만 대한은 진선의 첫인상을 생각하며 사귀자는 진선의 제의가 그리 내키지 않는다.

대한 - 글쎄~ 난 그냥 친구가 편하고 좋은데. 미안한데… 진선아! 난 누구한테 얽매이고 싶지 않거든. 오해는 하지 말고… 응?

진선 - 아… 괜찮아. 대한아! 근데 솔직하게 말하면 조금 쪽팔린다! 내가 너한테 차인 거 같잖아. 이거 거절당한 거 맞지?

대한 - 넌 또 내 말을 이상하게 받아들이냐? 그냥 친구로 지내자는 것이 자존심을 상하게 하는 거야?

진선 - 야! 남녀 사이에 친구가 어디 있냐? 그게 말이 돼?

대한 - 난 여자 친구들하고 오히려 더 편하고 친하게 지내는데? 그 친구들하고는 아무런 이성적 감정도 없고 괜찮기만 하던데….

진선 - 아휴~ 난 모르겠어! 이해가 안 간다! 암튼… 알겠어! 대한아!

대한은 아직 이성 친구를 사귀겠다는 생각이 없다. 이성 친구를 사귀더라도 상대가 아닌 자신이 선택하는 이성 친구를 사귈 생각이다. 하지만 동창인 석준의 소개로 만난 사이라서 조심스러웠는지 대한은 진선의 사귀자는 제의를 정중하게 거절하고 편한 친구로 지내자며 진선의 마음을 달랜다.

시간이 흘러 1997년 새해가 밝았다. 중학교 졸업을 앞둔 대한은 요즘 친구들과 어울리는 시간이 부쩍 많아졌다. 대한이 당구장으로 오라는 친구들의 연락을 받고는 시내에 있는 당구장으로 향한다. 당구장 문을 열고 들어서자 카운터에는 아르바이트를 하는 성엽이 앉아있었고 성엽의 옆에는 어쩐지 낯이 익은 여자아이 한 명이 서 있다가 대한이 당구장으로 들어오는 것을 보고 얼른 고개를 숙인다. 장난기가 발동한 대한이 대뜸 그 여자아이에게 다가가며 장난을 건다.

대한 - 오~ 성엽이! 네 여친이냐? 어디 얼굴 좀 보자! 근데 왜 이렇게 얼굴을 가리는 거야?

성엽 - 야! 내 여친이 쑥스러움이 많아서 그래! 장난 좀 하지 마라! 임마! 응?

고개를 숙이고 있는 성엽의 여친 앞에 바짝 의자를 당겨놓고 그녀의 얼굴을 올려다보던 대한이 진선이라는 것을 알고는 깜짝 놀란다.

대한 - 아! 씨발! 뭐냐? 너! 깜짝 놀랐네!

진선 - 나도 놀랐어! 그동안 잘 지냈어? 대한아!

성엽 - 어라? 니들 서로 어떻게 알아? 응?

대한 - 야! 이 새끼야! 걱정 마! 원래부터 알고 지내던 친구 사이야! 친구!

진선 - 그래! 맞아! 대한이 하고는 그냥 친구야! 성엽아!

대한과 성엽이 같이 있는 것이 어색했는지 진선이 카운터 옆 내실로 들어가 버린다. 이때 영재, 석준, 이현이 시끄럽게 떠들며 당구장으로 들어온다. 조용했던 당구장 안은 대한의 친구들이 모이자 금세 소란스러워진다. 밖에서 나는 시끄러운 소리에 궁금한 진선이 내실에서 당구장 홀로 나온다. 영재와 석준, 이현이 진선을 알아보고 농을 건다.

영재 - 야! 이 쌍년! 오랜만이다. 진선아! 하하하!

이현 - 이 새끼! 영화 대사 곧바로 써먹네. 근데⋯ 쟤 진선이 아닌가?

진선 - 송영재! 너 자꾸 장난칠 거야? 어? 이현이구나? 안녕!

석준 - 진선아! 영재가 장난친 거니까 이해 햐~ 하하하!

대한 - 니들은 제수씨한테 예의 좀 갖춰라! 쌍년이 뭐냐? 하하하!

성엽 - 역시 대한이가 젤로 옳은 말을 하는구먼! 고맙다! 친구야! 그리고 얘들아… 진선이랑 나랑 어제부터 1일 하기로 했으니까 잘해라! 이 씨발 것들아! 응?

이현 - 뭐여? 이런 씨부랄 놈들은 족보가 왜 이래? 개 족보냐?

석준 - 이 새끼는 눈치 없이… 성엽이랑 어제부터 1일 이래잖아. 이 병신아!

대한 - 야! 니들 오니까 너무 시끄럽다! 성엽이랑 진선이랑 사귄다고 하니까 축하해 주고 응원해 주면 되지! 안 그래? 여기 공이나 줘 봐! 성엽아!

당구장에서 친구들과 함께 당구를 치고 난 뒤 대한이 이현과 둘이서 50cc 오토바이를 타고 이현의 집으로 향한다. 이현의 집에 도착한 대한과 이현이 마룻바닥에 누워 천장을 멍하니 바라보고 있다.

대한 - 야! 이현아! 엉아가 배가 고프다! 밥 좀 차려와라! 친구야! 하하하!

이현 - 그랴~ 일단 밥부터 먹고서 뭘 할 건지 생각 좀 해보자!

저녁 식사를 준비하러 부엌으로 들어간 이현이 김치를 볶고 통조림 꽁치를 넣어 김치찌개를 만들고 밑반찬과 함께 밥상을 차려온다. 이현이 제법 솜씨를 내어 정성스럽게 준비한 밥상을 보며 대한의 입이 쩍 벌어진다.

대한 - 와아~ 내 친구 이현이! 멋진데! 식당 하나 차려도 되겠어. 꽁치찌개도 하고 계란말이까지… 너 음식 솜씨 좋구나! 아무튼 잘 먹을게!

이현 - 우리 어머니가 일찍 돌아가셔서 아버지랑 단둘이 과수원 하면서 살다 보니까 음식 하는 걸 배우게 되었어. 먹고 싶은 거 있으면 언제든지 우리집에 놀러 와! 넌 언제든지 환영이다!

정성껏 차려준 저녁 식사를 거하게 마친 대한과 이현이 TV를 보며 시간을 보내고 있다. 대한이 담배 한 대를 피워 물고 시계를 보니 어느덧 저녁 10시가 지나고 있다. 갑자기 대한이 이현에게 전화기를 가져오라고 한다. 이현이 안방에 건너가서 무선 전화기를 가져와 대한에게 건네자 대한이 다른 학교 여자친구인 정연에게 전화를 건다.

대한 - 정연이니? 나야 대한이! 벌써 자냐?

정연 - 자려고 누웠지. 근데 네가 이 시간에 어쩐 일이야?

대한 - 어쩐 일이긴… 이 오빠가 술 한 잔 생각나서 전화했지.

정연 - 술? 이 시간에? 너 미쳤니?

대한 - 미치기는… 친구랑 11시까지 갈 테니까 술상 준비하고 있어라!

정연 - 아주 그냥 네가 상전이지? 근데 어쩌지? 우리 엄마가 아직 안 잘 텐데… 일단 알겠어! 너 우리 아파트 교회 안에 작은방 있는 거 알지? 그리로 와! 알겠지?

대한 - 그래. 알았어! 여기서 한 30분 정도 걸릴 거야. 이따 봐! 정연아!

통화를 마친 대한과 이현이 나갈 채비를 한다. 밖에는 겨울바람이 쌩쌩 부는 데다 갑자기 함박눈마저 펑펑 내리고 있다. 정연의 집으로 가려면 오토바이를 타고 가는 방법밖에는 없다. 바깥 날씨를 확인한 대한과 이현이 옷을 두둑하게 챙겨 입고는 집을 나선다. 이현이 안장에 수북이 쌓여있는 눈을 손으로 털어내고 오토바이의 시동을 걸며 툴툴거린다.

이현 - 야! 씨발! 좆됐다! 정연이네 집까지 족히 16km는 될 건데… 우리 거기까지 가다가 얼어 죽는 거 아니야? 존나 멀은디.

대한 - 야! 괜찮아! 가오 떨어지게 이정도 추위 가지고 벌써부터 겁내는 거냐? 하하하!

이현 - 겁은 무슨~ 이까짓 거 추위는 개 껌이지~

오토바이 핸들을 잡은 이현이 대한을 오토바이 뒷좌석에 태우고 칼바람이 부는 눈길을 뚫고 정연의 집을 향해 달린다. 같은 시각, 정연은 잠든 어머니를 피해 몰래 주방 냉장고를 열어 술과 안주를 배낭 가방에 챙겨 넣고는 도둑고양이처럼 살금살금 발뒤꿈치를 들고 주방을 빠져나와 소리 나지 않게 현관문을 살며시 열고 나온다. 정연이 조심한다고는 했지만 오래된 현관문이 '삐이꺽' 하는 쇳소리를 낸다. 정연이 현관문을 여닫는 소리에 잠이 깬 정연의 엄마는 정연이 늦은 시간에 몰래 현관문을 열고 나서는 것이 의심스러워 그 길로 옷을 차려입고는 딸(정연)이 어디로 갔는지 여기저기를 찾아다니기 시작한다.

눈바람을 뚫고 정연의 집 부근 교회 마당에 도착한 대한과 이현이 여러 번 왔던 것처럼, 능숙하게 교회 안 작은방을 찾아 들어선다. 방 안에는 먼저 도착해서 술상을 준비하고 있는 정연이 보인다. 대한이 반가움의 인사로 정연을 꼭 끌어안는다.

대한 - 우리 정연이! 그동안 잘 지냈어? 오랜만에 안아보니 에어백이 많이 부풀었네!

정연 - 뭐? 에어백? 너 자꾸 놀릴 거야? 짜증 나게!

이현 - 정연아! 너무 춥다! 시바! 여기 너무 멀어! 오다가 추워서 콧물이 다 얼어버렸어! 이런 산골짜기에 넌 어떻게 사냐?

정연 - 야! 쉬잇! 쉿!

갑작스레 정연이 대한과 이현의 입을 손으로 틀어막으며 조용히 하라는 손짓을 한다. 순간 방안에는 정막이 흐른다. 조용히 귀를 기울여 보지만 바람 소리밖에는 아무 소리도 들리지 않는다. 잠시 움찔했던 대한과 이현을 보며 정연이 말을 꺼낸다.

정연 - 야! 니들 왜 이렇게 늦게 온 거야? 니들이 늦게 오는 바람에 기다리다 나 혼자서 몇 잔 마시고 있었잖아!

대한 - 눈이 내려서 길이 엔간히 미끄러워야 말이지. 그래서 늦었어! 미안~

대한이 변명을 하는 참에 갑자기 정연의 등 뒤에 있는 문이 '벌컥' 열린다. 키가 훤칠하게 큰 아주머니 한 분이 무서운 눈으로 고개를 들이밀고 방안을 살피더니 이내 정연의 머리채를 잡아챈다. 정연을 찾아 헤매던 정연의 어머니가 기어코 대한의 일행이 있는 방을 찾아낸 것이다.

정연의 엄마 - 아이고~ 이런 미친년 좀 봐! 이년아! 지금 시간이 몇 신데, 다 큰 년이 남자들하고 술이나 처먹으려고 도둑괭이마냥 집구석에서 술이랑 안주까지 죄다 훔쳐서 갖다 바치는 거냐? 이 정신 나간 년아! 얘들은 누여? 잉? 누구냐고 이년아?

정연 - 아악~ 엄마! 친구들 앞에서 쪽팔리게 왜 그래? 머리 좀 놔줘! 아프단 말이야! 이거 좀 놓고 말해! 엄마!

정연의 엄마 - 대가리에 피도 안 마른 것이… 시끄럽고! 동내사람 볼까 내가 창피해 죽것어! 잔말 말고 따라와! 이년아! 대가리를 빡빡 밀어버릴 테니께!

정연 - 아~ 엄마! 아! 아파~ 잘못했어! 엄마! 머리 좀 놔 봐! 응?

정연의 머리채를 휘어잡아 밖으로 끌고 나간 정연의 엄마는 화가 잔뜩 난 표정으로 대한과 이현을 번갈아 노려보며 정연을 땅바닥에 질질 끌다시피 집으로 끌고 간다. 머리채를 잡힌 채로 꼼짝도 못 하고 악을 쓰며 끌려가는 정연의 애처로운 모습을 바라보는 대한과 이현은 미안한 마음에 정연과 눈을 마주치지도 못한다. 두 사람이 정연을 위해 할 수 있는 일이라곤 아무것도 없었다. '내가 공연한 짓을 해서 정연이를 곤경에 처하게 만들었으니 이 일을 어쩌지?'하는 생각에 대한의 마음이 편치 않다.

이현 - 대한아! 방금 이건 무슨 장면이냐?

대한 - 그러게 말이다. 그나저나 정연이는 어쩌지? 설마 정연이가 빡빡머리로 우리 앞에 나타나게 되는 건 아니겠지?

이현 - 에이~ 설마… 정연이 어머니가 그렇게까지 하시겠냐? 근데 정연이 어머니 존나 살벌하다! 욕도 겁나게 잘하시네! 순간 바짝 쫄았어! 그치?

대한 - 정연이가 집에 끌려가서 부모님께 존나 맞는 건 아니겠지? 어떡하냐? 정연이한테 괜히 나오라고 얘기를 꺼내서… 미안해서 어쩌지?

그날 이후 대한은 정연이 머리채를 휘어 잡힌 채로 정연의 엄마에게 질질 끌려가던 모습이 떠올라 정연에게 미안한 마음에 여러 차례 연락을 취해보았지만 어쩐 일인지 도통 연락이 닿지 않았다. '정말 머리를 빡빡 밀린 것인가? 아니면, 죽도록 맞아 움직일 수 없나? 삐삐 쳐도 연락이 없는 것을 보면 삐삐도 빼앗겼나 본데!' 이런

저런 생각에 정연에 대한 미안한 마음이 쌓여만 간다.

　그렇게 시간이 흘러 대한이 중학교를 졸업하는 날이다. 졸업식 참가하기 전에 잠시 교실에 들른 대한은 자신의 책상 위에 여학생들이 가져다 놓은 손편지와 꽃다발이 수북하게 쌓여있는 것을 보고는 '이게 대체 무슨 일인가?' 싶어 어안이 벙벙하다. 곁에서 대한의 책상에 쌓인 꽃다발과 손편지를 부럽다는 듯이 바라보던 친구들이 어김없이 대한에게 장난질을 친다.

　병희 - 아~ 시팔꺼 부럽네! 인간 김병희! 너는 3년 동안 도대체 뭘 하고 다닌 거냐? 제발 정신 좀 차리자! 아~

　성엽 - 뭐 하긴 뭘 해? 이 씨뱅아! 선희만 짝사랑한다고 괜히 헛지랄이나 했지.

　병희 - 이 씹쌔가 모라는 거야? 그러는 너는 뭐 했냐? 이 미친 새끼야!

　성엽 - 나는 여자친구 있거든. 빨갱아! 하하하!

　대한 - 야! 시끄럽고⋯ 오늘 졸업식 끝나고 뭐 할래?

　영재 - 진산 시내나 나가자! 난 여친 희정이 만날 건데!

　석준 - 영재야! 나도! 나도! 나도 같이 가자! 나도! 응?

　교실 스피커에서 교내 졸업식이 곧 시작된다는 공지사항이 방송으로 흘러나온다.

　방송실 - 잠시 후 졸업식이 시작될 예정입니다. 졸업식에 참석하기 위해 오신 졸업생과 내빈께서는 졸업식장으로 이동해주시기 바랍니다.

　교내 안내방송을 들으며, 대한과 친구들은 지덕산 담임선생의 마지막 종례를 들은 후에 졸업식장으로 향한다. 졸업식장은 졸업생들과 선후배, 가족들이 어울려 추억을 기념사진에 담느라고 왁자지껄했다. 졸업식 행사가 시작되고 오늘도 어김없이 교장 선생님의 지루한 인사말이 길게 이어진다. 졸업생들은 연신 하품을 하고 있었고, 참석한 내빈들과 하객들은 교장 선생님의 인사말이 길어질수록 점점 더 웅성거리기 시작한다. 눈치 빠른 교무과장이 단상으로 올라온다. 아마도 교장 선생님에게 인사 말씀을 그만 마무리하라는 쪽지를 전하려는 것일 게다. 교무과장이 단상에서 내려가자 역시나 교장 선생님이 급히 인사말을 마무리한다.

졸업식이 끝나고 대한과 친구들은 졸업식에 참석한 가족들과 이렇게 저렇게 어울려 기념사진을 찍는다. 대한의 주변에는 대한의 책상에 가져다 놓은 손편지와 꽃다발 수만큼이나 많은 여학생들이 대한과 기념사진을 찍겠다고 몰려들어 한바탕 소동이 벌어지기도 했다. 하지만 대한의 표정은 그저 심드렁하기만 하다.

졸업식장을 떠난 대한과 친구들이 누가 얘기하지도 않았는데 학교 정문으로 속속 몰려든다. 이다음 목적지는 진산 시내가 되겠지만 어디서 무엇을 하겠다는 계획은 아직 없다. 늘 그랬던 것처럼, 아마도 대한의 리드에 따라 움직이게 될 것이다. 대한과 친구들이 진산 시내로 들어서자 각 학교의 졸업생들이 밀가루를 흠뻑 뒤집어쓴 채로 여기저기 뒤엉켜 길거리를 휘젓고 있었다. 이 모습을 바라보던 대한이 은근히 장난기가 발동한다. 대한이 친구들을 돌아보고 음흉한 미소를 짓자 친구들은 알았다는 듯이 고개를 끄덕인다.

　진산 시내 초입에서 이제 막 시내로 들어선 그들의 손에는 어느새 계란과 밀가루가 잔뜩 들려있다. 졸업식 기분을 한껏 즐기며 거리를 메우고 있던 학생들이 시내 초입에 들어선 장난기가 가득한 모습의 대한과 친구들의 모습을 보자 마치 바닷물이 갈라지는 것처럼 길옆으로 황급히 몸을 피한다. 진산 시내의 또래 학생들에게 대한의 장난기는 이미 정평이 나 있던 터다. 어디선가 대한을 부르는 소리가 들린다. 연신 계란을 던지고 밀가루를 뿌리며 장난질을 치던 대한이 자신을 부르는 곳을 돌아본다. 정연과 상희였다. 그 날 이후로 소식을 알 수 없었던 정연의 모습을 다시 보게 된 대한이 반가움의 인사 대신 밀가루를 공중으로 흩뿌린다. 거리에 가득했던 학생들이 대한과 친구들이 마구 뿌려대는 밀가루를 뒤집어쓰고 비명을 지르며 흩어지기 시작한다. 도망치는 이들에게 대한과 친구들의 계란 세례가 어김없이 날아든다. "악! 엄마야!" 대한과 친구들의 장난질로 진산 시내가 한바탕 아수라장이 된다. 하지만 누구도 대한과 친구들에게 항의하거나 대거리를 하지는 않는다.

　계란과 밀가루를 흠뻑 뒤집어쓴 정연과 상희가 보인다. 대한이 빙긋이 웃으며 손짓으로 정연과 상희를 부른다.

정연 - 야! 이게 뭐야? 온몸이 밀가루하고 계란으로 범벅이 되었잖아!

상희 - 계란 노른자가 귓속까지 들어갔어! 이 나쁜 놈아!

대한 - 오구~ 우리 귀염둥이 상희! 정연이! 졸업 축하해! 오늘은 나쁜 놈이랑 같이 놀러 가자! 응?

상희 - 야! 됐어! 짜증 나! 이러고 쪽팔리게 어딜 돌아다녀!

영재 - 그러면 노래방으로 가자! 거기 가면 화장실 있으니까 거기서 씻어!

대한 - 오~ 그러면 되겠다! 가서 맥주나 한잔하자!

석준 - 맥주 좋지! 정연이… 너 진짜 오랜만이다! 그치?

정연 - 어… 그래 석준아! 근데 여기 이 모습으로 서 있기 너무 쪽팔려!

대한 - 상희야! 너희들은 시골에서 나와서 시내를 함부로 돌아다니다가 길이라도 잃어버리면 어쩌려구 큰일 나! 그러니까 오빠 잘 따라다녀! 응?

상희 - 지금 장난하나? 쪽팔리니까 일단 어디라도 빨리 들어가자고….

상희의 애교 가득한 투정을 들으며 대한과 친구 일행이 근처 노래방으로 향한다.

대한 - 사장님! 일단 제일 큰 방으로 주세요!

노래방 사장 - 혹시 몇 분이나 되시죠?

대한 - 한 20명쯤 올 거예요! 이모!

노래방 사장 - 근데 대형룸은 시간당 오천 원 더 내야 되는데… 몇 사람 안 되면 그냥 일반 중간룸으로 하면 안 될까?

대한 - 그냥 대형룸으로 주세여~ 캔맥주 10개하고 오징어랑 새우깡 좀 많이 주세요!

노래방 사장 - 학생인데 술은 좀….

대한 - 이모! 아니 누나!! 내가 교복 입고 있다고 학생으로 보여요? 조용히 술 마시고 갈 테니까 그냥 주세요! 누나~

노래방 사장 - 그럼 선불로 계산하고 밖에 나가서 술은 여기서 먹었다고 하면 안 돼! 부탁할게!

대한 - 에구 그런 건 걱정 마시고… 술이나 얼른 주세요! 야! 들어가자!

노래방에 올 때면 늘 큰 방을 즐겨 이용했던 대한이 먼저 계산을 마치고 대형룸으로 들어간다. 대한과 친구 석준, 영재 그리고 여자친구인 정연과 상희가 대형룸에 자리를 잡고 앉는다. 다들 자리에 앉은 것을 보고 대한이 앞으로 나가 마이크를 잡으며 말하기 시작한다.

대한 - 아! 아! 마이크 테스트! 마이크 테스트! 오늘 같은 중학교 졸업식 날에 사랑하는 나의 친구들과 이 자리에 함께 있으니 너무나 기쁘구나! 특히 귀염둥이 정연이랑 상희까지 같이 있으니 이 큰 방이 환하게 빛이 나는 거 같구나! 그치? 크크크!

상희 - 어우~ 대한아! 너무 비행기 태우는 거 아니야? 호호호!

정연 - 불안하게 너 왜 또 그러냐? 응? 그냥 평소 하던 대로 하자! 너 오늘따라 되게 낯설다?

대한 - 내가 뭘? 나 원래 젠틀해! 몰랐냐?

정연 - 장난하냐? 시끄럽고… 그냥 노래나 불러 봐!

대한 - 그래! 알았어! 오늘은 다들 빼지 말고 화끈하게 놀아 보자! 우리 애기 상희야~ 언능 나와 봐! 오빠가 노래 한 곡 불러줄게! 이리 와 봐!

정연 - 그럼 그렇지. 어쩐지… 한상희 넌 좋겠다!

영재 - 대한아! 빨리 시작해 봐! 희정이 이년은 삐삐쳤는데 아직도 연락이 없네! 오지도 않고. 아~ 씨발! 짱나네! 에라이~ 술이나 마시자!

반주기에서 때마침 '안상수'의 '영원히 내게'라는 곡의 전주가 흘러나온다. 대한은 상희의 양 겨드랑이에 손을 넣고 그녀를 훌쩍 들어 노래방 테이블 위에 앉힌다. 갑작스런 대한의 행동에 깜짝 놀란 그녀의 얼굴이 붉어진다. 대한이 그녀의 두 눈을 애정이 가득한 눈으로 바라보며 노래하기 시작한다. 첫 소절이 끝나고 대한이 상희의 입술에 살포시 키스하자 옆에서 지켜보던 친구들이 괴성을 지르기 시작한다.

정연 - 쟤 미친놈 같애! 대한이 너 왜 순진한 상희한테 수작이냐? 아유~ 짜증 나!

대한 - 부럽냐? 정연아? 키스할 때 상희의 혀끝이 살짝 들어왔는데… 이것도 내가 수작 부린 건가? 응? 상희야! 네가 말해 봐!

상희 - 음… 아니야. 괜찮았어! 근데 좀 창피해!

순간 상희의 얼굴이 빨갛게 물든다. 상희의 반응도 그리 싫은 내색은 아니다.

석준 - 정연아! 부러운데 우리도 한 곡 같이 불러보자! 응?

정연 - 아! 됐거든! 오늘 못 볼 꼴 봤다! 아! 눈 버렸네! 눈 버렸어!

대한을 마음에 두고 있던 정연이 갑작스런 대한의 돌발행동에 놀라기도 했지만, 상희에 대한 질투심으로 은근 속이 상한다.

영재 - 희정이 이년은 대체 왜 안 오는 거야? 아~ 짜증 나! 아! 술 더 줘 봐!

대한 - 뭘 그리 보채냐? 조금만 더 기다려 봐! 곧 오겠지!

영재는 졸업식을 끝내고 여자친구인 희정과 만나기로 사전에 약속한 듯했다. 하지만 졸업식이 끝나고 한참이 지났는데도 희정이 약속장소에 도착하지 않자 영재가 잔뜩 화가 나서 툴툴거린다. 대한이 친구들의 분위기를 띄우느라 열중하면서도 여자친구 문제로 뽀로통해 있는 영재의 분위기를 맞추느라 애를 쓰고 있다. 대한은 영재에게 연신 술잔을 권하고 경쾌하고 템포가 빠른 노래를 선곡해서 분위기를 띄우기도 한다. 리더 격인 대한이 굳이 친구들의 기분을 맞추기 위해 노력할 필요는 없지만 그는 늘 자신보다는 친구들을 더 배려하고 챙기는 편이었다. 대한의 노력에도 불구하고 영재가 여자친구 문제로 속이 상해 인상을 잔뜩 구긴 채 맥주잔을 들이키고 있을 때, 마침 희정이 뒤늦게 노래방 문을 열고 들어선다. 희정이 잔뜩 골이 난 영재의 볼에 '쪽' 하고 뽀뽀를 한다. 조금 전까지만 해도 우거지상을 하고 있던 영재가 언제 그랬냐는 듯 희정의 뽀뽀 한 번에 어느새 히죽거린다. 희정은 먼저 와 있던 대한과 대한의 친구들에게 인사를 하고 영재가 가득 따라 준 맥주잔을 받아들고 단숨에 들이킨다. 늦게 온 것이 미안했는지 희정이 연거푸 맥주잔을 비운다. 그러더니 얼마 지나지 않았는데도 취기가 오르는 듯 희정의 얼굴이 벌겋게 달아오르기 시작한다. 취기가 오른 희정이 야릇한 표정으로 영재를 바라본다. 희정과 영재 사이에 흐르는 묘한 분위기에 대한과 일행이 눈을 떼지 못하고 희정과 영재를 바라본다. 희정이 영재의 두 볼을 감싸고 그윽한 눈으로 영재를 바라보며 천천히 입을 내민다. '키스라도 하려나?' 대한과 일행이 침을 '꿀꺽' 하고 삼키며 바라보고 있지만 희정과 영재는 아랑곳하지 않는 듯 점점 얼굴이 가까워진다.

희정 - 욱! 우욱~

순간 희정이 영재의 얼굴에 오물을 내뿜는다.

영재 - 으아악~

희정의 오물을 흠뻑 뒤집어쓴 영재가 더럽다는 듯 얼굴을 잔뜩 찌푸리며 희정을 밀치고 벌떡 일어선다.

영재 - 아! 이게 모야? 더럽게~

대한과 친구들이 이 우스꽝스러운 광경에 낄낄거리며 웃기 시작한다. 영재가 더러운 오물이 잔뜩 묻은 희정을 일으켜 세워 화장실로 향한다. 화장실 안에서는 희정의 등을 두드리는 소리가 한동안 나더니 물소리가 들려온다. 아마도 영재가 희정의 오물을 닦아주는 모양이다. 잠시 후 잔뜩 못마땅한 표정으로 영재가 희정을 데리고 룸으로 돌아온다. 영재와 희정의 몸이 물로 흠뻑 젖어있다. 이를 본 대한이 언제 준비했는지 슬그머니 영재에게 수건을 건넨다.

영재 - 희정아! 괜찮아? 그러게 천천히 좀 마시지. 근데 오바이트를 해도 하필이면 왜 내 얼굴에 하냐?

희정 - 영재야! 나 힘들어! 우리 그냥 먼저 나가자! 응?

영재가 나가자는 희정의 말을 들으며 대한과 일행의 눈치를 살핀다.

영재 - 그래! 희정아! 나가자! 너 술 많이 취해서 더는 안 되겠다.

일행은 올 것이 왔다는 듯 음흉하게 웃으며 영재와 희정을 바라본다.

정연 - 그래! 영재야! 희정이가 많이 취한 것 같아! 영재가 희정이 꿀물이라도 사다 줘라!

상희 - 내가 나가서 카운터에 다녀올게!

상희와 정연은 영재와 희정이 술에 취한 것 때문에 더는 분위기가 이어지지 않을 것 같다는 생각을 한다.

석준 - 어… 그럼 이제 어디로 가지? 여기서 우리 얼마나 술을 마신 거냐? 지금 몇 시지? 우와~ 벌써 8시가 다 되어간다!

상희 - 뭐? 8시? 정연아! 우리 버스 끊기겠다. 먼저 일어나자!

대한 - 상희야! 손 이리 줘 봐! 난 우리 애기 버스가 끊겼으면 좋겠는데… 상희야! 우리 오늘 밤 같이 있으면 안 될까?

대한이 윙크를 건네며 능글거리는 표정으로 상희를 바라본다. 정연은 오늘따라 전 같지 않게 능글거리는 대한의 행동이 왠지 낯설다는 생각을 하면서도 상희에게 관심을 보이는 것 같은 대한이 마음에 들지 않는다.

정연 - 어머! 대한이 너 오글거리게 왜 그래? 상희가 맘에 들어? 상희야! 넌 어떻게 할래?

대한 - 상희야! 나 오늘 집에 안 갈 거야! 그니까 친구 집에서 자고 들어간다고 집에다가 전화해~

석준 - 와~우~ 대한이 지대로 들이대는구먼! 멋지다! 내 친구! 크크크!

상희 - 음… 그러면… 일단 집에는 안 들어갈게!

대한 - 오~ 좋아! 우리 애기… 그러면 상희야! 일단 여기서 나가자!

순간 대한의 농인지 진담인지 모를 행동으로 분위기가 묘해진다. 잠시 후 대한과 일행이 얼큰하게 술에 취해 노래방을 나선다. 자정이 다 되어가는 늦은 시간에 대한과 친구들이 갈 만한 곳은 근처에 위치한 여관 말고는 없는 듯했다. 대한은 친구들을 앞장서 데리고 근처 여관으로 향한다. 큰 방 하나를 정해 함께 마주 앉은 친구들은 남녀가 여관방이라는 공간에 함께 있다는 어색함으로 한동안 말이 없다. 대한이 어색한 정적을 깬다.

대한 - 뭐야? 니들? 왜 이러고 있어? 일단 영재! 너! 더러워서 안 되겠어! 너 먼저 씻어야겠다! 남자들부터 씻자!

욕실 안에서 대한과 남자아이들이 샤워하는 물소리를 들으며 여자아이들은 아무 말도 없이 방바닥만 쳐다보고 있다. 잠시 후 샤워를 마친 대한과 친구들이 속옷만 입고 욕실 밖으로 나온다. 여자아이들은 속옷 차림의 대한과 친구들을 보고 이불을 뒤집어 쓰며 소리를 지른다.

정연 - 야! 모야? 옷은 입고 나와야지! 속옷이 뭐야?

대한 - 남자들은 샤워를 끝냈으니까 이제 니들도 같이 들어가서 씻고 와!

정연 - 야! 갈아입을 옷도 없는데 어떻게 샤워를 하나?

대한 - 참 나! 그냥 우리처럼 빨리 씻고 빤스하고 브래지어만 걸치고 나오면 되지!

정연 - 이런 미친 새끼! 너 같으면 그러고 싶겠냐? 그럼 상희도 속옷만 입고 있으라는 거야?

대한 - 야! 그냥 수영장 왔다고 생각하면 되잖아? 해수욕장에 가면 비키니 입잖아! 정 그러면… 불 끄면 잘 안 보이니까 니들 씻고 나올 때 불 꺼줄게! 그럼 되지?

영재 - 친구끼리 어때? 알몸으로 있는 것도 아닌데.

희정 - 싫어! 미친놈아! 내가 왜 네 친구들 앞에서 속옷만 입고 있어야 하는데? 난 싫어!

영재 - 희정아! 근데 너부터 씻어야 할 것 같아! 네 오물 냄새가 방안에 진동해!

상희 - 어우~ 야! 영재 너는 여친한테 무슨 말을 그렇게 심하게 하냐? 정연아! 같이 들어가서 일단 씻고는 나오자. 내 머리에서 계란이랑 밀가루 냄새까지 나서 역겨워!

대한 - 저기 상희야! 걱정 말고 씻고 나와! 내가 불 꺼줄 테니까. 이불 속으로 들어오면 돼! 알겠지?

이현 - 어쭈구리? 오늘 대한이랑 상희 니들 일 나는 거 아녀?

희정 - 정연아! 일단 씻기는 하자! 술을 많이 마셔서 그런지 너무 힘들다! 옷도 대충 빨아야겠어! 지금 내 꼴이 말이 아니야!

희정, 정연, 상희가 욕실에 들어가 샤워를 하고 있다. 안에서 나는 샤워기 물소리를 들으며 대한과 친구들이 한 이불 속에 누워 여자아이들이 샤워를 마치고 이불 속으로 들어올 상상이라도 하고 있는 듯 아무런 말이 없다. 잠시 후 샤워를 끝낸 상희가 욕실 안에서 큰소리로 대한을 부른다.

상희 - 대한아! 우리 지금 나갈 건데… 불 끄고 눈 좀 감아줄래?

대한 - 그래! 알았어! 남자들은 이불 뒤집어쓰고 있을 게! 편하게 나와도 돼!

상희 - 진짜지? 대한이 너만 믿는다! 알겠지? 진짜 불 켜면 안 돼! 약속하지? 응?

대한 - 속고만 살았냐? 언능 나와요! 베이비~ 헤헤헤!

욕실 문을 살짝 열고 남자아이들이 이불을 뒤집어쓰고 있는지 확인한 여자아이들이 팬티와 브래지어만 입고 욕실에서 나온다. 여자아이들이 샤워를 하며 빨래한 자신들의 옷을 옷걸이에 널고 있다. 장난기가 발동한 대한이 이불 속에서 벌떡 일어나 상희를 꼭 끌어안는 것과 동시에 석준이 실내등을 켠다. 여자아이들은 실내등이 켜지자 기겁을 하고 자리에 주저앉으며 신체의 중요 부위를 급하게 가린다.

정연 - 야! 이 나쁜 새끼들아! 불 안 꺼? 석준이 너 죽는다! 빨리 불 끄라고 ~ 새끼야! 아이씨~

대한 - 그래. 그래! 정연이 분명히 네가 불 끄라고 한 거다! 야! 각자 여친을 이불 속으로 숨겨! 석준아 불 꺼~

석준이 얼른 일어나 실내등을 끈다. 순간 방안은 암흑이다. 이불이 들썩거린다. 여자아이들이 이불 속으로 들어가나 싶더니 이내 잠잠해 진다. 잠시 후 고요한 어둠 속에서 커플들의 입술이 맞닿는 소리가 들린다. 망설이던 대한도 상희의 입술에 기습적으로 키스한다. 대한의 가슴이 쿵쾅거린다. 상희가 대한의 입술을 받아들이는 것을 느끼며 대한이 상희의 가슴을 손으로 어루만지기 시작한다. 그들의 호흡이 거칠어진다. 상희가 대한이 뜨겁게 달아오르는 것을 느끼며 수줍은 듯 그의 품에 안긴다. 중학교 졸업식 날 밤은 대한과 친구들에게는 평생 잊지 못할 추억이 될 것이다. 그렇게 대한의 중학교 마지막 날의 밤이 저문다.

반장선거

돌이켜보면 대한의 중학생 시절은 보통 아이들의 그것과는 사뭇 달랐다. 크고 작은 여러 가지 사건들과 어린 치기로 인해 또래의 아이들로서는 상상하지도 못할 삶을 살았다. 대한은 이런 와중에도 타인에 대한 존중과 배려를 잊지 않았고, 친구들 사이에서는 리더로서의 역할을 자처하여 대한의 주변에는 그를 따르는 사람들로 언제나 가득했다. 마음이 내키는 대로 거침없이 중학생 생활을 보낸 그는 고등학교 진학을 계기로 정들었던 친구들과 헤어져 다른 길을 가게 된다. 대한의 절친인 병희와 영재는 인문계인 진산고로 진학하게 되어 대한과 같은 학교로 가지 못하게 된 것을 몹시 서운해하며 대한을 원망한다.

영재 - 아! 대한아! 너는 나랑 같이 진산고에 같이 가자고 해놓고 갑자기 진산공고로 가면 나는 어떻게 하냐? 아~

병희 - 좆도 이제는 우리 친구들끼리 얼굴이나 자주 볼 수나 있겠냐? 서로 학교도 틀린데… 앞으로는 얼굴 보기도 힘들 겨!

대한 - 이 새끼들은 어지간히도 찡얼거리네! 야! 그래봤자 니들 학교하고 우리 학교하고 고작 5분 거리야! 수업 끝나고 시내에서 언제든지 만날 수 있잖아? 안 그러냐?

대한은 고등학교가 갈려 헤어지게 된 것을 불평하는 병희와 영재를 위로한다. 고등학교 진학문제를 가지고 대한이 병희와 영재를 위로할 일은 아니다. 오히려 교통사고 문제로 인문계 고등학교를 진학하지 못하게 된 대한이 위로를 받아야 할 일이다. 대한은 교통사고의 후유증으로 성적이 떨어져 어쩔 수 없이 진산공고를 선택해야 했지만 이런 대한과는 달리 부모님의 손에 이끌려 진산고로 진학한 것은 병희와 영재가 선택한 길이다. 불평을 해도 대한이 불평해야 할 일이지만 대한은 그런 친구들의 이유 없는 불평을 넓은 마음으로 아무렇지 않게 받아주고 있었다. 대한은 늘 그랬다. 대한에게는 마음속에 친구들을 품는 그릇이 따로 있기라도 한 것처럼 보인다.

진산공고 입학식 첫날, 대한이 진산공고의 황금색 교복 재킷에 청바지를 입고 담배를 입에 문 채로 학교 후문을 향해 걸어가고 있다. 학교가 가까워지자 대한이 피우던 담배꽁초를 학교후문 근처 땅바닥에 손가락으로 '툭' 하고 튕겨 버린다. 이 모습을 보고 있던 공장작업복 차림의 대머리 할아버지 한 분이 대한을 부른다.

대머리 할아버지 - 거기 학생! 이리 좀 와 봐!

대한 - 예? 제가 지금 바빠서요. 등교 시간이 다 되었거든요. 다음에 말씀하시면….

대머리 할아버지 - 보아하니 진산공고 학생인 듯한데, 담배를 물고 학교 앞까지 오질 않나, 거기다가 꽁초까지 무단으로 바닥에 버리면 이걸 누가 치우나? 당장 꽁초 주워!

대한 - 아~ 예! 근데 저기요. 할아버지! 제가 지금 많이 늦어서요. 다음에 치울게요! 죄송합니다! 저 먼저 가 볼게요!

대한은 입학 첫날부터 지각이라도 하면 어쩌나 하는 생각에 대머리 할아버지의 말을 뒤로하고 후다닥 교실로 향한 발걸음을 재촉한다. 그런데 어쩐 일인지 대머리 할아버지가 급히 교실로 향하는 대한의 뒤를 끈덕지게 따라온다. 허겁지겁 달음질한 덕에 간신히 지각을 면한 대한이 교단에 서 있는 조남호 담임선생에게 묵례를 하고 자리를 찾아 앉는다. 대한이 자리를 찾아 앉자마자 조금 전에 학교 후문 뒤에서 만났던 공장작업복 차림의 대머리 할아버지가 복도 창가로 다가오는 것이 보인다. 순간 대한은 무언가 잘못되었다는 것을 직감한다. 아니나 다를까. 교실 문이 열리고 대머리 할아버지가 교실로 들어선다. 대한의 담임 조남호 선생이 대머리 할아버지에게 정중히 인사를 건넨다.

조남호 선생 - 교장 선생님이 어쩐 일로…?

'교장 선생님이라고?' 대한은 순간 눈앞이 아찔해지는 기분이다. 자신의 머리를 쥐어뜯으며 자책이라도 하고 싶지만 이미 일은 벌어진 뒤였다. '아! 내가 미쳤지! 미쳤어! 입학 첫날부터 이런 대형 사

고를 치다니. 미치겠다! 진짜 미치겠어!' 교장 선생님은 교실 안을
'휘이~' 둘러보더니 고개를 숙이고 있는 대한을 손가락으로 지목하
며 대한을 부른다.

교장 선생님 - 거기 머리 숙이고 있는 학생! 거기 제일 뒤쪽 덩치 큰 학생!
일어나 봐! 자네 이름이 뭔가?

대한 - 저… 교장 선생님! 그러니까요. 아까는 제가 몰라뵙고 그랬습니다!
정말 잘못했습니다! 일부러 그러려고 그런 것은…

교장 선생님 - 시끄럽고… 이름 말하라고 했잖아! 이름! 이름이 뭐냐고!

교장 선생님은 화가 머리끝까지 난다는 듯 대한의 말은 들으려고
도 하지 않고 호통을 친다. 한 손에는 수첩과 볼펜이 들려 있었다.
옆에 계신 담임선생은 무슨 영문인지는 모르지만 뭔가 좋지 않은 일
이라는 것을 직감하고는 대한을 교탁 앞으로 나오라고 부른다.

대한 - 죄송합니다! 교장 선생님!

교장 선생님 - 죄송이고 뭐고 앞으로 나와서 이름을 말해!

대한 - 박대한입니다! 조금 전에는 제가 교장 선생님을 몰라뵙고 초면에 정
말 큰 실수를 범했습니다!

교장 선생님 - 박대한이라고? 알았어! 그럼 조 선생 수고해요!

교장 선생님은 수첩에 대한의 이름을 받아 적고 대한을 흘깃 한
번 쳐다보고는 교실을 나선다. 대한의 조 선생이 근심스러운 표정
으로 대한에게 묻는다.

조남호 선생 - 박대한! 무슨 일이야? 무슨 일 때문에 교장 선생님이 저러
시냐?

대한은 아무 말도 할 수 없었다. 대한의 머릿속이 갑자기 복잡해진다.

며칠 후 전교생이 모이는 운동장 조회시간이다. 진산공고의 전교 학생이 모두 운동장에 모여 있었다. 국민의례를 마치고 교장 선생님의 훈화 순서가 시작되자 단상에 오른 교장 선생님이 잠시 학생들을 둘러보더니 주머니에서 수첩을 꺼내 든다. 순간 '드디어 올 것이 왔구나!'하는 생각에 대한이 크게 한숨을 내쉰다.

교장 선생님 - 자랑스러운 진산공고 학생여러분! 먼저 사람이 됩시다! 내가 지금까지 교직 생활을 30년이나 하고 있지만 며칠 전처럼 어처구니없는 일은 교직 생활 중 처음 봤어요. 며칠 전에 우리 학교 교복을 입은 학생 하나가 학교 후문 앞까지 담배를 물고 오는 것을 보았어요. 세상천지에 어떻게 교복을 입은 학생이 학교 앞까지 담배를 물고 등교할 수가 있는지… 나는 그 학생을 보면서 학생을 잘못 가르친 나 자신이 너무나 원망스러웠습니다. 앞으로는 두 번 다시 이런 일이 재발하지 않았으면 해요. 선생님들도 학생들이 올바르게 행동하도록 학생들 선도에 각별히 신경 써 주기를 당부합니다! 전기과 1학년 박대한! 앞으로 나와요!

대한이 전교생이 지켜보는 가운데 단상 위로 불려 올라간다. 대한의 담임선생이 교장 선생님 앞에 고개를 숙이고 서 있는 대한의 목덜미를 전교생이 지켜보는 앞에서 회초리로 몇 차례 후려친다. 그리고는 조회가 끝날 때까지 단상 위에서 대한을 엎드려뻗쳐 자세로 있도록 벌을 세운다. 하지만 이것이 끝이 아니었다. 교장 선생님은 대한의 담임선생에게 대한이 열흘 동안 반성문을 작성하고 학교 주변 담배꽁초를 매일 줍게 하라는 특별지시를 내린다. 담배를 물고 등교한 일은 징계를 받을 수 있을 정도로 큰 잘못이다. 더구나 고등학교에 갓 입학한 신입생이 학교 바로 앞까지 담배를 물고 와서 교장 선생님 앞에서 담배꽁초를 버리고 주우라는 교장 선생님의 지시까지도 어겼으니 생각하기에 따라서는 중징계에 처할 수도 있는 중대 사안이다. 하지만 대한이 이제 막 고등학교에 입학하여 등교하는 첫날인데다 자신의 잘못을 진심으로 뉘우치는 태도와 자신이 지은 죄에 대한 처벌을 당당하게 받아들이는 태도로 임하였기 때문에 교장 선생님도 더이상은 죄를 묻지 않기로 했던 것이다.

전교생이 모인 조회가 끝날 때까지 단상 위에서 벌을 서고 있는 대한을 보며 2, 3학년 선배들이 웅성거리기 시작한다.

선배1 - 저놈은 대체 누구야?

선배2 - 신입생 주제에 건방지게 담배를 물고 학교 앞까지 등교를 해?

선배3 - 선도부 새끼들은 신입생 교육도 똑바로 하지 않고 뭐 했어?

조회가 끝나는 내내 단상에서 엎드려뻗쳐 자세로 벌을 선 대한은 악몽 같던 조회시간이 끝나자 단상에서 내려와 계단에 털썩 주저앉는다. 이런 대한의 모습을 한 남학생이 웃으며 쳐다보고 있다.

대한 - 뭘 봐? 씹새야! 넌 내 꼴이 우스워 보이냐?

대한이 자신을 보며 웃고 있는 남학생에게 험상궂은 표정을 하고 잔뜩 노기 서린 목소리로 욕설을 한다. 처음에는 '어떤 놈인가?' 하는 호기심으로 대한에게 다가섰던 그 남학생은 대한과 눈이 마주치자 대한의 기에 눌려 흠칫 놀란다. 그 남학생은 영동 출신의 조오현으로 대한과는 같은 반 친구다.

오현 - 저… 저기 대한아! 오해는 하지마! 난 널 비웃은 게 아니고 너하고 친해지고 싶어서 온 거야! 네가 기분 나쁘게 느꼈다면 내가 사과할게! 넌 모르겠지만 난 너하고 같은 반 조오현이야!

대한 - 아! 그래? 조오현! 네가 우리 반이라고? 난 진산중 출신 박대한이다! 나하고 같은 반이라니까 앞으로 잘 지내보자!

오현 - 그… 그래! 난 네가 너무 무섭게 말해서 순간 쫄았잖여~ 히히히!

대한 - 그랬어? 그랬다면 미안해! 내가 조금 신경이 날카로웠던 같다! 네가 이해해줘라!

그때 대한의 주변에 친구들 몇이 모여든다. 대한이 친구들과 인사를 나누고 함께 교실로 향한다. 대한을 알아본 친구들과 선배들이 대한에게 다가와 악수를 청한다. 대한의 뒤를 따르며 대한의 당당한 모습에 끌린 오현이 대한과 친해져야겠다고 속으로 생각한다.

교실에 들어선 대한이 자리에 앉아 잠시 깊은 생각에 빠진다. '아~ 입학 첫날부터 첫 단추가 살짝 꼬였네! 앞으로 학교생활이 평탄

하지는 않겠어! 그나저나 선배들도 그렇고 같은 학년 애들도 내가 어떤 놈인지 모두 알아버렸으니 차라리 이참에 내가 이 학교 짱이 돼서 나의 존재를 보여줘야겠다! 그러려면 내 주변에 나를 따르는 세력과 정보력이 있어야 하는데… 일단은… 우리 반 반장부터 도전해야겠다!' 대한은 이런 자신의 생각을 오현에게 밝히고 곧 있을 반장선거에 출마할 테니 자신을 좀 도와달라고 부탁한다. 하지만 대한의 목표는 단순히 전기과에서 반장이 되는 것이 목표가 아니었다. 진산공고 짱이 되고자 하는 것이 목표였다. 오현도 대한이 이런 생각을 하고 있음을 대한과의 대화 속에서 대략 눈치를 챈다. 대한과 오현은 그가 진산공고 짱이 되기 위해서 일차적으로는 대한이 소속한 전기과의 짱이 되는 게 우선이라고 생각하고 전기과 짱이 되기 위한 계획을 모의하기 시작한다.

대한 - 오현아! 일단은 내가 전기과 반장을 해야겠어! 그러니까 내가 반장으로 선출될 수 있게 네가 확실하게 지원해주었으면 좋겠다!

오현 - 그래? 알았어! 내가 어떻게 하면 되냐? 네 생각이 무엇인지 좀 더 구체적으로 말해 봐!

대한 - 구체적이고 뭐고… 반에서 반장이 되는 거야 간단한 거 아냐? 그냥 나 말고 다른 반장 후보자가 없으면 되는 거지! 참고로 나는 지는 싸움은 처음부터 시작도 안 해! 앞으로 차차 알겠지만 이게 내 스타일이야! 알겠지? 이젠 오현이 네 실력 좀 보자!

대한이 말을 끝내자마자 오현이 책상을 '탁' 치며 자리에서 일어난다. 순간 교실 안이 조용해지며 전기과 학생들이 모두 오현에게 주목한다. 오현이 험상궂은 표정을 하고 전기과 같은 반 친구들을 쏘아보며 단호한 어조로 말한다.

오현 - 야! 나 조오현이다! 잠시 내게 주목 좀 해라! 듣기로는 오늘 반장선거가 있다고 하던데… 우리 반 반장은 뒤에 있는 대한이가 할 거니까 괜히 일 어렵게 하지 말고 대한이를 그냥 단독후보로 밀어주자! 혹시 이 중에서 반장 되고 싶은 사람 있어? 있으면 손들어 봐!

친구들이 오현의 분위기에 압도된 듯 대한을 반장으로 단독 입후보시키는데 모두 동의한다.

오현 - 대한아! 그럼 부반장은 누굴 시키지?

대한 - 부반장은 아무래도 내가 학교에 없거나 자리를 비웠을 때 나 대신 일처리 해줄 사람이 필요하니까 아무래도 앞줄에 있는 성실하게 생긴 애들 중에서 한 명이 되어야 하겠지?

오현 - 그러네! 좋아~ 그럼 그렇게 하자!

대한의 말을 들은 오현은 앞줄에 앉은 학생들을 '쭈욱' 훑어보고는 그중에서도 가장 성실하게 보이는 신민관에게 부반장을 맡아주어야겠다고 전한다. 민관은 160cm의 작은 키게 곱상한 외모를 하고 있었다. 누가 봐도 공부 잘하고 성실한 모범생 비주얼이다.

1교시 수업을 알리는 종이 울리자 조남호 담임선생이 교실로 들어선다. 담임선생은 출석부를 보며 학생들의 얼굴을 익히려는지 일일이 학생들의 이름을 호명하며 출석을 부른다. 출석체크가 끝나자 대한이 미리 예상했던 것처럼, 반장선거에 대한 이야기를 꺼낸다.

조 선생 - 자! 이제 우리가 한 반이 되었으니 앞으로 1년 동안 우리 학급을 위해서 성실하게 이끌어 줄 반장을 선출하기로 하겠다. 선생님은 누가 누구인지 잘 모르니까 여러분들이 누가 반장으로 적합할지 잘 생각해서 반장 후보를 추천해주기 바란다!

오현 - 선생님! 저는 박대한을 반장으로 추천합니다.

사전에 대한을 반장으로 선출시키기로 약속한 것처럼, 오현이 대한을 반장 후보로 추천한다. 그런데 어쩐지 대한의 이름이 호명되자 담임선생의 표정이 그리 좋지 않다.

조 선생 - 저기… 반장은 우리 학급을 대표하는 자리인 만큼 학생으로서 타의 모범이 될 만한 사람을 추천해 주었으면 좋겠다!

이 말을 들은 대한이 어쩐지 무시당하는 기분이 들어 비록 선생님 앞이지만 가만히 있을 수는 없었다.

대한 - 선생님! 어쩐지 제가 듣기에는 선생님 말 속에 뼈가 있는 것처럼 느껴집니다! 제가 그렇게 느끼는 것인지는 모르겠지만… 다른 학생이 저를 반장 후보로 추천했는데 타의 모범이 될 만한 사람을 추천해 달라고 하는 선생님의 말씀은 제가 반장으로서 자격이 없다는 말씀처럼 들려서 조금 자존심이 상합니다!

이제 고등학교에 갓 입학한 신입생이지만 당당하게 자신의 생각을 밝히는 대한의 사내다움에 조 선생이 내심 당황하며 얼버무린다.

조 선생 - 내가 그렇게 말했나? 내 말이 그렇게 들렸다면 미안하다! 난 단지 반장은 우리 전기과의 얼굴이니까 신중하게 추천하라고 한 것뿐이다. 그러니까 박대한 학생! 오해는 하지 말았으면 좋겠다!

대한의 항의성 말을 들은 조 선생은 일순간 당황했지만 그렇더라도 첫날부터 교장 선생님으로부터 전교생 앞에서 망신을 당한 대한을 반장 후보로 단독 입후보하게 두고 볼 수는 없었다.

조 선생 - 다시 한번 말하지만, 박대한 학생을 두고 한 말은 아니니까 오해는 하지 말도록. 난 민주적으로 반장이 선출되었으면 한다. 저기 배대영 학생 일어나 봐! 이 학생은 전기과 1등으로 입학할 정도로 성적이 가장 좋은 학생이니 참고하고. 또 이한민 학생 일어나 봐! 이 친구는 봉사활동을 많이 해서 장학생으로 입학한 학생이니까 박대한 학생이 단독으로 반장 후보가 되는 것보다는 이 3명의 학생을 반장 후보로 추천해서 투표를 통해 민주적으로 반장을 선출하는 것이 좋을 것 같은데. 여러분들 생각도 여기에 동의하지?

담임선생은 대한이 반장이 되는 것은 막아보려는 듯이 다른 학생들의 장점을 일일이 열거하며 어떻게든 복수후보를 내세워 투표하게 만들려는 심산이다. 그렇게 하면 대한이 반장으로 선출될 가능성은 작아질 것으로 생각한 것이다. 반장을 선출하는 과정 내내 조 선생은 대한이 반장으로 선출되지 않았으면 하는 속내를 은근히 드러내며 편파적으로 반장선거를 이끈다. 대한은 담임선생의 편파적인 행동에 내심 불쾌한 마음이 들었지만 다른 아이들이 나머지 두 명의 반장 후보에게 표를 던지지는 않을 것이라 확신하며 담임선생이 제의한 선출방식을 흔쾌히 받아들인다.

대한 - 친구들아! 난 어떤 방식이든 기꺼이 받아들이겠다! 니들의 의지대로 공정하게 투표해 주었으면 한다!

조 선생 - 박대한 학생은 조용히 하고… 그럼 지금부터 반장을 선출하기 위해 반장 후보 3명으로부터 소견발표를 듣는 순서를 갖겠다. 반장 후보 3명은 앞으로 나와라! 소견발표 순서는 배대영, 이한민, 박대한 순서로 하겠다!

가나다 순으로 한다면 박대한이 가장 먼저 소견발표를 해야 했지만, 담임선생은 어쩐 일인지 박대한의 소견발표 순서를 맨 마지막에 하도록 했다.

배대영 - 제가 반장이 된다면 학급에 필요한 물품을 함께 공유도 하고 특히, 어려운 과제가 있으면 제가 성심껏 도와드리도록 힘써 보겠습니다! 그리고…(이하 생략)

이한민 - 어… 저는 친구들 앞에서 말하는 것이 어색하고 서툴지만 늘 학급을 위해서 봉사하는 마음으로 열정을 갖고 일하겠습니다! 우리 반에 기능반 동아리를 만들어서 서로 소통하면서 친구들과…(이하 생략)

두 사람의 소견발표가 끝나자 대한이 교단으로 성큼성큼 올라간다. 대한은 잠시 동안 말없이 반의 모든 학생들과 눈을 맞추고는 진지한 모습으로 소견발표를 시작한다.

대한 - 먼저 등교 첫날부터 의도치 않게 선생님과 여러분에게 좋지 않은 모습을 보여드린 것에 대해 이 자리를 빌려 죄송하다는 말씀을 드립니다! 입학 첫날부터 큰 잘못을 하고 그 벌로 교내외에 있는 담배꽁초를 주우면서 느꼈습니다! 우리 학교는 입학 전에 제가 꿈꾸던 학교의 모습이 아니었습니다! 교복도 입지 않은 학생들이 수두룩했고 여기저기 불량한 학생들도 많이 눈에 띄었습니다. 마치 학원 폭력을 일삼는 불량배들의 소굴 같다는 생각이 들었습니다! 아마 여러분들도 갓 입학한 신입생으로서 저와 같은 생각을 했을 것이라는 생각이 듭니다! 만일 여러분들이 저에게 기회를 주신다면 저는 여러분들을 위해서 희생할 준비가 되어 있습니다! 다른 것은 몰라도 우리 반 친구들이 절대로 학원 폭력의 피해자가 되는 것을 두고 보지는 않겠습니다! 학원 폭력 예방을 위해서 저 자신이 폭력 서클에 가입해서라도 우리 반 친구들의 고충을 앞장서 해결하고 우리 반 친구들 모두가 학교폭력으로부터 피해를 입지 않고 안전하게 학교생활을 할 수 있도록 만들겠습니다! 이상입니다!

대한의 생각지도 못한 소견발표에 반 친구들 모두 박수를 치고 함성을 지르며 환호한다. 담임선생은 대한의 소견발표가 말도 안 된다고 생각했지만 반 분위기는 이미 대한에게 대세가 기울어진 것처럼 보인다. 담임선생이 걱정스러운 마음에 어떻게든 반장선거 분위기를 반전시켜 보려 황급히 말을 꺼낸다.

조 선생 - 박대한 학생! 지금 반장 소견발표가 애들 장난이냐? 무슨 폭력 서클에 가입을 한다는 것을 소견이라고 발표하나? 그게 선생님을 앞에 두고 할 소리란 말이다! 그런 소리 할 거면 반장 후보에서 당장 물러나!

대한 - 아니요. 저는 선생님이 왜 자꾸 유독 저한테만 사사건건 트집을 잡으시는지 알 것 같기는 합니다! 하지만 저는 친구들에게 가장 현실적인 약속을 한 겁니다. 사실 학원 폭력 문제는 제가 아니라 선생님들이 해결해주셔야 할 사회문제라고 생각합니다. 그렇지만 선생님들이 해결하지 못하고 계시니까 제가 학원 폭력 문제를 모두 해결할 수는 없더라도 저희 반 친구들만큼은 지켜주겠다는 겁니다.

조 선생 - 자! 자! 그만하고 투표 전에 내가 다시 한번 강조하지만 반장은 여러분들을 위해 봉사를 해야만 하는 자리인 만큼 모두 신중하게 생각해서 투표해주기 바란다! 누가 반장이 되어야 우리 반을 모범적으로 잘 이끌 수 있을 것인지를 생각했으면 좋겠다. 투표방법은 공정성을 위해서 무기명 투표로 진행할 테니 메모지에 반장으로 선출하고 싶은 후보자의 이름을 적어서 앞으로 제출해주기 바란다. 투표용지에 어떤 후보의 이름을 기록했는지 다른 사람이 보지 못하게 손으로 잘 가리고 접어서 제출하도록. 자~ 그럼 실시!

담임선생은 처음에는 거수투표로 반장을 선출하기로 두표방식을 정했지만, 소견발표 후에 분위기가 대한 쪽으로 급격하게 기우는 것이 느껴지자 어떻게든 대한이 반장으로 선출되는 것을 막아볼 요량으로 투표방식마저 무기명 투표방식으로 바꾼다. 투표가 끝나고 곧바로 개표가 시작되었다.

조 선생 - 그럼 지금부터 개표를 시작하겠다! 앞자리의 두 사람이 나와서 개표를 시작해라! 한 사람은 투표용지에 적힌 후보를 호명하고 다른 한 사람은 칠판에 호명된 후보와 이름 옆에 바를 정자로 표기해라!

투표결과는 대한이 예상했던 대로 대한의 압승이었다. 총 48표 중 기권 1표를 제외한 47표의 유효표 중에서 박대한 45표, 배대영 2표, 이한민 0표로 몰표가 쏟아져 나오자 반 친구들 모두 책상을 두드리고 박수를 치며 교실이 떠나가도록 함성을 지른다. 대부분의 전기과 학생들이 원하는 투표결과가 나왔지만 이를 지켜보는 대한의 담임선생은 똥 씹은 표정으로 깊은 한숨을 내쉰다. 이제는 어쩔 도리가 없게 된 것이다.

조 선생 - 박대한 학생이 반장으로 선출되었으니 부반장은 배대영 학생으로 하는 것이 좋겠는데, 여러분 생각은 어떠니?

대한 - 제 생각에는 반장도 민주적인 방식으로 선출했으니 부반장도 공정하게 거수투표로 선출하는 것이 좋을 것 같습니다. 저는 신민관을 부반장 후보로 추천하겠습니다!

대한이 부반장 후보로 신민관을 추천하자 다른 학생들은 더는 다른 후보를 추천하지 않는다. 이렇게 해서 대한의 계획대로 신민관이 만장일치로 부반장에 선출된다. 반장과 부반장 선거가 모두 끝나자 담임선생은 대한과 신민관을 앞으로 불러 반장과 부반장으로 선출된 소감과 각오를 발표하게 한다.

대한 - 여러분들이 지지해주신 덕분에 제가 반장으로 선출되었습니다. 정말 고맙습니다! 조금 전 무기명 투표과정을 보면서 한 가지 느낀 것이 있습니다. 그것은 바로 정의는 반드시 승리한다는 것입니다. 앞으로 저는 어떠한 어려움이 닥치더라도 제가 여러분에게 약속했던 것처럼, 학원 폭력으로부터 여러분 모두를 안전하게 지키겠습니다. 저는 여러분들과 한 약속은 반드시 지킬 것입니다. 감사합니다!

대한과 부반장 신민관의 소감발표가 끝나자 수업의 끝을 알리는 종이 울린다.

쉬는 시간, 옆 교실에 들어선 대한이 같은 중학교 출신 성엽과 용길을 만나 함께 화장실로 간다. 담배를 한 대씩 꺼내 물고 붙을 붙이며 대한이 말을 꺼낸다.

대한 - 달봉(용길)아! 너네 반 반장은 누가 됐냐? 우리 반은 내가 접수했다! 푸하하!

용길 - 진짜냐? 우리 반은 성엽이가 됐어. 씨발 전기과 좇됐네! 크크크! 대한이랑 성엽이가 반장이라니 생각만 해도 걱정이 태산이다! 하하하!

성엽 - 지랄하고 있네! 잘 된 거 아니냐? 달봉아!

용길 - 그랴! 이 새끼야! 잘났다! 잘났어! 야! 이따가 우리들끼리 파티라도 해야 하는 거 아니냐?

대한 - 그려~ 그러면 오늘 끝나고, 시장 순대집에서 소주나 한잔 마시자! 그래도 친구들한테 고마움의 표시는 해야지! 안 그래 성엽아?

성엽 - 그래. 대한아! 애들 몇 명만 추려서 같이 가자!

용길 - 그러면 전기과 핵심 인물들만 추려서 가자!

수업이 끝나고 대한과 성엽의 축하 파티에 참가할 수 있게 선별된 핵심인물은 용길, 오현, 수홍, 창성, 우종, 명진, 영진, 시경, 영훈, 성혁 이렇게 모두 10명이었다. 대한과 성엽까지 하면 모두 12명인 셈이다.

오현 - 야! 반장 축하파티에 갈 놈들은 후문 앞에서 같이 모여서 갈 거니까 나랑 같이 먼저 나가자! 시경아!

시경 - 응~ 알았어! 그러면 나 먼저 후문 앞에 가서 기다리고 있을게! 오현아!

성엽 - 달봉이! 모하냐? 빨리 나와! 같이 가게.

영훈 - 창성이 너는 수홍이랑 먼저 가라! 난 대한이하고 같이 갈 테니까!

창성 - 그랴~ 알겠어! 그럼 이따 보자!

대한이 담임선생과 잠시 대화를 마치고 영훈과 함께 학교 후문 앞에 도착하자 기다리고 있던 열 명의 친구들이 대한에게 축하 악수를 청한다. 대한과 친구들은 함께 어울려 시장 안쪽에 있는 순댓집 식당으로 들어간다. 교복을 입은 채 학생들이 떼로 식당 안으로 들어서자 서빙하는 이모는 주변의 시선을 의식한 듯이 이들을 쪽방으로 들어가도록 안내한다. 큰 쪽방에는 대한의 친구들만 앉을 수 있도록 상 3개가 연달아 놓여 있었다. 왁자지껄 자리에 앉아 잡담을 늘어놓고 있던 친구들에게 조오현이 먼저 말을 꺼낸다.

오현 - 잠시 주목! 반갑다! 나는 조오현이라고 해! 오늘 이 자리는 대한이하고 성엽이가 반장으로 선출돼서 쏘는 거니까 맘껏 마시자. 하지만 니들이 감당할 수 있는 만큼만 마셔라! 괜히 술 처먹고 진상짓 하면 오늘부로 친구 못 하는 거다! 알겠지?

영훈 - 뭐라는 거? 저 새끼는! 여기에 술 못 마시는 사람 있냐? 그냥 마시다 보면 취하게 되고 실수할 것 같으면 먼저 일어나면 되는 거 아니야?

영진 - 이모~ 여기 주문! 배가 많이 고프네!

서빙 이모 - 그래! 모듬으로 3개 곱창전골 3개 주문했으니께 소주랑 금방 나올 겨!

주문한 술과 안주가 나오자 대한이 친구들에게 일일이 소주를 따라 주고 술잔을 든다.

대한 - 다들 술잔 채웠지? 일단 성엽이가 일어나서 건배사 해라!

성엽 - 건배사? 처음 해보는데… 하하하! 잔 들어 봐! 우선 친구들에게 고맙고… 우리 앞으로 잘 지내자! 우리 전기과를 위하여!

성엽의 건배 제의에 함께 자리한 대한과 친구들이 큰 소리로 '위하여'를 외치고 거침없이 잔을 비운다. 이때 오현이 다시 나선다.

오현 - 니들 대한이가 어떻게 반장이 됐는지 들으면 골 깔 거다! 하하하!

성엽 - 그게 뭔 소리여! 왜? 무슨 일 있었냐?

오현 - 입학 첫날부터 대한이가 교장 선생님한테 담배 피우고 꽁초 버리다 걸려서 난리가 났었잖아? 그래서 담탱이가 대한이가 반장 되는 걸 막으려고 갖은 꼼수를 다 부리는 거야. 그런데도 결국 애들이 대한이를 반장으로 찍더라고. 니들도 봤어야 했는데… 존나 웃겼어! 근데 대한이가 앞에 나가서 소견 발표를 멋들어지게 하는 거야! 사실 나 그때 감동 먹었다!

우종 - 대한이가 뭐라고 했는데 감동까지 먹어?

오현 - 대한이가 소견발표를 하면서, '만일 제가 반장이 된다면 친구들을 폭력 없는 학교에서 안심하게 생활할 수 있도록 저를 희생하여 제가 폭력 서클에 가입하겠습니다!'라고 하는 거야. 그때 담탱이 얼굴 표정을 니들이 봤어야 하는데… 암튼 존나 웃겼어! 그래서 애들이 박수 치고 소리 지르고 난리가 났었지!

성혁 - 아~ 그래서 아까 니들 교실이 시끄러웠구나!

명진 - 나… 나는… 대… 대… 대한이가….

창성 - 명진이 말은 내가 대신 통역해줄게! 그니까 명진이 말은 대한이가 '정의는 승리한다.'라는 말을 했을 때가 멋있었다, 그 말이지?

명진 - 으… 으… 응!

말을 심하게 더듬는 서천중 출신 명진을 보고 친구들 모두 웃음
이 빵 터진다.

대한 - 명진이가 겉은 멋있고 남자다워 보이는데 핸디캡이 있었구나! 친구
야! 너무 심하게 더듬지는 말아라. 요새는 징역 간다. 명진아! 하하하!

영진 - 재밌네! 이번에는 내가 건배사 한번 할게! 잔 좀 들어 봐! 난 영동에
서 온 영진이다! 대한이와 성엽이 덕분에 이 자리까지 왔는데… 앞으로 다
들 잘 지내자! 그리고 영동에 언제든지 놀러 와라! 내가 풀로 쏠 테니까. 이
것도 인연인데 우리들 모두 베프로 지내보자! 동의하면 마셔라! 위하여!

대한과 성엽이 반장으로 선출된 것을 축하하기 위해 한자리에 모
인 친구들은 식당이 떠들썩하게 '위하여'를 외치며 연신 건배를 한
다. 고등학교에 입학한 후 처음으로 한자리에 모인 친구들이었지
만 이들은 마치 오래된 친구인 것처럼 서로의 우정을 확인하며 점
점 만취가 되어가고 있었다. 체질적으로 술이 약한 까만 피부의
수홍과 창성은 취기로 얼굴이 새빨갛게 물들어 한쪽 구석에 앉아
꾸벅꾸벅 졸고 있다.

대한 - 다들 어느 정도 술이 올라온 것 같으니 이제 막잔하고 다른 장소로
옮기자! 지금 몇 시나?

성혁 - 7시쯤 됐네!

성엽 - 오거리 노래방 어때? 2차는 내가 살게!

대한 - 그래. 그럼. 성엽이가 2차 노래방 쏜다니까… 얘들아! 그만 일어나
자! 저기 이모님! 계산이요.

서빙 이모 - 응~ 그래! 잠시만 소주가 29병에 모둠 국밥 해서 19만원 나왔
는데… 그냥 15만원만 주고 가!

대한은 뒷주머니에서 지갑을 꺼내 통 크게 계산을 마치고 노래
방으로 향한다. 모두 상당한 양의 술을 마셨지만 다행히 나쁜 술
버릇이 있는 친구들은 없는 듯했다. 모두들 진산공고 교복을 입은
채로 시장 골목길을 비틀거리며 걷고 있다. 많이 취한 창성은 영훈
이의 부축을 받아 먼저 집으로 돌아간다. 노래방에 도착한 친구들
이 모두 대형룸으로 들어가 노래를 부르고 있었고 카운터 앞에는
대한과 성엽만 남아 알바 누나에게 술과 안주를 주문한다.

대한 - 캔 맥주 20개하고 새우깡 좀 많이 줘요. 누나!

알바 - 괜히 니들한테 술 팔다 단속에 걸리면 가게 문 닫아야 돼! 더구나 니
들은 학생들이잖아!? 술은 안 되고 그냥 음료수 마셔! 응? 사장님한테 술
팔았다고 나 혼난단 말이야!

대한 - 한두 번 오는 것도 아닌데 왜 그래? 누나! 옆 가게 히트노래방은 그
냥 주던데. 그럼 며칠 전에는 나한테는 술 왜 팔았어? 응? 말해 봐! 자꾸 누
나 기분 따라 이랬다저랬다 하지 마! 나도 누나가 이런 식이면 방법이 있어!
알아서 해! 누나! 줄 거야? 안 줄 거야?

성엽 - 걱정 마요! 누나! 조용히 술만 마시고 갈 테니까요. 계산 얼마예요?
누나!

알바 - 휴~ 힘들구만! 그러면 딱 한 시간만 얌전히 놀다가 가야 돼! 추가 시
간 달라고 하지 말고… 알겠지? 모두 10만원이야!

대한 - 아이~ 참! 누나! 누굴 호구로 알아? 시간 두 시간 반 넣어주고, 캔 맥

주 20개, 오징어 2개, 새우깡 이빠이, 그래서 10만원. 오케이? 고딩한테 눈탱이 치면 벌 받아! 누나! 알지? 그럼 교신 끝!

알바 - 으이그~ 이것들이 알긴 귀신이여! 알았다!

성엽과 대한이 계산을 마치고 대형룸으로 들어선다. 노래방에 먼저 들어가 있던 친구들은 술에 취해 고함을 지르며 노래를 부르고 있었다. 그들 모두가 술에 취한 듯 보인다. 때마침 중년의 여사장이 술과 안주를 들고 룸으로 들어오자 이미 만취가 된 오현이 뒤에서 여사장을 '덥석' 끌어안는다.

여사장 - 어머! 깜짝이야! 이 학생 왜 이랴? 술이 많이 취한 거 같구먼! 괜찮겠어?

오현 - 누나! 맥주나 한잔 같이해요! 딱 내 스타일이네~

여사장 - 뭐? 이런 어린놈이… 내 나이가 몇인디 누나야 이놈아! 그냥 곱게 술이나 처먹고 가! 알았어?

여사장이 버럭 화를 내는 것을 보며 대한과 성엽이 술에 취해 횡설수설하는 오현의 뒤통수를 냅다 후려갈긴다. '퍽퍽' 그 모습에 놀라 여사장의 눈이 휘둥그레진다.

여사장 - 아이고~ 깜짝이야! 그렇다고 친구 머리를 그렇게 심하게 때리면 어떡햐? 많이 아프겠구먼!

대한 - 이놈은 맞아야 돼요! 얘가 오늘따라 술이 많이 취했네요. 죄송합니다! 사장님!

여사장 - 술을 마시다 보면 가끔 실수도 하고 그렇지. 난 괜찮으니까 주량껏 마시고 재밌게 놀다가 학생!

성엽 - 네! 사장님! 필승!

미소를 지으며 룸을 나서는 여사장은 알바 누나를 시켜 과일 안주 하나를 서비스로 보낸다.

이미 1차에서 소주를 거하게 마신 터라 2차에 맥주에 짬뽕으로 마시다 보니 어느새 친구들 대부분이 만취가 되어가고 있었다. 대한은 친구들이 더 취하게 해서는 문제가 되겠다는 생각을 한다. 그래서 남은 술을 얼른 비우게 하고는 노래를 부르게 하여 술이 깨도록 할 생각이다. 하지만 대한이 친구들에게 술을 급하게 마시게 한 것이 오히려 화가 되었다. 대한과는 비교할 수 없을 만큼 상대적으로 주량이 약한 친구들은 대한의 속도에 맞춰 술잔을 비우다 보니 모두 제정신이 아니다. 하나둘 화장실 변기를 붙잡고 토하기 시작한다. 시간이 조금 더 흐르자 대한, 성엽, 오현, 용길, 시경 다섯만 남고 나머지는 모두 인사불성이 된다.

친구들 대부분이 술에 취하여 제정신이 아니게 되자 노래방 분위기가 서서히 지루해져 간다. 안 되겠는지 대한이 친구들을 데리고 노래방을 나온다. 대한이 보기에 겉으로는 멀쩡해 보이지만 혀가 꼬인 것이나 비틀거리는 행동거지가 친구들 모두 상당이 취기가 올라 있는 것으로 보인다. 멀리 영동까지 가야만 하는 오현과 시경을 배웅하기 위해 대한과 친구들이 시외버스 터미널로 향한다. 시외버스 터미널에 도착한 대한은 오현과 시경의 표를 구매하고 대합실 의자에 앉아 화장실에 간 오현과 성엽을 기다린다. 잠시 후 영동행 막차가 도착한다. 하지만 화장실에 갔던 오현과 성엽이 나오지를 않는다. 대한이 급한 마음에 화장실로 그들을 데리러 간다.

대한 - 악! 이 더러운 새끼들!

공중화장실은 구역질이 날 지경이었다. 성엽은 술에 취해 더럽고 냄새나는 공중화장실 바닥에 누워서 잠꼬대하고 있었고, 그 옆에는 오현은 수세식 변기에 똥을 한가득 싸놓고는 턱을 고이고 앉아 자신이 싸놓은 더러운 똥을 죽일 것처럼 노려보고 있었다. 갑자기 오현이 욕설을 하며 똥을 발로 뭉개기 시작한다.

오현 - 뭐야? 이 새끼야! 해 보자는 거야? 이런 씨발 것들이 날 무시하는 겨? 으아아아아!

완전히 고주망태가 되어버린 오현의 모습을 본 대한은 더는 더러워 그 자리에 있을 수 없어 화장실을 뛰쳐나온다.

대한 - 아! 씨발! 더러운 새끼들! 완전 개 진상들이네! 내 살다 살다 이렇게 더러운 새끼들은 처음 본다!

공중화장실에서 뛰쳐나오는 대한을 보고 친구 시경, 용길이 화장실로 간다.

용길 - 아! 이 미친 새끼들! 화장실 바닥에 더럽게… 아~ 진짜 욕 나온다! 난 모르겠다! 버스 시간이 다 돼서 먼저 갈란다.

시경 - 오현이 저 새끼는 운동화에 똥이 잔뜩 묻었어! 아~ 나 속이 안 좋아서 토 나올 거 같아! 우웩~

시경이 구토하자 대한이 시경의 등을 두드려 주고는 화장실로 다시 돌아가 세면대에 청소용 고무호스를 끼운다.

대한 - 친구들아 미안하다!

대한이 수도꼭지를 세게 열어 오현과 성엽에게로 마구 물을 뿌리기 시작한다. 오현의 신발에 묻은 똥이 어느 정도 씻겨나가자 바닥에 누워서 자는 성엽에게도 물을 뿌린다. 한참을 물벼락을 맞은 오현과 성엽이 아직도 술이 깨지 않았는지 비틀거리며 일어선다.

성엽 - 아~ 씨발! 밖에 비 왔냐? 내 옷이 다 젖었잖아!

오현 - 미친놈! 비는 무슨 비가 와. 어떤 개새끼들이 우리한테 물을 뿌린 거여. 씨발놈들! 나한테 잡히기만 혀 봐!

대한은 취한 오현과 성엽이 술이 깨도록 한참동안이나 물을 뿌려 씻겨주고는 오현과 성엽이 조금씩 정신을 차리는 것을 보고 밖으로 나온다. 석영이 속이 좋지 않은지 손으로 입을 막은 채 말한다.

석영 - 쟤들 보니까 나 진짜 속이 안 좋아! 어떻게 저런 곳에서 누워 잘 수가 있지? 그리고 좆밥(오현) 신발에 진짜 똥 묻은 거냐? 아~ 씨발 새끼들! 진짜 최악 비호감이다!

대한 - 그래 임마! 진짜 저것들 대단한 놈들이다! 강적 중에서도 최강이야!

잔뜩 물에 빠진 생쥐 꼴이 되어 대합실 쪽으로 걸어 나오는 성엽과 오현이 머리에 묻은 물기를 털어내며 의자에 앉는다. 시계는 어느덧 저녁 10시를 가리키고 있다. 대부분의 친구들은 집으로 돌아가고 남아있는 것은 대한과 시경, 성엽, 오현 이렇게 네 명뿐이다. 초봄이라고는 해도 아직은 제법 밤공기가 차갑다. 조금씩 술에서 깨는 듯 성엽과 오현이 공중화장실로 들어가 옷과 신발을 대충 물로 씻어내고 나온다.

대한 - 야! 백관장(성엽)! 이제 슬슬 정신이 드냐? 쪽팔려서 앞으로 니들하고 술자리 같이 할 수 있겠냐? 아~ 니들 진짜로 개 진상들이야! 특히, 좆밥(오현)! 너 말이야! 하아~

오현 - 미안해! 난 진짜 기억이 하나도 안 나! 근데 대한아! 여기 너무 춥다!

시경 - 좆밥(오현)! 너 때문에 나까지 토 나와서 죽는 줄 알았어! 추우니까 일단 수홍이네 자취방으로 가자!

성엽 - 그라~ 씨발 존나 춥네! 근데 내 옷에서 자꾸 지린내가 나는 거 같은데? 왜 그러지?

대한 - 물을 그렇게 많이 뿌렸는데도 냄새가 나는구나! 내일 세탁소에 드라이 맡겨라! 아~ 냄새!

오현 - 필름이 끊겨서 기억이 하나도 안나! 대한아! 나랑 성엽이랑 무슨 일 있었냐? 왜 성엽이랑 나만 물에 빠진 생쥐 꼴이 된 거냐? 모야? 말해 봐! 응?

대한과 시경이 성엽과 오현의 말을 들으며 마주 보고 '피식' 하고 웃는다.

대한 - 야! 일단 택시부터 타고 수홍이네 자취방으로 가자! 니들 옷부터 말려야지. 아! 근데 성엽이랑 오현이 니들은 따로 택시 타고 와라!

성엽 - 따로? 왜? 같이 타고 가면 되잖어!

시경 - 니들은 몸이 젖었잖아! 씨뱅아!

성엽 - 그라! 알았어! 춥다! 빨리 가자!

택시를 타고 수홍의 자취방에 도착한 시경은 수홍을 깨워 문을 연다. 이미 저녁 10시를 훌쩍 넘겨버린 시간에 술에 취해 자취방을 찾은 친구들을 보며 수홍이 깜짝 놀란다.

수홍 - 모야? 니들? 지금까지 술 마신 거야? 대단하다. 니들! 일단 어서 들어와! 킁킁! 근데 이게 무슨 냄새야? 어? 성엽이랑 오현이 니들은 옷이 왜 다 젖었어?

대한 - 야! 일단 성엽이랑 오현이는 빨리 옷부터 벗어서 세탁기에 돌려라! 신발도 빨고… 일단은 씻어!

성엽, 오현 - 그래! 알았어!

수홍 - 대한아! 뭔 일인데! 애들 꼴이 왜 이런 거야? 말 좀 해 봐!

시경 - 수홍아! 그게 아니고… 아까 노래방에서 술자리 끝내고서 애들 보내려고 시외버스터미널에 갔었거든. 근데 공중화장실에서…(이하 생략)

수홍 - 야! 이 씨발놈들! 근데 더럽게 여기는 왜 데리고 온 거여! 아이씨~ 냄새나게! 그냥 모텔이나 잡고 자면 되지! 니들 진짜 나한티 너무한다!

대한 - 그래도 친군데 어떻게 하냐? 수홍이 네가 이해 좀 해줘라! 하하하!

대한과 친구들은 어쩔 수 없이 하룻밤을 수홍의 집에서 지냈다.

다음 날, 등교해 학교에서 만난 대한과 친구들이 전날 공중화장실에서 있었던 성엽과 오현의 뒷얘기를 하며 한바탕 웃음바다가 된다.

영진 - 야! 조오현! 이 지저분한 새끼야! 너는 우리 영동의 수치야! 이 좆밥 새끼야! 넌 앞으로 내 근처에는 오지도 마라! 똥 냄새 나니까….

오현 - 너나 잘 혀! 이 돼지똥(영진)아! 쪽팔리게 떠들고 다니지 말고… 새끼야!

영진 - 너 운동화는 깨끗이 빨아서 신었냐? 다행히 백관장(성엽)이 우리 반이 아니라서 한시름은 놨다.

수홍 - 우리 집에는 아직도 똥 냄새가 안 빠져서 방향제 이빠이 뿌려놓고 창문까지 활짝 열어놓고 왔어.

대한 - 하긴, 나는 그 퀴퀴한 냄새가 아직까지도 풍기는 거 같아!

오현 - 그만 좀 놀려! 쪽 팔려서 이젠 얼굴도 못 들겠다!

대한 - 그래. 알았다! 얘들아! 이제 좆밥 좀 그만 갈구자! 이제부터 어제의 똥 얘기는 그만하는 거로 하자! 하하하!

오현 - 대한아! 너만 하지 않으면 다른 애들도 안 하지! 네가 안 하면 돼! 네가 자꾸 똥 얘길 하니까 내가 신경이 쓰이잖아!

대한 - 근데… 영훈이가 왜 아직까지 안 오지?

시경 - 그러게. 영훈이는 어제 창성이랑 일찍 집에 들어갔잖아?

대한 - 맞다! 창성아! 영훈이 어떻게 된 거야? 왜 아직도 안 오냐? 어제 집에 들어가긴 한 거야? 삐삐 한 번 쳐 봐라! 응?

창성 - 어제 영훈이하고는 버스정류장에서 헤어졌어. 영훈이는 어제 여친 만난다고 했는데… 나한테도 아직까지 연락이 없어.

대한 - 음… 그래? 그러면 영훈이는 지금까지도 여친이랑 같이 있나 보네! 일단 창성이 네 말은 무슨 말인지 알겠고… 혹시 영훈이 연락 오면 나한테 알려줘!

수업 시작을 알리는 종이 울린다. 평소 지각을 하지 않을 만큼 착실하던 친구 영훈이가 학교에 나오지 않자 친구들을 살뜰히 챙기는 대한이 어쩐지 몹시 불길한 생각이 든다. 하지만 대한의 염려에도 불구하고 수업시간 내내 영훈에게서는 아무런 연락이 오지 않는다. 무슨 좋지 않은 일이라도 일이 생긴 것일까? 갑자기 대한이 생각이 많아진다.

서열정리
(先勝求戰, 이겨 놓고 싸운다!)

　대한의 반장선거는 대한이 학교 짱이 되기 위한 징검다리로써 그의 치밀한 계산하에 이루어졌다. 반장으로 선출된 이후 대한은 반 친구들의 확실한 그늘막이 되어주려고 애를 쓴다. 그러다 보니 자연히 이런저런 다툼에 대한이 불필요하게 휘말리는 일도 더러 있었다. 하지만 대한의 행동은 단지 자신의 힘을 과시하기 위한 것이 아니라 반 친구들을 보호하겠노라고 자신이 약속했던 것을 지키려는 것임을 이해하는 친구들은 내심 대한의 소신과 신뢰에 박수를 보내고 있었다. 대한은 자신이 반 친구들에게 공약한 약속을 지키려면 학교에서도 자신에게 도전하는 세력이 있어서는 안된다고 생각하고 반장선거가 끝난 지 얼마 지나지 않아 학교 짱으로 가기 위한 행보를 시작한다. 대한이 친구들을 매점으로 불러 모은다. 매점에는 이미 많은 학생들이 라면이나 군것질거리를 사려고 길게 줄을 서서 기다리고 있었다. 대한이 자신의 행동대장 격인 오현에게 대한과 친구들이 늘 앉던 자리를 눈짓으로 가리키며 자리 확보를 요구한다.

대한 - 오현아! 저기 자리 좀 빼놔 봐!

오현 - 응! 그려! 잠시만 여기서 기다리고 있어!

영진 - 대한아! 저 좆밥(오현)이 자리를 뺄 수 있을까?

대한 - 음… 충분히 할 수 있을 거야! 일단 어떻게 하는지 지켜나 보자고.

시경 - 글쎄~ 혹시 쟤들한테 얻어터지기라도 하는 거 아냐? 킥킥킥!

대한 - 글쎄다! 시작했다! 잘 지켜봐!

사실 오현이 대한의 행동대장 역할을 하고는 있지만 그리 만만하게 볼 상대는 아니다. 학생들 사이에서는 오현도 어느 정도는 이미 이름이 나 있는 상태였다. 더욱이 대한이 지켜보고 있는 상황에서 오현이 움직이고 있다는 것은 곧 오현의 행동이 대한의 의중에 의한 것이라는 것을 다른 학생들이 모를 리는 없었다.

오현 - 야! 미안한데… 자리 좀 저쪽으로 옮겨줘야겠다! 여기 이 자리는 대한이가 앉는 전용 자리거든. 니들도 대한이 잘알지?

학생 - 대… 한이? 아… 알지… 미안해! 대한이 자리인 줄 몰랐어! 지금 바로 옮길게!

오현 - 그래! 고맙다 친구들아!

멀리서 지켜보는 대한의 입가에 미소가 번진다. 자리를 양보받은 오현은 어깨를 으쓱하며 의기양양하게 대한과 친구들을 향해 오라는 손짓을 한다. 대한이 친구들과 함께 자리로 이동해서 수고했다는 듯이 오현의 어깨를 토닥인다.

대한 - 영진아! 시경아! 어때? 내 말이 맞지? 오현이가 잘 할 거라고 했지?

영진 - 그랴~ 좆밥 새끼가 그래도 근성은 있구먼!

오현 - 이 새끼는 또 뭐라고 지껄이는 거여?

시경 - 아니~ 오현이 네가 멋지다고 말한 거여 임마!

대한 - 난 오현이 네가 내 옆에 있으니까 든든하다! 시경아! 뭐 좀 먹자! 새우탕 2개랑 육개장 2개, 삶은 계란 8개, 김치 2개, 콜라 4개만 사와! 돈은 여기~

시경 - 그려~ 오현아! 같이 가자! 응?

오현 - 야! 여기 쟁반 있잖어! 새끼야~ 가오 떨어지게 내가 꼭 같이 가야겠냐? 헤헤헤! 농담이야! 시경아! 같이 가!

영진 - 너는 밥 먹는 것도 가오 따지냐? 이 새끼! 이거… 좆밥 맞네! 좆밥 중에서도 상 좆밥이여!

오현 - 야! 돼지똥(영진)! 그만해라! 엉?

영진 - 아~ 이 씨발 새끼! 잔소리 좀 그만하고 빨리 라면이나 사와! 배고파 디지겠구만!

오현 - 야! 알았어! 간다! 가! 저 새끼는 생긴 것처럼 먹는 거엔 아주 환장을 하네! 알았어! 이 돼지 새끼야!

시경과 오현은 대한이 주문한 라면과 음료를 사러 매점 판매대로 간다. 길게 늘어 서 있는 줄 앞으로 슬쩍 다가가더니 눈짓을 '찡긋' 하고는 중간으로 쓱 끼어든다. 테이블에 앉아있는 대한과 영진에게 영동 출신 친구들이 다가와 악수를 건넨다. 잠시 후 큰 쟁반에 라면과 김치, 음료수를 들고 시경과 오현이 돌아온다. 라면으로 점심을 해결한 탓인지 대한과 친구들은 시경과 오현이 가지고 온 컵라면과 삶은 계란을 게 눈 감추듯 순식간에 해치운다. 대한과 친구들이 컵라면을 먹고 있는 도중에도 대한을 알아본 다른 과의 친구들과 선배들이 여기저기서 대한을 찾아와 인사를 건넨다. 함께 자리한 친구들은 대한의 인맥과 영향력이 남다르다는 것을 새삼 실감한다.

 잠시 뒤 대한이 친구들을 데리고 매점을 빠져나와 학교 구석진 건물 모퉁이로 향한다. 담배 한 대를 피워 문 대한이 진지한 말투로 자신의 다음 계획에 대해 말을 꺼낸다.

대한 - 니들도 이미 짐작하고 있겠지만, 난 내가 이 진산공고에 있는 한 어차피 이 학교는 내가 접수해야 한다고 생각해! 한 하늘에 태양이 두 개 있을 수는 없는 거 아니겠냐? 더구나 이런 좁은 바닥도 평정할 수 없다면 내가 다른 더 큰 일을 어떻게 하겠어? 일단 우리 학교부터 접수해야겠다! 오현아! 그래서 말인데 네가 정보력을 좀 동원해야겠다. 어때? 할 수 있겠지?

오현 - 그래! 당연하지! 걱정 마! 내 뭐든 할 테니까. 일단 각 중학교에서 짱 먹고 나온 애들 리스트부터 만들어 보자!

시경 - 우리 형이 그러는데… 진산시에서는 우리 진산공고가 '일빠'라더라. 그러니까 우리 학교에서 짱 먹으면 진산시에서 짱이 되는 거지.

대한 - 나도 그 정도쯤은 알고 있어! 그래서 내가 진산을 접수해야 하겠다는 거야. 내가 최단 시간 내에 진산을 접수할 테니까 시경이랑 영진이는 오현이가 정보 수집하는 데 옆에서 좀 도와주고… 다들 알겠지?

대한의 지시에 다들 순응하면서도 영진이 조금 의아하다는 듯이 대한에게 묻는다.

영진 - 그래! 근데 우리 학교에 대한이 네 상대가 될 애들이 있겠냐?

대한 - 그건 모르는 거야. 세상은 넓고 사람은 많다는데… 우리가 모르는 강자가 숨어 있을 수도 있어! 어쨌든 하루빨리 서열정리를 끝내자! 오현이 너는 각 과 대가리들 리스트 선별해서 토너먼트로 싸움을 붙이고 속전속결로 서열정리를 끝낼 수 있도록 방향을 잡아 봐! 이 정도 일로 질질 끌어야 득 될 것 하나도 없으니까.

오현 - 그래! 알았어! 쉽지는 않겠지만 까짓것 해보지. 뭐….

시경 - 나도 한 번 방법을 찾아볼게! 대한아!

대한 - 그래. 자! 움직이자!

눈치가 빠른 오현이 재빠르게 움직이기 시작한다. 대한의 실력이라면 진산공고 짱이 되는 것이 그리 어려운 일은 아니다. 하지만 돌다리도 두드려 보는 치밀함을 가지고 있는 대한은 진산공고의 리더(짱)가 되기 위한 계획을 수립하고 만반의 준비를 하기 시작한다. 대한은 우선 자신이 가진 주변 인맥을 동원해서 각 과별 우두머리를 찾아낸 뒤 자신이 상대해야 할 리스트를 만든다. 이 시각 오현은 점심시간이 채 끝나기도 전에 진산공고 7개 과 모두를 발로 뛰어다니며 관련 정보를 수집한다. 오현은 조금이라도 더 세세한 정보를 수집하여 리스트를 꾸리기 위해 자신과 같은 영동 출신 친구들의 도움을 받기도 했다. 오후 수업이 끝나 갈 무렵이 되자 대한과 오현이 커피숍에 마주 앉아 각자 수집한 관련 정보를 풀어 놓고 상의하기 시작한다.

오현 - 일단 내가 오늘 조사한 바로는 진산공고 7개 과 중에서 우리 전기과 를 제외한 자동차, 건축, 식공, 토목, 화공, 기계과에서 짱이라고 거론되고 있는 인물들이 몇몇 있더라고.

대한 - 아~ 그래? 누군지 궁금하네! 계속해 봐!

오현 - 토목과는 가덕중 짱이었던 김석민이라고, 육상했던 놈인데, 이놈이 대한이 너에게 가장 강력한 상대가 될 것으로 보여!

대한 - 김석민? 김석민이라! 그래! 오케이! 다음은?

오현 - 이놈은 내 동창인데, 서라중 짱 서민석이라고 자동차과에서 대장 먹 고 있는 놈이야. 이놈은 성깔이 장난이 아니야! 하지만 얘가 겁이 좀 많아! 기계과에는 추진호, 변정운 둘이 있는데 둘 다 서라 출신이야. 하지만 이놈 들은 짱 출신은 아니고 이번에 기계과에 들어오면서 대장 자리를 꿰찬 놈 들이야. 너한테는 별 상대가 되지 않겠지만… 일단은 기계과에서는 짱이라 고 하니까 알고는 있으라고.

대한 - 어쭈? 기계과는 서라 애들이 잡고 있네? 이건 좀 의외다.

오현 - 대한아! 내가 같은 서라라서 그러는 건 아닌데… 서라가 작다고 절대 로 무시하면 안 돼! 거기는 지역성이 짙어서 단합도 잘 되고… 다구리가 심 하니까 각별히 조심해야 된다!

대한 - 뭐? 다구리? 새끼들이 야비하고 지저분하다는 말이구만?

오현 - 야비하거나 지저분한 정도는 아닌데, 그래도 경계는 하라는 거야. 다음은 화공과 이상욱! 진산 건국중 출신에 체력도 좋고 한 성깔 있기는 한데 강자한테는 약하고 약자한테는 강한 그런 타입이라고 하더라고. 헤헤!

대한 - 이 새끼는 그냥 양아치라는 말이구만!

오현 - 뭐 그렇다고 볼 수 있지. 마지막으로 진산중 출신 석동진이라고… 축구부 출신에 특공무술을 오래 했다고 하더라고. 진산공고에서는 이 여섯 명만 정리하면 대한이 네가 짱이 되는 데 별 문제가 없다고 본다!

대한 - 그래. 고생 많았다! 오현아! 지금까지 내가 알아본 결과도 거의 비슷하기는 한데… 일단은 오현아! 난 말이야. 내게는 몇 가지 철칙이 있어! 첫 번째는 제일 센 놈만 상대한다는 거야! 쓸데없이 아무하고나 싸우지는 않는 거야. 시빗거리를 많이 만들어 봤자 쓸데없이 시끄러운 일만 생기게 돼! 대가리 대 대가리로 겨루는 게 깔끔해! 두 번째는 난 절대로 나보다 약한 애들은 건들지 않는다! 괜히 엉성하게 약한 애들 건드리고 개 값을 물어 주느니 차라리 건들지 않는 것이 상책이지. 마지막으로 세 번째는 승패의 결과는 냉정하게 인정한다는 거야. 싸움에는 이기고 진 사람이 반드시 생기게 되는데, 이 승자와 패자를 명확하게 구분하고 선언해야 서로 친구가 될 수 있는 것이지!

오현 - 와~ 넌 내 친구지만 정말이지 존경스러울 정도로 뭔가 나하고는 달라도 많이 다르다. 내 우상이 대한이 너라는 거는 알고 있냐? 난 반정 선거 때 네가 선생님 앞에서도 거침없이 네 생각을 말하는 것을 보고 또래지만 대한이 널 내 우상이라고 생각하게 되었어. 우리 앞으로 멋지게 살아보자!

대한 - 네가 날 그렇게 평가해 주니 고맙다! 어차피 인생 한번 사는 거 아니냐? 한번 사는 인생, 우리 후회 없이 멋지게 살아보자!

싸움에도 자신만의 소신과 철학을 가지고 있는 대한에게 오현은 내심 존경의 마음을 느낀다. 오현은 대한을 진산공고 리더(짱)로 만들기 위한 전략을 본격적으로 세우기 시작한다. 대한의 말처럼, 대한이 최난 시간 내에 진산공고를 접수할 전략을 수립하며 오현은 대한과의 진지한 논의과정을 통해 치밀하게 시나리오를 만들어 나간다.

오현 - 내가 보기에는 대한이 네가 쓸데없이 얘들 6명 모두를 상대할 필요는 없다고 생각해! 그러면 괜히 네 가오만 떨어져.

대한 - 그래! 그건 오현이 네 생각이 맞는 것 같다! 상대도 안 되는 조무래기들하고 상대하느라 공연히 힘을 뺄 필요는 없겠지.

오현 - 그래! 바로 그거야. 내가 6개 과 짱들을 모두 분석해보니까 진산 출신 3명, 서라 출신도 3명인데 지역별로 싸움을 붙여서 승자들을 추려내고 지역별로 최종적으로 남은 놈들만 네가 상대하는 거야. 어때?

대한 - 그게 좋은 방법이네. 그렇게 해서 각 지역 짱들만 가려서 마지막에 내가 상대하면 되겠네. 그런데 그렇게 하려면 걔들이 1:1로 대결을 할 수 있도록 해야 하는데… 무슨 좋은 생각이라도 있나?

오현 - 그건 나한테 맡겨! 내가 알아서 할게!

대한 - 난 오현이 너의 능력을 믿는다. 내일 서열정리를 완벽하게 끝내야 한다. 안 그러면 개나 소나 달려들어서 통제가 안 될 거야. 네가 신중하게 생각해서 잘 구상해 봐!

오현 - 걱정 말아! 내가 확실하게 준비해 놓을 테니까. 나도 서열정리가 빨리 되었으면 좋겠어! 지금 학교가 너무 어수선해서 말이야.

대한 - 싸우지 않고 이길 수 있으면 최선이지. 하지만 어차피 한 번은 치러야 할 싸움이라면 짧고 굵게 끝장내는 게 좋아. 네가 머리 좀 잘 굴려 봐라!

오현 - 그려! 걱정 말고 나만 믿어. 내가 다 생각해 놓은 게 있으니까 넌 그냥 편안히 구경이나 해! 히히히! 내가 볼 땐 대한이 네 상대는 김석민이 그 새끼 빼고는 없을 것 같아. 하지만 방심은 금물이다! 알지?

대한 - 걱정 마라! 더 이상 시간 지체하지 말고 내일까지 서열정리 끝내는 거다! 알겠지?

대한과 오현은 진산공고 신입생 서열정리를 위한 전략을 단 하루 안에 완성하고 진산공고 접수 준비를 마친다.

다음 날, 학교 매점에서 오현은 자동차과 서민석을 불러내 음료를 마시면서 서열정리를 위한 불을 서서히 지피기 시작한다.

오현 - 민석아! 식공과 석동진이라고 들어봤냐? 말을 들어보니까 그 자식이 너하고 서열정리 하자고 했다는데. 너 그거 알고 있어?

민석 - 뭐라고? 석동진? 그 새끼가 나하고 서열정리를 한다고 했단 말이야? 그 씨발 새끼! 존나 건방지네! 너 그 얘기 어디서 들었어? 어?

오현 - 아까 매점에서 애들이 하는 얘기 들었어! 그 새끼가 먼저 선방 치기 전에 우리가 먼저 움직이자! 나도 그 새끼가 하는 말을 듣고서 얼마나 열받던지… 그래도 너랑 나랑은 서라중 넘버 원, 투 아니냐? 그 새끼 키도 좆만 하더라고. 식공과에서 짱이라고 하던데… 손 좀 봐주자!

민석 - 그 새끼에 대해서는 나도 대충은 알고 있어! 특공무술인가 그거 했다고 까부나 본데… 실전 싸움꾼인 나한테는 안 먹히지. 이거 은근 열 받는데! 지금 가서 조져야겠어!

오현 - 얌마! 흥분 가라앉히고 내 말부터 들어 봐! 내가 석동진한테 가서 오늘 수업 끝나고 오후 5시에 후문 앞 담배 골목으로 나오라고 할 테니까… 이때가 그 새끼 나오면 조져버려! 알겠지?

민석 - 알았어! 그 개새끼는 내가 대가리를 뽀개버릴 테니까 꼭 나오게 해! 알겠지? 그럼! 이따 보자!

오현 - 너는 늦지나 말고 5시까지 꼭 나오기나 해! 나머진 내가 알아서 할 테니까!

성질이 상당히 급한 민석은 자리에서 벌떡 일어나 씩씩거리며 나가버린다! 오현은 민석을 먼저 만나 그의 급한 성질을 자극해 싸움을 부추겨 약속을 정한 뒤 식공과 석동진에게 보내는 도전장을 작성한다.

'석동진 보아라! 난 자동차과 서민석이다. 네가 특공무술을 좀 배웠다고 식공과에서 설친다는 얘기를 듣고 이참에 너와 만나서 서열정리를 했으면 한다. 오늘 수업이 끝나고 오후 5시에 학교 후문 앞 담배 골목에서 기다리고 있겠다. 만약 비겁하게 지레 겁을 먹고 나오지 않는다면 앞으로는 학교에서 대가리 푹 처박고 조용히 지내는 것이 좋을 것이다.'

오현은 마치 서민석이 석동진에게 보내는 도전장을 작성하여 보낸 것처럼 꾸미고는 회심의 미소를 짓는다. 쪽지를 전해 받은 석동진이 쪽지를 보자마자 어처구니없다는 듯이 헛웃음을 짓는다. 이 모습을 곁에서 지켜보던 석동진의 절친 멸치가 다가온다.

멸치 - 동진아! 왜 그래? 뭔 쪽지냐? 내용이 뭐라고 적혔길래 표정이 안 좋냐?

동진 - 야! 이 개새끼가 대체 누구야? 자동차과 서민석인가 뭔가 이 씨발 새끼! 존나 개념 없는 놈이네! 이거 봐 봐! 아~ 씨발! 열 받네!

멸치 - 서민석? 그 새끼 자동차과 짱이라는 놈 아냐? 쪽지 좀 이리 줘 봐!

동진 - 자! 읽어 봐! 이 새끼가 나하고 한판 붙자고 도전장을 보냈다. 무슨 서열정리? 서민석 그 새끼 어떤 놈인지 간땡이가 배 밖으로 나왔구먼?

멸치 - 아~ 서민석! 맞다! 이 새끼 서라중 짱이라고 들었는데. 겁대가리를 상실했구먼! 감히 동진이 너한테 시비를 걸었단 말여? 허허허! 내가 그냥 웃지요.

동진 - 서라중이라고? 이 씨발! 거기가 어디여? 무슨 변두리 시골 사는 촌놈의 새끼가 약을 처먹었나? 이따가 만나서 손모가지를 부러뜨려야지! 이 좆만 한 새끼!

멸치 - 야! 야! 흥분할 거 없어! 조금 이따가 학교 끝나고 가서 작살내면 되지!

난데없는 도전장에 화가 머리끝까지 난 동진이 수업이 끝나기만을 기다린다. 같은 시각 식공과 동진에게 도전장을 전한 오현이 쏜살같이 기계과 교실로 향하고 있다. 기계과에 있는 서라 출신 친구들과 대충 인사를 나누며 교실에 들어선 오현은 책상에 엎드려 졸고 있는 추진호를 깨운다.

오현 - 진호야! 지금 자고 있을 때가 아니야! 임마! 일어나 봐! 추진호!

진호 - 어? 네가 우리 과에 뭔 일이냐? 잘 자고 있었는데 왜 깨우고 지랄이여?

오현 - 너는 참 태평하기도 하다. 지금 잠이 오냐? 참나!

진호 - 왜! 갑자기 찾아와서 뭐라고 짓거리는 거야! 뭔 일인데?

오현 - 너 토목과 김석민이라는 놈 혹시 알아?

진호 - 친하진 않지만 어떻게 생긴 놈인지는 알지! 술주정뱅이처럼 얼굴이 뻘겋게 주독이 가득 찬 애 말하는 거잖아? 걔가 왜?

오현 - 이 말을 전해야 하나 말아야 하나? 고민이다!

진호 - 이 새끼가! 이거 왜케 뜸을 들이는 거여! 답답하게 그러지 말고 빨리 얘기나 해 봐! 뭣 땜에 이러는 거여!

오현 - 조금 전부터 진산공고 서열정리 한다면서 각과 별로 결투 신청하고 그러나 봐. 근데 김석민 그 새끼가 진호 너한테 가서 전하라고 그러더라고. 너랑은 같은 서라 출신이라서 그런지 네가 무시당하는 거 같아서 내가 기분 이 안 좋더라고.

진호 - 뭐? 그 새끼가 정확하게 뭐라고 했는지 그것부터 얘기해 봐! 어?

오현으로부터 김석민이 자신에게 무언가 뒷말을 했다는 이야기 를 전해들은 진호는 갑자기 속에서 부아가 치밀어 오르는 것을 느 낀다. 오현이 갑자기 독이 오르는 것처럼 얼굴이 빨개지는 진호의 얼굴을 보며 '됐다! 물었다!'하고 생각하며 불을 지르기 시작한다.

오현 - 너하고 서열정리 하자면서 오늘 저녁 7시까지 터미널 옆 공터로 나오 란다. 만약에 네가 안 나오거나 핑계를 대면 그냥 진산에서 대가리 처박고 쥐죽은 듯 조용히 다니라면서… 너한테 전하라고 하는데… 솔직히 존나 열 받더라고.

진호 - 뭐? 이런 씨발! 진짜여? 그 새끼가 나보고 나오라고 그랬어? 뭐 이런 병신 같은 새끼가 뒤질라고. 김석민? 그 새끼 또라이 아니냐? 그 개새끼한 테 가서 꼭 전해! 꼭 나오라고! 알았어?

오현 - 그래. 알았어! 근데 김석민 그 새끼가 너에 대해서 조금 알고 있더라 고. 서라 화정중 짱이었던 것도 알고… 서라 촌놈이 진산에서 설친다고 다 리를 부러뜨린다고 전하래.

진호 - 아~ 아~ 이 씨발! 김석민! 이 개 같은 새끼가 사람 존나 열 받게 하 네! 7시까지 나 못 기다려! 씨발! 지금 그 새끼 만나야겠다! 이 씨발 거.

오현 - 진호아! 침착해! 그놈은 이미 너에 대해 알고 있잖아! 근데 넌 그놈 에 대해서 뭘 아는데? 지금 그렇게 무턱대고 가면 무조건 네가 당해! 너도 그놈에 대해서 뒷조사를 하고 전략을 세운 다음에 7시에 나가는 게 좋을 거 같아!

진호 - 음… 생각해 보니까 네 말이 맞긴 하다! 김석민 그 불한당 같은 새끼 한테 전해! 지 다리나 안 부러지게 조심하라고. 아~ 씨발! 속에서 천불이 난다! 천불이!

오현은 대한과 계획한 대로 기계과 추진호에게 접근해서 토목과 김석민과의 서열정리를 위한 싸움의 불씨를 붙였다. 진호와 헤어 진 오현은 또다시 황급히 토목과 교실로 향한다. 토목과 교실에는 추진호의 상대가 될 김석민이 친구들과 농담을 하며 낄낄거리고 있다. 오현은 토목과 지인을 통해서 김석민에게 기계과 추진호가 보낸 것처럼 꾸민 서열정리 도전장 쪽지를 전한다.

'토목과 김석민은 보아라! 난 기계과 추진호이다. 난 서라 화정중 짱 출신이다. 너에 관한 이야기는 많이 들었다. 그래서 난 너와 서열정리를 통해 위계질서를 세우고자 한다. 오늘 저녁 7시, 터미널 옆 공터에서 기다리고 있겠다. 만약 겁을 먹고 안 나오거나 도망간다면 진산에서는 대가리 처박고 쥐 죽은 듯이 다녀라!'

같은 반 친구로부터 쪽지를 건네받은 김석민은 추진호가 보낸 것으로 꾸민 도전장을 읽어 내려가며 갑자기 얼굴이 벌겋게 달아오른다.

석민 - 이런 개새끼! 존나 열 받네! 야! 희준아!

희준 - 왜? 갑자기 왜 그래?

석민 - 자! 뭐라고 쓰였는지 네 눈으로 봐 봐!

희준 - 어? 어떤 미친 새끼가 이런 장난을 치는 거야?

석민 - 야! 이 쪽지 누가 준 거냐? 아니 됐고! 오늘 수업 끝나고 같이 가자!

희준 - 그냥 무시하고 가지 말자! 이거 함정일 수도 있잖아? 그리고 친구들끼리 싸움은 무슨 싸움이냐? 그냥 가지 말자! 석민아! 응?

석민 - 야! 그렇다고 내가 진산에서 대가리 처박고 다닐 순 없잖아? 그 기계과 추진호이란 새끼한테 본때를 보여 줘야지! 날 무시하면 어떻게 되는지 확실히 보여 줄 거야! 이번엔 나 말리지 마 혁준아!

서슬이 퍼런 석민을 보며 희준은 더이상은 그를 말릴 수 없다고 생각한다.

희준 - 그… 그래! 그럼 알겠어! 수업 끝나고 같이 가보자!

오현은 김석민과 추진호의 대결을 성사시키고는 어느새 기계과 변정운(서라 출신)과 화공과 이상욱(진산 출신)을 찾아가 같은 방법으로 싸움을 부추긴다. 먼저 기계과 변정운을 찾아간 오현은 슬그머니 서열정리에 대한 말을 꺼낸다.

오현 - 정운아! 넌 옆 반 추진호는 잘 모르냐?

정운 - 아! 추진호! 잘은 모르지만 서라 화정중 출신이라던데?

오현 - 걔가 거기 짱이었어! 그 자식 성질도 너처럼 더럽다고 하더라. 하하!

정운 - 그려? 참고할게. 근데? 너 여기 왜 온 거냐? 넌 전기과 아녀?

오현 - 나야 뭐 자유로운 영혼이잖아. 나야 어디든 갈 수 있지. 근데 너 그 얘기는 들었어? 오늘 진산공고 서열정리 한다고 소문이 파다하던데⋯ 정운이 너도 도전해야 하는 거 아냐?

정운 - 서열정리? 난 관심 없어! 솔직하게 말하자면 난 싸움엔 자신 없어! 진짜야! 겁도 나고 두렵기도 해! 그러니까 학교나 무사히 졸업 할 수 있게 좀 도와줘라.

오현 - 네 생각이 그렇다면 어쩔 수 없는 거지. 뭐⋯ 하긴 네가 서라중에서 짱을 먹은 것도 아니고 그냥 기권하는 것이 오히려 나을 듯하다. 알겠어! 정운아!

정운 - 서열정리 싸움에서 이길 자신도 없고⋯ 날 좀 이해해 줘라!

오현 - 그려~ 네 뜻 잘 알았어! 다음에 서라에서 술이나 한잔하게 삐삐 쳐라!

정운 - 알았어~ 오현아! 수고해라!

의도치 않은 기계과 정운의 기권으로 갑자기 변수가 생긴다. 기계과 변정운과 화공과 이상욱 간의 일대일 매치를 통해 승자를 가리려던 오현의 계획이 수포로 돌아가자 이상욱을 어떻게 처리해야 할지 오현은 고민이다. 오현이 영진을 찾아가 이 문제를 상의한다.

오현 - 영진아! 네가 정운이랑 같은 서라중 출신이잖아. 정운이랑 대한이가 맞붙으면 어떨 거 같냐?

영진 - 이런 등신! 말 같은 소리를 해라! 너는 참! 너 감이 떨어졌냐? 정운이 그 새끼는 겁도 존나 많고 싸움도 존나 못해! 그냥 승질만 더러운 거지. 운동으로 다져진 대한이하고는 게임이 안 돼!

오현 - 하긴 대한이는 레벨이 워낙 높으니까 붙을 놈들은 없겠어! 그건 알겠고… 영진아! 너 화공과에 친구들 좀 있냐?

영진 - 화공과? 글쎄다! 왜?

오현 - 화공과에 이상욱이란 놈이 있는데… 진산 건국중 출신이라고 하더라고… 근데 그놈 실력이 어떤 줄 몰라서… 그걸 알아봐야 하는데. 화공과에는 내가 잘 아는 놈들이 없어! 이걸 어쩌지?

영진 - 우리 반 부반장이 건국중 출신이잖아!

오현 - 그래? 아! 부반장! 빨리 와 봐!

부반장 - 어~ 왜 그래?

오현 - 화공과 이상욱 알지? 어?

부반장 - 응! 동창이니까 잘 알지! 근데 왜?

오현 - 그놈에 대해서 말해 봐! 대한이하고 붙으면 누가 이길 거 같냐? 냉정하게.

부반장 - 에이~ 상욱는 절대로 대한이를 이길 수 없지! 아마 기 싸움에서 안 될걸? 상욱이가 작년에 식공과 석동진한테 존나 맞았어! 싸움하는데 자꾸 무기를 들어서 동진이가 팔목을 꺾어 부러뜨려서 한번 난리가 났지!

오현 - 뭐? 그러면 식공과 동진이란 놈이 제법 실력이 있다는 거잖아? 그치? 특공무술인가 뭐 그거 했다면서?

부반장 - 동진이 말하는 거지? 걘 특공무술 오래 했어! 몸도 날렵해서… 키는 작지만 결코 쉬운 상대는 아닐 거야!

오현 - 넌 공부만 잘 하는 줄 알았더니 싸움에도 관심이 많네! 히히!

부반장 - 나도 운동 좀 했으니까 관심은 많지. 내가 동진이도 보고 상욱도 싸우는 걸 직접 봐서 잘 알아! 대한이가 가끔 교실에서 발차기하는 거 몇 번 봤는데 백퍼 대한이가 우리 학교 짱 먹는다! 확실해! 아마 전국도 먹을 수 있을걸? 내 말이 틀렸는지 앞으로 지켜보면 알 거야!

오현 - 오~ 그래? 그러면 걔들 둘은 일단 대한이의 적수는 안 된다는 얘기구먼! 좋은 정보 고맙다!

전기과 부반장의 정보로 식공과 석동진과 화공과 이상욱의 실력을 어느 정도 가늠한 오현은 이들이 예선 탈락하게 되리라는 것을 직감한다. 오현은 마지막 수업이 시작되기 전 시경에게 서열정리 시간과 장소를 일부러 각 과 친구들에게 소문내도록 했다.

대한 - 일부러 서열정리 소식 퍼뜨린 게 오현이 너 맞지?

오현 - 난 줄 어떻게 알았냐? 귀신이네!

대한 - 잘했어, 오현아! 역시 내가 사람 보는 눈이 있나 봐. 우리 이번 서열정리 마지막까지 잘 마무리해 보자!

오현 - 기계과 정운이하고 화공과 상욱이는 정운이가 꼬리를 내려서 서열정리에서 배제 시킨 거 알지? 너도 이미 들어서 알겠지만, 걔들은 처음부터 네 적수가 안 돼!

대한 - 부반장한테 따로 얘기는 들어서 나도 걔들은 패스하기로 했다. 그럼 이제 1차 장소는 어디로 가면 되냐?

오현 - 담배 골목에서 자동차과 민석하고 식공과 동진이 붙을 거야! 시간 다 됐다. 나가자! 대한아!

학교 후문 앞 담배 골목에 들어서자 골목길 양쪽으로 길게 늘어서 대치하고 있는 진산공고 똥색 재킷을 입은 두 패거리가 보인다. 대한과 오현이 자동차과와 식공과 패거리들이 있는 곳에서 조금 떨어진 마트 의자에 앉아 두 패거리들이 대치하고 있는 모습을 유심히 지켜보고 있다. 성질 급한 자동차과 민석이 오만상을 잔뜩 구기며 식공과 동진에게 먼저 시비를 건다.

민석 - 네가 식공과 특공무술 석동진이냐?

동진 - 알면서 묻긴 왜 묻는 거여? 이 개새끼야!

민석 - 눈깔에 힘 좀 빼라! 이 씨벌놈아!

동진 - 거 새끼 말 많네! 주둥이만 털지 말고. 덤벼 이 새끼야! 덤비라고!

서로 죽일 듯이 노려보던 민석이 먼저 오른 주먹을 들어 동진의 얼굴에 선방을 날린다. 곧바로 동진도 민석의 안면을 향해 주먹을 날린 다음 무릎으로 민석의 배를 찍어 올린다.

민석 - 으~악! 아~ 씨발! 이런 개새끼가!

동진의 무릎에 배를 맞은 민석이 배를 움켜잡고 허리를 숙인다. 찰나에 동진이 발을 들어 올려 '우지끈' 하고 민석의 등짝을 냅다 내리찍자 민석이 '억' 하는 소리를 내며 바닥에 털썩 쓰러진다. 다시 동진이 바닥에 쓰러진 민석의 얼굴을 발로 차려고 했지만, 민석은 재빠르게 동진의 다리를 붙잡아 걸어 넘어뜨린다. 그러자 민석은 넘어진 동진의 가슴 위로 타고 올라 주먹을 마구 휘두른다. 하지만 특공무술 유단자인 동진이 마구잡이로 휘두르는 민석의 주먹을 휘어잡아 꺾기 기술로 일순간에 제압한다. 팔을 동진에게 제압당한 민석이 고통에 신음하다 옆에 놓여 있던 벽돌 조각을 잽싸게 집어 들고 동진의 면상을 올려치려 한다. 저대로 두면 동진의 안면이 벽돌 조각에 크게 다치게 될지도 모를 위험한 상황이다. 순간 대한이 벽돌 조각을 쥔 민석의 손목을 잡는다.

대한 - 그만해! 서민석! 이 싸움은 네가 진 거다!

민석은 한쪽 팔은 동진에게 제압당하고 또 다른 팔은 대한에게 잡힌 채로 갑자기 등장한 대한을 올려다보며 욕설을 토한다.

민석 - 넌 뭐야? 이 씨발놈아! 니들 한 패냐? 이 비겁한 새끼들아!

대한이 민석의 벽돌을 잡은 손을 잡고 있는 것을 보자고 동진이 꺾었던 민석의 팔을 놓아 준다. 민석이 고통스럽다는 듯이 꺾였던 팔을 주무르더니 돌연 대한을 향해 달려든다. 대한은 달려드는 민석을 한 발을 옆으로 빼내어 가볍게 피하고는 손바닥으로 민석의 턱을 재빠르게 가격한다. '퍽! 퍽!' 하는 소리와 함께 민석이 힘없이 바닥에 고꾸라지며 이내 기절해버린다. 대한의 재빠른 몸놀림을 눈앞에서 본 학생들은 순간 화들짝 놀라 할 말을 잊은 듯 조용해진다. 대한이 고개를 돌려 동진을 바라본다. 동진과 눈이 마주치자 대한이 미소를 지으며 다가가 손을 내민다.

대한 - 이번 싸움은 동진이 네가 이긴 거다! 반갑다! 난 전기과 반장 박대한이다! 우리 악수나 한번 하자!

동진 - 그… 그래. 대한아! 네 얘기는 많이 들었어! 난 식공과 석동진이라고 해!

동진이 대한의 위풍당당한 체격을 보며 겁에 질린듯한 표정으로 대한이 내민 손을 조심스레 잡는다.

대한 - 그래! 동진아! 특공무술 실력이 꽤 괜찮던데… 같은 무도인으로 우리도 서열정리는 해야지! 난 태권도 했어!

동진 - 태권도? 복싱이 아니고?

대한 - 복싱은 무슨… 태권도 몇 년째 하고 있어! 왜?

동진 - 방금 전 민석이를 다루는 실력이 예사롭지 않던데… 내가 대한이 너한테는 상대가 안 될 것 같아! 우린 해보나 마나야! 실력차이가 워낙 나서. 우리 그냥 친구로 잘 지내보자!

대한 - 그렇다면 네 말은 이번 서열정리에서 나한테 기권한다는 거냐? 패배를 인정하는 거야?

동진 - 내 실력으로는 무리야! 난 널 이길 수 없어! 나도 운동을 해서 내 실력은 내가 잘 아는데, 너하고는 맞붙고 싶지 않아! 그만하자! 대한아!

대한 - 역시 동진이가 무도인이라서 그런지 명쾌하네! 그럼 싸움도 끝났고 슬슬 배가 고파지는데 같이 시내로 나가서 뭐라도 좀 먹자! 어때?

동진 - 나야 좋지! 저놈 민석이도 깨워서 같이 데리고 가자… 야! 멸치야! 재 좀 깨워 봐! 어?

멸치 - 그래. 너 먼저 대한이하고 가 있어. 내가 민석이 깨워서 뒤따라갈게!

오현 - 얌마! 서민석! 일어나 봐! 야!

민석 - 으… 으… 아~ 정신없어! 아직도 얼굴이 얼얼하네!

오현 - 으이그~ 이 병신새끼야! 너는 서라중 출신의 수치다! 이 빙신아! 빨리 일어나기나 해! 쪽팔리니께! 언능!

민석 - 아이씨~ 쪽팔려 죽을 것 같구먼, 어지간히 지랄하네! 근데 내 얼굴을 누가 밟았냐? 입도 벌리기 힘드네!

오현 - 그러게 왜 겁도 없이 대한이한테 덤비냐? 이 한심한 놈아! 어떻게 귓방망이 두 대에 기절하냐?

민석 - 진짜? 날 기절시킨 게 대한이였어?

오현 - 그래! 임마! 내가 학교에서 몇 번을 얘기했냐? 딴 놈은 몰라도 대한이한테는 까불지 말라고 그랬잖아! 넌 어쩜 그렇게도 눈치가 없냐? 답답하다! 답답하!

대한이 동진을 데리고 담배 골목을 나서자 함께 있던 아이들이 대한의 뒤를 따른다. 시내 분식집에 도착한 대한과 친구들이 삼삼오오 테이블을 차지하고 앉아 음식을 주문한다. 뒤늦게 도착한 오현이 민석을 데리고 대한의 테이블에 합석한다.

오현 - 이모! 라면 4개하고 떡볶이 2개 주시고요… 옆 테이블에도 떡볶이 4인분씩 주세요!

이모 - 어~ 그래! 조금만 기다려!

대한은 아직도 얼얼한 기분에 얼굴을 만지고 있는 민석을 지그시 바라본다.

대한 - 민석아! 아까는 내가 미안했다! 이해하지?

민석 - 그… 그럼! 널 내가 미처 몰라봐서 실수했지. 뭐… 헤헤

대한 - 아까 내가 민석이 널 막지 않았다면 큰 사고가 났을 거야! 사내들끼리의 싸움에서 무기를 드는 건 정말 좋지 않은 행동이야! 아무튼 큰 사고가 나기 전에 막을 수 있어서 정말 다행이다! 이번 싸움의 패배는 너도 깨끗이 인정하는 거지?

민석 - 그럼 당연히 인정해야지! 대한이 네 앞에서 내가 별수 있냐?

동진 - 야! 서민석이! 너 어디서 싸움을 이상하게 배워가지고… 하마터면 난 저승 구경 갈 뻔했다. 임마! 너 그거 살인미수라는 건 알고나 있냐?

민석 - 그래. 미안하다! 동진아! 깨끗하게 졌으니까 이제 그 얘기는 그만하자! 쪽팔리니께!

대한 - 그래. 동진아! 그만하고 서로 악수해! 뒤끝 없이 이 자리에서 끝내는 거다. 알겠지?

동진 - 그래. 앞으로 잘 지내보자! 자 악수!

민석 - 그러자! 친구야! 근데… 대한아! 너 아까 나를 어떻게 한 거냐? 날 뭘로 기절시킨 거야? 그때 기억이 하나도 안 나서 말이야!

민석의 느닷없는 질문에 그 자리에 함께 있던 대한과 친구들이 자지러지게 웃는다. 대한이 민석을 물끄러미 바라보며 '씨익' 하고 미소를 짓는다.

멸치 - 푸하하하! 야! 저 새끼 좆나 웃긴다! 진짜!

오현 - 민석이 저 새끼는 내 말을 못 믿네. 너 임마! 대한이한테 얼굴 딱 두 대 맞고 기절한 거야! 그것도 대한이가 손바닥으로 때린 거여. 이 빙신아!

민석 - 진짜? 갑자기 얼굴에 번갯불이 번쩍하기는 했는데….

오현 - 민석이 넌 아가리 좀 다물고 있어라! 진짜 쪽팔린다!

담배 골목에서의 일로 한바탕 웃고 떠들고 있을 때 대한이 친구들을 돌아본다.

대한 - 야! 그만하고… 조금 있다 건너편 터미널 옆 공터로 같이 가자!

동진 - 터미널 옆 공터는 왜?

오현 - 기계과 추진호하고 토목과 김석민이 붙을 거야! 가서 승패를 가려주고 마지막으로 거기서 이긴 승자하고 대한이가 마지막 서열정리 결승을 치러야지!

동진 - 그럼 그 소문이 진짜였어? 오늘 저녁에 서열정리가 끝날 거라고 하더니….

대한 - 서열정리가 빨리 끝나야 질서도 잡히고 더 이상의 불필요한 싸움도 없겠지! 그게 서로 편하지 않겠냐?

민석 - 하긴 대한이 말이 맞긴 해! 어떻게든 질서가 빨리 잡혀야지!

저녁 7시가 가까워지자 분식집에 있던 대한은 친구들을 데리고 터미널 옆 공터로 향한다. 현장에는 토목과 김석민이 먼저 무리들을 이끌고 도착해 있었고 저 멀리서 기계과 추진호가 그의 무리들을 데리고 몰려오고 있다. 양 패거리들이 서로를 견제하며 한동안 대치하고 서 있었다. 이때 대한과 친구들이 합세하자 그 일대에는 온통 진산공고의 황금박쥐 똥색 재킷을 입은 학생들로 가득 찼다. 토목과 김석민이 험상궂은 표정을 하고 기계과 추진호에게 다가간다.

석민 - 네가 추진호이냐? 참나! 어이가 없어서… 네가 내 다릴 부러뜨린다고 그랬냐? 이 씨발 새끼야?

진호 - 다리는 씨발아! 네가 부러뜨린다고 했잖아! 이 병신새끼야! 이 새끼 좆나 웃긴 새끼네!

석민 - 뭐라고? 이 개새끼가 말을 좆같이 하네? 너 좀 맞아야겠다! 진짜!

진호 - 야! 시끄럽고… 덤벼 봐! 이 씨발놈아!

김석민과 추진호는 서로의 교복 재킷을 벗어 던지고 서로를 향해 맹렬하게 달려들더니 상대방의 얼굴을 향해 사정없이 주먹을 휘두르기 시작한다. 석민이 진호의 얼굴을 공격하자 양손을 감싸 얼굴을 방어한 진호는 석민의 허리를 두 손으로 감싸 안고 아스팔트 바닥으로 집어던진다. 바닥에 나자빠진 석민을 진호가 성난 맹수처럼 괴성을 지르며 달려들어 마구 짓밟는다! 진호의 발을 피해 몸을 움츠린 석민이 반동을 이용해 튕기듯이 땅을 박차고 일어나 주먹으로 진호의 비어있는 옆구리를 속사포처럼 수차례 가격한다. 옆구리를 얻어맞은 진호가 '악!' 하는 비명을 지르며 그 자리에 맥없이 주저앉아버린다. 석민이 주저앉은 진호의 안면을 축구공 차듯이 발로 올려 찬다. '아~악!' 비명을 지르는 진호의 얼굴이 고통으로 일그러진다. 옆으로 길게 뻗어버린 진호를 향해 한 걸음 앞으로 내디딘 석민이 다시 진호의 얼굴과 가슴, 배, 다리 등을 보이는 대로 사정없이 밟아버린다.

거리를 두고 둘의 싸움을 지켜보고 있던 대한이 승부의 추가 이미 석민에게로 기울었음을 직감한다. 이대로 두었다가는 진호가 석민에게 일방적으로 두드려 맞아 심한 부상을 입을지도 모를 일이다. 대한이 석민 앞으로 슬쩍 끼어들며 싸움을 중단시킨다. 흥분한 석민도, 속수무책 얻어맞고 있던 진호도 이를 지켜보던 친구들도 대한의 돌발행동에 일순간 긴장한다. 대한이 무덤덤한 표정으로 석민을 바라본다.

대한 - 그만! 이 싸움은 토목과 김석민이 이겼다!

진호 - 잠깐! 씨발놈아! 너 지금 뭐라고 짓걸이는 거여? 네가 뭔디 이 싸움의 결론을 짓는 거여? 어?

대한 - 나? 전기과 박대한이다! 오늘 서열정리를 처음부터 계획한 사람이 나였으니까 내가 안전하게 끝내 줘야지! 안 그래?

진호 - 이게 뭔 개소리여? 이 씨발 새끼야! 덤벼! 덤비라고… 이 개새끼야!

대한은 흥분할 대로 흥분해서 천지 분간도 못하고 막말을 쏟아내는 진호가 가소로웠지만 차분하게 특유의 카리스마 있는 눈으로 진호를 쏘아보며 경고한다.

대한 - 너 말 가려서 해라! 그러다 진짜 혼난다!

잔뜩 흥분한 진호는 대한이 누군지는 알고 있었지만 석민에게 맞은 것이 창피하기도 하고 약이 올라 전후좌우 사정을 생각하지 않고 막말을 마구 토해낸다.

진호 - 뭐라고? 이런 씨발놈이! 내가 우습냐? 내가 우스워 보이냐고! 이 좆같은 새끼야! 덤벼! 아주 면상을 조져줄 테니까… 덤벼! 이 씹새끼야!

대한이 진호의 발악이 가소로워 어처구니없다는 표정을 지으며 웃는다. 잔뜩 약이 오른 진호는 짐승처럼 대한에게 달려들며 거칠게 마구 주먹을 휘두른다. 하지만 대한은 가볍게 진호의 주먹을 젖히고 키가 큰 진호의 안면을 발을 들어 내리찍은 후에 웅크리는 진호의 복부를 뒤차기로 가격한다. '어헉!' 단발마 비명을 지르며 진호의 커다란 넝지가 떼구르르 뒤로 구른다. 진호는 복부를 움켜 잡고 다시 일어서며 대한에게 또다시 마구 주먹을 휘두르며 달려 든다. '이제는 그만 승부를 끝내자!'는 생각으로 대한이 자신의 안 면을 향해 날아드는 진호의 왼손을 '꽉' 움켜쥔다. 그러자 순간 깜 짝 놀란 진호의 눈이 휘둥그레지는 것을 보며 대한이 진호의 안면 을 향해 가볍게 주먹 한 방을 먹인다. 진호가 '악!' 하는 비명과 함 께 얼굴을 감싸 쥔다. 얼굴을 감싸 쥔 진호의 손 틈으로 검붉은 코 피가 흐르기 시작한다. 코피를 철철 흘리고 있는 진호를 향해 대 한이 주먹을 불끈 말아 쥐고 눈에 살기를 머금은 채 쏜살같이 돌 진한다. 순간 진호는 '이러다 죽을 수도 있겠구나!'하는 생각을 하 며 돌연 대한 앞에 무릎을 꿇는다.

진호 - 그만! 그만! 미안하다! 내가 졌어! 내가 졌다!

대한 - 그럼 석민이한테도 졌다는 거를 확실하게 인정하는 거냐?

진호 - 그… 그래! 인정한다! 인정할게!

대한 - 그래? 그럼 진호 너는 저쪽에 가서 있어! 야! 오현아!

오현 - 어~ 대한아! 알았어! 내가 진호 데리고 약국에 갔다 올게!

오현이 진호를 부축하여 근처에 있는 약국으로 향한다.

서로 말없이 마주하고 있는 대한과 석민 사이에 강렬한 눈빛이 오고 간다. 둘의 주변을 둘러싸고 있는 친구들은 앞으로 벌어질 어떤 장면도 놓치지 않겠다고 생각하며 팽팽한 긴장감에 침을 '꿀꺽' 삼킨다. 석민이 어색하게 미소를 지으며 대한에게 말을 건넨다.

석민 - 네가 대한이로구나! 오늘 서열정리를 계획한 사람이 바로 대한이 너였다니 많이 당황스럽네!

대한 - 그래? 석민아! 네 얘기는 이미 소문으로 들어서 잘 알고 있다! 그런데 불필요한 오해는 하지 않았으면 한다!

석민 - 오해는 무슨~ 어차피 한번은 부딪혀야 하는 거… 이렇게 멍석 깔아 놨을 때 이참에 서열을 확실하게 정리하는 것이 좋겠지.

대한 - 음… 이제 너하고 나하고만 승부를 내면 서열정리는 다 끝난다! 내가 결코 석민이 널 싫어해서 겨루는 것이 아니라는 것쯤은 알고 있겠지?

석민 - 그려~ 나도 충분히 이해하니까 빨리 끝내자!

대한 - 그래! 시작하자!

대한은 석민과 진호가 뒤엉켜 싸우는 모습을 지켜보았기 때문에 석민이 자신의 상대가 될 수 없다는 것을 이미 확신하고 있었다. 하지만 석민이 대한의 상대가 되지는 못한다고 해도 지금까지의 다른 아이들보다는 한두 수 위에 있었다. 만일 합기도를 연마하여 꺾기에 능한 석민에게 잡히기라도 한다면 꺾기 공격에 당할 수도 있다. 호랑이는 토끼를 잡을 때도 최선을 다하는 법이다. 대한이 석민에게 눈을 고정하고 두 주먹을 말아 쥔다. 대한이 가볍게 옆으로 몸을 트는가 싶더니 발뒤꿈치를 들고 무하마드 알리처럼 경쾌하게 사이드 스텝을 밟기 시작한다. 긴장한 석민이 침을 '꿀꺽' 삼킨다. 두 주먹을 가드처럼 올려 복싱 자세를 갖춘 석민이 대한의 빈틈을 찾아보지만, 대한에게서 도무지 빈틈이라고는 찾아볼 수 없다. 그렇다고 이렇게 마냥 기다리고 있을 수만은 없다. 저러다 언제 대한의 날카로운 발끝이 자신의 빈 곳을 향해 날아들기라도 한다면 대한의 전광석화 같은 선공에 당할지도 모른다. '공격은 최선의 방어다.' 결심한 듯 석민이 대한의 가슴팍으로 쇄도하며 대한의 안면을 향해 '횡' 하고 번개같이 주먹을 내지른다. 하지만 석민의 움직임을 빠른 눈으로 포착한 대한이 한쪽 발을 사이드 스텝을 이용하여 옆으로 슬쩍 빼내고는 석민의 옆구리에 허점을 만들어 빙글 돌며 오른발 뒤차기로 석민의 옆구리를 번개처럼 내지른다. '악!' 대한의 뒤차기는 전광석화처럼 빠르고 강렬했다.

석민의 옆구리를 파고드는 대한의 뒤차기에 일격을 당한 석민의 몸이 움찔하고 뒤로 밀리자 대한과 석민 사이에 틈이 생긴다. 곧바로 대한은 왼발 돌려차기로 공격하는 척하고 한 바퀴를 돌며 오른 뒷발로 회축(뒤돌아 후려차기)을 내돌린다. 허공을 가른 대한의 오른발 회축이 석민의 머리를 통렬하게 강타하자 석민이 머리를 맞고 그 충격으로 휘청거리며 뒤로 물러난다. 이미 승부의 추는 대한에게로 급격히 기울었음을 직감한 대한이 고통에 일그러진 석민의 얼굴 표정을 살피며 재차 오른발 다리를 홀쩍 들어 올려 석민의 안면을 거침없이 찍어버린다. 석민은 대한의 연이은 발차기에 안면 부위를 강타당하고는 뒷걸음질 치며 자리에 주저앉는다. 석민은

참을 수 없는 고통에 양손으로 코피가 쏟아지는 안면을 움켜쥐면서도 대한의 허점을 예리한 눈으로 계속 살핀다.

대한은 넘어진 석민이 일어나 정비할 수 있을 때까지 기다려주는 여유를 보인다. 대한이 공격을 멈추고 기다려주는 여유를 보이자 석민은 그런 대한의 여유에 몹시 자존심이 상한다는 듯이 대한을 노려보더니 쏟아지는 코피를 손등으로 훌쩍 훔쳐내고는 다시금 대한을 향해 양 주먹을 세차게 휘두르며 돌진해온다. 석민의 오른 주먹이 대한의 얼굴을 가볍게 스친다. 대한이 재빠르게 석민의 오른 옆구리 쪽을 파고들며 왼손으로 석민의 복부에 짧고 강한 훅을 꽂아 넣는다. 석민이 중심을 잃고 휘청거리며 앞으로 허리를 숙인다. 그러자 석민의 왼쪽 안면이 대한의 눈에 들어온다. 대한은 석민의 빈틈인 왼쪽 안면을 왼발 돌려차기로 한차례 가격하고는 충격에 두 손으로 얼굴을 감싸 쥐며 허리가 꺾여 뒤로 밀리는 석민의 얼굴 전면에 마지막 피니시로 뒤돌려 차기를 작렬시킨다. 석민의 몸이 '부웅' 뜨는가 싶더니 뒤쪽으로 두어 바퀴를 떼굴떼굴 구르더니 그대로 바닥에 종잇장처럼 널브러진다. 석민의 눈은 이미 동공이 풀려 정신을 잃은 것처럼 보인다.

대한이 쓰러져있는 석민에게 다가가 기도를 개방시키고 바지 벨트를 풀어주며 편안하게 호흡을 할 수 있도록 응급처치를 한다. 석민의 같은 반 친구인 희준이 대한을 원망하듯 바라본다.

희준 - 야! 대한아! 너 꼭 이렇게까지 잔인하게 해야 했니? 친구들끼리 무슨 서열정리야! 석민아! 일어나 봐! 석민아! 석민아!

대한 - 정말 미안하다! 희준아! 하지만 나로서는 어쩔 수가 없었어~

바닥에 죽은 듯이 널브러져 있던 석민이 조금씩 정신을 차린다. 아직 동공이 덜 풀린 눈으로 대한을 바라보며 석민이 가까스로 한 마디를 내뱉는다.

석민 - 으… 으… 대한아! 졌다! 내가 졌어! 희준아! 이건 대한이 잘못이 아니야! 사내들 승부에서는 최선을 다하는 것이 오히려 상대에 대한 예의인 거야! 난 괜찮아! 어차피 한 번은 일어날 일이었어!

대한 - 그래! 석민아! 오늘 정말 사내답게 겨뤄줘서 고맙다! 앞으로 우리 잘 지내보자! 친구야! 이제 일어나자!

대한이 쓰러진 석민을 부축해 일으켜 세우자 이 모습을 지켜보고 있던 친구들이 박수를 치며 함성을 지른다. 대한이 석민의 손을 잡고 들어 올리자 동진과 진호도 다가와 대한과 석민을 헹가래 친다.

일동 - 진산공고 만세! 박대한 만세!

대한은 치밀한 전략과 지략을 활용하여 진산공고의 리더(짱)가 되겠다는 자신의 계획을 단 하루 만에 이루어냈다. 대한이 진산공고 서열정리에서 승리했다는 것은 곧 대한이 진산공고뿐만 아니라 진산 지역의 짱이 되었음을 의미하는 것이다. 대한은 그랬다. 불필요한 다툼을 싫어하고 그리 튀는 것을 좋아하는 성격도 아니다. 겉으로 보기에는 체격이 우람하고 기골이 장대하여 아둔할 것처럼 보이지만 자신이 결심한 바를 행동으로 옮길 때에는 철저한 준비와 상대가 전혀 예상할 수 없는 허점을 찾아 도저히 대비할 수 없게 허를 찌르는 기발한 지략가이기도 했다. 대한이 진산공고의 짱이 되는 과정은 이러한 대한의 지략과 담대함을 만천하에 알리는 계기가 되었다.

진선의 양다리
(학교 짱을 넘어 지역 짱으로)

대한의 주도로 순식간에 마무리된 서열정리는 진산공고뿐만 아니라 진산 지역을 평정한 효과가 나타나기 시작했다. 전격적인 진산공고의 서열정리로 대한이 실질적인 짱이 되었음이 진산시 전역에 퍼지기 시작한 지 몇 주가 지난 어느 날이었다. 아침 10시가 조금 지난 시각, 대한이 검정 티셔츠에 검정 면바지와 갈색 구두를 말끔하게 차려입고 진산공고의 황금박쥐 똥색 재킷을 걸친 채 담배 골목을 통과해 학교로 향하고 있다. 대한은 이미 등교시간이 한참 지났는데도 여유롭게 주머니에서 담배 한 대를 꺼내 피워 물고는 파란 하늘로 담배 연기를 '푸우' 하고 날려 보낸다. 천성적으로 낙천적인 성격 덕분인지 대한은 어떤 상황에 처해도 당황하거나 서두르는 법이 없다. 하지만 담임선생이 또 잔소리할 생각을 하니 은근히 신경이 쓰인다.

대한 - 아~ 이거 또 지각이네! 담임선생이 또 생난리를 칠 텐데⋯ 이걸 어쩌지? 까짓 이왕 이렇게 된 거, 속도 출출한데 뭐라도 좀 먹고 가야겠다!

대한이 혼잣말을 중얼거리며 학교 매점으로 향한다. 뒷주머니에 꽂혀있던 휴대폰을 꺼내 시간을 확인하고는 수업시간 중이라 텅 비어있는 학교 매점으로 들어선다. 테이블을 닦으며 청소를 하고 있던 매점 이모가 대한을 보자 웬일인가 싶어 바라본다.

대한 - 안녕하세요? 이모님! 새우탕 하나하고 구운 달걀 두 개만 주세요!

매점 이모 - 그려! 학생! 근디? 이제 학교에 출근하시는 겨?

대한 - 예~ 어쩌다 보니 이제야 출근을 하네요! 헤헤!

매점 이모 - 아까 수업 중에 학생들 몇 명이 몰래 나와서 여기서 라면 먹다가 선생님한테 개 끌려가듯이 끌려갔어! 학생도 조심혀!

대한 - 아! 그래요? 근데 누가 잡아갔어요?

매점 이모 - 학생과 선생님이라고 하더만! 애들이 무슨 개장수라고 하던데⋯ 별명이 개장수가 뭐여? 참 내 웃겨서 말이지! 호호호!

대한 - 그래서 이모는 가만히 보고만 계셨어요? '영업방해 아니냐?' 이러면서 막 달려들었어야지요. 아이고~ 이모님도 참! 헤헤!

매점 이모 - 아이구~ 그랬다간 매점 폐쇄시킨다고 그럴걸? 우린 그렇게 못해!

대한 - 이모님! 앞으로 제가 수업 중에 라면 먹으러 오면 입구 문 잠그고 외출 중이라고 문에 걸어 놓으세요! 알겠죠?

매점 이모 - 아~ 그려! 그렇게 하믄 되것네~ 알았구먼! 근디? 학생이 대한이여?

대한 - 네 맞아요! 근데 제 이름을 어떻게 아세요?

매점 이모 - 내가 여기서 장사만 10년째여! 우리 학교 대장은 알아봐야 장사를 해 먹지. 안 그려?

대한 - 역시 이모님 대단하시네요! 놀라워요!

매점 이모 - 저기… 그나저나 대한이 학생 보면 내가 부탁 좀 하려고 했는데… 이런 말을 해도 되려나 모르겠네?

대한 - 부탁이요? 뭔데요? 말씀해보세요!

매점 이모 - 요즘 들어 불량스런 학생들 때문에 미치겠어! 매점에 올 때마다 공포 분위기 조성하고… 밥 먹는 애들한테 비키라 하면서 자리 뺏고… 욕하고 때리고… 걔들 때문에 학교 측에 몇 번을 얘기해도 아무런 조치도 해주지 않으니까 매점에 손해가 커! 그놈들 때문에 자주 오던 학생들도 요즘은 매점에 오려고 하질 않아! 그래서 걱정이구먼!

대한 - 그래요? 하긴 그런 놈들이 있으면 불편하긴 하겠네요. 그럼 그놈들이 여기서 그렇게 하지 못 하게 하던지… 아니면 여기 매점을 못 오게 하던지… 그러면 되는 거 아닌가요?

매점 이모 - 그렇긴 한데… 내말을 듣질 않으니… 이렇게 대한이 학생한테 부탁하는 거 아니겠어? 불량스러운 학생이 두 놈이 있는데! 그중 한 놈은 2학년 차진영(복학생)이고 또 한 놈은 신입생 성진식(영동파)이라는 놈인데 얘들이 좀 악질이라서… 대한이가 잘 얘길 해서 앞으로 매점에서는 학생들 좀 괴롭히지 않도록 만 해주면 좋겠는데~

대한 - 걱정 마세요! 이모~ 제가 바로 해결해 드릴게요!

매점 이모의 부탁을 받은 대한이 점심시간이 되기를 기다려 매점 앞에 서서 매점으로 들어가는 아이들을 하나하나 살피고 있다. 그때 저 멀리에서 척 보기에도 불량스러워 보이는 두 남학생이 거들먹거리며 매점으로 들어간다. 이들을 보자 매점에 있던 학생들이 겁에 질려, 혹시라도 그 둘과 눈이라도 마주칠까 고개를 푹 숙이며 딴청을 부린다. 대한이 아무 말 없이 그 둘의 행동을 유심히 살핀다. 두 놈 중에서 빨간색 폭스 신발을 신은 2학년 차진영(복학생)은 덩치가 산만큼 크고 머리는 반삭발을 하였으며, 얼굴에는 여드름이 빼곡했다. 주황색 폭스 신발을 신은 1학년 성진식(영동파)은 호리호리한 체격에 머리를 스포츠로 짧게 깎고 2:8 가르마를 하고 있었다.

매점 이모는 그 둘이 매점으로 들어오는 것을 보고는 앞에서 기다리고 있는 대한과 눈이 마주치자 이들이 맞는다는 듯이 고개를 끄덕인다. 그 둘이 이모가 말한 골칫덩어리 학생들이라는 신호다. 덩치 큰 차진영(복학생)이 테이블에 앉아 라면을 먹고 있는 학생들에게 다가가더니 오천 원짜리 지폐 한 장을 건네주며 심부름을 시킨다.

진영(복학생) - 얌마! 엔간히 먹었으면 그만 처먹고 일어나서 형이 시킨 거나 사 와라! 엉?

학생1 - 네? 저는 라면 사서 이제 한 젓가락밖에 못 먹었는데요?

진식(영동파) - 이런 씨발 새끼가 돌았나? 빨리 갔다 와! 개새끼야!

이 둘의 행태를 보고 있던 대한이 더는 못 참겠는지 둘에게 다가간다.

대한 - 저기요! 지금 조용히 라면 먹고 있는 애들한테 왜 심부름을 시키는 거죠?

진영(복학생) - 아~ 씨발! 이 새끼는 또 뭐냐?

진식(영동파) - 혁… 형님! 제가 예전에 말씀드린 우리 학교 짱 대한이라는 친구예요!

대한 - 니들은 일어나지 말고 앉아서 먹던 거 다 먹고 가! 괜찮으니까!

학생1 - 그… 그래. 고마워! 대한아!

진영(복학생) - 얘가 그 하루 만에 서열정리를 끝냈다던 대한이란 놈이냐?

진식(영동파) - 예! 형님! 맞아요!

대한이 예리한 눈빛으로 진영(복학생)을 노려보며 그에게서 눈을 떼지 않는다. 무언가 심상치 않은 분위기를 느낀 진식(영동파)은 몹시 긴장한 듯 얼굴이 벌겋게 상기된다.

대한 - 저보다 선배님 같으신데… 정중하게 부탁 말씀을 좀 드려도 될까요?

진영(복학생) - 부탁? 그려 뭐여? 뭐든 얘기해 봐!

진식(영동파) - 그려! 얘기 하! 대한아~ 네가 부탁한다는 디 뭐든 들어줘야지! 말 하!

대한 - 앞으로는 여기 매점 안에서 다른 학생들에게 심부름을 시킨다거나 자리를 빼앗는 다거나 또는 공포 분위기를 조성하는 그런 행동은 하지 않았으면 합니다. 학생들이 불편해합니다. 부탁합니다!

진식(영동파) - 그… 그래! 알았어! 조심할게!

진영(복학생) - 난! 대한이 네 말투가 상당히 거슬리는데? 네가 지금 선배인 나한테 부탁을 하는 거냐! 아니면 명령하는 거냐! 내가 싫다고 하면 어쩔 거냐?

대한 - 그러면 선배라도 저는 용서 못 합니다!

진영(복학생) - 어라? 이 새끼가 선배한테 말하는 싸가지 좀 보게? 이 어린 새끼가 뭐지려고 환장했냐! 지금 네가 날 멕이는 거냐? 어?

진영(복학생)은 후배인 대한의 태도에 몹시 당황하면서도 화가나 얼굴이 벌겋게 상기되었다. 그가 갑자기 대한을 향해 냅다 주먹을 휘두른다. 덩치가 산만큼 컸지만 진영(복학생)의 주먹은 제법 묵직하고 날카로웠다. 대한은 기습적인 진영(복학생)의 주먹에 얼굴 부위를 스치듯 한대 맞는 것과 동시에 번개처럼 진영(복학생)의 왼쪽 허벅지를 돌려차기로 힘껏 걷어찬다. '퍽!퍽!', '으악!' 진영(복학생)은 비명을 지르며 그 자리에 털퍼덕 주저앉는다.

진영(복학생) - 너! 이 새끼! 진짜 죽고 싶어 환장했냐?

진식(영동파) - 대… 대한아! 왜 그러냐! 응? 내가 진영(복학생) 형님은 모시고 나갈 테니까 그만하자!

대한 - 다시 한번 부탁드려요! 저는 분명하게 제 의사를 전달했습니다. 만약에 또 매점에서 소란을 피우신다면 그때는 제가 더는 안 참게 될 겁니다! 성진식(영동파)! 너도 약속해라!

진식(영동파) - 그래! 그래! 알았어! 약속할게! 대한아! 형님! 일단 여기서 나가시죠! 쪽팔리니까요! 일어나세요!

진식(영동파)은 씩씩거리는 복학생 진영을 부축해 황급히 매점을 빠져나간다. 대한이 진영(복학생)과 진식(영동파)을 내쫓는 장면을 본 다른 학생들이 대한에게 박수를 치며 환호를 한다! 한 학생은 그동안 그들에게서 괴롭힘을 당해 힘들었다면서 대한에게 고마움의 표시로 음료수를 건네기도 한다. 대한은 별일 아니라는 듯이 매점 이모에게 씽긋 웃으며 매점을 나간다.

 잠시 후 교실로 들어선 대한이 출석부를 확인하고 있다. 이때 오현이 배시시 웃으며 대한에게 다가온다.

 오현 - 아까는 정신이 없어서 못 물어봤는데… 오늘은 왜 늦었어?

 대한 - 봄이라서 그런지 아침잠이 많아졌어! 아! 근데 출석부에 내 거 지각 표시가 없는 거 같던데?

 오현 - 내가 너 대신 대리출석 해놨지! 헤헤헤!

 대한 - 오~ 진짜냐? 새끼 똘망지네 하하하! 땡큐다! 아참! 근데 요즘 영훈이가 자꾸 지각하고 결석하고 그러던데! 왜 그러는 건지 니들은 혹시 아는 거 없냐?

 부반장 - 그러게! 학기 초부터 이러면 큰일인데! 어제 영훈이 봤는데 뭔지 모르지만 얼굴에 근심이 많아 보였어! 혹시 무슨 일이라도 생긴 게 아닐까?

 대한 - 그치? 창성아! 영훈이한테 무슨 일 있냐? 넌 친하니까 잘 알 거 아냐? 응?

 창성 - 글쎄! 나도 정확하게 무슨 일인지는 잘 모르는데… 내 입으로 말하기는 조금 그렇고… 이따가 영훈이 오면 네가 직접 얘기해 보면 어떻겠냐?

 대한 - 너! 뭔가 숨기고 있는 게 있구나! 뭐냐? 난 궁금한 거 못 참는 성격인 거 알지? 뭐야! 뭔지 말해 봐!

 창성 - 확실하진 않은데… 지난달 대한이 너 반장 됐던 날, 같이 술 한잔했었잖아~ 그때 영훈이 여자친구 진선인가? 걔 때문에 뭔가 쫓기는 듯하긴 했어! 근데 내가 물어봐도 말을 안 해 주니까 솔직히 나도 답답해 무슨 일 땜에 그러는지!

대한 - 야! 이 새끼야! 그런 일이 있었으면 나한테는 진즉에 말을 했어야지! 이 바보 같은 놈아!

대한은 '영훈에게 무슨 일이 생기기라도 했을까?' 걱정하며 '버럭' 하고 창성에게 화를 낸다. 갑자기 교실 안 분위기가 싸늘해진다. 대한이 교실 안의 친구들을 천천히 돌아보며 진지한 표정으로 한마디 한다.

대한 - 내가 반장선거 때 분명히 니들한테 약속했던 말 다들 기억하지? 난 니들이 안전하게 학교생활 할 수 있도록 내가 희생하겠다고 분명히 너희들에게 약속했어! 그 얘기 들었냐? 못 들었냐? 어?

창성 - 드… 들었지!

대한 - 지금 당장 영훈이한테 삐삐 쳐! 빨리!

대한은 자신의 휴대폰을 창성에게 건네며 소리를 지른다. 휴대폰을 건네받은 창성이 영훈의 삐삐번호를 누르고 핸드폰을 귀에 댄 채 한참 동안을 들고 있다. 이 모습을 유심히 지켜보던 대한이 답답하다는 듯이 창성을 바라본다.

창성 - 어? 번호를 눌렀는데 왜 아무런 소리도 안 나지?

대한 - 어휴~ 너 휴대폰 처음 사용해보냐? SEND 버튼을 눌러야지! 이 어벙아!

창성 - 오~ 그려? 촌놈이라 휴대폰 구경을 해봤어야 알지! 헤헤!

어이가 없어 너털웃음을 지으며 대한이 창성에게 주었던 휴대폰을 다시 받아들고는 영훈의 삐삐번호를 호출한다. 이때 같은 반 친구들이 점심 식사를 마치고 하나둘 교실로 들어오기 시작한다.

대한 - 저기, 부반장! 부반장아! 5교시 수업이 뭐냐?

부반장 - 수학 다음 국어야. 근데 왜?

대한 - 땡땡이치기 딱 좋은 시간이구만! 부반장님! 난 지금 조기 퇴근할 테니까 뒤처리 좀 부탁해~!

부반장 - 알았어! 영훈이 문제지? 혹시 선생님들이 물으면 영훈이 문제로 상담한다고 적당히 둘러댈게!

오현 - 대한아! 나도 데리고 가라!

그때 대한의 휴대폰이 울린다. 영훈이 전화다.

대한 - 그래. 영훈아! 나다! 일단 지금 만나자! 너 어디여?

영훈 - 학교 후문 앞 공중전화에 있어. 왜?

대한 - 그러면 전화 끊고 교실로 빨리 와 봐! 수업 들어가기 전에 네 얘기 좀 들어보자! 빨리 와라! 알았지?

영훈 - 알았어! 바로 갈게!

전화 통화가 끝나고 얼마 지나지 않아 영훈이 교실로 들어선다. 어쩐 일인지 교실로 들어서는 영훈의 모습이 전보다 눈에 띄게 야위고 초췌하다. 영훈이 주춤주춤 대한의 곁으로 다가와 앉는다.

대한 - 야! 영훈아! 너 그동안 도대체 무슨 일이 있었던 거야? 하나도 빠짐없이 얘기해 봐! 너 때문에 내가 얼마나 걱정했는지 알기나 하나?

영훈 - 미안해! 대한아! 괜히 나 때문에….

오현 - 그래! 영훈아! 대한이가 네 걱정 정말 많이 했다!

명진 - 그… 그래! 대… 대한이가….

시경 - 명진아! 그만 더듬고 우선 영훈이 얘기부터 들어보자!

창성 - 영훈아! 괜찮으니까 모두 털어놔 봐! 응?

고개만 숙인 채 한동안 말을 꺼내지 못하고 있던 영훈이 깊은 한숨을 내쉬며 조심스럽게 그동안의 일을 털어놓기 시작한다.

영훈 - 사실 내가 지금 사귀고 있는 여자친구가 있어! 진선이라고….

대한 - 뭐? 진선이? 용덕중 출신 진선이 말이야? 근데?

영훈 - 응! 맞어! 그 진선이. 진선이가 대한이 너랑 친구라고 하더라.

대한 - 그래! 진선이 조금은 알지! 근데? 너 언제부터 진선이하고 사귄 거냐?

영훈 - 한 달 조금 넘었어.

대한 - 한 달이 더 넘었다고? 그러면 그때 백관장(성엽)하고 만났을 때 같은데? 아~ 아니다!

대한이 영훈의 말을 듣고 혼란스러워진다. 한 달쯤 전이면 대한의 친구 성엽과 진선이 서로 사귀던 때와 맞물리는 시기다. '아니? 진선이 얘는 영훈이를 만나면서 성엽이하고도 사귀었단 말이야? 이게 뭐지? 거기다가 민수라는 놈도 있다는 건데. 이년 완전히 미친년이네! 양다리에 쓰리다리? 진선이! 너! 참~ 무서운 여자였구나!' 대한의 머릿속이 복잡해진다. 잠시 혼자 생각에 잠겨 있던 대한이 안타까운 표정으로 영훈을 바라본다. 대한의 입에서 성엽의 이름이 나오자 영훈이 '무슨 얘기지?'하는 표정으로 대한에게 되묻는다.

영훈 - 백관장이면 옆 반의 성엽이? 성엽이가 왜?

대한 - 어? 아… 아니야! 계속 말해 봐!

영훈 - 그래! 그런데 얼마 전에 진산고 민수라는 사람한테서 삐삐가 왔어! 난 누군지 모르고 전화를 했거든? 그랬더니 갑자기 막 쌍욕을 하면서 날 죽인다고 그러더라고. 그러면서 자꾸 나하고 만나자면서 계속 협박을 하는데….

대한 - 그놈이 너한테 그러는 이유가 뭔데? 이유가 있을 거 아냐?

영훈 - 민수 말로는 진선이는 지 여자친구라고 하면서, 진선이랑 나하고 바람을 피운 것처럼 얘기하더라고. 그러면서 날 파렴치한 놈 취급하는 거야.

시경 - 뭐? 이게 뭔 개소리야? 그러면 진선이 얘! 이거 양다리여?

대한 - 돌겠다! 계속 얘기해 봐! 영훈아!

영훈 - 솔직히 그 새끼 입에서 진선이가 지 여자라고 억지를 부리는데, 나도 정말 화가 나더라고. 한편으로는 무섭기도 하고….

대한 - 그래서? 그래서 넌 어떻게 했어?

영훈 - 전에 니들하고 같이 술 한잔하고 창성이하고 나하고 중간에 집으로 먼저 갔던 거 기억나지? 그 날이었어! 창성이는 버스타고 먼저 가고 나는 진선이 만나려고 시내로 갔었거든. 그런데 거기서 진산고 민수하고 마주치게 된 거야!

대한 - 그랬구나! 결국은 의도치 않게 만나게 됐네!

영훈 - 그렇지… 근데 민수가 날 보자마자 뺨을 때리더니 내 머리채를 잡고 골목으로 끌고 가는 거야! 그러더니 갑자기 가방에서 당구 큐대를 꺼내더라고.

대한 - 그 새끼 비겁한 놈이네! 그래서? 그걸로 맞았어?

영훈 - 으응! 그냥 등에 한두 대 맞았어! 그러다 나한테 앞으로 진선이를 또 만나면 그때는 어디 하나 부러뜨린다고 협박을 하더라고. 솔직히 겁이 나서 어쩔 수 없이 민수한테 진선이를 다시는 만나지 않겠다고 하고 그 상황을 모면했어! 그리고 그 일이 있었던 날에 진선이하고 둘이 같이 있었어!

대한 - 그러면 진선이는 너랑 민수 사이에 벌어진 일을 알고 있을 거 아냐? 걔 뭐라고 하는데?

영훈 - 당연히 진선이는 나하고 사귀는 거라면서… 민수가 자기를 일방적으로 쫓아 다니는 거라고 하더라고! 근데 그날 밤 민수한테서 삐삐가 엄청 오더라고.

대한 - 그러니까… 민수가 일방적으로 네 여친을 짝사랑한다는 거네? 영훈이 넌 진선이를 믿어? 걔 말은 믿을 만한 거냐?

영훈 - 솔직히 잘 모르겠어! 진선이가 거짓말을 하는 것 같기도 하고… 도통 뭔지 모르겠어! 그 전에는 진선이가 민수한테 맞아서 도망쳐다녔다고 그러기도 하고… 나랑 사귄다고 소문이 난 뒤에는 민수가 나를 찾으러 다닌다고 하더라고. 오늘은 나를 찾아다니다가 못 찾으니까 우리 학교까지 쫓아 와서 날 죽인다고 협박하는 음성메시지도 남겼더라고. 진산고에 다니는 친구들한테서 들었는데, 민수가 다리에 사시미칼을 차고 다닌대! 날 죽이겠다면서.

창성 - 민수라는 애가 진산고 짱이라던데… 그놈은 성질이 불같고 완전 또라이라고 하더라!

대한 - 또라이는 맞는 것 같네! 그런 놈은 무서운 걸 보여줘야 돼! 하지만 그러려면 일단 명분이 있어야 하는데… 영훈이 네 얘길 들으면 네가 잘못한 게 하나도 없는데도 네가 왜 그놈한테 시달리고 있었는지 난 이해가 안 돼!

영훈으로부터 자초지종을 듣고 난 대한이 잠시 눈을 감고 생각에 잠긴다. 잠시 후 눈을 뜬 대한이 의미심장한 표정으로 영훈을 보며 이야기를 꺼낸다.

대한 - 영훈아! 내 말 오해하지 말고 잘 들어! 냉정하게 말할 테니까!

영훈 - 그래! 괜찮아! 대한아! 그냥 편하게 말해!

대한 - 우선 민수라는 놈이 또라이든 뭐든지 간에 첫 번째 원인은 진선이가 문제인 것으로 보이고! 분명 진선이는 남자관계가 복잡할 거야! 아마도 양다리를 걸치고 있을 것 같다는 생각이 들어! 네 생각은 어때?

영훈 - 솔직히 의심스럽긴 하지만 난 그래도 진선이를 믿고 싶어!

대한 - 그럼 진선이를 계속 만나고 싶다는 거야?

영훈 - 진선이가 양다리를 걸치고 있는 거라면 깨끗이 헤어져야지! 하지만 아직은 미련이 많이 남아서 그런지… 진선이가 나한테 만큼은 거짓이 아니었으면 좋겠는 생각뿐이야!

대한 - 아~ 영훈이 너 어쩌냐? 하필 또라이 새끼하고 엮였냐? 넌 진선이가 그렇게도 좋냐?

영훈이가 대한을 바라보며 말없이 고개를 끄덕인다.

영훈 - 니들 앞에서 이런 못난 모습을 보인다는 게 창피하다… 사실은 오늘 민수가 학교까지 날 잡으러 온다는 말에 학교를 자퇴하려고도 했어. 날 비겁하다고 하겠지만 솔직히 겁이 나서 도망치려고 한 거야!

대한 - 바보 같은 놈! 진즉에 나한테 말을 했어야지! 그러면 어떻게든 조치를 했을 거 아냐? 근데 그 새끼가 우리 학교에 온다고 했다는 거야?

영훈 - 어! 오늘 민수 친구들하고 같이 날 잡으러 오겠다고 분명히 그랬어… 내 삐삐 음성메시지 좀 들어봐! 정말이야!

영훈이 갑자기 참고 있던 눈물을 왈칵 흘리기 시작한다. 이 모습을 보는 친구들은 하나 같이 친구 영훈의 처지가 안쓰러워 분노하기 시작한다.

오현 - 진산고 이런 씹새끼들이 뒤지려고… 뭐? 우리 학교로 처들어온다고? 좆나 열 받네!

대한 - 진산고에 있는 내 친구들한테 이민수 그 새끼 데리고 시내로 나오라고 해야겠다! 걱정 마! 영훈아!

영훈 - 괜히 나 때문에 니들까지 다치게 되면 어쩌냐?

오현 - 영훈아! 그런 걱정은 하지 말아! 진산고 민수? 대한이가 그 좆만 한 것들 싹 조져버릴 거니까 넌 아무 걱정 말어!

대한 - 그래! 시내로 나가자! 영훈아! 좆도 아닌 것들 괜히 피해 다니지 마라! 여기 내가 있잖아! 응?

대한이 벌떡 자리를 박차고 일어서며 근심스러운 표정을 짓고 있는 영훈을 바라본다. 오현과 창성도 대한을 따라 일어서며 대한에게 함께 가겠다고 말한다. 대한의 뒤를 따라 친구들이 학교 담장을 넘어 시내로 향한다. 시내에 들어서자 길거리 음반 판매점 스피커에서 가수 '양파'의 '애송이의 사랑'이 흘러나온다. 그처럼 긴장되는 순간에도 대한은 가던 길을 멈추고 스피커에서 흘러나오는 노래를 따라 홍얼거린다. 그 모습을 보며 대한의 친구들도 대한을 따라 노래를 홍얼거린다.

'잠 못 이룬 새벽 난 꿈을 꾸고 있어♪~ 흐느낀 만큼 지친 눈으로 바라본 우리의 사랑은♬~'

영훈이 노래를 홍얼거리고 있는 대한에게 다가서며 미안한 표정으로 말을 건넨다.

영훈 - 정말 고맙다! 친구들아~ 괜히 나 때문에 수업까지 땡땡이치게 만들고…

창성 - 야! 근데… 걔들 칼 차고 다닌다고 하는데… 위험하니까 몸조심해라!

영훈 - 맞아! 걔들은 진짜 무시무시한 애들이야! 절대 방심하면 안 돼! 걱정된다! 진짜!

대한 - 그까짓 거… 칼이든 총이든 난 별로 두렵지 않아! 사실은 그따위 것들보다 더 무서운 건 명분이야! 명분 앞에서는 어떤 놈도 쉽게 날 이길 수 없어! 내가 어떤 놈이냐? 오현아!

오현 - 우리 대한이를 한마디로 표현하자면 정의로운 사람이지! 헤헤헤!

대한 - 그렇지! 내 명분은 니들의 반장으로서 당연히 내가 해야 할 일을 하는 것이야! 그것이 바로 영훈이를 괴롭히고 학교까지 그만두게 할뻔한 그놈들을 절대로 가만둘 수 없다는 내 명분이지! 또 그것이 내가 반장이 된 이유잖아! 안 그래?

시경 - 그렇지! 그때 대한이가 우리 반 친구들이 학원 폭력의 피해를 당하지 않도록 조직에 가입해서라도 희생하겠다고 분명히 그랬었지!

오현 - 아~ 맞다! 맞아! 그럼 대한이가 한 그 약속을 지키는 역사적인 현장에 함께 있는 거네! 와우~~

시경 - 친구지만 난 대한이가 너무나 존경스러워! 말이 아닌 행동으로 보여주잖아. 안 그러냐? 오현아?

오현 - 당연하지! 난 대한이 처음 볼 때부터 보통 놈이 아니라고 생각했어! 반장으로 선출될 때도 그렇게 느꼈고. 난 그때 벌써 나중에 크게 될 인물이라고 생각했었어!

대한 - 야! 야! 그만 좀 해라! 쑥스럽다! 자식들아! 니들이 자꾸 그렇게 말하니까 듣기가 좀 민망하잖아! 빨리 오락실 쪽으로 가 보자!

그들이 진산 시내 오락실로 들어서자 20대 초반으로 보이는 몇몇 사람들이 담배를 피우며 게임을 즐기고 있다. 이때 대한의 휴대폰이 울린다. 진산고에 진학한 대한의 중학교 동창 영재의 목소리다.

영재 - 나여~ 호출했던데? 무슨 일 있어?

대한 - 그래! 영재야! 궁금한 게 하나 있어서 말이야. 혹시 너네 학교 짱이라고 하던데… 이민수라는 놈 잘 알아?

영재 - 이민수? 잘 알지! 그 새끼 우리 학교 또라이야! 근데 민수는 왜? 설마 진선인가 하는 그년 때문은 아니지?

대한 - 너도 알고 있었구나! 진선이 그년 때문에 이민수가 우리 학교 친구 영훈이한테 겁을 얼마나 줬던지… 애가 학교까지 그만두려고 했어! 그래서 내가 이민수를 만나 보려고 하는데… 네가 이민수한테 시내 오락실로 나오라고 좀 전해줘! 내가 기다리고 있다고! 꼭!

영재 - 알았어! 근데 민수 그 새끼는 아마 그쪽에 도착할 때가 됐을 건데? 한참 전에 먼저 나갔거든. 나도 곧바로 그쪽으로 갈게! 이따 보자! 대한아!

대한 - 그래! 영재야! 이따가 보자!

통화를 마친 대한이 영재가 올 때까지 오락실에서 기다리기로 한다. 대한이 스트리트 파이터 게임기 앞에 앉아 100원짜리 동전을 넣는다. 친구들은 대한이 스트리트 파이터 게임을 하는 모습을 구경하며 담배를 피우고 있다. 영훈이 대한에게 갑자기 엉뚱한 소리를 한다.

영훈 - 나도 대한이 너처럼 싸움 좀 잘했으면 좋겠다! 이렇게 바보처럼 지낼 바에는 차라리 싸움꾼이라도 되었으면 좋겠어! 어떻게 하면 너처럼 될 수 있나?

난데없는 영훈의 질문이 조금은 황당하기도 했지만, 대한이 그의 마음을 알겠다는 듯이 영훈에게 진심 어린 조언을 시작한다.

대한 - 싸움이란 게 말이야. 영훈아! 너의 내면에 있는 긴장감과 두려움을 떨쳐버리는 것이 제일 중요해! 여기에 있는 이 게임 캐릭터처럼 감정이 없어야 하고 기본기와 강한 정신력이 있어야 돼! 아마도 이민수라는 놈은 겁이 좆나 많을 거야! 또라이라는 별명도 그놈이 가진 두려움을 감추기 위해서 포장되어 있을 확률이 높을 거야!

영훈 - 맞아! 네 말대로 또라이라는 별명은 민수 그놈의 쇼에 의해서 만들어진 별명일 거야!

대한 - 누구에게나 두려움은 존재하는 법이야! 그러니까 절대로 그런 놈들의 쇼에 겁먹지 말아야 해! 중요한 것은 평소에 얼마나 기초 훈련이 잘되어 있느냐가 승패를 좌우하게 되는 거야. 내가 그놈을 직접 보지는 못했지만, 그놈과의 싸움에서 필요한 한가지 팁을 주자면··· 대부분 실력 없고 비겁한 새끼들이 무기를 소지하고 싸우거든! 하지만 그런 놈들치고 별거 없더라!

영훈 - 진짜? 네 말을 들으니까 은근히 자신감이 생기는데? 헤헤!

대한 - 싸움의 승패는 자신감에서 90% 이상 먹고 들어가는 거야! 이 게임 스트리트 파이터의 켄과 류의 기술을 잘 눈여겨봐! 영훈아! 평상시 내가 자주 쓰는 태권도 기술 발차기나 주먹 펀치와 매우 흡사하지? 나는 평소에 매일같이 태권도장에서 이런 기술들을 훈련하면서 단련하거든! 나 자신을 지키고 내가 사랑하는 사람을 지키려면 평소에 훈련을 많이 해야 해! 그러면 당연히 자신감도 생기게 되고 널 강하게 만들어 주는 것은 꾸준한 훈련밖에는 없어! 훈련!

스트리트 파이터 게임을 하면서 대한은 영훈에게 자신이 운동을 통해 기술을 연마하고 강해졌다는 것과 그렇게 해서 자신감이 생긴다면 어떤 상대와의 대결에서도 자신감을 가지고 임할 수 있다는 것을 일러준다. 대한의 말을 듣고 있는 영훈의 눈빛이 반짝거린다.

얼마나 시간이 흘렀을까? 대한이 마지막 게임 캐릭터와 일전을 벌이고 있다. 그때 밖에서 시끄러운 소리가 나는가 싶더니 오락실 문을 열어젖히며 한 무리의 학생들이 우르르 오락실로 들어온다.

진산고 이민수 패거리들이다. 대한은 하던 오락을 멈추고 자리에서 일어나 친구 영훈을 찾는다. 하지만 오락실 한쪽 구석에서 게임을 하고 있어야 할 영훈의 모습이 보이지 않는다. 대한이 오락을 하던 친구들에게 영훈을 찾으라고 말한다. 오락실 뒷골목. 대한이 골목 끝에서 세 명의 남자에게 영훈이 끌려가는 것을 본다. 대한이 한달음에 달려가 그들의 앞을 막아선다.

대한 - 어이! 그 손 좀 놓지 그래. 영훈아! 넌 내 뒤로 와! 어서!

자신들의 앞을 가로막는 대한을 노려보며 진산고 민수는 거친 욕설을 내뱉는다.

민수 - 넌 뭐여? 이 씨발놈아!

형진(민수의 친구) - 너도 같이 맞고 싶어서 찾아왔냐?

국진(민수의 친구) - 우린 영훈이 이 새끼하고 긴히 할 얘기가 있으니까 끼지 말고 그냥 니 가던 길이나 가라!

잠자코 듣고 있던 대한의 표정이 순간 일그러진다.

대한 - 그렇게 말 함부로 하지들 말고… 어쨌든 난 그렇게는 못 하겠어! 이민수가 누구냐? 너냐?

민수 - 어쭈? 네까짓 게 내 이름을 어떻게 알아? 너 뭐냐? 얌마! 김영훈! 네가 얘기했냐? 이 씨뱅아!

대한 - 이 새끼들 기본이 안 돼 있구만! 아무래도 니들은 혼나야겠다! 이 개 새끼들아!

대한이 일갈하자 진산고 민수, 형진, 국진이 순간 움찔한다. 하지만 기에 눌리지는 않으려 그들은 일부러 대한이 가소롭다는 듯이 큰 소리로 허풍을 떨며 웃는다. 대한이 세 놈 중 민수를 첫 번째 목표물로 삼아 오른발로 벽을 딛고 날아오르더니 눈 깜짝할 사이에 민수의 얼굴에 일격을 가한다. '억!'하는 비명을 지르며 뒤로 맥없이 뒤로 나자빠진다. 이것과 동시에 형진이 대한의 좌측면에서 돌려차기로 대한을 공격해온다. 하지만 대한은 왼손 날로 형진의 공격을 막아내고 그의 턱에 어퍼컷을 꽂아 넣자 형진이 나자빠져 있는 민수의 옆으로 중심을 잃고 고꾸라진다. 잔뜩 독이 오른 민수는 다리에 차고 있던 사시미칼을 꺼내 벌떡 일어서며 대한을 향해 겨눈다. 날이 시퍼렇게 선 민수의 사시미칼이 대한의 얼굴을 향하는가 싶은 순간 대한이 거침없이 민수를 향해 정면으로 달려든다. 대한의 기세에 눌린 민수는 어설프게 겨눈 사시미칼을 대한의 배로 깊숙이 찔러 넣으려 했지만, 대한은 민수의 칼날을 가볍게 비껴내고는 민수의 안면에 속사포 같은 주먹을 몇 차례 퍼붓는다. 민수는 칼을 든 채로 뒤로 비틀거리며 물러선다. 이를 본 대한의 눈이 칼을 들고 있는 민수의 팔로 향한다. 순간 대한의 발이 공중을 가르는가 싶더니 칼을 들고 있던 민수의 손목에 대한의 족도가 '콱' 하고 꽂힌다. 민수가 '아악!' 하고 비명을 지르며 들고 있던 사시미칼을 땅바닥에 힘없이 떨군다. 잠시라도 틈을 주면 사시미칼을 들어 어떤 반격을 할지도 모르는 위험한 순간이다. 대한은 민수의 몸통에 서너 차례의 주먹을 연속으로 내지르고는 날아올라 민수의 안면과 상체 부위를 발차기로 연달아 내려찍는다. 민수가 대한의 공세를 더는 견디지 못하고 땅바닥으로 벌렁 나가떨어진다. 대한은 사내 간의 승부에 사시미 칼을 들이민 민수의 야비함을 참을 수 없었다. 비틀거리며 일어서는 민수을 향해 대한이 돌려차기로 가격하려는 찰나 영훈이 대한의 앞을 막아선다.

대한 - 저리 비켜 봐! 영훈아! 이 새끼는 더 맞아야 돼!

영훈 - 그만하자! 대한아! 네가 좀 참아! 내가 부탁할게! 민수하고는 내가 단둘이 얘기해볼게! 응?

대한 - 하아~ 그래 알았어! 니들 둘이서 얘기해! 난 일단 자리는 피해줄게! 저기… 야! 니들도 자리 비켜줘! 영훈이가 저 새끼하고 둘이서 얘기한다고 하니까!

진산고 국진은 대한에게 어퍼컷 주먹을 맞은 뒤 아직까지도 정신을 차리지 못하고 있는 형진을 부축해 골목 끝 공터로 자리를 피한다.

대한이 오락실 뒷골목 끝에 위치한 넓은 공터로 들어서자 무리를 지어 담배를 피우고 있던 약 30여 명 정도의 진산고 학생들이 대한을 꼬나본다. 사내들끼리의 싸움에서 사시미칼까지 뽑아 든 민수의 야비함에 기분이 상한 대한이 민수와 같은 학교 친구들인 진산고 학생 무리들을 보자마자 화가 끓어오르는지 버럭 소리를 지른다.

대한 - 이런 씨발놈들! 여자 하나 때문에 좆 발랐다고 떼거리로 뭉쳐왔냐? 어디 자신 있는 놈 있으면 앞으로 나와! 손모가지를 부러뜨려 버릴 테니까!

이 씹새끼들아!

대한이 살기등등한 눈빛으로 진산고 패거리들을 쏘아보자 30여 명의 진산고 패거리들이 기가 질렸는지 눈을 내리깔고 아무 말도 하지 못한다. 대한이 성큼성큼 30여 명이나 되는 논산고 패거리 사이로 거침없이 발걸음을 내디딘다. 그때 영재와 창중, 호준이 대한을 알아보고는 반갑게 다가오며 인사를 건넨다.

창중 - 아니 이게 누구여! 진산공고 대장! 대한이 아니냐?

영재 - 네가 화내니까 우리 학교 친구들이 바짝 쫄았잖아! 헤헤헤! 살살해 대한아!

호준 - 대한이가 맞구나! 오랜만이다! 나야! 호준이!

서슬이 퍼렇던 대한이 오랜 친구들의 갑작스런 출현에 노기를 가라앉히고 반갑게 인사한다.

대한 - 이야~ 창중이! 영재! 호준이! 니들 맞구나? 니들은 공부 안 하고 여기 왜 있는 거냐? 영재는 원래 공부 안 하는 거 내가 잘 알고 있지만 호준이 너는 모범생이잖아! 이런 곳에는 왜 왔어? 호준아! 공부해! 이 친구야! 응?

호준 - 그래야 하는데… 친구들 따라서 오다 보니까 여기까지 오게 됐네! 헤헤!

영재 - 대한아! 방금 우리 논산고 민수랑 형진이를 좆나게 팼다면서? 하하하! 역시 너답다! 너다워!

창중 - 대한이가 원래 아무 때나 싸움을 하는 친구가 아닌데… 오늘은 어쩐 일로 우리 학교 짱을 둘 다 조졌는지 네가 말하지 않아도 난 짐작이 간다!

영재 - 나는 뭐가 뭔지 모르겠다! 창중아! 난 그냥 이 싸움은 처음부터 우리가 이길 수 없는 싸움이었다는 것만 알아!

영훈과 민수는 진선의 양다리 문제로 이야기를 나누고 있다.

민수 - 진선이가 나한테 말하기로는 영훈이 네가 자꾸 자기를 쫓아 다니는 거라고 그랬는데… 지금 네가 한 말이 사실이냐?

영훈 - 진선이가 너한테 정말로 그렇게 말했어? 진짜로?

민수 - 그려! 진짜여! 내가 이 상황에 무슨 거짓말을 하겠냐? 못 믿겠으면 삼자대면해도 좋아!

영훈 - 삼자대면? 그렇지! 그게 확실하겠다! 좋아! 삼자대면이라도 하자!

민수는 진선에게 삐삐호출을 하고 진선의 전화가 오기를 기다리며 영훈과 이야기를 이어가고 있다. 이야기를 이어갈수록 진선의 행동이 의심스럽다는 것을 느낀 영훈과 민수는 서로의 얼굴을 쳐다보며 허탈한 듯이 너털웃음을 웃는다. 이때 진선으로부터 전화가 걸려온다.

민수 - 아! 김진선! 너 어떻게 우릴 이렇게 감쪽같이 속일 수 있나? 나 지금 영훈이하고 같이 있는데… 영훈이 얘기를 들어보니 지금껏 네가 했던 말들이 모두 거짓말이라는 걸 알겠더라. 너 지금까지 나하고 영훈이한테 무슨 짓을 한 거야? 이 씨발년아! 입이 있으면 말해 봐! 말을 해보라고!

진선 - 정말 미안해! 민수야! 영훈이한테도 정말 미안해!

민수는 들고 있던 전화기를 영훈에게 건넨다.

영훈 - 나야! 영훈이! 정말 네가 우릴 기만한 거야? 그런 거 아니지? 진선아! 응? 말해 봐!

진선 - 미… 미안해! 영훈아! 내가 널 속이려고 그런 건 아니었는데 어떻게 하다 보니까 그렇게 됐어! 내가 잠시 미쳤었나 봐! 너하고 민수한테 내가 몹쓸 짓을 했어! 내가 미친년이야~ 진심으로 미안해! 으~아~앙~!

진선은 더이상 아무 말도 하지 못하고 울기만 한다. 영훈이 들고 있던 전화를 다시 민수에게 건네자 민수는 진선에게 한참 동안 쌍욕을 퍼붓는다.

민수 - 이 개걸레 같은 년아! 그래 할 짓이 없어서 양갈보 짓이나 하고 다녔냐? 이 씨발년아! 부끄러운 줄 알아! 쌍년아! 다시는 내 눈에 띄지 말아! 개쓰레기 같은 년아! 알았냐?

진선 - 그래 민수야! 미안해! 내가 잘못했어!

진선과의 전화 통화가 끝나고 영훈과 민수는 아무 말도 하지 못하고 담배만 피우고 서 있다. 민수가 영훈에게 먼저 사과의 표현으로 악수를 청한다.

민수 - 영훈아! 우리 꼴이 왜 이렇게 한심해 보이냐? 껄껄껄! 헛웃음만 나온다! 어쨌든 이것도 인연인데 악수나 하자! 그동안 너에게 몹쓸 짓 많이 했던 거 용서해줘라! 진심으로 사과한다! 미안하다!

영훈 - 괜찮아! 이제 진선이 실체도 알게 됐고… 나도 걔가 어떻게 그럴 수 있는지… 아직도 화가 나고 소름이 끼쳐! 하아~

민수 - 아! 씨발! 내 친구들한테 쪽팔려 미치겠다! 진짜 이 일을 어떻게 변명을 해야 하나? 돌겠네! 진짜! 일단은 친구들이 기다리는 곳으로 가자! 영훈아!

영훈과 민수는 친구들이 기다리는 골목 끝 공터로 향한다. 친구들과 마주한 민수와 영훈이 친구들에게 미안해 어쩔 줄 모르겠다는 표정으로 말을 꺼낸다.

민수 - 어디서부터 어떻게 말을 해야 할지 모르겠다! 영훈이와 나는 그동안에 있었던 오해를 풀고 친구로 잘 지내기로 했어! 앞으로 우리 친구로 다 같이 잘 지내보자!

창중 - 그랴~ 민수야! 잘했어! 대한이랑도 잘 지내 봐! 나하고는 절친이고 영재는 초등학교 중학교 동창이고… 또 진산에서는 대한이 하면 모르는 사람이 없잖어! 안 그랴?

대한 - 아무튼 영훈이하고는 서로 잘 풀었다니 다행이다! 민수야! 어째? 몸은 괜찮냐?

민수 - 너한테 실컷 두들겨 맞았는데 괜찮겠냐? 한의원에 가서 침이라도 좀 맞아야 쓰겠어! 저기… 형진이 너는 턱주가리 괜찮냐? 대한이한테 한 방 맞고서 게거품 물던데! 괜찮은 거 맞냐?

형진 - 네가 보기에 괜찮아 보이냐? 아직도 얼얼하다!

대한 - 아까는 미안했다! 형진아! 이것도 인연인데 앞으로는 친하게 잘 지내보자! 야! 니들도 서로 인사 좀 나누고 그래!

대한과 민수의 친구들도 서로 악수를 하며 통성명을 한다. 진선이의 양다리 사건은 그녀의 남성 편력으로 인해 대한의 친구인 영훈이의 학교까지 그만둘 뻔했던 한바탕 해프닝으로 끝났다. 이로써 대한은 자신이 약속한 것은 반드시 지키는 사내라는 것을 친구들에게 각인시킬 수 있었을 뿐만 아니라 진산시 전역에 대한의 이름 세자를 널리 퍼뜨리는 계기가 되었다. 박대한! 그는 친구를 위해서는 어떤 어려움을 무릅쓰고 서라도 발 벗고 나서는 신의가 있으며, 어떠한 경우에도 명분을 중요하게 생각하고 사내로서 결코 비겁하다고 생각될 만한 짓 따위는 절대 하지 않는 사내다운 사내였던 것이다. 소년 박대한은 이렇게 조금씩 청년 박대한으로 성장하고 있었다.

배꼽을 만나다

(도원결의)

1997년 여름, 대한의 전격적인 서열정리는 진산공고뿐만 아니라 진산시 전역이 안정되는 효과를 가져 온다. 그늘이 짙은 큰 나무 밑에는 잡초가 자라날 수 없는 것처럼, 대한이 진산공고를 평정한 이후부터는 이전까지 있었던 잡스러운 마찰이나 세력다툼이 현저하게 줄어든 것이다. 태산은 온갖 풀과 나무, 짐승들을 모두 가리지 않고 품어준다. 바다는 빗물도 강물도 작은 도랑의 물도 모두 받아들인다. 대한은 천성적으로 마치 태산이나 바다처럼 자신의 도움을 필요로 하는 사람이라면 누구든 받아들이고 보호하는 큰 마음을 가지고 있는 넓은 도량을 가지고 있었다. 이런 대한이 진산공고를 평정하고 지역에 선한 영향을 끼치기 시작했기 때문에 이전까지의 자질구레한 분쟁이 사라지는 것은 자연스러운 일일지 모른다. 더구나 대한은 명분과 정의를 신조로 삼고 있어 명분 없는 힘자랑이나 정의롭지 않은 다툼 따위를 스스로 만들지 않을 뿐만 아니라 휘말리거나 방치하지도 않는다. 이런 대한의 선한 영향력이 진산공고를 넘어 진산시 전체에 평화와 질서를 가져오는 가교 역할을 한 셈이다.

대한이 실질적인 진산시의 짱으로 부상한 이후 대한과 함께 하고자 하는 친구들이 부쩍 많아졌다. 그래서인지 대한이 이들과의 이런저런 친목 활동에 할애하는 시간도 부쩍 늘어난다. 대한의 주변으로 모여드는 친구들이 즐겨 하는 놀이라야 오락실이나 당구장, 노래방에서 함께 시간을 보내는 정도이다. 학교 수업을 마친 대한이 오늘도 친구들에게 붙잡혀 당구장에서 시간을 보내고 있다. 한참을 친구들과 함께 당구를 치던 대한이 태권도 체육관에 갈 시간이 다가오자 당구장 벽에 걸린 괘종시계를 올려다본다.

대한 - 어? 벌써 7시가 지났잖아? 젠장! 체육관에 또 늦겠네! 얘들아! 나 먼저 가볼게! 내일 보자!

성엽 - 너는 무슨 운동을 그 먼디 산내까지 가서 하냐? 그러지 말고 그냥 가까운 진산에서 나하고 합기도나 같이 하자! 응?

용길 - 그래. 대한아! 난 진산공고에 입학하자마자 다니기 불편해서 창룡체육관은 바로 때려치웠어. 헤헤!

오현 - 잘했다! 달봉(용길)아! 넌 태권도 관두길 정말 잘한 거여~ 달봉이 네가 아무리 열심히 태권도를 해 봐야 어차피 대한이한테는 게임도 안 되잖아? 잘 관뒀어! 헤헤헤!

용길 - 뭐라고? 좆밥(오현) 새끼야! 뒤질라고….

시경 - 야! 니네는 만나기만 하면 싸우냐? 시끄러우니까 조용히 좀 해!

오현 - 병신 오줌 지리는 소리하고 있네. 모글리(시경) 너나 조용히 햐! 이 새끼야!

대한 - 시끄럽고… 재밌게 놀다 가라! 난 먼저 간다!

친구들과 헤어져 부랴부랴 당구장을 나온 대한이 산내에 위치한 태권도 체육관으로 향한다. 대한을 태운 버스가 산내면 동창리에 소재한 최씨네 방앗간 앞에서 승객을 태우기 위해 잠시 정차한다. 맨 뒷자리 창가 쪽에 앉아있던 대한이 '삐이~' 하는 소리와 함께 버스 앞문이 열리고 사람들이 버스에 오르는 모습을 물끄러미 쳐다보고 있다. 승객들 맨 앞으로 험상궂은 얼굴의 중년 남자 한 명이 껄렁껄렁 버스에 오른다. 행동거지나 차림새를 보아하니 한눈에 보아도 불량배처럼 보인다.

버스 요금을 계산한 중년 남자가 대한이 앉아있는 버스 뒷좌석 쪽으로 어슬렁거리며 걸어온다. 그는 손가락에 커다란 순금 왕 반지를 끼고 있었고 초록색 악어 그림이 크게 새겨진 라운드 티셔츠에 하얀 빽바지, 초록색 운동화를 신고 있었다. 아무리 봐도 범상치 않은 차림이다. 대한이 자신이 앉아있는 버스 뒷좌석 쪽으로 중년 남자가 어슬렁거리며 걸어오는 모습을 지켜보다 '피식' 하고 웃는다. 험상궂은 인상의 중년 남자가 초록색 운동화를 신고 있는 것도 그렇고 하얀색 백바지를 배꼽까지 올려 입은 모양새가 꽤나 우스꽝스럽다. 보는 사람이 민망할 정도로 바지를 배꼽 위까지 올려 입은 패션 스타일이라니 '저게 도대체 무슨 패션인가?' 하는 생각을 하고 보니 그의 차림새가 너무나 우스꽝스럽다는 듯이 '피식' 웃는다. 버스 뒷좌석 쪽으로 걸어오던 그가 고개를 갸우뚱거리며 대한을 쳐다본다. 대한이 '혹시 내가 웃은 것 때문에 기분이 나쁘기라도 했나?' 하는 마음으로 그 남자를 빤히 내려다보는데 중년 남자가 대뜸 말을 건넨다.

중년 남자(우석) - 저기… 혹시 박대한 아니냐?

처음 보는 불량배 같은 중년 남자가 자신의 이름을 부르자 어리둥절한 대한이 급히 머리를 굴려본다. '어라? 이 아저씨가 뭔데 내 이름을 알고 있지? 그런데 외모와는 달리 목소리나 하는 행동은 그리 나이가 많아 보이지는 않아!' 대한이 아무리 생각을 하려고 해도 이 남자가 누구인지 전혀 알 수가 없다. 하지만 이런 와중에도 중년 남자의 독특한 패션을 보고 있으려니 자꾸만 웃음이 터져 나오려고 한다. 대한이 터져 나오려는 웃음을 가까스로 참으며 대답한다.

대한 - 예! 제가 대한이 맞는데요! 혹시 저를 아세요?

우석 - '요'는 무슨~ 나도 너랑 동갑이여. 반갑다! 박대한! 네 얘기는 많이 들었어! 여기서 이렇게 만나는구먼!

대한 - 뭐? 나하고 동갑이라고…요? 크크크! 진짜…요?

대한은 자신보다도 열 살은 족히 많아 보이는 중년 남자가 자신

의 나이와 동갑이라고 하는 것이 놀랍기도 했고 중년 남자의 행동
이나 모양새가 우스꽝스럽기도 하여 자신도 모르게 한꺼번에 웃음
이 빵 터진다. 대한이 아무 말도 못 하고 한참을 자지러지게 웃기
만 한다. 처음에는 중년 남자도 '왜 웃지?' 하는 어리둥절한 표정을
하고 있더니 대한이 웃어 죽겠다는 듯이 자지러지게 계속 웃기만
하자 무슨 영문인지도 모르고 대한을 따라 웃는다. 한참을 웃기만
하던 대한이 간신히 웃음을 참으며 중년 남자처럼 보이는 사내에
게 미안하다는 듯 말을 건넨다.

대한 - 미안! 미안! 내가 원래 웃음이 많아서 말이야! 너가 이해해라!

우석 - 그… 그라~ 괜찮어! 나는 문우석 이라고 햐! 앞으로 잘 지내보자!

대한 - 문우석? 그래. 반갑워~ 우석아! 푸하하! 근데 넌 여기 사는 애 같지
는 않은데 산내에는 무슨 일로 온 거냐?

우석 - 대한이 네 동창 희주랑 나랑 사귀는 사이여. 그래서 가끔 희주네
집에 놀러 오거든. 그렇지 않아도 희주한티 대한이 네 얘기는 많이 들
었어!

대한 - 뭐? 희주랑 사귄다고? 진짜냐? 걔는 나랑 초등학교 중학교 동창
인데… 그 선머슴 같은 희주하고 너랑 사귄다는 거야? 거 참 신기하네!
하하하!

우석 - 맞어! 걔 승질 정말 좆 같애! 그놈의 승질 땜에 나 스트레스 무지하
게 받는다! 근디… 대한이 너네 집이 이쪽이여?

대한 - 아니! 우리 집은 조금 전에 지나쳤고… 체육관에 운동하러 가는 길
이야.

우석 - 아! 맞다! 대한이 네가 태권도 한다는 얘기는 들었어! 그나저나 네 연락처 좀 줄래? 진산에서 같이 술이나 한잔하게. 나중에 시간 날 때 한번 보자! 응?

대한 - 그래! 그러자! 내 번호는 011-XXX-XXXX야. 우석이 네 번호도 여기 내 휴대폰에 찍어줘!

대한이 처음 본 우석에게 선뜻 휴대폰을 건네며 자신의 전화번호를 찍어준다. 훗날 대한과는 막역한 사이가 될 우석(배꼽)과의 첫 만남이 이렇게 버스 안에서의 극적으로 이루어진다. 대한과 우석이 서로의 전화번호를 교환하고 통성명을 하는 사이에 어느덧 버스가 체육관 부근에 다다른다. 대한이 급히 정차 벨을 누른다. 버스가 정차하자 대한이 가방을 들고 튈 듯이 일어나며 우석을 돌아보고 손을 흔든다.

대한 - 우석아! 반가웠다! 나 먼저 간다! 나중에 연락해라!

우석 - 그래~ 대한아! 내가 먼저 폰 때릴 팅게… 잘 가!

버스에서 내린 대한이 태권도 체육관을 향해 발걸음을 재촉한다. 대한은 조금 전 보았던 우석의 우스꽝스러운 행색이 자꾸만 떠올라 태권도 체육관을 향하는 도중에도 웃음을 참지 못하고 연신 낄낄거린다. 입에 웃음을 가득 머금은 대한이 태권도 체육관 문을 열고 들어서자 도장 안에는 몇 명의 관원들이 운동에 열중하고 있다. 대한이 그들을 지나쳐 대한의 스승인 홍 관장의 사무실로 가서 문을 두드린다. 문을 열고 들어서자 소파에 앉아있던 홍 관장이 고개를 돌려 대한을 바라본다. 대한이 홍 관장을 향해 깊이 머리를 숙이며 사부에 대한 최고의 예의를 표한다.

대한 - 저 왔습니다. 관장님! 안녕하셨어요?

홍 관장 - 그래! 대한이! 잘 왔다! 근데… 어제는 무슨 일이 있었냐? 체육관에 오지 않았던데… 너 요즘 들어 운동을 소홀히 하는 것 같더라?

대한 - 아… 예! 친구들하고 어울리다 보니 그렇게 되었습니다! 죄송합니다!

홍 관장 - 내가 요즘 대한이 너에 관한 소문을 더러 듣고 있는데 말이야. 네가 불량스러운 애들하고 어울려 다닌다는 말이 사실이냐?

대답을 못 하고 홍 관장 앞에 한참 동안 가만히 서 있던 대한이 조심스럽게 말문을 연다.

대한 - 예! 친구들하고 어울려 다니기는 합니다! 하지만 그 친구들 중에서 나쁜 애들은 한 명도 없습니다! 다만, 제가 저희 반 반장이다 보니까 그 친구들이 저를 필요로 할 때도 많이 생기고 그래서 서로서로 돕고 의리를 지켜가면서 지내고 있는 것뿐입니다!

홍 관장 - 글쎄… 내가 들은 얘기로만 보면 난 네가 친구들하고 어울리고 있다는 게 전혀 걱정되지 않는 건 아니야! 하지만 나는 대한이가 알아서 잘 처신할 것이라고 믿는다! 내가 늘 말했듯이… 세상은 정의롭게 살아야 한다! 알겠니? 그럼 나가서 운동해라!

홍 관장은 대한에 대한 좋지 못한 소문을 여러 차례 들었음에도 불구하고 지금까지 자신이 봐왔던 대한의 사람 됨됨이를 믿고 더이상 캐묻지 않는다. 대한이 홍 관장 밑에서 처음 운동을 배우기 시작한 첫날부터 홍 관장은 대한에게 늘 '정의'를 강조하여 지도해왔다. 그래서 대한도 사내답고 정의로운 홍 관장을 진심으로 존경하고 따랐다. 홍 관장의 이런 일관된 가르침 덕분이어서인지 대한에게는 '정의'라는 홍 관장의 가르침이 깊이 각인되어 있었다.

홍 관장 사무실에서 나온 대한이 탈의실로 들어가 도복을 갈아입는다. 대한의 도복 허리춤에는 홍 관장이 대한에게 선물해준 빛바랜 검은색 띠가 둘려져 있다. 체육관 안으로 들어서자 대한의 친구 송지석이 공중 3단 발차기 기술을 연습하고 있다.

대한 - 와우~ 지석이… 멋진데! 너 실력 많이 늘었구나!

지석 - 에이~ 진짜? 뭘 이 정도 가지고 그래. 헤헤헤!

대한이 스트레칭으로 몸을 풀기 시작한다. 옆에서는 1년 선배인 박덕수가 품새 연습을 하고 있다. 워밍업하며 덕수의 품새 연습을 곁눈질하던 대한이 은근히 선배에 대한 경쟁심을 느낀다.

대한 - 형님! 우리 오랜만에 겨루기 한번 붙어야죠! 네?

덕수 - 아냐! 됐어! 대한이 너랑은 무섭다! 미안하지만 난 사양할게! 넌 홍 관장님하고 해!

대한 보다 몇 년이나 일찍 태권도를 시작한 덕수는 태권도 3단의 유단자다. 뒤늦게 태권도를 시작한 대한은 이제 2단의 실력이었지만 대한의 탁월한 기초 체력과 타고난 운동신경이 워낙 출중해서 동년배 친구들은 누구도 대한의 겨루기 상대가 되지 못했다. 도장 내에서는 대한과 대련할 수 있는 상대라고는 아무도 없었다. 대한과 대적할 수 있는 유일한 상대라면 홍 관장뿐이었다.

열일곱 살 고등학교 1학년의 대한은 178cm의 훤칠한 키와 몸무게 82kg의 다부진 체격을 가지고 있었다. 허리둘레 32인치, 딱 벌어진 어깨의 탄탄한 근육질 몸매의 대한은 격투기 운동을 하는 사람으로서는 이상적인 체격을 가지고 있었다. 누가 보아도 대한은 전문적인 운동선수처럼 보인다. 대한은 늘 단정한 스포츠형의 짧은 머리 스타일만을 고집하였고, 건장한 체격과는 달리 뽀오얀 피부에 짙은 눈썹, 깊게 패인 쌍꺼풀을 하고 있어서 누구라도 호감을 느끼게 되는 호감형의 청년처럼 보였다.

대한이 체육관에 들러 운동을 시작한 지 얼마나 지났을까? 온몸이 땀으로 범벅이 될 정도로 운동에 몰입하던 대한이 운동을 마치고 집으로 귀가한다. 대한이 운동으로 지친 몸을 책상에 기대어 쉬며, '마이마이'에서 흘러나오는 노래 '임창정'의 '그때 또다시'를 따라 흥얼거리고 있다. 그때였다 때마침 대한의 휴대폰이 울린다.

우석 - 대한아! 나여! 우석이여!

대한 - 누구? 아~ 우석이… 근데? 어쩐 일이냐?

우석 - 너 지금 뭐햐? 난 지금 시내 호프집에 있는디. 언능 나와! 같이 소주나 한잔 마시게. 응?

대한 - 뭐? 소주? 그거야 좋지! 하하하!

우석은 체육관으로 향하는 산내행 버스 안에서 불과 몇 시간 전에 만난, 어찌 보면 대한과는 낯설게 느껴져야 할 사이다. 하지만 전화에서 들려오는 우석의 목소리는 마치 오래전부터 알고 지내온 막역한 친구의 목소리처럼 편안하게 느껴진다. 전화기 너머에서는 시끄러운 음악 소리에 섞여 우석의 촌스러운 사투리가 대한의 귓전을 파고든다.

우석 - 그러믄~ 언능 나와. 잉?

대한 - 야! 우리 오늘 처음 봤는데… 너 진도가 상당히 빠르구나! 일단은 알았으니까 기다리고 있어. 금방 갈게!

우석 - 그라~ 난 친구끼리 복잡한 절차 그딴 건 필요 없으니께… 언능 와! 나도 지금 막 도착했어.

우석과 통화를 마친 대한이 시간을 확인해본다. 벌써 저녁 9시가 지나가고 있었다. '너무 늦은 시간 아닌가?'하는 생각에 잠시 망설이던 대한이 옷을 갈아입고 밖으로 나가 오토바이에 시동을 건다. 대한의 인기척에 대한의 어머니가 걱정스러운 얼굴로 밖으로 나온다.

대한의 어머니 - 시간이 늦었는데 다 늦게 어딜 가려고 그러냐? 아버지가 아시면 큰일 나니까, 나가더라도 일찍 들어와 알았지?

대한 - 예! 알았어요 어머니! 금방 다녀올게요!

대한은 지금 나가면 뻔히 늦을 것을 알면서도 어머니에게는 걱정을 끼치고 싶지 않은 마음에 거짓말로 어머니를 안심시키고 오토바이를 몰아 시내를 향해 달린다. 진산 시내 호프집에 도착한 대한이 적당한 곳에 오토바이를 세우고 지하 술집으로 들어간다.

호프집 안으로 들어서자 우석, 용식, 영직, 성직이 호프집 홀 정 중앙에 자리를 잡고 앉아 대한을 기다리고 있다. 호프집 문을 열 고 들어서는 대한과 눈이 마주치자 우석이 큰 소리로 대한을 부 른다.

우석 - 대한아! 여기다! 여기! 이짝으로 와서 앉어!

대한 - 어? 너 혼자만 있었던 거 아녔어?

우석 - 잉~ 내가 대한이 너하고 술 마신다끼 얘들이 같이 자리하자고 해서 데리고 왔어. 야! 니들도 인사햐! 내가 말했던 진산공고 일빠따 대한 이여!

용식 - 그려! 난 용식이라고 햐~ 대한이 네 얘기는 많이 들었어!

대한 - 아~ 그래? 반갑다! 박대한이야!

영직 - 나는 가덕상고 정영직이라고 해! 내 옆에는 나랑 쌍둥이 동생 성직 이야.

대한 - 아! 그랬구나! 어쩐지… 난 니들 둘의 얼굴이 똑같아서 조금 놀랬어! 영직이 성직이 반갑다! 앞으로 잘 지내보자!

성직 - 그려 난 쌍둥이 동생 성직이야! 장성직! 듣던 대로 한 인물 하는구 먼? 헤헤

대한 - 오 그래? 고마워 성직아! 일단 앉아서 얘기하자!

우석 일행과 통성명을 마친 대한이 빈자리를 찾아 앉는다. 우 석이 소주병을 들어 함께 자리한 친구들의 잔에 돌아가며 술을

따른다.

우석 - 우선 한 잔씩 마시자! 목부터 좀 축이고 얘기를 해야지! 안 그랴?

대한 - 그래! 일단 한잔 마시자! 반갑다! 친구들아!

잔을 들어 단숨에 소주 첫 잔을 들이키고는 쌍둥이 동생 성직이 먼저 말을 꺼낸다.

성직 - 대한이 네 얘기는 소문으로만 들었는데 이렇게 얼굴도 알고 했으니까 앞으로는 자주 좀 보고 그러자!

대한 - 나야 언제든 불러주면 좋지 성직아! 근데 영직이랑 성직이가 너무 똑같이 생겨서 알아보기 힘들겠어! 그렇지 않나?

영직 - 자주 보면 알 수 있어! 그니까 자주 보자! 알겠지?

우석 - 나는 쌍둥이 얘들을 키나 목소리, 점 같은 거로 구분하것던디? 똑같은 거 같아도 미세하게 조금씩 다른 점이 있거든! 난 그걸로 알아봐!

용식 - 맞어! 키는 영직이가 조금 작고 성직이가 조금 크지! 목소리도 조금씩은 다르잖어!

성직 - 오~ 구디기(용식)랑 우석이 이 새끼들 봐라? 예리한데? 영직이 하고 키 차이가 한 2~3cm 정도 나지!

대한 - 아~ 그렇구나! 근데… 니들 둘이 쌍둥이라서 재밌는 일이 많았을 거 같은데… 그런 에피소드는 없었냐?

영직 - 야! 좆나 많았지! 하하하! 성직이랑 나하고 같은 학교에 다니잖아. 우리가 얼굴이 똑같으니까 선생들이 구분을 잘 못 하거든. 한번은 성직이 저 새끼가 학교에서 담배를 피다가 학생주임한테 걸렸었나 봐! 근데 이 새끼가 도망을 친 거야. 그때 난 뭣도 모르고 화장실에 담배 피우러 갔다가 그 학생주임한테 재수 없게 딱 걸린 거여. 바로 학생과에 끌려가 빠따 좆나게 맞고… 아까는 왜 도망쳤냐면서 날 막 조지는데 내가 할 말이 있어야지. 씨발! 그때 성직이 이 새끼가 떠올라서 할 수 없이 무조건 '잘못했습니다!' 그러고 몇 대 더 맞았지. 그 뒤에 반성문도 쓰고… 아~ 존나 열 받더라! 그 때 성직이 이 새끼가 귀띔이라도 해줬으면 거짓말했다고 더 맞지는 않았을 거 아니냐! 참나! 그때 생각만 하면 뚜껑 열린다. 진짜!

성직 - 병신새끼! 그니까 평상시 조심해야지 새끼야! 나도 너 때문에 괜히 선생들한테 맞은 적이 얼마나 많은디 임마! 하하하!

용식 - 하여튼 저 새끼들은 만나기만 하면 저 지랄이여! 아주 시끄러워 죽 겠어! 잡소리 말고 술이나 처드셔라! 응?

대한 - 하하하! 재밌네! 야! 그러면 쌍둥이라서 재밌었던 일들도 있을 거 아 니냐~ 그런 건 없었냐?

영직 - 그것도 존나 많지! 헤헤! 얼마 전에 성직이하고 같이 냄비를 두 명 꼬 셨을꺼 아니냐! 그래서 걔들을 데리고 자취방으로 갔어… 얘랑 나랑 한방 에서 냄비 하나씩 끼고 서로 끌어안고 빠구리 좆나게 했지. 다 끝나고 한참 을 자고 있었어! 근데 성직이 저 새끼가 날 툭툭 치면서 깨우는 거여. 그러 더니 내 귀에 대고서 파트너를 바꿔서 하자는 거여. '나야 땡큐지!' 하고 걔 들 몰래 서로 자리를 바꿔서 또 빠구리 좆나게 했지. 그랬는데도 걔들이 못 알아보더라고. 그래서 하룻밤에 두 여자랑 놀았던 적이 있었어. 하하하!

용식 - 개새끼들이네 이거! 니들은 개 쓰레기여! 이 씨발놈들아! 냄비 있었 으면 나를 불렀어야지. 니들끼리 재미 보니까 좋냐?

성직 - 지랄하고 있네! 병신새끼가! 그때 네가 못 온다고 해놓고서 왜 이제야 뒷북은 치고 지랄이냐! 너 임마! 그때 띠리리 추억 호프집 알바 따먹는 다고 못 온다고 했잖어? 그래놓고 이제 와서 왜 또 지랄이냐?

용식 - 아~ 그게 그날이었냐? 맞네! 미안~ 내가 착각했었네! 헤헤!

오늘 처음 만난 사이지만 대한과 친구들의 대화는 끝도 없이 이어진다. 술이 한잔 들어간 상태에서 나누는 대화라 어린 치기로 거친 말들이 오가기도 하지만 대한은 우석과 자리를 함께한 그들 모두가 유쾌한 친구들이라는 것을 느낄 수 있었다. 대한이 소주 한잔을 벌컥 들이키고는 잔을 들어 용식에게 건넨다.

대한 - 용식아! 한잔 받아라! 근데… 넌 왜 아직도 중학생이냐?

용식 - 하~아! 말하자면 사연이 길다! 대한이 니네 진산중학교 출신 1년 선배 김현석이라고 알지?

대한 - 그럼~ 잘 알지! 근데… 그 선배는 왜?

용식 - 작년 이때쯤인가? 김현석 그 새끼가… 내가 학교에 등교하고 있는데 삐삐가 와서 전화를 했지. 그랬더니 나보고 학교는 무슨 학교냐면서 지가 사는 자취방으로 오라더라고. 그래서 갔어. 그랬더니 집 청소랑 빨래를 좆나 시키고 술을 좆나 처먹이더라고. 그러고 그 새끼가 나를 끌고 시내를 돌아다니기 시작하는 거야. 그러다가 예쁘장한 여학생들만 보면 나한테 가서 연락처를 받아 오라는 거여! 내가 얼마나 쪽팔리던지… 연락처를 못 받아 오기라도 하면 좆나게 성질부리고 개지랄을 하더라고. 아마 그때쯤이었을 거여! 남자친구하고 손을 흔들면서 헤어지는 여자를 보더니 '좆나 예쁘다.' 그러면서 갑자기 나한테 연락처를 받아오라는 거여~ 사실 그건 쯤 매너가 아니잖냐… 근디 어떡하냐? 선배가 하라는디 해야지… 그래서 빠꾸없이 곧바로 그 여자한테 가서 말을 걸었더니 그 여자애가 남자친구를 부르더라고. 그래서 그 남자친구하고 싸움이 났어. 그런데 내가 주먹을 잘못 날리는 바람에 상대방 이빨이 부러진 거여. 그때 경찰서에 끌려가서 조사받고 서로 합의가 안 되다 보니까 유치장에 들어갔지. 유치장에 있는데 김현석 그 십새끼가 접견을 왔더라고. 자기가 합의를 신경 써 보겠다고 하면서… 근데 결국은 그것도 쌩 까더라고. 내가 유치장에 있는 상황을 아시고서 아버지가 접견을 오셨거든. 그러더니 나한테 욕만 태백이로 하는 거야! 씨발~ 내가 얼마나 열 받던지.

우석 - 하긴 용식이 아버지가 완전 막가파 스타일이시긴 하지! 나한테는 남자새끼가 싸우고 나서 무슨 쪽팔리게 합의냐고 좆 까는 소리 말라고 욕하시더라고.

대한 - 푸하하! 진짜? 용식이 아버지 완전 상남자시네!

용식 - 우리 아버지는 대화가 안 통해! 하아~ 그래서 결국에는 구속수감이 되는 바람에 결국 학교는 자퇴할 수밖에 없었고… 상황이 이렇게 꼬인 거지! 근디 좆나 열 받는 게 뭔 줄 아냐? 내가 1심 재판을 받고 운 좋게 나왔는디… 구치소 앞에 김현석 그 새끼가 두부 하나 딸랑 들고 와서 나보고 고생했다면서 말도 안 되는 변명을 늘어놓는 거여~ 그때는 진짜로 그 새끼 주둥아리를 싹 털어버리고 싶더라! 그때 나 진짜로 꾹 참고 있었다. 선배만 아니었으면 대가리 부셨을 거여! 그때를 생각하면 아직도 뚜껑이 열린다. 그 십새끼 얼굴 한번 봐야 하는디.

대한 - 그래서 용식이가 아직도 중학생이었구나! 원래 현석이 형이 착했었는데 중학교 다닐 때 오토바이 사고로 머리 뚜껑을 열고 난 뒤로 상태가 많이 안 좋아졌다고 하더라고….

용식 - 그 개새끼는 두 번 다시 보고 싶지 않은 놈이여~

대한 - 하긴 그렇겠다! 야! 우석이 넌 왜 바지를 배꼽까지 올려서 입는 거냐? 그렇게 입으니까 존나 아저씨 같잖아!

우석 - 야! 이게 멋쟁이 패션이여~ 니들은 영화도 안 보냐?

성직 - 패션 같은 소리하고 있네. 얌마! 좆 대가리가 톡 튀어나와서 약간 나사 풀린 놈 같은디 뭔 개소리여! 시발놈이 취했나~

용식 - 그려. 우석아! 바지를 조금만 내려 입어 봐! 내가 보기 불편하다 진짜~

우석 - 이 씨팔놈들이! 갑자기 왜 내 옷 입는 스타일을 가지고 태클이여? 짜증 나게! 암 소리 말고 술이나 처먹어!

대한 - 나는 아까 버스에서 웬 30대 아저씨가 내 이름을 부르는데, 얼마나 웃기던지… 인상은 보다시피 좆나 험악하게 생겼지. 거기다 바지는 배꼽 위까지 올려 입었지. 지금도 그 장면만 상상하면 웃음이 나온다. 하하하!

우석 - 이~잉! 대한이 너까지 날 갈구는 겨? 그럼 나 삐진다! 이잉?

대한 - 그래. 우석아! 이제 그만할게! 삐지지는 마라! 야! 근데… 우석이한 테 어울리는 별명이 생각났어! 배꼽! 배꼽 어떠냐?

우석에게 배꼽이라는 앙증맞은 별명을 붙여 준 대한은 자신이 별명을 붙여 주었다는 것 때문인지 우석에게 남다른 호감을 갖기 시작한다. 이때 영직이 우석의 눈썹을 유심히 바라보더니 갑자기 손가락에 침을 발라 우석의 눈썹 부위를 문지른다.

영직 - 우석이 네 눈썹은 왜 이리 찐하냐?

우석(배꼽) - 에이씨~ 이 미친 새끼가 왜 남의 눈썹은 만지고 그라?

영직 - 이 새끼! 이거… 눈썹을 그린 거네! 그렸어! 참내! 네가 하다 하다 별 짓을 다 하고 다니는구나? 미친 새끼!

대한과 친구들은 영직이 문질러서 지워진 우석의 눈썹을 보며 한바탕 낄낄거리며 웃는다.

우석(배꼽) - 아~ 이 씨팔 새끼가! 이 눈썹을 내가 얼마나 어렵게 그렸는 디… 왜 건드려서 지랄이여. 환장하겠네! 내 눈썹은 앞으로 내 프라이버시 니께 건들지 말어! 알았냐?

용식 - 야! 배꼽! 너 진짜 가지가지 한다. 네가 나하고 한동네 출신이라는 게 부끄럽다. 씨발 새끼야! 에라이~ 나가 뒈져라! 미친놈아!

성직 - 우석이 너 니네 어머니 펜슬로 그린 거냐? 그런데 한쪽 눈썹이 지워 져서 어쩌냐? 여기 사모님한테 펜슬 좀 빌려달라고 부탁해볼까?

한쪽 눈썹이 지워진 우석이 손가방에서 거울과 펜슬을 꺼내 다 시 눈썹을 고쳐 그린다. 이 모습을 바라보는 친구들이 어처구니가 없어 멍~ 하고 입을 다물지 못한다.

용식 - 우석이 넌 진짜 강적이다. 강적이야!

대한 - 푸하하! 우석이가 생긴 거와는 다르게 여성스러운 면도 있구나! 와~ 배꼽 바지에 저 짙은 눈썹이라… 배꼽(우석)아! 난 네가 너무 궁금해진다!

우석(배꼽) - 대한이 넌 또 뭔 배꼽이라고 부르는 겨? 너 자꾸 이상한 별명을 나한테 엮지 말어! 진짜 삐진다! 이잉?

대한 - 왜? 배꼽이 어때서? 배꼽! 별명 귀엽잖아~

용식 - 대한이가 별명 잘 만들었구먼! 헤헤! 배꼽아! 배꼽!

우석(배꼽) - 지랄~ 구디기(용식)보다는 배꼽이 훨씬 나아. 새끼야!

한참을 웃고 떠들다 보니 어느새 자정이 가까워지고 있었다.

영직 - 와~ 벌써 12시가 다 됐네! 낼 학교 안 짤리려면 언능 집에 들어가자!

대한 - 그래! 오늘은 이쯤에서 마무리하고 다음에 또 만나서 한잔하자!

대한은 친구들에게 작별 인사를 하고 밖에 세워두었던 오토바이에 시동을 건다. 이때 친구들과 헤어지는 것이 못내 아쉽기라도 하다는 듯 우석이 대한을 애처롭게 쳐다본다.

우석(배꼽) - 대한아! 우리 집에 가서 딱 한 잔만 더 하믄 안되냐? 잉?

용식 - 이 새끼! 또 시작이네… 대한아! 난 먼저 갈게!

영직 - 그만 처먹고 집에 들어가서 자빠져 자라. 배꼽아!

성직 - 대한아! 조심히 들어가고 다음에 또 보자!

대한 - 그래. 잘 가라!

대한과 우석을 뒤에 남겨두고 나머지 친구들이 먼저 집으로 간다.

우석이 대한의 오토바이 뒷좌석에 타더니 술 한 잔만 더 하자면서 대한을 억지로 자신의 집으로 이끈다. 대한도 어쩔 수 없이 거절하지 못하고 우석의 집으로 가기로 한다.

대한 - 그래! 까짓것… 한 잔 더 마시자!

우석(배꼽) - 그랴~ 역시 대한이 넌 내 맘을 알아줄 거 같았어!

대한이 오토바이를 몰고 우석이 가리키는 방향을 따라 달린다. 우체국 사거리를 지나 시 외곽으로 들어선 뒤에도 오토바이는 좁은 골목길을 따라 한참이나 내달린다. 멀리 녹색 대문이 보이자 우석이 오토바이를 녹색 대문 앞에 세우라고 말한다. 처음 만난 날로 친구가 된 우석을 따라 그의 집까지 방문하게 된 대한이 묘한 기분을 느낀다. 우석이 집 현관문을 열고 들어서자 우측에는 거실 겸 주방이 있었고 바로 옆으로 연결된 문을 열어 보니 안방이 나온다. 안방 끝에는 다락방이 있었다. 우석은 이 다락방이 자신의 방이라고 했다. 대한은 좁아터진 집을 보며 그에 대해 갑자기 측은한 마음이 생기는 것을 느낀다. 대한이 말없이 우석을 바라본다. 이때 우석이 대한에게 어떤 술안주를 좋아하는지 묻는다.

우석(배꼽) - 대한아! 너 김치찌개 좋아하냐?

대한 - 야! 그냥 아무거나 대충 차려! 난 아무거나 잘 먹어!

우석의 집 형편이 어렵다고 생각한 대한이 그의 마음을 편하게 해줄 생각으로 대충 아무거나 차리라고 말한다. 우석이 냉장고에서 김치 한 포기와 두부 한모를 꺼내 썰어서 냄비에 넣고 끓이기 시작한다. 청양고추도 잘게 다져 넣는다. 대한이 가만 보니 우석이 음식을 한두 번 해본 솜씨가 아니다.

대한 - 와아~ 너 음식도 할 줄 알아? 난 남자가 음식 만드는 건 처음 본다! 신기해!

우석(배꼽) - 그려? 난 우리 어머니랑 단둘이 살아서 그런지… 어머니가 음식 하는 거 보고 따라 하다 보니께 지금은 실력이 늘어서 웬만한 거는 내가 직접 만들 수 있어!

대한 - 너! 참 묘해! 알면 알수록… 하하하! 우리 집은 남자가 부엌에 들어가는 거 아니라고 해서 내가 할 수 있는 거라고는 고작 라면 하나 끓일 정도의 수준인데….

대한은 지금까지 우석이 어떻게 살아왔으며 어떤 생각을 하고 있는지 갑자기 궁금해지기 시작한다. 우석에 대해 막연한 호기심이 생기는 것을 느낀다.

대한 - 근데? 넌 내일 학교에 안 가려고 나한테 술 먹자고 한 거냐?

우석(배꼽) - 학교? 으응~ 얼마 전에 자퇴했어!

대한 - 자퇴? 왜 자퇴를 했어?

우석(배꼽) - 희주 때문에! 나도 진산공고 토목과에 다녔는디… 어느 날인가 희주가 나 때문에 학교에서 짤렸다는 거여. 그러더니 나한테도 자퇴하라면서 개 난리를 피워가지고… 아~ 대한이 너도 알잖아? 희주가 승질 좆같은 거. 그래서 같이 자퇴하게 된 거여.

대한 - 우석이 너는 참 생긴 거와는 다르게 순진한 구석이 있네! 희주가 그만두란다고 학교를 때려 치냐? 참 니들 신기하다! 진짜!

우석(배꼽) - 아! 그럼 어뜩햐? 우리 집에 와서 물건 다 때려 부수고 아주 난리도 아니었어. 희주 성질 너도 잘 알잖아… 너랑 동창인게~ 지금은 많이 온순해진겨… 에휴~

가스레인지 위에서 김치찌개가 펄펄 끓기 시작한다. 우석이 상을 펴 김치찌개와 간단한 안주를 올려놓고 술잔에 소주를 따른다.

대한 - 와~ 감동적이다! 비주얼 끝내주는데! 음식 솜씨가 보통이 아니구만! 맛있다! 진짜! 오늘 만남은 아마 평생 잊지 못할 것 같아. 앞으로 우리의 미래가 은근히 기대되는데?

우석(배꼽) - 그랴~ 나도 대한이 널 만나게 돼서 기대된다! 사실 난 우리 어머니랑 단둘이 살다 보니까 많이 외롭거든. 그래서 그런지 여자친구 희주한테 많이 의지하고 살았어!

대한 - 아~ 그랬구나! 희주는 내 동창이라서 그런지 난 여자라는 생각이 안 들던 친군데… 어떻게 우석이 너하고 사귀고 있는지 생각해도 정말 신기하다. 하하하!

우석(배꼽) - 그러게 말이여~ 하하하! 야~ 말도 말어라! 아까 내가 대충 얘기했지만… 희주가 나 때문에 학교에서 짤리고서 내가 학교 간다고 하니까 '네 새끼가 나를 이렇게 만들어 놓고 네가 왜 학교에 다니냐?'면서 개 난리를 피우는 거여. 난 그때 희주한테 너무 시달려서 그때를 생각하면 지금도 끔찍햐! 아이구~

술이 한 잔 한 잔 더 들어갈수록 대한과 우석은 서로의 마음속 이야기를 끄집어내며 두 사람 사이에 사뭇 진지한 대화가 이어진다. 대한은 겉모습과는 전혀 다른 내면을 가진 우석을 보며 생각한다. '문우석! 이게 이놈의 본 모습인가? 이 자식 대체 뭐지? 순정파? 아니면 마마보이? 말끝마다 우리 엄마! 우리 엄마! 를 입에 달고… 어머니라는 말은 초딩 때나 쓰는 용어 아닌가? 참으로 알면 알수록 신기한 친구야! 신기해!' 잠시 잠깐 혼자만의 생각에 잠겼던 대한이 호기심 가득한 눈으로 우석을 바라보며 말을 건넨다.

대한 - 야 배꼽! 넌 생긴 건 동네 불량배처럼 생겼는데 어째서 하는 행동은 완전 어린애처럼 그러냐? 넌 진짜 연구대상이다! 하하하!

우석(배꼽) - 원래이려~ 근디 난 친구로서 대한이 네가 너무 맘에 든다. 진짜여! 널 만나기 전부터 희주한테 네 얘기를 많이 들었거든. 희주가 그러더라구. 진산중학교에서는 네가 인기가 제일 많았다던디?

대한 - 에이~ 중학교 졸업한 지가 벌써 언젠데… 다 지난 일을 가지고 이제서 뭘 그래~ 희주 걔는 너한테 별 얘기를 다했구만!

우석(배꼽) - 인기가 그냥 얻어지는 건 아니잖어? 난 네가 부럽던디. 그래도 대한이 너랑 이렇게 단둘이 술 한잔하니까 진정한 친구가 생긴 거 같아서 정말 좋다! 고맙다! 대한아!

갑자기 현관문 밖에서 발소리가 들린다. 잠시 뒤 '철컥' 하고 우석의 집 현관문이 열린다. 깡마른 체형에 작은 키, 짙은 눈썹, 단발머리 헤어스타일의 중년여성이 문을 열고 들어선다. 대한은 직감적으로 '우석의 어머니구나!' 하고 생각한다. 아니나 다를까? 중년여성이 못마땅하다는 듯이 혀를 차며 우석에게 거침없이 욕설을 퍼붓기 시작한다.

우석의 어머니 - 야! 이 쌍놈에 새끼야! 또 술 처먹냐? 대가리에 피도 안 마른 것이 맨날 술타령이냐! 옆에 있는 놈은 누구여?

우석(배꼽) - 엄마는 왜 또 집에 들어오자마자 욕을 하는 겨? 내가 쌍놈에 새끼면 엄마는 뭐여? 그리고 대가리에 피 마르면 죽는디?

우석의 어머니 - 시끄러워! 이 새끼야!

이런 일이 한두 번 있는 일은 아닌 듯했다. 대한이 우석의 어머니가 속사포처럼 우석에게 핀잔을 쏟아내는 걸 들으며 움찔한다. 대한은 이 늦은 시간에 친구와 함께 술잔을 기울이고 있는 어린 아들의 모습을 곱게 보아 줄 어머니는 없을 거라는 것을 알면서도 우석 어머니의 막말이 약간 거북스럽게 느껴진다. 대한이 술잔을 놓고 자리에서 일어나 우석의 어머니를 향해 인사한다. 두 손을 가지런히 모으고 공손하게 인사하는 대한의 모습을 보며 우석 어머니의 마음이 조금 풀리기라도 한 듯 입가에 미소를 지으며 대한을 바라본다.

우석의 어머니 - 너는 누구냐?

대한 - 우석이 어머니! 안녕하세요? 저는 우석이 친구 박대한입니다! 밤늦은 시간에 허락도 없이 죄송합니다!

옆에 있는 우석은 친구 대한이 있는 앞에서도 막말을 해대는 어머니에게 짜증이 난 모양새다.

우석(배꼽) - 아니… 엄마는 친구도 있는디 왜 소리를 지르고 그랴? 또 취한 겨?

우석의 어머니 - 그랴! 이 새끼야! 네 애미 술 취한 거 처음 보냐?

우석(배꼽) - 알았응게… 엄마는 언능 방에 들어가 자!

우석의 어머니 - 알긴 뭘 알아? 이놈아!

우석의 어머니가 우석을 쏘아보며 안방으로 들어간다. 잠시 후 옷을 갈아입은 우석 어머니가 대한과 우석의 술상 앞에 자리를 잡고 앉으며 대한을 바라본다.

우석의 어머니 - 엄마도 술 한 잔 따라 줘 봐!

우석(배꼽) - 술은 뭔 술? 엄마 많이 취했구먼! 언능 자 엄마!!

우석의 어머니 - 엄마는 아직 안 취했으니까 딱 한 잔만 줘 봐!

대한이 얼른 술잔을 비우고 잔을 닦아 우석 어머니에게 권한다. 대한이 두 손으로 소주병을 받쳐 들고 잔에 소주 한잔을 가득 따른다. 이 모습을 바라보고 있던 우석이 못마땅하다는 듯이 어머니를 향해 불만스러운 소리를 내뱉는다.

우석(배꼽) - 참나! 엄마가 되가지고 자식들한티 술을 주지는 못할망정 오히려 뺏어 드시니 이게 대체 어떻게 된 겨? 잉? 엄마!

우석 어머니 - 시끄러워! 새끼야! 세상에 어떤 엄마가 미성년자한테 술을 사다 주냐? 이 미친놈아!

대한은 어리둥절했다. 지금까지 살아오면서 대한의 기억 속에 이런 모자의 모습을 본 적은 한 번도 없었다. 하지만 대한은 티격태격하면서도 서로를 살뜰히 챙기는 우석과 우석 어머니의 모습에서 왠지 묘한 인간미를 느낀다. 대한이 자신도 모르게 빙그레 미소를 짓는다. 우석 어머니가 대한이 따라 준 소주잔을 단숨에 비우고는 술잔을 다시 대한에게 권한다.

우석의 어머니 - 우석이 친구라고 했지? 너도 엄마가 주는 술 한 잔 받아라!

대한 - 예! 어머니!

대한이 얼른 무릎을 꿇고 우석 어머니가 건네준 잔에 술을 받는다.

우석의 어머니 - 괜찮으니까 그냥 편하게 받아라. 이놈아!

대한 - 저는 이렇게 받는 게 편해요! 어머니!

우석(배꼽) - 아유~ 엄마는 왜 안 하던 짓을 하고 그려? 그러믄 딱 세 잔만 마셔! 엄마 술 취했어!? 알았지?

우석의 어머니 - 알았어! 이놈아! 친구는 이름이 뭐랬지?

대한 - 예~ 대한이에요! 박대한이요!

우석의 어머니 - 그래~ 대한이는 엄마가 잠깐 봤는데 우리 아들하고는 많이 다르구나! 부모님은 모두 계시냐?

대한 - 예! 아버지, 어머니 그리고 할머니가 계시고요… 형제는 2남 1녀 중에 제가 장남입니다. 집은 산내에서 살구요.

우석의 어머니 - 장남이라서 그런지 대한이는 말하는 것도 어른스럽고 예의가 바르네! 우리 아들은 나하고 단둘이서 살다보니까 버릇도 없고 지밖에 몰라. 대한이가 친구니까 우석이가 그러더라도 이해 좀 해주고 친하게 잘 지냈으면 좋겠다! 부탁할게~ 대한아! 알겠지? 우리 아들이 엔간하면 친구들을 집에 잘 안 데리고 오는데… 오늘은 어쩐 일인지 궁금해서 물어본 거야. 오해는 하지 말고… 알았지?

대한 - 예~ 어머니! 걱정 마세요! 우석이하고 잘 지낼게요!

우석 어머니가 뜬금없이 '버럭' 하고 우석에게 소리를 지른다.

우석의 어머니 - 으이그~ 이 새끼야! 네 친구 좀 보고 배워라! 네 나이가 몇인데 아직도 애기처럼 엄마! 엄마! 엄마가 뭐냐? 이놈아! 내가 우리 아들만 보면 속이 터진다! 엄마는 먼저 잘 테니까 술은 조금만 마시고… 언능 자!

우석 어머니는 술이 취하셨는지 우석에게 몇 마디를 더 퉁명스럽게 내뱉고는 자리를 뜬다. 우석이 입을 삐죽거린다.

우석(배꼽) - 아니… 엄마한테 엄마라고 부르는 게 뭐 어때서? 괜히 나한티

짜증을 내고 그랴~ 에이 술도 얼마 안 남았네!

조금 거친 말을 주고받기는 해도 우석과 우석 어머니가 얼마나 서로를 아끼고 있는지 대한은 알 수 있을 것 같았다. 누구나 부모 자식 간에는 거리감이 조금 있을 수 있는데 서로의 속 얘기를 숨김없이 다 표현하는 우석과 우석 어머니를 보는 대한이 내심 이들 모자가 부럽다는 생각을 한다.

대한 - 니네 어머니 재밌으시네! 난 우리 부모님과 너처럼 편하게 대화해 본 적이 없거든. 우리 아버지는 성격이 불같아! 어머니가 가끔 내 불평을 들어 주시기는 하는데… 아버지가 날 너무 엄격하게 대해서 사실 난 그게 조금 힘들어!

우석(배꼽) - 아~ 그랴? 난 엄마랑 평생 둘이서 살 거여! 나중에 성인이 돼 도 돈 많이 벌어서 우리 엄마 호강시켜드릴 거여!

대한 - 이 새끼 은근 캐릭터 있네! 생긴 거하고는 다르게 효자야! 효자! 하 하하!

대한과 우석은 서로에게 궁금한 게 많았다. 그렇게 둘의 술자리 는 새벽까지 이어진다. 창밖이 부옇게 밝아질 무렵이 되어서야 술 자리를 끝낸 대한과 우석은 겨우 두 평이나 될까? 둘이 겨우 발을 뻗을 수 있을 만한 다락방에 올라 이불을 펴고 눕는다. 대한이 오 늘 처음 보았던 우석의 우스꽝스러운 모습을 떠올리며 잠을 청한 다. 우석의 좁디좁은 다락방에서 대한과 우석은 이렇게 싹이 트기 시작한다.

'달그락달그락' 주방에서 아침상을 준비하는 우석 어머니의 부엌 일 하는 소리가 대한을 깨운다. 사각팬티 차림으로 서로를 끌어안 은 채 자고 있던 대한과 우석을 깨우는 어머니의 까랑까랑한 목소 리가 들린다.

우석의 어머니 - 우석아! 그만 일어나서 밥 먹어! 네 친구는 학교에 안 간 다냐?

우석(배꼽) - 쫌 이따가 간다~ 밥은 이따가 내가 알아서 차려 먹을게. 엄마!

우석 어머니는 외출하기 전에 대한과 우석의 해장을 위해 콩나 물로 해장국을 끓이고 몇 가지 밑반찬을 곁들여 아침상을 차려놓 았다. 우석의 어머니가 현관문을 열고 나가는 것과 동시에 대한의 휴대폰이 울리기 시작한다. 대한의 반 친구 오현이다.

오현 - 나여~ 오현이! 대리출석 해놨으니까 천천히 와도 된다고. 오늘 은 전기과 실습하는 날이니까 끝나기 전에만 와서 얼굴만 비추면 돼! 알겠지?

대한 - 그래! 오현아! 고맙다! 이따가 보자!

대한이 전화를 끊으며 시간을 보니 오전 11시가 조금 안 된 시간 이다. 옆에서 잠이 깬 우석이 담배 한 개를 피워 물며 대한에게도 권한다.

대한 - 방에서 담배 피워도 되나?

우석(배꼽) - 우리 집인디 어뗘? 괜찮어! 내 방에서는~

대한 - 이야~ 집이 좁은 것 빼고는 여기가 천국이네! 우리 집에서는 상상도 못 한 것들이 여기서는 가능하네.

우석(배꼽) - 그랴! 앞으로 우리 집에 자주 좀 놀러 와! 여가 천국인게. 히히!

고작 하룻밤의 인연이었지만 사내의 진한 우정을 나눈 대한과 우석은 첫날부터 서로에게 강하게 끌리는 것을 느낀다. 두 사람은 하룻밤 사이에 이미 오래된 친구처럼 절친이 되어버린 느낌이다. 샤워를 마치고 우석의 어머니가 정성스럽게 차려놓은 아침 밥상에 그들이 마주 앉는다.

대한 - 우와~ 콩나물 해장국이 얼큰하니 기가 막히다! 어머니 음식 솜씨가 장난이 아니네!

느지막이 아침 겸 점심 식사를 마친 대한이 우석과 함께 진산공고로 향한다. 학교에 도착하자마자 바로 전기과 실습실로 향한 대한이 친구들을 전기과 실습실로 불러 우석을 소개한다.

대한 - 야! 오현아! 상봉아! 잠깐 이리 좀 와 봐! 여기는 내 친구 우석인데… 같이 인사해라!

오현 - 그래! 반가워! 난 대한이 오른팔 오현이라고 혀! 난 대한이가 삼촌이랑 같이 온 줄 알고 당황했잖어! 미리 귀띔이라도 해주지.

우석(배꼽) - 그랴~ 난 대한이 친구 우석이다! 앞으로 잘 지내보자!

상봉 - 우리랑 친구라고? 선배 아니었어? 하하하! 난 상봉이라고 해! 반갑다! 우석아! 근데 너 바지를 너무 올려 입은 거 아니냐?

우석(배꼽) - 얘들이 요즘 패션을 잘 모르는구먼! 내가 패션은 남들보다 좀 앞서가는 편인디… 요새는 바지를 올려 입는 게 유행이여!

대한 - 야! 니들은 왜 우석이 패션을 가지고 그러냐? 우석이가 니들보다 앞 서가는 패션이라고 하잖아! 그냥 그런 줄 알아! 헤헤!

우석의 독특한 배꼽 바지에 처음 대한이 우석을 보고 웃음을 참 지 못했던 것처럼 대한의 친구들도 '빵' 하고 웃음이 터진다. 우석 의 배꼽 바지 입은 우스꽝스러운 모습은 처음 인사를 나누는 대한 의 친구들 기억 속에 대한의 절친 이미지로 강하게 각인된다. '배 꼽' 그리고 보니 대한이 우석의 이미지에 꼭 맞는 별명을 지어준 셈 이다. 대한은 전기과 실습시간이 끝나는 마지막 시간까지 우석과 함께 수업에 참석한다. 마지막 실습시간이 끝나자 대한이 후문에 세워둔 오토바이 뒷좌석에 우석을 태우고 대한의 친구들이 기다 리는 단골 당구장으로 향한다. 당구장에는 이미 대한의 친구들이 먼저 자리를 잡고 있었다.

대한 - 어? 백관장(성엽)! 너는 언제 나왔냐? 너 진짜 빠르다!

성엽 - 수업 끝나기 전에 몰래 땡땡이 쳤지 임마! 헤헤!

대한 - 얘들아! 여기는 내 친구 우석인데 서로 인사 좀 나누자!

우석(배꼽) - 아~ 네가 백관장(성엽)이냐? 반갑다! 희주한테 얘기 많이 들었 어!

성엽 - 희주면 최희주 말하는 거냐? 너하고 사귀는 거여?

우석(배꼽) - 잉~ 나하고 지금 사귀고 있는디… 아유~ 존나 힘들어!

상봉 - 우석이 넌 인상이 진짜 험악하게 생겼다! 눈썹에는 문신까지 했 나 봐?

아니나 다를까 우석을 소개받은 대한의 친구들이 하나같이 우석의 외모에 대해 한마디씩 하고는 못 참겠다는 듯이 낄낄거리기 시작한다. 대한도 친구들의 반응을 보며 따라 웃는다. 당구장에서 친구들과 어울려 한참 시간을 보내던 대한이 문득 자신이 어제 외박을 했었다는 사실을 상기한다. 대한은 아무래도 오늘은 일찍 집에 가야 할 것 같다는 생각이 들어 매일 나가던 태권도 체육관에도 들르지 않고 곧장 집으로 향한다. 대한이 오토바이의 시동을 끄고 내리려는 순간 대한의 아버지가 벌컥 현관문을 열어젖히고 나온다. 잔뜩 일그러진 아버지의 성난 표정을 보며 '오늘은 무언가 좋지 않은 일이 일어나겠구나!' 하는 생각에 순간 대한의 등짝에서 식은땀이 흐른다.

대한의 아버지 - 너는 대체 뭐 하는 놈이여! 뭐 하는 놈인데 밤늦은 시간에 위험하게 오토바이를 타고 나가서 아무 연락 없이 외박까지 하는 거야! 네 놈이 학생 맞어?

대한 - 죄송해요! 아버지! 친구들하고 진산시내에서 놀다가 너무 늦어서 못 들어 왔어요! 이제 다시는….

대한의 아버지 - 뭐? 진산까지 오토바이를 타고 돌아다녔다는 겨? 이놈이 작년에 교통사고를 그렇게 크게 당하고도 아직 정신을 못 차렸어? 당장 오토바이 열쇠 이리 내놔!

대한의 아버지는 대노하며 대한의 오토바이 열쇠를 빼앗더니 그것으로도 분이 풀리지 않는지 오토바이를 집 앞 공터로 끌고 가서는 이내 오토바이에 기름을 붓고 불을 질러버린다. 오토바이가 불

타는 모습을 망연자실 바라보는 대한이 몹시도 속이 상하지만 어쩔 도리가 없다. 대한이 불타고 있는 오토바이를 애타게 쳐다보고 있다. 대한의 아버지가 대한을 쏘아보며 호통을 친다.

대한의 아버지 - 대한이 너! 그렇게 집이 싫고 집밖에 친구들이 좋으면 지금이라도 당장 나가! 난 너 같은 놈 필요 없으니까.

지켜보던 대한의 어머니가 격노한 대한의 아버지가 대한을 어떻게라도 할까 안절부절 어쩔 줄을 모른다. 화를 가라앉히지 못하고 있는 대한의 아버지에게 대한의 어머니가 조심스레 다가가 마치 자신의 잘못이라는 양 대한의 아버지에게 연신 잘 못 했다고 빌며 대한의 아버지를 억지로 데리고 방으로 들어간다. 불길에 휩싸였던 대한의 오토바이는 어느새 시커멓게 불에 타 흉측한 뼈대만 남는다. 대한이 깊은 한숨을 내쉬며 잠시 무언가 생각에 잠기는가 싶더니 택시 운전을 하고있는 선배 영상에게 전화한다.

대한 - 형님! 저 대한인데요! 혹시 지금 운전 중이세요?

영상(택시기사) - 응! 그려! 뭔 일이라도 있냐? 목소리가 안 좋네?

대한 - 예~ 지금 저희 집 앞으로 좀 와 주실 수 있어요?

영상 - 그래. 대한아! 한 10분만 기다려! 금방 갈게!

대한은 택시기사 영상에게 집 앞으로 와달라고 부탁을 하고는 좀 전에 헤어졌던 우석에게 전화를 건다.

대한 - 나다! 친구야! 대한이야! 지금 어디냐?

우석(배꼽) - 당구장에서 방금 나왔어! 지금 시내 쪽으로 나가보려고 하는

디… 근디… 너 목소리가 왜 그라? 뭔 일 있어?

대한 - 그냥 기분이 안 좋다~ 우석아! 술이나 한잔 마셔야겠다!

우석(배꼽) - 그려? 나도 그려 대한아~ 희주가 헤어지자고 그러네. 그래서 나도 좆같은 거 끝내자고 그랬어. 너나 나나 서로 기분 꿀꿀하구먼!

대한 - 나 지금 시내로 가고 있으니까 봄 커피숍 앞에서 기다리고 있어! 금방 갈 테니까! 알았지?

대한이 집 앞 골목길로 들어서자 영상이 택시 꽁무니를 돌려세운 채로 대한을 기다리고 있다. 대한이 택시에 오르자 영상이 택시를 몰아 시내로 향한다. 택시가 시내로 가는 동안에도 대한은 굳은 표정으로 한마디도 하지 않고 있다. 택시기사 영상이 이런 대한을 곁눈질로 흘끔거린다. 진산 시내 초입에 이르자 대한을 기다리고 있던 우석이 반갑게 손을 흔든다. 우석이 영상의 택시에 오른다. 택시를 타고 오는 내내 굳은 표정을 하고 있던 대한이 우석을 보자 그제야 표정이 누그러진다. 대한의 입가에 미소가 슬며시 번진다.

대한 - 형님! 대전 이안경 앞으로 가 주세요!

영상 - 그래! 뒤에는 우석이 맞지?

우석(배꼽) - 어라? 영상 형님이세여? 어이구~ 몰라뵀어여! 안녕하세여?

대한 - 형님! 오늘은 가스비만 드릴게요! 2만원만 받으시죠!

영상 - 그래! 형은 동생들이 가자는 데는 어디든지 그냥도 가니까 절대 부담 갖지 말아! 알겠지?

우석(배꼽) - 응? 대전 시내까지 나가게?

대한 - 응~ 대전 시내 나가서 스트레스 좀 풀고 오자! 여기 진산은 지겹잖아!

우석(배꼽) - 그랴~ 나는 어디든 너랑 있으면 좋으니께 가자!

대전 시내에 들어서자 휘황찬란한 불빛들과 거리를 가득 메운 사람들 사이로 음악 소리가 밤 도시의 분위기를 흥청거리게 하고 있었다. 대한과 우석이 영상의 택시에서 내린다. 진산시와는 다른 도시 분위기에 대한과 우석이 가슴이 뛰는 것 같은 묘한 기분을 느낀다. 짧은 치마에 짙은 화장을 한 여학생들과 담배를 피워 문 10대들이 길거리를 쏘다니고 있다. 우석은 무엇에 홀리기라도 한 듯 주변을 두리번거리며 지나가는 여학생들을 향해 미소를 짓는다. 이때 여드름이 가득한 남학생 몇몇이 대한을 보더니 냉큼 달려와 고개를 숙이며 인사한다. 덩치만 컸지 얼굴에는 솜털이 보송보송한 것이 짐작하건데 아직은 중학생처럼 보인다. 남학생들에게 둘러싸인 대한을 우석이 부러운 듯 바라본다. 대한이 우석에게 남학생들을 인사시킨다.

대한 - 형 친구다! 앞으로 니들이 잘 모셔야 할 선배니까 인사드리도록 해라!

성용 - 예! 형님! 저는 성용이라고 합니다!

우석(배꼽) - 어…… 그…… 그려? 난 문우석이다!

우석에게 후배들을 인사시킨 대한이 우석과 후배들을 데리고 인근 노래방으로 향한다. 대한은 대형룸 두 개를 빌리고 후배들을 한 방으로 모두 모이게 한다. 오늘 처음 인사를 하는 우석과 후배들이 서로 안면을 트고 지내게 하려는 생각이다.

성용 - 형님! 제가 약주 한잔 올리겠습니다!

대한 - 그래! 형 친구도 한잔 따라 주고 니들도 한 잔씩 받아라!

우석(배꼽) - 성용이 동생 한잔 받아라!

대한 - 여기서 같이 한 잔씩 마시고 니들은 옆방에 세팅해놨으니까 편하게 니들끼리 마셔라!

후배들이 대한과 함께 술잔을 비우고 대한이 미리 준비해 둔 옆방으로 자리를 옮긴다. 대한과 우석 단둘만 남은 대형룸은 둘만 있기에는 휑했다. 대한이 양주와 맥주를 섞은 폭탄주를 한 잔 가득 부어 우석에게 건넨다.

대한 - 야! 맨날 진산 시골에만 있다가 대전 시내로 나오니까 신세계 같지? 오늘 스트레스 제대로 풀어보자! 우석아! 자! 한잔하자!

우석(배꼽) - 캬아~ 당연히 좋지~ 술맛도 좋구! 촌 동네서 놀다가 여기 나오니까 기분 죽인다. 희주 보다 이쁜 애들도 훨씬 많고… 확실히 큰물이 좋긴 좋구먼!

대한 - 아~ 이새끼! 여기까지 나와서 희주 타령을 하나? 가오 떨어지게… 헤어졌으면 깔끔하게 잊고 새 출발 하는 거여! 알겠지? 친구야!

때마침 누군가 노래방 문을 두드린다. 노래방 주인인 김 사장이다.

대한 - 어? 형님! 오늘은 노래방에 계셨네요? 야~ 우석아! 인사드려! 여기 노래방 김 사장님이셔!

우석(배꼽) - 안녕하세여? 대한이 친구 문우석이라고 해유!

김 사장 - 네… 반가워요! 대한이 친구라서 그런지 듬직하니 믿음직스럽네! 저기 대한아! 형이 지금은 나가 봐야 해서… 술은 얼마든지 먹고 가! 직원한테는 옆방이랑 같이 서비스방이라고 해놨으니까 시원하게 놀아! 알겠지? 대한아?

대한 - 아이고 형님이 매번 이러시니까 제가 불편해서 여길 더 못 오겠어요!

김 사장 - 그런 섭섭한 소리 말어! 대한이 네 도움이 아니면 내가 여기서 어떻게 장사를 해먹겠냐? 형이 고마워서 보답하는 거니까 그런 부담은 갖지 마! 그렇다고 딴 가게 가서 술 마시면 오히려 내가 서운할 판이여!

대한 - 그래요! 형님! 감사합니다~ 잘 놀다 갈게요!

김 사장 - 저기… 우석 씨는 다음에 기회되면 대한이하고 술 한잔 같이합시다! 그럼 난 먼저 일어날 테니까 재밌게 놀다 가셔!

우석(배꼽) - 그러믄 다음에 또 인사드릴게여!

우석은 자신과 동년배인 대한이 넓은 인맥과 유려한 처세술을 갖고 있다는 것에 점점 더 마음이 끌린다. 대한은 이런 우석의 순박함에 묘한 호감을 느낀다. 대한이 무언가 결심한 것처럼 결연한 표정을 지으며 우석을 바라본다.

대한 - 우석아! 난 너처럼 순수하고 의리 있는 친구가 좋다! 이번 기회에 우리 의형제 맺는 게 어떠냐?

우석(배꼽) - 의형제? 그랴~ 난 무조건 좋지! 나도 대한이 네가 남자답고 맘에 들었어! 그러믄 오늘부터 우리는 의형제가 되는 거여! 그런 의미에서 건배 한번 하자!

누가 먼저랄 것도 없이 서로의 순수한 매력에 끌린 대한과 우석이 서로를 얼싸안으며 의형제의 연을 맺는다. 두 사람이 서로의 얼굴을 바라보며 의형제가 된 것에 새삼 가슴이 벅참을 느낀다. 대한과 배꼽의 굳은 의형제의 인연은 사내다운 장부와 장부의 순수함으로 맺어져 대한의 청년 시절을 줄곧 함께하게 된다.

대한과 우석이 의형제의 연을 맺은 것에 기뻐하며 연거푸 술잔을 기울이고 있을 때 대한의 휴대폰이 울린다. 전화기 너머로 여자아이의 낭랑한 목소리가 들려온다.

대한 - 오~ 그래! 진하구나! 잘 지냈지?

진하 - 네~ 오빠! 요즘 저한테 연락도 없으시고 그래서 전화 드렸어요! 저한테 너무 소홀한 거 아니에여? 어디에요~ 오빠?

대한 - 그랬구나! 미안~ 지금 아지트 노래방에 와있어~ 오빠랑 의형제 맺은 친구하고 술 한잔하고 있는데… 이쪽으로 올래?

진하 - 진짜요 오빠? 근데… 오빠! 제 친구랑 같이 가도 될까요?

대한 - 친구? 그래. 같이 와! 대신 예뻐야 된다!

진하 - 저랑 단짝 친구 선이 알잖아요! 오빠가 이쁘다고 했던 친구랑 같이 갈게요! 쪼끔만 기둘려 오빠~

대한 - 오케이! 교신 끝!

대한에게 온 전화가 여자라는 생각에 우석이 야릇한 표정을 지으며 대한에게 묻는다.

우석(배꼽) - 누군디 이뻐야 된다는 겨? 여자 부른 겨?

대한 - 그래! 희주를 확실하게 잊게 해 줄 여자 불렀다. 그럼 됐지? 하하하!

우석의 눈이 휘둥그레지는 것을 보며 대한이 호탕한 웃음을 터뜨린다. 갑자기 우석이 가방을 열더니 거울과 펜슬을 꺼내 눈썹을 덧그리기 시작한다. 대한은 이런 우석의 순박함이 싫지 않다.

잠시 후 '똑똑똑!' 노크 소리가 들리더니 웨이터가 문을 열고 들어선다. 그 뒤로 진하와 선이가 얼굴을 빼꼼 들이밀고는 방안을 살핀다. 대한이 이들을 반갑게 맞이하자 진하와 선이가 대한의 품 안으로 쏘옥 파고든다.

진하 - 대한이 오빠~ 왜 이렇게 오랜만이야~ 보고 싶었어! 진짜 많이 보고 싶었어! 오빠~

선이 - 왜 이렇게 오랜만에 왔어요~ 오빠! 진하가 오빠 전화 얼마나 기다린 줄 알아요?

진하와 선이가 코맹맹이 소리를 하며 대한에게 매달려 애교를 부린다.

대한 - 미안하다~ 니들 잘 왔어! 일단 앉기 전에… 내 의형제 우석이 오빠한테 인사부터 해!

진하, 선이 - 안녕하세요? 오빠!

우석(배꼽) - 어~ 아예~ 반가워유! 문우석이라고 해요~ 다들 미인이시네여!

우석의 귓불이 금세 빨개진다. 대한이 우석의 이런 순박한 모습에 빙그레 미소를 짓는다.

대한 - 진하는 오빠 옆에 앉고 선이는 우석이 옆에 앉아!

진하와 선이가 룸에 들어온 이후로 우석이 그저 싱글벙글 좋아서 어쩔 줄을 모른다. 좀 전까지 대한과 의형제 결의를 할 때의 결연한 표정은 어디로 갔는지 찾아볼 수가 없다. 우석이 곁에 앉은 선이를 연신 힐끔거린다. 대한이 우석의 마음을 알겠다는 듯이 미소를 지으며 선이에게 말을 건넨다.

대한 - 선이는 남친 있나?

진하 - 쟤? 엊그제 헤어졌어! 오빠~ 그 새끼 바람났거든. 개새끼!

우석 - 아니 이렇게 이쁜 선이 씨를 두고 바람이 났다고여?

대한 - 선이야! 이것도 인연이다! 오빠 친구랑 오늘 좋은 인연 좀 만들어 봐!

선이 - 오빠는 창피하게~ 그렇게 너무 대놓고 말하면 내가 쉬운 여자처럼 보이잖아요!

선이가 싫지 않은 듯 입술을 쏙 내밀며 뾰로통하게 대한을 쏘아 보자 우석이 선이를 거들고 나선다.

우석(배꼽) - 저기… 선이 씨! 저는 전혀 그렇게 생각하지 않으니께 오늘 재밌게 놀자구여! 저도 여친이랑 오늘 헤어졌어여~

선이 - 아~ 진짜요? 맘 많이 아프시겠네여~

대한 - 선이야! 맘이 아프긴 뭘 아파~ 지질하게! 그까짓 거 그냥 잊고 놀아! 신나게 놀자고. 지금부터는 어리버리하지 말고 후회 없이 놀자! 알겠지? 일단 앞에 술잔부터 들고 파도타기다! 오른쪽으로 출발!

진하 - 헐~ 우리 오빠 또 시작이다! 파도타기가 난 제일 무섭더라! 진짜!

우석(배꼽) - 대한아! 근디… 파도타기가 뭐여?

선이 - 오빠! 딱 걸렸어! 술을 파도타기처럼 마시는 거야! 이런 거 안 해봤어? 호호호!

대한이 양주와 맥주를 섞은 폭탄주를 만들어 파도타기를 하자 서너 잔을 연거푸 마신 진하와 선이의 얼굴이 금세 빨갛게 달아오른다.

대한 - 자! 그럼 지금부터 벌칙 옵션 하나 더 붙인다. 잘 들어! 각자 파트너하고 50cm 이상 떨어지지 말고 바퀴벌레처럼 딱 붙어있어! 알겠지? 만일 어기면 벌칙으로 양주 반 맥주 반 폭탄이다!

선이 - 저 부끄럼 많이 타요 오빠~ 우석 오빠를 오늘 처음 봤는데 그러면 저는 어쩌라고요… 너무해~ 오빠! 그럼~ 화장실에 갈 때는 어떡해요?

진하 - 선이 너 오늘 왜 이래? 난 화장실 갈 때 대한 오빠랑 같이 갈 건데? 안 그럼 벌주 마시면 되잖아! 분위기 깨지 마 선이야!

우석(배꼽) - 선이야! 걱정 말고 화장실 다녀와! 까짓것 오빠가 벌주 한 잔이든 몇 잔이든 흑기사 해줄게!

진하 - 와우~ 우석 오빠! 멋지다! 대한 오빠! 나도 흑기사 해 줄 거야?

대한 - 야! 이진하! 너 바보냐? 당연한 걸 왜 물어?

진하와 선이는 아직 어린 나이지만 170cm 정도의 큰 키에 성숙한 외모와 볼륨을 가지고 있어 여느 성인 여성에 견주어도 될 정도로 미색이 출중했다. 우석은 이런 선이의 여성미에 흠뻑 빠진 듯했고 선이도 순박해 보이는 우석에게 호감을 갖고 있는 것처럼 보인다. 술잔이 오고 가고 취기가 오르자 우석과 선이가 처음 보았을 때와는 다르게 제법 농도 깊은 스킨십을 할 만큼 가까워진다. 대한은 서로의 손을 꼭 잡은 채로 앉아 있는 우석과 선이를 보며 이들의 오작교가 되어주겠다고 생각한다. 대한이 우석에게 마이크를 건네며 느닷없이 '김종환'의 '존재의 이유'를 선곡하고 시작버튼을 누른다. 아직 한 번도 우석의 노래를 들어본 적은 없었지만 대한은 우석이 노래를 잘 할 것이라고 내심 믿고 있었다. 우석이 마이크를 들고 당당히 테이블 앞으로 나가는 것을 보며 대한 일행이 우석이 노래하기만을 기다리며 호기심 가득한 눈으로 우석을 바라본다.

"언젠가는 너와 함께 하겠지~♪ 지금은 헤어져 있어도~♬"

첫 소절부터 삑사리, 음 이탈이다. 우석은 지독한 음치였던 것이다. 이대로 두면 우석의 노래 실력이 모두 들통 날 판이다. 대한이 선이의 반응을 살피다 대뜸 선이에게 술잔을 권하며 선이가 우석의 노래에 신경을 쓰지 못하게 할 셈으로 선이의 귀에 대고 목청을 높인다.

대한 - 선이야! 오빠 친구 우석이 어때? 괜찮지?

선이 - 첫인상은 험악해 보였는데… 얘기해 보니까 생긴 거와는 다르게 귀여운 구석도 많고 착한 오빠 같아!

대한 - 그렇지? 우석이 저놈! 정말 괜찮은 놈이야!

선이가 우석에 대해 호감을 가지고 있다고 생각한 대한이 진하에게 도움을 청한다.

대한 - 진하야! 선이가 오빠 친구가 맘에 든다네? 그러니까 네가 양념 좀 잘 뿌려줘! 알겠지?

진하 - 진짜? 선이 쟤는 원래 낯가림이 심한데… 오늘은 예전과는 조금 행동이 다르네? 어쨌든 내가 보기에도 우석 오빠랑 선이랑 왠지 모르게 잘 어울려! 내가 이따가 화장실에서 살짝 얘기해 볼게! 걱정 마!

우석은 어떤 말이 오고 가는지도 모르고 눈치 없이 음정, 박자도 맞지 않는 노래를 2절 마지막 소절까지 고래고래 부른다. 우석이 노래를 끝나고 머쓱한 표정으로 자리에 앉는다.

대한 - 그래. 고생했어! 우석아! 노래를 상당히 잘하는구만! 그래도 1절까지만 하면 됐지… 굳이 2절까지 해야 했냐? 헤헤! 진하랑 나랑 네 노래 들어주느라고 아주 많이 혼났네! 혼났어! 하하하!

우석(배꼽) - 나도 내가 음치라서 노래 안 하려다가 그래도 선이 앞이라서 끝까지 용기 내서 불러 본 겨~ 선이야! 오빠 노래 어땠냐?

선이 - 우리 오빠 최고였어! 멋졌어!

대한 - 얘들 완전히 맛이 갔네! 이것들 완전히 맛이 갔어! 최고였다고? 우석이 노래가 멋졌어? 얘들 갑자기 왜 이러냐? 불안하게….

우석(배꼽) - 선이야!

선이 - 왜? 오빠!!

우석(배꼽) - 우리 선이가 오늘부터 오빠 애인햐! 어뗘?

진하 - 아유! 저 오빠 사투리가 왜 저런데?

선이 - 우석 오빠! 진짜? 정말이야?

우석(배꼽) - 그랴~ 오빠 진심이라니께~ 선이 너 내 애인 할 거여? 안 할 거여? 이잉?

선이 - 그랴~ 오빠 애인 할 겨! 문우석 애인!

서로의 여자친구, 남자친구와 헤어진 동질감에서였을까? 우석과 선이가 서로에게 급 호감을 보인다.

우석과 선이가 어느새 만취하여 이성을 잃은 사람처럼 휘청거리기 시작한다. 두 사람은 대한과 진하가 보는 앞에서 서로를 애인이라고 공개적으로 선언한 셈이다. 넋을 잃고 우석과 선이를 멍하니 바라보던 대한과 진하가 별꼴이라는 듯이 두 사람을 놀려대기 시작한다.

대한 - 와아~ 니들 진짜 밥맛이다! 너무 찐득거려서 도저히 더는 못 보겠다! 슬슬 막잔하고 일어나자! 어쨌든… 우석이! 선이! 애인이 된 걸 축하해!

우석(배꼽) - 대한아! 그리고 진하 씨! 오늘 진짜 고마워요! 우리 나가서 숙소 잡고 족발에 소주 한잔 더 하는 거 어때요?

진하 - 저는 대한이 오빠만 있으면 무조건 콜이에요! 두 분 축하드려요!

선이 - 오빠! 그만 나가자! 으응? 여기 답답해~

대한과 일행이 술자리를 끝내고 룸 밖으로 나간다. 옆방에 있던 대한의 후배들이 대한이 룸에서 나서는 것을 알고 1층까지 따라 내려와 대한 일행을 배웅한다. 대한 일행이 고개를 숙이고 있는 후배들을 뒤로 하고 택시 승강장 쪽을 향해 걸어간다. 대한과 일행은 택시 한 대를 잡아타고 화서동 모텔로 향한다.

대한이 모텔에 도착하여 객실 두 개의 대금을 모두 지불하고 일행과 함께 한쪽 객실로 같이 들어간다. 잠시 후 우석이 주문한 족발이 배달되자 대한과 일행이 방바닥에 빙 둘러앉는다. 우석이 소주병을 들어 네 사람의 종이컵에 술을 가득가득 따른다. 대한 일행이 우석과 선이의 첫 교제를 축하하며 건배한다. 진하가 상추에 족발을 싸서 대한에게 주는 것을 보고 선이도 진하처럼 상추에 족발을 싸서 우석에게 내민다.

우석(배꼽) - 저기… 선이야! 상추쌈이 너무 큰디? 오빠 입 찢어지는 거 아녀?

선이 - 미안! 오빠! 호호호! 다음 건 조금 작게 싸서 줄게!

대한 - 야! 배꼽! 선이가 주는 건데 뼉다귀라도 오도독오도독 씹어 먹어야지. 복에 겨워 그러냐? 하하하!

우석(배꼽) - 암만~ 내 입이 찢어지고 이빨이 부러지더라도 맛나게 먹을게 선이야!

진하 - 아우~ 저 오빠! 오글거린다. 진짜! 느끼해! 호호호!

족발을 안주 삼아 두어 병 정도의 소주를 더 마신 일행이 취기가 오르는지 휘청거리기 시작한다. 대한이 우석과 선이의 눈치를 살피더니 진하를 데리고 슬그머니 자리를 피해 옆방으로 자리를 옮긴다.

대한 - 오늘 고맙다! 진하야! 사실 오늘 내 기분이 최악이었어! 그런데 니 덕분에 즐거웠다! 선이하고 우석이가 잘 돼서 기분도 너무 좋고.

진하 - 나도 오늘 오빠 덕분에 너무 행복했어! 이제 오빠하고 조금 더 가까워진 거 같고… 말도 편하게 할 수 있어서 너무너무 좋았어! 오늘 정말 해피하다!

대한 - 어쭈! 그러고 보니 그러네? 말이 점점 짧아지고 있는 거 같은데? 하하하!

진하 - 이제 편하게 말하고 싶어! 오빠! 버릇없이 굴진 않을게~ 그 정도는 괜찮지? 응? 오빠?

대한은 애교를 부리는 진하의 볼에 가볍게 입맞춤을 하고 일어선다. 대한이 옷을 벗어 의자에 아무렇게나 걸쳐놓고 샤워를 하려고 욕실로 들어선다. 그러자 진하가 대한의 옷을 옷걸이에 가지런히 정리해 걸어놓는다. 안에서는 대한이 샤워를 하며 콧노래를 부르는 소리가 들려온다. 샤워를 마친 대한이 물에 젖은 몸을 대형 수건으로 감싸고 나와 속옷만 입은 채로 침대 위에 벌러덩 누워버린다. 진하가 부끄러운 듯 불을 끈다.

한참을 대한의 눈치를 살피던 진하가 조심스레 겉옷을 벗고 욕실로 들어간다. 잠시 후 진하의 샤워하는 물소리가 대한이 누운 침대까지 들려온다. 샤워를 마친 속옷 차림의 진하가 욕실 문을 나서 침대 머리맡에 앉는다. 진하가 수줍게 몸을 움츠리고는 침대에 누운 대한을 야릇한 눈빛으로 바라본다. 하지만 술에 취한 대한은 벌써 깊은 잠에 빠져있었다. 진하가 젖은 머리를 말리고 몸단장을 한 후에 대한의 이불 속으로 파고든다.

진하 - 오빠! 대한이 오빠! 자? 자는 거야?

진하가 대한을 깨우려고 잠든 그의 몸을 흔들어 보지만 그는 요지부동이다. 진하가 이런 대한을 야속한 눈으로 바라보다 잠들어 있는 그의 등을 뒤에서 끌어안는다.

오해 上
(진하와의 이별)

한여름 무더위가 시작될 무렵, 진산 시내의 봄 커피숍 창가에 자리를 잡은 대한과 석준이 더위를 식히기 위해 시원한 음료를 주문한다. 석준은 데미소다 애플, 대한은 언제나처럼 카프리 병맥주 한 병을 주문한다. 카프리 병맥주를 병째 들고 한 모금 들이킨 대한이 뿌연 담배 연기를 내뿜으며 창밖을 내려다본다. 진산공고 같은 기계과 황기중이 오토바이를 타고 시내를 배회하는 모습이 보인다. 대한이 오토바이를 타고 지나는 기중에게 시선을 떼지 않으며 석준을 부른다.

대한 - 야! 쭈굴(석준)아! 저거 기중이 아녀? 저 새끼! 갈 데가 없어서 오토바이 타고 여기저기 기웃거리고 있는 것 같은데?

석준 - 진짜? 어디? 그러게! 이리 오라고 불러야겠다!

석준이 기중의 삐삐(무선호출기) 음성사서함에 커피숍으로 오라는 음성메시지를 남기고 숫자 8282를 함께 남겨 놓는다.

대한 - 이야~ 이런 날에는 시내 순찰 좀 하다가 진산저수지로 드라이브 한 번 '쫘악' 해줘야 하는데… 안 그러냐?

석준 - 냄비도 같이 있으면 더 좋지! 대한아! 헤헤!

석준의 8282 음성메시지를 확인한 기중이 잠시 후 봉 커피숍으로 들어선다. 대낮부터 맥주병을 들고 있는 대한을 보며 신기하다는 듯이 기중이 한마디 한다.

기중 - 니들은 대낮부터 무슨 술이냐? 혹시 무슨 일 있냐?

대한 - 무슨 일은… 카프리가 맥주냐? 음료수지! 이걸 마셔줘야 소화도 잘 되고 혈액순환도 잘 돼서 기분이 좋아지는 거야! 임마!

기중 - 그게 무슨 말도 안 되는 소리여~ 카프리가 술이지 어떻게 물이냐! 넌 무슨 술을 자꾸 음료수라고 그러냐?

석준 - 술이든 물이든… 우리 그냥 나가서 드라이브나 좀 하자! 기중아!

대한 - 그래! 진산저수지 앞에 가서 힐링 좀 하고 오자! 응?

기중 - 그랴~ 그럼 지금 출발하지 뭐~

대한과 석준이 커피숍을 나와 기중의 오토바이에 오른다. 맨 앞 운전대를 잡은 기중의 뒤로 가운데에는 대한이 타고 맨 뒤에는 석준이 오토바이에 매달리듯이 불안하게 걸터앉아 진산저수지를 향해 속도를 올린다. 속도를 올리자 오토바이가 '부웅~' 하는 굉음을 낸다. 속도가 빨라지기 시작하자 얼굴에 스치는 바람결이 점점 더 시원하게 느껴진다. 대한과 석준이 묘한 해방감으로 하늘을 향해 고함을 지른다.

대한, 석준 - 야~~ 이~~ 개새끼들아~~~ 으아~ 하하하!

속이 뻥하고 뚫리는 느낌이다. 실컷 고함을 지르며 오토바이의 스피드를 즐기던 그들이 진산저수지에 이르자 저수지 한쪽 모퉁이를 돌아 한적한 물가 옆에 오토바이를 세운다. 대한과 일행이 저수지 둑 위에 서서 담배를 물고 멀리 저수지 반대편을 바라보고 있다.

대한 - 야! 여기 경치 좋지? 답답할 때는 여기처럼 좋은 곳이 없는 것 같아! 내 생각에는 아마도 10년쯤 지나면 여기가 엄청 발전되어 있을 거야!

기중 - 발전하면 뭐 해? 나하고는 아무 상관도 없는데. 난 그딴 거 관심 없어!

대한은 또래들과는 달리 세상 돌아가는 상황과 부동산 개발에 관심이 많았다. 대한이 탑정저수지 이곳저곳을 살피며 지금은 이름 없는 시골 저수지에 불과하지만 세상이 변하면 이런 곳에도 개발 바람이 불어올 수 있겠다는 생각을 한다. 그렇게 되면 이곳 저수지 주변에도 엄청난 변화가 생길 수 있다. 이런 대한의 시대 흐름을 꿰뚫어 보는 안목과 사업적 기질은 훗날 대한이 사업가로서의 인생을 살아가는 데 큰 자양분이 된다.

석준 - 여기가 발전되면 우리 집 땅값도 올라가겠지? 헤헤헤!

대한 - 아~ 그렇지! 쭈굴이 니네 집이 이쪽 근처구나! 여기는 아마 엄청 발전하게 될 거야! 그러면 쭈굴이 니네 집 주변도 개발될 것이고 땅값도 엄청

나게 올라갈 거야! 너 나중에 니네 집 땅값 올라갔다고 친구들 쌩까지는 마라! 그러면 배신이야!

석준 - 나는 배신 같은 건 안 해! 니들하고 나눠 쓸 거야! 걱정 말어! 헤헤!

기중 - 웃기고 있네! 미친 새끼! 넌 욕심이 많아서 그렇게 안 될걸? 쓸데없는 소리 그만하고 슬슬 시내로 나가자!

대한 - 어라? 야! 여기 온 지 이제 고작 10분밖에 안 됐어! 넌 애새끼가 무슨… 낭만이라고는 쥐꼬리만큼도 없냐? 저기 파란 숲을 좀 봐라! 이 새끼야! 눈이 편안해지지 않냐?

기중 - 그랴~ 알았어! 그럼 담배나 한 대 더 빨고 시내로 가자!

석준 - 기중! 너 시내에 냄비 숨겨놨냐? 존나 수상한디? 너 이 새끼! 왜 안 하던 짓을 하고 그러냐? 뭐냐? 말해 봐! 응?

기중 - 뭘… 말하라는 거여~ 미친놈아! 냄비나 소개시켜주고 그런 소리를 해라! 이 나쁜 놈아!

잠시 후 대한과 일행이 오토바이를 몰아 시내로 향한다. 대한과 일행의 오토바이가 시내로 들어가는 초입의 오거리로 접어든다. 시내로 나가려면 터미널 방향으로 가야 한다. 그런데 운전대를 잡은 기중이 아무 생각 없이 다른 방향으로 직진한다. 이때 교통신호를 무시한 차량 한 대가 시내 방향에서 갑자기 급좌회전을 한다. 순간 운전대를 잡은 기중이 불법으로 좌회전하는 차량을 피하기 위해 황급히 운전대를 틀어보지만 차량과의 충돌을 피하기에는 너무 늦어버렸다. '콰앙! 우당탕!' 하는 굉음과 함께 대한 일행이 타고 있던 오토바이가 불법 좌회전 차량의 전면에 추돌당하고 맥없이 튕겨 나간다. 그 충격으로 맨 뒤에 타고 있던 석준은 10m, 가운데에 타고 있던 대한은 7m, 운전대를 잡고 있던 기중은 오토바이와 함께 5m가량을 튕겨 날아가 버린다. 대한과 일행이 탄 오토바이와 차량 간에 충돌사고가 난 사고현장에는 2차 사고를 피하려고 급브레이크를 잡는 차량들의 '끼익~' 하는 소리가 여기저기서 들린다. 차량들이 뒤엉키면서 순식간에 아수라장이 된다. 가해 차량에서 40대쯤 되어 보이는 운전자가 비상등을 켜놓고 황급히 차량 밖으로 뛰쳐나온다. 가해 차량 운전자는 바닥에 쓰러져 신음하고 있는 대한과 석준, 기중에게 연신 고개를 숙이며 미안하다고 사과를 한다.

잠시 후 주변 사람들의 신고를 받은 경찰순찰차와 119구급차가 요란한 사이렌을 울리며 사고현장에 도착한다. 순찰차가 현장을 확인하는 사이에 대한과 일행을 실은 119구급차가 급히 근처에 있는 병원으로 향한다. 아직은 젊어서인지 사고의 충격에 비해 대한과 일행의 부상 정도는 비교적 경미했다. 다리뼈에 금이 가기는 했지만 가벼운 골절과 찰과상 외에는 심각하게 문제가 될 외상은 없어 보인다.

병원 응급실. 급히 응급조치를 받은 대한과 일행이 반깁스하고 침대에 누운 채 다리를 공중으로 받쳐 올리고 누워있다. 때마침 대한의 교통사고 소식을 들은 우석(배꼽)이 사색이 되어 헐레벌떡 병실 문을 열고 뛰어 들어온다.

우석(배꼽) - 어? 뭐여? 니들! 소문에는 니들이 교통사고로 다 죽게 생겨서 119구급차에 실려 갔다고 하던디! 인자 보니 말짱하구먼~ 나는 씨발! 그것도 모르고… 훌라 하다 말고 좇빠지게 달려왔네!

대한 - 뭐야? 그러면 배꼽 너는 내가 많이 다치지 않아서 섭섭하다는 거냐?

우석(배꼽) - 어이구~ 그게 뭔 소리여~ 천만다행이라는 거지!

기중 - 야! 나는 대한이랑 쭈굴이 때문에 얼마나 걱정했는지… 사고 날 때 대한이랑 나랑 붕~ 날라 가는데 쭈굴이만 안 보이는 거여. 순간 가슴이 철렁하더라고. 차에 깔려버린 줄 알고 진짜 식겁했어!

석준 - 나는 공중에 붕~ 떠서 날아가는데 니들 얼굴 표정이 슬로모션처럼 보이더라. 얼마나 아찔했는지….

대한 - 이만한 게 천만다행인 줄 알아라~ 아까 기중이가 진산저수지에서 자꾸 시내로 가자고 할 때… 그때 우리가 조금만 더 늦췄으면 이런 사고는 안 났을 텐데 말이야!

기중 - 맞아! 진짜! 아까는 왜 그렇게 자꾸 시내로 나가고 싶었는지… 지금 생각해 보니까 꼭 뭐에 홀린 거 같아!

대한 - 어쨌든 이렇게 조금만 다친 것도 다 조상님 은덕으로 알아!

이때 대한이 팔목에 꽂아있던 링거 바늘을 휴지를 대고 '쑤욱' 하고 뽑아버린다. 놀란 친구들이 휘둥그런 눈으로 대한을 바라본다. 대한이 링거 바늘을 뽑아낸 자리를 휴지로 '꾸욱' 누르고 담배와라이터를 꺼내 주머니에 찔러 넣고는 병원 옥상으로 올라간다. 그 뒤를 우석이 따라간다.

우석(배꼽) - 근디⋯ 링거 바늘을 그렇게 함부로 빼도 되는 거여?

대한 - 야! 괜찮아! 링거 이까짓 거 맞는다고 몸이 크게 나아지는 것도 없어!

우석(배꼽) - 그려? 그런디 대한아! 오늘 입원 기념 파티라도 해야 하는 거 아녀?

대한 - 입원파티? 그래! 좋지! 헤헤! 족발에 소주 한잔 마시자!

우석(배꼽) - 족발? 알았어! 내가 족발집에 배달시킬게!

우석(배꼽)이 족발과 소주를 주문하는 소리를 들으며 대한이 병실로 돌아와 침대에 눕는다. 병실에서는 간호사 1명이 석준과 기중의 혈압을 체크 한 후에 링거액 상태를 살피고 있다. 간호사는 대한이 뽑아버린 링거 바늘을 보며 병실로 들어오는 대한을 매섭게 쏘아본다.

간호사 - 저기⋯ 대한 씨! 링거 바늘을 왜 함부로 뺐어요?

대한 - 어⋯ 그냥 답답해서요!

간호사 - 그렇다고 링거를 환자 마음대로 빼면 어떻게 해요? 다시 꽂아드릴 테니까⋯ 링거 바늘 함부로 빼시면 안 돼요! 그리고 알코올 솜이 아닌 휴지가 링거 바늘에 닿으면 세균이 감염될 수도 있어서 위험하니까⋯ 간호사 허락 없이는 절대로 링거 바늘을 빼지 마요! 알겠죠? 팔 이리 줘요!

대한 - 아⋯ 알았어요! 근데⋯ 누나! 오늘만 링거 안 맞으면 안 될까요?

간호사 - 이게 무슨 소리야~ 안 돼요! 빨리 팔 이리 줘요! 장난치지 말고.

대한이 장난기가 가득한 표정으로 간호사를 바라보며 자신의 환자복 상의를 갑자기 벗어젖힌다. 대한이 이글거리는 눈빛으로 간호사를 바라보며 힘을 주어 가슴근육을 장난스럽게 울렁울렁 튕긴다. 흉근이 움찔거리는 대한의 벗은 몸을 보는 간호사의 얼굴이 붉어진다. 그러자 대한이 느닷없이 간호사의 손목을 휘어잡는다. 대한의 갑작스런 행동에 당황한 간호사가 대한을 향해 소리를 지른다.

간호사 - 왜 그래요! 장난치지 말고 얼른 옷 입어요! 빨리!

대한 - 누나~ 그러니까 오늘만 눈감아 줘요! 내 몸 봐서 알잖아요? 이렇게 튼튼한데 링거를 뭐하러 맞아요~ 내일부터 맞을게 누나! 응?

간호사 - 아유~ 이럼 곤란한데~ 대신 내일 아침부터는 이러기 없기야! 알겠죠? 내 입장 곤란하게 하면 안 돼요!

대한 - 걱정 마세요! 누나! 땡큐~

대한이 간호사에게 눈을 찡긋거린다. 이 모습을 보고 있던 석준과 기중이 간호사에게 자신들도 링거를 빼달라며 툴툴거리기 시작한다.

석준 - 누나! 그러면 우리도 링거 빼주면 안 돼요?

간호사 - 시끄러! 장난 그만해! 대한이만 봐주는 거야!

기중 - 와~ 너무한다! 너무해!

간호사 - 그러면 니들도 대한이처럼 가슴 운동 좀 하던지… 호호호!

이때 병실 문이 열고 용식(구디기)이가 병실 안으로 들어온다. 용식이 병실 간호사가 있는 것을 보고는 장난스러운 표정으로 간호사 몸을 위아래로 훑어보더니 다 들으라는 듯이 큰 소리로 대한과 일행에게 소리친다.

용식(구디기) - 와 ~ 씹새끼들! 간호사 누나랑 저렇게 농담 따먹기 해도 되냐?

우석(배꼽) - 어? 구디기! 너 여기 어떻게 알고 왔어?

용식(구디기) - 몸은 괜찮냐? 대한아?

대한 - 나야 괜찮지… 보다시피 멀쩡해!

용식 - 쌍둥이 새끼들이 니들 교통사고가 크게 났다면서… 우석이가 급하게 병원으로 갔다고 그러는 거여~ 소문에는 니들이 다 죽게 생겨서 119구급차 타고 큰 병원으로 갔다나? 뭐라나? 설레발 존나 까더라고… 씹새끼들! 장난칠 게 따로 있지! 암튼 이만하길 다행이여!

대한 - 어쨌든 여기까지 와줘서 고맙다! 근디? 정작 설레발 깐 놈들은 왜 아직도 안 나타나니?

때마침 병실 문이 열리며 똑같이 생긴 두 놈이 치킨 포장지를 하나씩 들고서 낄낄낄 웃으며 들어온다.

영직, 성직(쌍둥이) - 짜잔~~~ 이 새끼들!

용식 - 저기 구석으로 가서 손들고 있어! 이 씹새끼들아! 장난칠 것이 따로 있지. 놀랬잖아! 임마!

영직 - 미안해! 친구들! 내가 장난친 거여~ 헤헤헤!

성직 - 야! 그런 의미에서 치킨 두 마리나 포장해왔다!

대한 - 그래! 잘 왔어~ 영직이! 성직이!

영직 - 근데? 진짜로 밖에 사람들은 니네가 119구급차를 타고 가서 그런지… 사고가 아주 크게 난 줄 알고 있더라고.

우석(배꼽) - 나도 그렇게 알고 왔어. 암튼 잘 왔네~ 방금 족발에 소주 시켰는디… 우리 다시 뭉친 기념으로 파티나 하자!

잠시 후 병실로 족발이 배달된다. 영직, 성직 쌍둥이 형제가 침대 아래에 있던 보호자용 간이침대를 병실 가운데로 끌어다 놓고 그 위에 족발과 치킨을 꺼내 놓는다. 우석이 주머니에서 돈을 꺼내 족발 값을 계산하는 것을 어쩐 일이냐는 듯 쌍둥이들이 꼬나보며 이죽거린다.

영직 - 워~ 배꼽이 오늘 거금 쓰는데? 대한이 넌 좋겠다! 배꼽이 족발도 사 주고.

성직 - 나한테는 좃전도 안 쓰는 놈인데… 대한이한테는 의형제라서 그런지 쌈짓돈이 막 나오는구먼! 이 새끼! 참~ 얄밉네! 씨벌놈!

우석(배꼽) - 병신들 지랄하고 자빠졌네! 지난번에 내가 술 안 샀나? 또 대한이 처음 만날 때도 내가 샀잖어!

영직 - 그려~ 그려! 배꼽 네가 술값 냈지! 암만!

우석(배꼽) - 자꾸 딴소리 좀 하지 말어라! 기분 나쁘다! 잉?

대한 - 하하하~ 재밌네! 저기… 성직아! 통닭 한 마리는 간호사 누나들 좀 주자! 뇌물로… 술 먹다 걸려도 눈감아주게 하려면 뇌물을 많이 줘야 돼! 석준이 네가 드리고 와!

석준 - 그려! 내가 가서 말 잘하고 올게!

용식 - 언능 술이나 따라 봐! 술 한 잔 마시고 집에 들어가서 잠이나 자게!

대한 - 잔 채웠으면 잔 좀 들어 봐! 오늘의 물주 배꼽이 한마디 지껄여 봐!

족발 쏜 기념으로다가… 헤헤!

우석(배꼽) - 내가? 음… 우선 나의 형제 대한이가 아프면 나도 아프다! 그니까 아프지 말고… 대한이의 빠른 쾌유를 위하여!

대한과 친구들이 병실 종이컵을 높이 들고 소리가 밖으로 새어 나갈까 목소리를 한껏 낮춰 '위하여'를 외치고 잔을 홀짝 비운다. 병실에서 몰래 술을 마시는 기분이 짜릿하다는 듯 대한과 친구들이 서로를 마주 보며 킥킥거리고 웃는다. 대한과 친구들이 병실에서 술잔을 주거니 받거니 하며 술을 마시고 있는데 갑자기 병실 문이 왈칵 열린다. 놀란 토끼 눈을 한 간호사가 병실로 들어서며 대한을 쏘아본다.

간호사 - 대한 씨! 입원 첫날부터 왜 이렇게 말썽이야~ 지금 옆방 환자분들이 시끄럽다고 인터폰 오고 난리 났어! 병원에서 술을 마시는 사람이 어디 있어~ 더구나 너희들은 아직 학생이잖아~ 니들 땜에 미치겠다 진짜!

대한 - 누나! 미안~ 흥분하지 말고… 무슨 말인지는 알았어요! 이제 다 먹었으니까 조용히 할게요! 야! 니들! 조용히 좀 해라! 이제 됐지? 누나!

간호사 - 빨리 치워요! 원장선생님 아시면 강제퇴원 당해요. 그땐 내가 어쩔 도리가 없으니까 알아서들 해요!

우석(배꼽) - 예~ 누님! 언능 치우고 저희도 갈게여!

대한 - 누나가 화내니까 엄청 귀여운데요? 귀여우니까 오늘 일은 이만 눈감아주기… 알겠죠?

간호사 - 아~ 진짜! 입만 살아가지고! 옆 사람들한테 피해 안 가게 조용히 좀 부탁할게요!

영직, 성직 - 예~ 죄송합니다!

간호사가 대한과 친구들에게 제발 조용히 해달라는 당부를 한 번 더 하고서 병실을 나간다. 대한과 친구들은 마지막 남아 있는 소주 두 병까지 모조리 비우고서야 대한의 입원 기념 병실 술파티를 끝낸다.

다음 날 아침, 병원 원장이 회진을 돌고 있다. 병원장은 대한의 상처 부위에 드레싱을 하고 붕대를 감아 준 후 이틀 뒤 통깁스를 해야겠다고 한다. 잠시 후 병원 옥상. 대한이 함께 입원하고 있는 석준, 기중과 함께 링거액 병을 들고 담배를 피우고 있다.

석준 - 병실에만 갇혀 있으려니까 존나 답답하지 않냐? 아~ 답답해!

대한 - 답답해도 별수 없지. 아직 상처에 붓기도 안 빠져서 통깁스를 이틀 뒤에 한다잖아. 다리병신이 뭘 할 수 있겠냐!

그때였다. 석준이 대한과 기중을 바라보며 '씨익' 웃는다.

기중 - 저 새끼는 갑자기 왜 웃어? 아! 쭈굴이! 너 또 헛소리 지껄일 거면 하지 마라! 진짜!

석준 - 내일 병원으로 냄비들이나 부를까? 내일 진산여고 개학 날이잖아~ 학교 앞이니까 민희랑 자영이랑 병원으로 놀러 오라고 하면 되는데… 어떠냐?

대한 - 야! 괜히 여자애들까지 병실로 불렀다가 뭔 일이라도 생기면 그땐 진짜 강제퇴원 당해! 그러니까 당분간은 조심하자. 쭈글아!

석준 - 그냥 조용히 지내면 되잖어! 안 그래?

기중 - 개가 똥을 참지. 그 주둥이 닥쳐라! 새끼야! 병원에서 이제 겨우 하루 지냈다. 조용히 좀 지내자. 응?

대한 - 그래! 기중이 말이 맞아! 쭈글아! 다시 생각 좀 해보자. 석준아!

오후 2시가 지나고 있을 무렵이었다. 병실 문이 열리더니 대한의 영동파 1년 선배인 이일석, 이시정, 김두영이 병실로 들어선다. 그들은 병실 침대에 누워있는 대한을 부러운 듯 바라본다.

일석 - 어이구~ 우리 아우님! 팔자 좋구먼!

대한 - 아니 형님들이 연락도 없이 어떻게 오셨습니까?

시정 - 니가 크게 다친 줄 알았는데… 이만길 천만다행이다!

두영 - 그래… 다행이다! 대한아! 몸은 괜찮냐?

대한 - 예~ 괜찮습니다! 복숭아뼈에 살짝 금이 갔다고 하는데… 깁스하고 한 달 정도면 괜찮아질 거랍니다!

일석 - 그래? 이렇게 얼굴이라도 봐야 형들 맘이 편할 거 같아서 들린 거다. 몸조리 잘하고 있어 대한아! 형들은 볼일이 있어서 그만 가볼 테니까… 편하게 쉬고… 조금 있다가 치킨 두 마리 배달 오면 친구들하고 먹어~ 계산은 형이 미리 해놨으니까~ 두영아~ 시정! 우리는 대한이 봤으니까 그만 일어나자!

두영 - 그라~ 대한이 넌 나중에 퇴원하고 밖에서 형들하고 보자!

시정 - 형들은 먼저 일어날 테니까… 푹 쉬고… 나중에 연락하자!

대한의 문병을 마치고 병실을 나서는 영동파 선배들을 목발로 병원 입구까지 배웅하며 따라 나가 정중히 인사한다. 일석, 시정,

두영은 같은 조직은 아니었으나 늘~ 친형제처럼 살펴주는 살가운 선배들이다. 하지만 이들의 행색은 누가 보기에도 범상치 않아 보인다. 그래서인지 선배들에게 인사를 하고 돌아서는 대한과 선배들의 뒷모습을 간호사들이 힐끔거리며 쳐다본다.

간호사 - 저기… 대한 씨! 저분들은 뭐하시는 분들이에요?

대한 - 그냥 말 좀 편하게 하면 안 돼요? 누나? 식구끼리 왜 그래요? 헤헤!

간호사 - 야! 식구 같은 소리한다. 누나가 묻는 말에 대답이나 해 봐!

대한 - 건달이에요! 영동파 1년 선배. 근데? 그건 왜요?

간호사 - 어쩐지… 아무리 봐도 그런 거 같더라! 포스가 예사롭지 않더라고. 다들 무섭게 생겼잖아!

대한 - 에이~ 누나는… 사람 겉모습만 보고 왜 선입견을 가져요? 그러면 못 써! 사람은 겪어 봐야 아는 법이지~ 누나!

간호사 - 하긴 그래! 네 말이 맞다! 넌 어쩜 말하는 것도 그렇게 어른스럽니? 누가 널 고딩으로 보겠냐?

이때 영동파 선배들이 대한을 위해 주문한 치킨 두 마리가 배달된다. 대한이 그중 한 마리를 간호사에게 건네며 눈을 찡긋한다.

대한 - 이거 한 마리는 누나들하고 같이 드세요!

간호사 - 학생이 무슨 돈이 있다고 누나들까지 챙기니? 부담스럽게… 암튼 잘 먹을게! 대한아~ 고마워!

대한 - 이거 그냥 주는 거 아닌데 헤헤! 뇌물이니까 우리 병실 좀 잘 봐줘~

간호사 - 너 자꾸 그런 식으로 누나들 엮지 마! 누나는 니들이 뭘 하든 옆방 환자들한테 피해만 안 끼치면 괜찮은데, 수간호사 언니가 알면 니들은 백퍼 강제퇴원 각이야. 그러니까 누나 말 잘 듣고 조심해! 알겠지?

대한 - 걱정 마! 누나! 역시 예쁘니까 대화가 통하는구만! 다른 간호사 누나들은 까칠하기만 하던데. 암튼 고마워! 누나! 헤헤!

간호사 - 으이구~ 넌 입만 살아가지고. 아무튼 알았어! 대한아! 치킨 고마워 잘 먹을게~

대한은 특유의 친화력으로 병원에 입원한 지 얼마 지나지 않아 간호사 누나들과 벌써 가까운 사이가 됐다. 어쩌면 이것도 조금이나마 병원 생활을 편하게 해보려는 대한의 책략이겠지만 이래서 다른 친구들이 대한을 두고 처세술 '만갑'이라고 하는 것이다. 대한이 간호사 누나들을 구워삶은 덕에 석준과 기중은 다른 환자들이 병실에서 누릴 수 없는 나름의 자유를 얻게 된다.

대한이 병원에 입원하고 며칠 지나지 않아 여름방학이 끝나고 새 학기가 시작된다. 청량한 아침 바람을 맞으며 옥상에 올라 담배를 피우고 있던 대한이 등교 중인 진산여고 여학생들을 바라보고 있다. 옆에 있던 석준이 먼발치에서 등교하는 민희와 자영을 알아보고 손을 흔든다. 자영이 손을 흔드는 석준을 알아보고 대한과 석준에게 손으로 전화하겠다는 시늉을 하며 진산여고 정문으로 향한다. 대한과 석준은 민희와 자영이 시야에서 사라질 즈음 병실로 돌아온다.

병실에는 간호사가 대한과 석준을 기다렸다는 듯 낚아채서는 1층 병원장실로 데리고 간다. 병원장은 그들을 슬쩍 흘려다 보고는 무표정한 표정으로 깁스 재료를 대한의 다리에 둘둘 감기 시작한다. 깁스에서 열이 나기 시작하고 뜨거움을 채 느끼기도 전에 깁스가 금방 단단하게 굳어버린다. 대한과 석준이 통깁스를 한 채 병실로 돌아와 움직임이 불편해진 다리를 내려다보며 성가시다는 듯 침대에 벌러덩 누워버린다.

석준 - 아~ 이거 뭐냐? 이러고 얼마를 있어야 하는 거야?

대한 - 그냥 그러려니 하면 되지. 갑갑한들 어쩌겠나? 이러고 있다 보면 또 무슨 수가 있겠지~

대한은 늘 이런 식이다. 무슨 일이든 조급해하거나 주어진 상황을 억지로 거스르려고 하지는 않는다. 그저 주어진 상황에 잘 적응하려고 최선을 다할 뿐이다. 깁스를 한 채로 무료한 시간을 보내고 있던 대한이 문득 시계를 올려다본다. 이제 고작 오후 3시가 지나고 있을 뿐이다. 통깁스를 한 탓인지 시간은 훨씬 더 무료하고 더디게 가는 것처럼 느껴진다. 오후 5시경이 되자 갑자기 병원이 시끌시끌해지기 시작한다. 대한에게 문병 온 친구들이 한꺼번에 몰려 병실 복도가 교복을 입은 학생들로 가득하다. 간호사가 눈살을 찌푸리며 대한의 병실로 들어온다.

간호사 - 대한아! 문병 오는 것을 막을 수는 없지만 이렇게 문병객들이 한꺼번에 몰려오면 병원이 복잡하기도 하고… 또 그러면 다른 환자들이 불평을 하게 되잖아~ 그러니까 네가 문병 오는 인원수를 조금만 제한해주면 안 될까?

대한 - 예에? 그걸 제가 어떻게…? 절 보겠다고 찾아오는 사람들을 오지 말라고 할 수는 없잖아요~ 일단 알았어여! 아… 이 일을 어쩐다?

간호사 - 그나저나 넌 무슨 문병객들이 이렇게 많니? 내가 간호사 생활 몇 년에 이런 경우는 또 처음이다! 친구들에게 인기가 많은가 봐?

간호사들의 말을 이해하지 못하는 것은 아니지만 지금의 상황은 대한이 어떻게 통제할 수 있는 것은 아니다. 대한이 언제나 자신보다는 친구들의 어려움을 먼저 살핀다는 것을 아는 대한의 학교 친구들이 교통사고로 병원에 입원한 것이 걱정이 된 듯 연실 풀 방구리에 쥐 드나들 듯 대한의 병실을 드나드는 것이다. 하지만 대한은 간호사들의 불편을 모른 체 하고 있을 수만은 없었다. 대한이 친구들에게 일일이 전화를 걸어 사정을 얘기하고 퇴원 후에 밖에서 보자며 문병을 자제해 줄 것을 요청한다.

다음 날 저녁 7시, 석준이 진산여고 여학생 민희와 자영을 병원으로 부른다. 대한이 입원한 후로 대한의 병실에서는 매일 밤 은밀한 술 파티가 벌어지고 있었다. 이날 대한의 은밀한 병실 술 파티에는 대한과 기중, 석준, 우석(배꼽), 용식과 함께 민희와 자영도 자리를 함께했다. 몇 차례 잔이 돌고 나니 어느새 취기가 오른 민희가 대한에게 호감을 보이며 접근한다. 하지만 대한은 이런 민희에게 별 반응을 보이지 않는다. 대한의 주변에는 늘 호감을 가진 여자아이들로 바글거렸지만 그는 여자아이들에게 그다지 쉽게는 마음을 주지 않는 편이다. 오늘도 대한은 민희가 자신을 향해 여러 차례 추근거리는 것을 알고 있으면서도 도통 반응을 보이지 않고 있었다. 그럭저럭 대한의 은밀한 병실 술 파티가 끝나고 용식과 배꼽이 먼저 병실을 떠난다. 하지만 민희와 자영은 집으로 가는 막차가 끊겨 할 수 없이 대한의 병실에서 기중, 석준과 함께 하룻밤을 지낼 수밖에 없게 된다.

민희와 자영이 대한의 병실에서 하룻밤을 지낸 그다음 날 아침, 대한의 교통사고 소식을 우석(배꼽)에게서 뒤늦게 전해들은 진하가 몹시 기분이 상한 목소리로 대한에게 전화를 한다.

진하 - 나야! 오빠! 진하!

대한 - 어~ 진하야! 근데? 너 지금 수업시간 아니냐?

진하 - 지금 수업이 중요해? 오빠?

대한은 앙칼진 목소리로 쏘아붙이는 진하의 목소리에 순간 짜증이 나지만 무슨 영문인지 몰라 일단 진하를 달래고 본다.

대한 - 우리 진하! 왜 그래? 목소리에 화가 많이 찼는데?

진하 - 오빠! 교통사고 났다면서? 왜 나한테는 말 안 했는데? 응?

대한 - 그거야 네가 걱정할까 봐 그랬지~ 별로 큰 사고도 아니고~

진하 - 그래도 그렇지. 내가 딴 사람도 아니고 오빠 여자친구잖아! 내가 다른 사람한테서 오빠 소식을 들으면 기분이 어떨 거 같아? 응? 오빠는 날 여자친구로 생각하기는 하는 거야? 내가 오빠한테 무슨 존재야? 말해 봐! 오빠!

대한은 진하가 화를 내는 것이 뜬금없다고 생각을 하면서도 토라져 있는 진하를 달랜다.

대한 - 미안하다! 진하야! 오빠가 그렇게까지는 생각을 안 해 봐서… 넌 오빠한테는 소중한 사람이지. 변명 같지만… 내 교통사고 소식을 듣고 여기저기서 문병 오는 사람이 너무 많았어~ 그래서 정신이 하나도 없기도 했고… 병원에서 문병 오는 사람 수를 제한해 달라고 부탁을 하기도 했고… 그래서 그랬어. 아무튼 서운했다면 미안하다! 이번 한 번만 봐줘라! 응?

서운한 마음에 투정을 부리던 진하가 대한과의 통화를 끝내자마자 지체 없이 대한이 입원한 진산병원으로 향한다. 그 시각 대한의 병실에는 석준이 불러서 병문안을 온 민희와 자영, 그리고 자영의 남자친구와 함께 비디오를 보며 시간을 보내고 있었다. 우석(배꼽)이 병원 입구에 먼저 도착해 선이와 진하를 기다리고 있다. 선이와 진하가 탄 택시가 우석이 기다리고 있는 병원 앞에 멈춰 선다. 우석이 택시에서 내리는 선이의 손을 잡고 진하를 안내해 대한의 병실로 향한다. 대한의 병실 앞에 도착한 진하가 노크도 하지 않고 '왈칵' 대한의 병실 문을 열어젖히더니 대한의 품으로 '와락' 달려들어 안긴다. 침대에 비스듬히 기대어 앉아있던 대한이 영문도 모르고 갑자기 품 안으로 달려든 진하를 안고 눈만 껌벅거리며 등을 토닥거린다.

잠시 후 대한의 품 안에 안겨있던 진하가 정신을 차리고 주위를 살펴보기 시작한다. 대한의 침대 머리맡에 걸터앉아있는 자영과 민희, 자영의 남자친구가 보인다. '누구지?' 진하가 낯선 사람들이 대한의 침대에 걸터앉아있는 것이 못마땅하다는 듯 이맛살을 찡그린다. 더구나 자영이 자신의 남자친구와 붙어 앉아있는 것과는 달리 예쁘장한 얼굴의 민희가 대한의 곁에 바짝 붙어 앉아있는 것이 몹시 신경이 쓰인다. 진하가 곱지 않은 눈으로 민희를 아래위로 흘겨본다. 바짝 신경을 곤두세우고 못마땅한 얼굴로 자신을 바라보는 진하와 눈이 마주친 민희가 눈을 내리깔고는 아무 말도 하지 않고 황급히 병실 밖으로 도망치듯 나가 버린다. 병실 문을 나서는 민희의 뒷모습을 쏘아보던 진하가 찜찜한 표정으로 대한의 눈을 뚫어져라 쳐다본다. 일순간 대한의 병실 안에는 어색한 침묵이 흐른다. 대한이 어색한 침묵을 깨며 기중과 석준에게 진하를 소개한다.

대한 - 저기 진하야! 여기는 오빠 친구들이야! 인사해!

진하 - 안녕하세요? 대한 오빠 여자친구 진하예요!

기중, 석준 - 아~ 네~ 안녕하세요? 엄청 미인이시네요!

기중과 석준에게 인사를 건네는 진하의 표정과 말투가 어쩐지 평소답지 않다는 생각을 하며, 무언가 찜찜한 기분을 감지한 대한이 진하가 자신의 여자친구라는 것을 강조하듯 기중과 석준에게 소개하고는 슬그머니 진하의 손을 잡는다.

대한 - 진하야! 우리 옥상에 올라가서 바람이나 좀 쐬고 오자! 응? 오빠는 담배도 한 대 피우고 와야겠어! 같이 갈래?

진하 - 난 담배 안 피우는데? 그렇지만 뭐… 알았어! 같이 가자! 오빠!

대한이 진하의 손을 잡고 병원 옥상으로 올라간다. 옥상 흡연 테이블에 앉아 담뱃불을 붙인 대한이 진하에게 할 말이 있다는 표정으로 물끄러미 바라본다. 진하가 무언가 의심스럽다는 눈빛으로 대한을 바라보다 천천히 말을 꺼낸다.

진하 - 난 오늘 우리 대한 오빠가 왜 이렇게 낯설게 느껴지지?

대한 - 뭐? 낯설다고? 우리 진하가 오늘 왜 이럴까? 오빠는 언제나 변함이 없는데! 뭐가 낯설다는 거야?

진하 - 오~ 그러셔? 그럼 아까 그 키 작은 언니는 뭐야?

대한 - 누구? 민희? 걔는 그냥 친구야! 너 설마?

진하 - 기분 나빠! 그냥 그 언니 첫 느낌이 맘에 안 들어!

대한 - 우리 진하가 겨우 그 정도 여자애한테 질투하는 거야? 신기하네? 와아~ 오해하지 마~ 걘 그냥 친구니까. 알겠지?

진하 - 뭐! 오해? 나도 그딴 거 하기 싫어! 몰라! 그냥 짜증 나!

대한 - 하하하! 우리 진하가 잔뜩 화가 났네! 왜 그래? 오빠친구 민희 걔 때문에 화난 거야? 걔는 네가 신경 쓸 만한 그런 친구 아니야. 오빠 눈 높은 거 알잖아~ 응? 우리 진하가 화내니까 더 이쁜데? 매력 있어! 헤헤!

진하 - 장난 그만해! 나 지금 오빠랑 장난칠 기분 아냐!

대한은 아무리 생각해도 진하가 갑작스럽게 자신에게 화를 내는 것이 이해되지 않는다. 하지만 진하의 굳어있는 표정을 진중하게 바라보고 있던 대한이 목소리를 한껏 깔고 말을 시작한다.

대한 - 진하야! 너 아직도 오빠를 그렇게 모르겠어? 오빠 솔직한 사람인 거 알면서 자꾸 오해하고 그럴 거야?

진하 - 아니~ 그냥 왠지 모르게 느낌이 찝찝해! 아까 그 언니 때문인지 자꾸만 신경 쓰여!

대한 - 다시 한번 말하는데… 걔는 내 취향 아니니까 절대 신경 쓰지 마! 오빠 눈 높다! 진하야! 알지? 오빠는 진하 너뿐이라고~

대한의 진심 어린 눈빛에 진하도 화를 풀고 살포시 대한의 품에 안긴다.

진하 - 진짜야? 진짜지? 알았어~ 오빠 믿을게! 내가 잠시 오해를 했나 봐! 하긴 우리 오빠 눈이 얼마나 높은데… 그러니 절대로 바람피울 일은 없겠지?

대한 - 걱정 말아! 진하야! 내가 절대로 너 걱정 안 하게 잘 처신할게! 알았지?

진하 - 알았어 오빠! 믿어볼게… 사랑해!

그 시간 대한의 병실에서는 옥상으로 올라간 대한과 진하가 한동안 내려오지 않자 걱정스러운 듯 선이가 조심스럽게 말을 꺼낸다.

선이 - 우석 오빠! 설마 옥상에서 진하랑 대한 오빠 싸우고 있는 건 아니겠지?

우석(배꼽) - 싸우긴 왜 싸워~ 대한이는 여자랑은 원래 안 싸워~

석준 - 야! 배꼽아! 너는 눈치가 그렇게 없냐? 참! 답답하다! 증말~

기중 - 그러니까… 아까 대한이 제수씨랑 민희랑 눈 마주치는 거 못 봤어? 둘의 눈이 마주치는데… 아주 그냥 불꽃이 튀는 것 같더라. 너희들은 싸늘

한 기분 못 느꼈냐?

우석(배꼽) - 야! 말 같은 소리를 해라! 그리고 우리가 뭘 그런 것까지 신경 쓰냐?

선이 - 그래도… 여자들은 아까 같은 상황이면 오해할 수도 있지~ 예전에 대한 오빠 좋고 달라붙던 애들이 쫌 있었는데… 그걸 보구 걔들 붙잡아서 진하가 살짝 떠봤나 봐! 걔들 말로는 대한 오빠가 그래도 사랑하는 여자가 있다고 말하면서 냉정하게 거절했다고는 하더라고… 멋지지 않아? 하지만 문제는 대한 오빠를 흔들어 놓는 년들이 아직도 많다는 거지. 근데… 혹시나… 우석 오빠는 그런 년들한테 홀랑 넘어가는 거 아니겠지? 응?

우석(배꼽) - 오빠는 단순해서 복잡한 건 딱 질색이여! 그래서 한 사람밖에 몰라! 그게 선이 너잖여~ 그리고 오빠는 싸움할 때도 한 놈만 패는 겨! 그게 내 스타일이니께… 알겠냐 선이야?

선이 - 으이구~ 오빠는? 그니까 오빠는 평생 내꺼 해야 돼! 알겠지? 딴 여자한테 끼 부리다 걸리면 국물도 없을 줄 알아!

우석(배꼽) - 선이야! 그거는 걱정 말라니까! 오빠는 선이 니꺼니께!

대한과 진하가 나갈 때와는 다르게 한껏 밝아진 표정으로 병실로 돌아온다. 갑자기 우석(배꼽)이 대한에게 외출복을 던져주고는 옷을 갈아입으라고 채근한다. 외출복으로 갈아입은 대한과 우석 커플이 몰래 병원을 빠져나온다.

택시를 타고 시내에 도착한 대한과 우석 커플이 잠시 마트로 담배를 사러 간 사이에 마트 앞에서 우석을 기다린다. 우석이 담배 한 갑을 사서 손바닥에 담뱃갑을 탁탁 두드리며 마트에서 나와 담배 한 대를 꺼내 대한의 입에 물리고는 불을 붙여준다. 대한이 담배를 입에 물고 목발에 의지하여 시내 방향으로 걸어 들어간다.

진하 - 우석 오빠가 담뱃불까지 붙여주니까 대한 오빠는 무슨 조직에 보스 같아 보여~ 호호호!

우석(배꼽) - 암만~ 대한이가 차세대 한양파 보스감이긴 하지… 남들이 뭐래도 대한이는 내 의형제니께 나중에 보스 한번 할꺼~

대한 - 야 헛소리 그만하고~ 이놈의 목발 때문에 엄청 불편하다!

진하 - 그래도 어쩔 수 없잖아. 오빠! 근데? 여기는 시내가 이게 전부야? 시골이라서 그런지 엄청 작다!

대한 - 당연히 네가 사는 도심지 하고는 비교가 안 되지. 그런데 우리 지역은 충절과 예학이 있는 지역이다 보니까. 선후배 사이의 규율도 엄격하고… 지역 텃새도 심해!

대한과 우석 커플이 시내로 들어서자 2층에 위치한 커피숍에서 차를 마시고 있던 친구들이 그들에게 손을 들어 보인다. 커피숍 1층의 용가리 오락실 앞에 불량스럽게 서서 담배를 피우고 있던 윤식과 홍렬이 대한을 보자 반갑게 아는 체를 한다.

홍렬 - 대한아! 어디 가냐? 너 다리는 왜 그래?

윤식 - 홍렬이 너는 대한이 사고 난 거 몰랐어?

홍렬 - 아이구~ 난 이제 봤네~ 몸은 괜찮냐? 대한아!

대한 - 그럼~ 별거 아니야. 깁스했더니 좀 답답하긴 하다.

홍렬 - 근디? 옆에 계신 분은 제수씨냐? 엄청 이쁘시구만~

윤식 - 야! 홍렬아! 이 쓰벌놈아! 침 좀 닦아라! 이 새끼야!

대한 - 미친 새끼! 저기… 진하야! 인사해! 오빠 친구들이야!

진하, 선이 - 안녕하세요~

우석(배꼽) - 선이야~ 진산에서는 얘들만 조심하면 돼! 푸하하!

홍렬 - 장난 좀 하지 마러! 제수씨가 나를 뭐라고 생각하시겠냐? 응? 혹시 여기 진산 분들은 아니시죠? 제수씨?

우석(배꼽) - 넌 왜 또 호구 조사를 하냐? 물어볼 거 있으면 나한티 물어봐! 대전에서 왔는디… 또 뭐 얘기해줘? 잉?

홍렬 - 야! 배꼽아! 너 진짜 너무한다! 새끼야~ 제수씨한테 여친 좀 소개 받아보자! 응?

이때 2층 커피숍에서 차를 마시던 대한의 친구 용식, 영직, 성직이 뒤로 다가오며 갑자기 큰 소리로 진하와 선이를 반기는 소리에 깜짝 놀라 뒤를 돌아본다.

용식 - 제수씨! 충절과 예학의 고장 진산에 오신 걸 환영합니다!

선이 - 엄마야! 깜짝이야! 아… 안녕하세요?

진하 - 어마나! 깜짝 놀랐잖아요! 그렇게 갑자기 뒤에서 소리를 지르면….

용식 - 대한이! 배꼽이! 친구 '구디기'라고 합니다!

우석(배꼽) - 야! 이 개새끼야! 우리 애기가 깜짝 놀랐다고 하잖어!

윤식 - 씨발놈이~ 또 욕이네! 이젠 하도 저 지랄 하니까 웃기지도 않어!

진하 - 여기는 지나가는 사람들 거의 다 서로 알고 지내나 봐? 신기하다! 오빠!

대한 - 아무래도 지역사회다 보니까… 거의 다 알고 지내지!

우석(배꼽) - 구디기(용식)! 너는 조금 전까지 커피숍에 있더니 왜 내려온 겨? 잉?

용식 - 씹새끼야! 우리 제수씨들한테 인사드리러 왔다! 내가 내 발로 걸어 다니는 것도 네 허락 받어야겠냐?

우석(배꼽) - 하~아! 이 새끼도 또 욕으로 시작하네! 구디기 너랑은 창피해 서 아는 척을 하지 말아야겠다.

진하 - 오빠! 친구들끼리 왜 무섭게 욕을 하고 그래?

우석(배꼽) - 하아~ 구디기 저 새끼만 만나면 열이 받네!

진산이 처음인 진하와 선이는 대한과 친구들의 허물없는 대화를 보며 깔깔거리고 웃느라 정신을 못 차릴 지경이다. 대한의 친구들 은 진하와 선이에게 서로 여자친구를 소개해 달라며 조른다. 이러 다가는 이놈들에게 잡혀서 아무것도 할 수 없겠다고 생각한 대한 이 찰거머리처럼 달라붙는 친구들을 가까스로 떼어내고는 우석 커플과 함께 진산 시내 모처의 한식당으로 향한다.

진하 - 오빠! 아까 우석 오빠하고 말싸움했던 그… 웃긴 사람 있잖아! 더러 운 별명 그 사람 있잖아~ 그 뭐였지?

선이 - 아~ 그… 모라더라? 구더기? 맞다! 구디기!

대한 - 구디기가 왜?

진하 - 구디기! 그 아저씨는 별명이 왜 구디기야? 오빠!

우석(배꼽) - 그 새끼가 하도 더러운 짓을 많이 하니까 구디기지! 뭐~

진하 - 어쩐지… 그래 보이더라. 호호호! 그런데 오빠는 별명이 왜 배꼽이야?

대한 - 진하 넌 그 이유를 아직도 모르고 있었어?

진하 - 설마 배꼽까지 바지를 올려 입어서?

우석(배꼽) - 진하야! 왜 너는 가만히 있는 오빠를 또 갈구는 겨?

진하 - 배꼽 오빠! 그러니까 놀림당하지 말고 바지 좀 내려 입자! 오빠! 응?

우석(배꼽) - 왜 또 그려? 진하야! 내 옷 입는 것까지… 왜 꼬투리여!

선이 - 꼬투리가 아니고… 오빠가 바지를 너무 올려 입으니까 보기 민망해서 그래. 조금만 내려 입자! 오빠야! 응?

대한 - 그래. 우석아! 다리가 길어 보이는 것도 좋은데… 선이가 하는 말이 팩트긴 하다!

우석(배꼽) - 알았어! 그람! 선이가 부탁하는디… 오늘부터 조금만 내려 입을 게! 그러면 되는 겨?

선이 - 그려~ 우리 오빠 말도 잘 듣고… 이쁘구만! 히~

우석(배꼽) - 으응~ 그랴!

우석의 대답을 들은 선이가 우석의 어깨를 감싸며 볼에 입을 맞춘다. 그러자 우석이 선이의 입술에 키스를 한다. 이 모습을 지켜보던 대한과 진하가 밥숟가락을 '탁!'하고 내려놓으며 장난스럽게 말한다.

대한 - 밥 처먹다 말고 뭔 개지랄이냐~ 니들은!

진하 - 짜증 나게 부럽다! 오빠야!

대한 - 더럽게… 저게 뭐가 부럽다는 거야?

진하 - 아유~ 대한 오빠는 너무 무뚝뚝해서 재미가 없어! 내 맘을 너무 몰라준다! 흥!

대한 - 내가 뭘? 나는 사람들 앞에서 표시 내는 거 완전 싫은데. 가슴속에 있는 진심이 더 중요한 거 아니야?

우석(배꼽) - 여자를 대하는 스타일이 대한이하고 나하고는 완전 정반대여. 그렇지 않냐?

선이 - 그래! 그건 우석 오빠 말이 맞는 거 같애! 호호호!

진하 - 내가 대한 오빠 처음 만났을 때… 저놈의 무뚝뚝한 남자다운 매력에 뿅~ 갔잖아! 그때만 생각하면 지금도 얼마나 심장이 뛰는지 몰라!

선이 - 맞다! 나도 그 옆에 있었잖아! 아직도 생생해~ 그때 대한 오빠 엄청 무서웠는데.

우석(배꼽) - 야! 근디 니들은 어떻게 대한이를 만났는지 얘기 봐! 궁금하다! 잉?

대한 - 야! 쪽팔리게 왜 지난 얘기를 하고 그래? 됐어 하지 마!

진하 - 우석 오빠만 몰랐구나? 예전에 나하고 선이랑 단둘이 시내를 걸어가고 있었는데, 대한 오빠가 갑자기 나타나서는 심각한 표정으로 아무런 말도 하지 않고 그냥 자길 따라 오라고 그러는 거야. 그래서 선이랑 같이 있어서 안 된다고 핑계를 댔더니 대한 오빠가 날 잡아먹을 듯이 노려보는 거야. 그래서 나랑 선이랑 바짝 쫄아서 어쩔 수 없이 개 끌려가듯이 오빠 뒤를 따라갔어. 사실 내 친구들이 대한 오빠 얘기를 많이 해서 무서운 오빠라는 건 알고 있었거든. 뒤 따라가면서 도망칠까 말까 고민도 했는데 오빠가 우리를 아지트 노래방으로 데리고 가는 거야. 대한이 오빠를 따라서 셋이 엘리베이터를 탔는데 대한 오빠 몸에서 좋은 향수 냄새가 나더라? 오빠 향수 냄새가 좋다고 생각하고 있는데 엘리베이터에서 내리라고 하더니 우리를 노래방 안으로 데리고 들어가는 거야. 노래방에 들어가니까 제일 큰 룸에 양주하고 족발, 치킨, 탕수육이 미리 세팅되어 있었어. '이게 무슨 영문인가?' 하고 있는데 대한 오빠가 날 노려보면서 앉으래~ 그래서 암말도 못하고 소파에 선이랑 같이 앉았지. 그랬는데 조금 있다가 웨이터가 케이크에 촛불 하나를 켜서 들고 들어오는 거야. 나는 '이게 도대체 무슨 일이야?' 그러면서 아무 말도 못 하고 서로 얼굴만 쳐다보면서 멍하고 있었어 ~ 그때까지도 대한 오빠는 말을 한마디도 안 하고 있었어. 그러더니 양주하고 맥주를 섞어서 우리보고 마시라는 거야. 쫄아서 폭탄주를 원 샷 했지. 그랬더니 이번엔 촛불을 끄래. 그래서 촛불을 껐어. 그때 갑자기 대한 오빠가 나한테 가까이 다가오더니 무섭게 날 노려보는 거야. 어~우~

선이 - 까르르륵! 그때 생각 하니까 진하가 아직도 떨리나 보네~ 그럼 이제부터는 내가 얘기해줄게~ 대한 오빠가 진하를 무섭게 쳐다보더니 '진하야! 오늘부터 우리 1일이다! 불만 없지?' 그러는 거야! 그러더니 갑자기 진하 입술에 키스를 하는 거야! 옆에서 보고 있던 내가 얼마나 떨리던지… 키스를 하고 나서는 진하가 대답하기를 기다리고 있다는 듯이 진하를 계속 쳐다보고 있었어… 그때 진하 표정을 봤어야 하는데… 호호호! 그때 진하 표정이 아직도 난 생생해! 눈을 토끼 눈처럼 동그랗게 뜨고 얼굴이 빨갛게 상기 돼서 '네! 오빠! 좋아요!' 갑자기 그러는 거야.

대한 - 그만해 선이야~ 쪽팔려! 아직도 그때만 생각하면 기분이 이상해! 오글거린다! 헤헤!

진하 - 오빠! 난 그때 내 심장이 터지는 줄 알았어!

대한 - 그랬어? 오빠는 '에라 모르겠다!' 하고 기습적으로 키스한 건데?

선이 - 우리는 그때 대한 오빠한테 무슨 큰 잘못이라도 한 줄 알고 잘못했다고 빌려고 했었어! 그런데 완전 반전이었어! 진하한테 프러포즈하는 걸 보면서 내가 얼마나 부럽던지… 그때 대한 오빠 카리스마 장난 아니었는데~

대한 - 하하하! 내가 그렇게 보였어? 그땐 완전 무데뽀였어. 난 진하가 언제 오는지도 모르고 그냥 진하가 지나갈 때까지 그 골목에서 무작정 기다리고 있었어. 그때 한 시간도 넘게 그 자리에서 진하를 기다리고 있었던 거야.

우석(배꼽) - 네가 그런 적이 있었어? 완전 상남자 스타일인디. 안 그려? 선이야!

선이 - 앙~ 그럼! 근데 오빠! 노래 연습은 하고 있어?

우석(배꼽) - 당연한 거 아녀? 존재의 이유 그 노래만 죽어라 연습하고 있구만!

대한 - 어쩐지 노래방에 갈 때마다 네가 그 노래만 부르는 이유가 바로 선이 때문이었구만? 하하하!

저녁 식사를 하며 반주 삼아 가볍게 술을 마신 두 커플은 한식당을 나온 직후에 곧바로 숙박업소를 찾는다. 대한이 숙소에 들어서자마자 방문을 잠그고 더위를 식히느라 속옷 차림으로 한참을 에어컨 바람 앞에 서 있다. 샤워를 마친 대한이 침대에 누워 담배 한대를 피워 물고 TV를 본다. 이때 욕실 문이 열리고 백옥같이 하얀 피부의 진하가 머리에 수건을 두르고 알몸으로 나와 화장대 앞에 앉는다. 헤어드라이어로 머리를 말리고 몸에 바디로션을 바르며 몸단장을 하는 진하의 모습을 대한이 뚫어지게 바라본다. '꿀꺽' 대한의 침 넘기는 소리가 진하에게도 들린다. 진하가 자신을 뚫어져라 바라보고 있는 대한을 거울 너머로 보며 코맹맹이 소리를 낸다.

진하 - 아잉~ 오빠! 너무 그렇게 노골적인 표정으로 쳐다보지 마! 변태 같아~ 진짜!

대한 - 그러니까 진하야! 네가 문제야! 왜 오빠 앞에서 옷을 홀랑 벗고 그러냐? 오빠 지금 환자라고. 응?

진하 - 환자? 음~ 환자는 맞지! 성욕에 가득 찬 환자! 호호호!

대한 - 진하야! 화장품은 이제 그만 바르고… 이리 와!

진하가 고개를 돌려 대한을 바라보다 실내등과 TV 전원을 끈다. 진하가 실오라기 하나 걸치지 않은 알몸으로 대한의 배 위로 올라가 그의 입술에 키스하기 시작한다. 진하의 혀끝이 대한의 입속으로 밀고 들어오자 주체할 수 없는 뜨거운 기운이 올라오는 것을 느낀다. 대한과 진하의 터질 듯이 뛰는 심장박동 소리가 두 사람을 야릇한 흥분에 빠지게 한다. 그의 몸 위로 진하의 몸이 포개지고 두 사람의 몸이 이내 땀으로 흠뻑 젖는다. 깁스를 한 채로 드러누워 위에 있는 진하의 몸을 받아들이고 있던 대한이 진하를 침대에 눕히며 위로 올라간다. 대한이 천천히 진하의 몸을 탐닉하기 시작한다. 두 사람의 몸이 뜨거워지며 호흡이 거칠어져 폭풍처럼 절정에 이른다. 얼마나 지났을까? 한차례 뜨거운 사랑을 나눈 대한이 수줍은 듯 그의 가슴을 파고드는 진하를 꼬옥 안은 채 잠이 든다.

다음 날 아침, 일찍 잠에서 깨어난 진하가 곤히 잠들어 있는 대한의 입술에 입을 맞추어 그를 깨운다. 대한이 옆방에서 자고 있는 우석과 선이를 불러 간단한 주문 음식으로 아침 식사를 마치고 오거리 드림 커피숍으로 향한다. 커피숍 창가에 마주 앉은 두 커플은 어젯밤의 여운이 아직도 가시지 않은 눈치다. 대한이 카프리 맥주 2병과 시원한 음료 2잔을 주문한다.

선이 - 오빠! 아침부터 무슨 술이야?

진하 - 어제도 술 마시고 일어나자마자 또 낮술이야?

우석(배꼽) - 이게 뭔 낮술이여? 그냥 갈증이 나서 간단히 목 좀 축이는 거지.

대한 - 오빠들은 원래 커피숍에서 버드나 카프리 맥주를 딱 한 병만 시켜서 마시거든~ 갈증 날 때나 밥 먹고 소화시킬 때… 그럴 때만 마시는 거니까 걱정은 하지 마!

진하 - 아니! 그렇게 마시면 중독되는 거 아니야?

대한 - 에이~ 중독은 무슨 중독이야? 이건 그냥 음료수야!

우석(배꼽) - 우린 그냥 소화제라고 생각하고 습관처럼 마시는 건디? 대한이랑은 늘 그렇게 하는디 뭘~

진하 - 그래도 오빠! 술이잖아! 조심해야지!

이때 대한의 전화벨이 울린다. 병원 사무장이다. 대한이 곧바로 들어가겠다며 전화를 끊는다.

대한 - 진하랑 선이는 집에 언제쯤 가야 돼?

진하 - 집에 가기 싫다! 그냥 오빠랑 같이 살면 안 될까? 이렇게 만나고 헤어지고 하는 거 너무 싫어! 오빠!

우석(배꼽) - 진하야! 그냥 짐 싸서 내려와! 일찌감치 둘이 살림이나 차려!

진하 - 우선 오빠 병원에 들어가는 거 보고 선이랑 같이 대전으로 올라가야지! 뭐!

대한 - 번거롭게 뭐 하러 그래? 바로 옆이 터미널인데. 표부터 끊자! 그래도 오빠가 니들 올라가는 거는 보고 가야 맘이 편하지.

진하 - 우리는 괜찮으니까 신경 쓰지 마! 오빠! 환자가 우선이지! 안 그래?

우석(배꼽) - 그랴~ 병원부터 가자! 대한아!

커피숍에서 나와 병원에 도착한 대한이 택시에 타고 있는 진하와 선이에게 손을 들어 인사를 하고는 병원 현관으로 향한다. 우석은 대한을 택시에서 내려주고 진하, 선이와 함께 터미널로 향한다. 병원으로 향하는 대한의 뒷모습을 진하가 아쉬운 표정으로 바라본다. 순간 대한이 걸어가고 있는 병원 1층 복도에 진산여고 교복을 차려입은 민희로 보이는 여자의 모습이 진하의 눈에 들어온다. 하지만 우석, 진하, 선이와 함께 같은 택시에 타고 있던 그녀는 굳어진 표정으로 어쩔 수 없이 터미널로 향한다.

진하의 집. 자신의 방으로 들어간 진하의 눈에서 갑자기 눈물이 '왈칵' 하고 쏟아진다. 그녀는 조금 전 병원 1층에서 본 것 같은 민희의 모습을 떠올리며 속에서 까닭 모를 화가 치미는 것을 느낀다. 얼마나 울었을까? 울음을 멈춘 진하가 대한에게 삐삐(무선호출기) 음성사서함을 남긴다. 어젯밤 대한과 함께 서로의 뜨거운 사랑을 확인하며 밤을 지냈던 진하가 갑자기 대한의 음성사서함으로 일방적인 이별을 통보해버린다. 그녀는 침대에 무너지듯 쓰러지며 오열하기 시작한다. 음성사서함으로 들리는 진하의 목소리에서 그녀가 울고 있다는 것을 느낀 대한이 그녀의 집으로 전화를 걸어본다. 어떻게 된 영문인지 짐작도 하지 못한 대한이 갑작스럽게 이별을 통보하는 그녀의 의중이 무엇인지 확인하기 위해 진하에게 계속 전화를 걸어보지만 그녀는 전화를 받지 않는다. 대한의 부탁을 받은 선이도 여러 차례 진하에게 전화를 걸어보지만 그녀는 주변 사람들과 모든 연락을 끊고 혼자서 힘든 시간을 보낸다.

병원에 입원한 지 2주가 지나자 조급증을 느낀 대한이 의사의 만류를 뿌리치고 서둘러 병원에서 조기 퇴원을 한다. 병원에서 퇴원한 대한이 거추장스럽다는 듯, 자신의 손으로 쇠톱을 이용해 깁스를 풀어버리고는 아무 설명도 없이 갑자기 이별을 통보하고 떠나버린 진하를 생각한다. 대한이 이것이 마지막이라는 생각으로 그녀에게 음성메시지를 남긴다.

'진하야! 대한 오빠야~ 그동안 오빠가 많은 생각을 해봤어! 진하 너의 결정을 원망하거나 뒤바꾸고 싶지는 않아. 다만 오해로 시작한 일은 한번 오해가 시작되면 그 오해가 점점 풍선처럼 부풀어서 결국에는 걷잡을 수 없게 되는 법이거든. 오빠가 어떤 말을 해도 넌 믿고 싶지 않겠지만 확실한 것은 그것이 무엇이든지 간에 진하 네가 오해를 했을 거라는 거야. 난 널 만나면서 늘 감사한 마음으로 살았어. 그동안 좋은 추억 만들어줘서 고마웠다! 진하야! 잘 지내!'

담담한 표정의 대한이 그녀에게 마지막 음성메시지를 남기며 그동안 진하와 함께 했던 모든 흔적을 깨끗이 비워내려고 한다.

다음 날 아침, 아직 성치 않은 발을 절뚝거리며 등교하던 대한이 오거리 오락실에 잠시 들린다. 오락실에는 쌍둥이 영직과 성직이 게임을 하고 있다. 쌍둥이 형제는 대한의 얼굴 표정이 평소답지 않게 어둡다는 생각을 한다. 목발을 짚고 잔뜩 얼굴을 찌푸리고 있는 대한을 성직이 슬슬 자극하기 시작한다.

영직 - 뭐냐? 너도 별수 없구만! 다리 좀 다쳤다고 절뚝거리고 인상 쓰고… 헤헤!

이런저런 일들로 신경이 예민해져 있던 대한이 깐죽거리는 성직을 노려본다.

대한 - 너 이 새끼! 그 입 닫아라!

평소 같았으면 그냥 지나쳤을 일이지만 신경이 예민해져 있는 대한이 날 선 반응을 보이자 영직, 성직이 눈살을 찌푸리고 대한을 쏘아본다. 영직, 성직은 내심 '다리도 못 쓰는 놈이 뭘 할 수 있겠어?'라는 생각에 대한이 발끈하는 모습을 대놓고 비아냥거리기 시작한다. 대한이 '욱'하는 마음에 영직의 멱살을 부여잡는다. 순간 성직이 대한의 뒤에서 주먹을 날린다. 방심한 사이에 성직으로부터 뒤통수를 얻어맞은 대한이 '아차!' 하는 생각을 하며 뒤에서 달려드는 성직의 가슴팍을 뒤차기로 힘껏 내지른다. 성직이 '헉!' 하고 비명을 지르며 뒤로 데구르르 굴러 나자빠진다. 동시에 대한이 자신을 향해 주먹을 내지르는 영직의 주먹을 슬쩍 피하고는 마치 샌드백을 두드리듯 영직의 안면 부위를 가볍게 툭툭 쳐댄다. 영직이 쌍코피를 쏟으며 오락실 옆문을 향해 황급히 빠져나간다. 이 틈에 쓰러져 있던 성직이 대한을 향해 돌진하며 주먹을 휘두른다. 대한은 자신의 안면을 향해 날아드는 성직의 팔뚝을 어깨로 걸어 바닥에 냅다 메다꽂는다. 바닥에 패대기쳐진 성직의 얼굴이 고통으로 일그러진다.

성치 않은 다리로는 기물이 가득한 오락실의 좁은 공간에서 두 사람을 상대한다는 것이 절대 이롭지 않다는 생각에 대한이 아픈 다리를 절뚝거리며 오락실 문을 열고 골목길로 빠져나온다. 영직, 성직은 대한이 다리를 절뚝거리는 모습을 보며, 지금 이 기회를 놓치면 다시는 대한을 꺾을 수 있을 기회가 없다는 생각으로 골목길로 들어서는 대한을 쫓으며 양쪽에서 대한을 압박한다. 대한이 뒤로 돌아서며 왼편에서 달려드는 영직의 안면을 돌려차기로 강타하고 몸을 틀어 오른편에서 달려드는 성직의 복부를 무릎으로 찍은 후에 머리를 숙이는 성직의 안면에 강렬한 어퍼컷을 꽂아 넣는다. '아악!' 성직의 비명을 들으며 대한이 영직을 향해 몸을 돌려 발을 들어 내려찍기로 영직의 안면을 사정없이 강타한다. 영직과 성직은 대한이 다리를 절뚝거리는 것을 보고 사소한 말다툼을 구실삼아 대한을 어떻게든 꺾어보려 했지만 대한의 동물적인 감각은 아직 살아있었다. 영직과 성직이 얼굴에서 피를 철철 흘리며 도망치듯 자리를 피한다. 대한은 다리를 절뚝거리면서도 도망치는 영직, 성직의 뒤를 쫓기 시작한다. 어떻게 알았는지 대한의 친구들이 나타나 잔뜩 독이 오른 대한의 앞을 막아선다.

시경 - 대한아! 무슨 일이야? 왜 그래? 무슨 일인지는 모르지만 네가 참아 ~ 쟤들은 어차피 네 상대조차도 안 되는 애들이잖아! 응?

대한 - 아~ 개새끼들! 존나 열받네! 좆도 아닌 새끼들이….

오현 - 다리도 성치 않은 사람이 무슨 일 때문에 이러냐? 야! 근디? 너 깁스는 언제 풀었어?

대한 - 그냥 갑갑해서 어제 내 손으로 그냥 풀어버렸어.

오현 - 깁스는 최소 한 달 이상은 해야 해. 대한아! 너 이러다 큰일 나! 진짜! 그러지 말고 병원에 가서 깁스부터 다시 하자!

대한 - 야! 됐어! 깁스는 무슨… 일단 학교로 가자!

대한은 결코 쉽게 화를 내는 성격이 아니다. 더구나 상대가 자신의 친구 중의 한 명이라면 아무리 화가 나는 일이 있어도 웬만한 일로 자신의 감정을 드러내는 법은 아직까지 없었다. 하지만 아무런 설명도, 이유도 없이 돌연 이별을 선언하고 떠난 진하와의 이별은 그가 사소한 일에도 흥분하는 이유가 되었다. 진하를 사랑했던 것보다는 무엇 때문에 이별을 해야 하는지 아무런 이유를 전혀 알

수 없다는 답답함이 대한을 더욱 예민하게 한다. 대한이 친구들과 학교로 향한다. 진하와의 갑작스런 이별 이후 대한은 잠시 방황의 시간을 보낸다.

오해 下
(이별보다 아픈 사랑)

하늘은 높고 말이 살찐다는 천고마비의 계절 가을이 시작되었
다. 대한이 아침 일찍부터 교실 책상에 엎드려 잠을 자고 있다. 하
지만 2교시가 끝나도록 해당 과목을 담당한 교사들은 자고 있는
대한을 깨우지 않는다. 그렇게 2교시 휴식시간이 끝나고 3교시 수
학 과목 수업 시작종이 울리지만 대한은 여전히 책상에 엎드려 잠
을 자고 있다. 수학교사 현 선생이 실습 교생을 데리고 교실로 들
어온다. 부반장의 '차렷! 경례!' 소리에 맞춰 인사를 한다. 하지만
대한은 여전히 잠을 자고 있다. 현 선생이 교재를 펴고 수업을 시
작한다. 교실 뒤쪽에는 안영은 실습 교생이 현 선생의 수업을 참관
하고 있다. 안영은 실습 교생이 귀에 이어폰을 끼고 음악을 들으며
잠을 자고 있는 대한을 발견한다. 버릇없는 대한의 행동이 몹시 거
슬린 안영은 실습 교생이 오만상을 찡그리며 대한을 깨우려고 다

가간다. 그런데 어쩐 일인지 현 선생이 영은에게 눈짓하며 깨우지 말라는 신호를 한다.

다음 날 수학수업 시간이었다. 어제처럼 현 선생이 안영은 실습 교생을 데리고 교실로 들어온다. 현 선생이 교단에 올라 안영은 실습 교생을 학생들에게 소개하고는 오늘 수업은 교생선생이 진행할 것이라며 영은에게 수업을 인계하고 교실을 나간다. 반장인 대한의 '차렷! 경례!' 소리로 수학수업이 시작된다. 안영은 실습 교생은 자신의 이름 석 자를 칠판에 기록하고 간단하게 자기소개를 마친 후 본격적인 수업을 시작한다. 젊은 실습 교생이 수업을 진행한다고 생각해서인지 학생들의 수업 분위기가 오늘따라 유난히 소란스럽다. 실습 교생이 수업을 진행하고 있는데도 잡담을 하거나 장난을 치기도 한다. 단독으로는 처음 수업을 진행하는 실습 교생 영은의 얼굴에 당황한 기색이 역력하다. 대한이 이런 영은의 안색을 살펴보다 학생들을 향해 일갈한다.

대한 - 야! 왜 이렇게 떠드는 거냐? 수업에 집중 좀 해! 모두 집중!

학생 일동 - 네~엡!

대한의 카리스마 있는 말 한마디에 일순간 교실 분위기가 조용해진다. 실습교생 영은의 시선이 갑자기 대한에게로 향한다. 영은은 대한에게서 여느 학생과는 다른 묵직한 카리스마가 느껴진다는 생각을 한다. 대한은 영은의 시선이 자신에게로 향하자 묘하게 가슴이 설레는 것을 느낀다. 사실 대한은 안영은 실습 교생이 학교에 실습 온 첫날부터 매력적이고 지적인 미모에 반해버렸다. 흰 피부에 긴 생머리를 뒤로 가지런하게 묶은 영은은 165cm의 키와 날씬한 몸매에 하늘하늘거리는 원피스를 즐겨 입었다. 이런 영은의 청순하고 지적인 매력은 진산공고 사춘기 남학생들의 가슴을 흔들기에 충분했다. 나이 든 교사들만 가득한 진산공고의 남학생들에게는 영은을 보는 것만으로도 가슴이 설레는 일이다. 그래서인지 영은이 진산공고로 교생 실습을 온 뒤 거의 모든 남학생들이 영은에 대한 연모의 마음을 품기 시작하였고 저마다 그녀의 눈에 들기 위해 경쟁을 할 정도였다.

누구보다 가슴이 뜨거운 대한이 영은을 짝사랑하지 않을 이유는 없었다. 하지만 상대는 실습 교생이자 자신을 가르치는 선생님이다. 자칫 잘못 처신하면 공연스레 그녀에게 놀림감이 될지도 모른다. 대한은 안영은 실습 교생에게 접근하기 위해 전략적 접근법을 사용하기로 작심하고 치밀한 전략을 수립하기 시작한다. 영은의 마음을 얻으려면 자신의 장점을 어필할 수 있는 사적인 만남의 기회를 만들어야 했다. 그러기 위해서는 첫 번째 단계로 영은의 연락처가 필요했다. 대한은 자신이 학급 반장이라는 신분을 교묘하게 활용하기로 한다. 반장 자격을 빙자하여 수학교사 현 선생을 교무실로 찾아간 대한이 수업에 관한 이야기를 하는 척하고는 현 선생의 책상 위에 비치된 교직원 비상연락망에서 안영은 실습 교생의 무선호출기 번호를 알아낸다. '됐다!' 대한이 속으로 쾌재를 부르며 교무실 문을 나선다. 그리고는 지체할 틈도 없이 자신의 휴대 폰에 영은의 무선호출기 번호를 재빨리 입력한다.

1차 관문은 통과다. 이제는 알아낸 영은의 무선호출기 번호를 활용해서 자연스럽게 사적으로 만날 기회를 만들어야 한다. 하지 만 일반적인 방법으로는 공연히 영은과 친해질 기회마저도 날려버 릴지 모른다. 무선호출기 번호를 알았다고 무턱대고 영은에게 연 락하는 것은 조금 이상하게 보일 수 있다. 대한은 모든 일이 그러 하듯이 이번 일에도 합리적인 이유나 명분이 필요하다는 생각으 로 고민에 빠진다. 무작정 연락을 취하는 것으로는 그다지 좋은 결과를 얻을 수 없다고 생각한 대한이 정공법이 아닌 게릴라 전술 을 펴기로 작정한다. 자신이 영은에 대한 관심을 표명하는 것이 아 니라 영은이 자신에 대해 궁금증을 가지도록 만들 작정이다.

대한은 영은의 관심을 끌기 위해 수학수업 시간에 일부러 대놓 고 땡땡이를 치기 시작한다. 교생 영은은 반장인 대한이 아무런 사전 통보나 이유도 없이 반복해서 수학수업 시간에 빠지는 것에 자꾸만 신경이 쓰인다. 더구나 대한이 있을 때와 없을 때의 수업 분위기가 확연히 달라서 수업 진행에 어려움을 겪을 때면 영은은 자연히 대한을 떠올릴 수밖에 없었다. 만일 이렇게 수업 분위기가 어수선할 때 반장인 대한이 있었더라면 대한의 카리스마로 정숙한 수업 분위기가 조성되었을 것이다. 대한이 없는 것을 알기라도 한다는 듯이 도통 수업에 집중하지 않고 소란을 피우는 학생들 때문에 진땀을 뻘뻘 흘리던 교생 영은이 대한이 수업에 참석하지 않은 이유가 궁금해지기 시작한다. 영은은 또래의 남학생들과는 달리 진중하고 의젓한 모습의 대한이 수업에 들어오지 않는 이유가 궁금한 것을 넘어 '혹시 무슨 일이라도 생겼나?' 하는 걱정스러운 마음에 대한을 걱정하기 시작한다.

영은에게 자신의 존재감을 알리려는 생각으로 반복해서 수학 수업시간에 불참하던 대한이 지금쯤이면 반장인 자신이 반복해서 수업 시간에 들어오지 않는 것에 대해 교생 영은도 궁금증을 갖기 시작했을 거라 짐작하면서 영은의 삐삐(무선호출기)로 자신의 연락처를 남긴다. 수업을 마치고 교무실로 들어선 영은이 삐삐를 확인하다 자신도 모르는 핸드폰 번호가 호출기에 남겨진 것을 보며 궁금한 마음에 전화한다.

영은 - 혹시 호출하신 분 계신가요? 저는 안영은이라고 하는데요!

대한 - 아~ 네! 선생님! 안녕하세요? 저는 전기과 반장 박대한입니다!

영은 - 어? 박대한? 그런데 대한 학생이 내 호출기 번호를 어떻게 알고?

대한 - 지금 제가 선생님 삐삐 번호를 어떻게 알았는지 그게 궁금하세요?

영은 - 아니… 그런 건 아니고… 요즘 대한 학생이 내 수업시간에 자꾸 들어오지 않던데… 무슨 사정이라도 있니? 혹시 몸이 아프거나 그런 건 아니지?

대한 - 아… 제가 수학수업을 싫어해서 그럽니다! 죄송합니다! 그렇다고 선생님이 싫어서 그런 건 아니고요….

영은 - 수학수업이 싫어요? 그게 이유가 되나? 그래도 그렇지… 수학이 싫다고 해서 지금처럼 계속 땡땡이를 치면 본인만 손해 아닐까? 다음부터는 그러지 말고 수업에 들어와요! 괜히 대한 학생의 진학관리에 문제가 생기지 않을까 걱정되네요!

대한 - 지금 하신 말씀 진심이세요?

영은 - 네? 그게 무슨 말…?

대한 - 지금 진심으로 제 걱정을 해주시는 거냐고요?

영은 - 그거야… 어쨌든… 내가 지금 수업이 있어서 통화를 길게 못 할 것 같은데…

대한 - 그러면 수업 끝나고 다시 연락주세요!

영은 - 응? 그게 무슨 말이니? 여보세요? 여보세요?

대한은 영은이 이해할 수 없는 알쏭달쏭한 말을 남기고는 영은의 대답은 들을 생각조차 없다는 듯이 갑자기 전화를 끊어버린다. 영은의 궁금증을 유발해서 다시 통화할 수 있는 여지를 남기려는 대한의 고도의 술책이다. 대한은 영은과의 전화통화에서 결코 만만하게 볼 수 있는 상대가 아니라는 것을 직감하며 다음 계획을 준비한다. '2단계 통과! 연락처도 알아냈고 내 존재도 어필 하는데 성공한 것 같은데… 이제는 어떻게 자연스러운 만남의 기회를 만드느냐 하는 게 관건인데… 어쩌지? 혹시라도 영은이 다시 전화를 해주면 일이 쉽게 풀릴 수도 있겠지만 그렇지 않으면 어떻게 한다?' 혼잣말로 중얼거리고 있는 대한의 심장이 콩닥거리기 시작한다. 오랜만에 느껴보는 설렘이다.

그날의 학교 수업이 모두 끝났는데도 대한이 책상 위에 휴대폰을 올려놓고 누군가의 전화를 기다리는 듯 미동도 하지 않는다. 여느 때 같았으면 이미 학교 문을 나섰을 시간이지만 대한은 영은이 다시 전화해주기를 기다리며 책상에서 꼼작도 하지 않는다. 어쩌면 영은이 자신에게 다시 전화를 하느냐 하지 않느냐에 따라 다음 단계의 작전을 변경해야 할지도 모른다. 이렇게 생각하고 나니 은근히 대한의 마음에도 조바심이 생긴다. 대한이 두 손을 모으고 기도하듯 중얼거린다.

대한 - 전화야! 와라! 와라! 와라! 와라!

그때였다. 갑자기 대한의 휴대폰이 울리기 시작한다. 전화를 바라보는 대한의 눈빛이 흔들린다. 영은이다. '됐어!' 대한이 기다리고 있던 그녀로부터 거짓말처럼 다시 전화가 걸려온 것이다. 흔들리는 마음을 진정하며 애써 덤덤하게 그녀의 전화를 받는다.

대한 - 여보세요?

영은 - 대한 학생 맞지요?

전화 너머로 들려오는 영은의 낭랑한 목소리를 들으며 대한의 가슴을 사정없이 방망이질하기 시작한다. 대한이 크게 심호흡을 내 쉬고는 시큰둥하게 대답한다.

대한 - 대한이 전화로 전화를 하셨으니 당연히 대한 학생이 맞겠죠?

영은 - 장난하지 말구… 대한 학생! 지금 수학실로 올 수 있어요?

대한 - 수학실이요? 거긴 왜요?

영은 - 잠시 대한 학생하고 상담을 좀 하고 싶은데… 도대체 수학수업을 왜 싫어하는지… 특별한 이유라도 있는지 알고 싶어서….

대한 - 글쎄요! 지금은 아닌 것 같아요! 거절해도 될까요?

영은 - 그거야 대한 학생이 내키지 않는다면 학생 마음대로 해도 돼요! 상담받기 싫다면 나도 어쩔 수 없는 거지.

대한 - 지금은 조금 그렇고요. 차라리 제가 상담이 꼭 필요하다 생각할 때, 그때 부탁드리면 그게 어떤 상담이든지 간에 해주실 수 있을까요?

영은 - 글쎄…? 그게 어떤 상담인지는 모르겠지만… 그래요! 뭐 언제든지 좋아요!

대한 - 정말이죠? 그럼 저하고 약속하신 겁니다! 분명히 약속하신 거예요?

영은 - 약속? 무슨 약속까지… 그럼 다음 수업 때는 꼭 봐요! 대한 학생!

대한 - 예! 알겠습니다! 그럼 또 연락드릴게요! 안녕히 계세요!

전화를 끊는 대한의 입가에 회심의 미소가 번진다. 지금까지는 자신이 생각한 전략대로 상황이 움직여 주고 있는 것 같은 기분이다. 무언가 일이 순조롭게 진행될 것 같은 예감이 든다.

그로부터 며칠 뒤, 그날의 3교시 수업이 수학시간이다. 실습 교생 영은이 교단에 올라서자 대한이 자리에서 일어나 '차렷! 경례!' 하고 그녀에게 인사한다. 그녀는 대한이 수업에 참석한 것을 확인하고는 대한을 바라보며 은근히 미소를 짓는다. 그녀가 조금은 들뜬 목소리로 수업을 시작한다. 대한은 영은의 행동 하나도 놓치지 않겠다는 듯이 온 신경을 집중하며 영은의 일거수일투족을 살핀다. 영은을 바라보는 대한의 눈빛이 이글거린다. 하지만 대한의 이글거리는 눈빛은 여느 학생의 학구열과는 사뭇 다른 것이다. 수업에 집중하고 있던 영은이 대한의 뜨거운 시선을 느끼고 돌아보다 그와 눈이 마주치자 하얀 얼굴이 순간 빨갛게 변하는가 싶더니 이내 고개를 돌려 시선을 피한다. 다른 학생 누구도 이런 영은의 미미한 변화를 알 수는 없었지만 그녀의 작은 움직임 하나까지도 살피고 있던 대한은 영은의 손끝이 떨리고 있음을 느낀다. 수업을 진행하고 있는 그녀의 목소리가 가늘게 떨리기 시작한다.

한 손에 교재를 들고 교단에서 내려와 학생들 사이를 걸어 다니며 교재를 읽고 있던 영은이 대한이 앉은 자리 바로 옆을 지난다. 대한이 고개를 들어 이글거리는 눈빛으로 그녀의 눈을 뚫어져라 올려다본다. 대한의 강렬한 눈빛에 그녀가 돌연 들고 있던 볼펜을 교실 바닥에 떨어뜨린다. 영은이 허리를 숙여 볼펜을 주우려고 하는 순간 대한이 볼펜을 주워줄 것처럼 팔을 뻗어 그녀의 손을 '와락' 움켜잡는다. 당황한 영은이 대한의 손을 급하게 뿌리치고는 아무 일도 없었다는 듯 볼펜을 집어 들고 황급히 교단으로 향한다. 교단에서 돌아선 영은이 수업이 끝날 때까지도 대한이 앉은 쪽은 눈길도 주지 못한다.

수업이 끝나는 종이 울리자 당황한 듯 영은이 허둥지둥 소지품을 챙겨 뒤도 돌아보지 않고 교실을 나간다. 대한은 영은의 뒷모습을 보며 그녀의 삐삐에 호출번호를 남긴다. 교무실로 돌아온 그녀가 무선호출기에 남겨진 대한의 전화번호를 확인한다. 영은이 주변을 돌아보며 '누가 보기라도 하면 어쩌나?' 조심조심하며 호출기의 액정을 가리고는 급히 교무실 문을 나선다. 잠시 후 영은과 대한이 전화통화를 하고 있다.

영은 - 대한 학생은 너무 짓궂은 것 같아~ 아까 교실에서는 왜 그랬니? 내가 얼마나 당황했는지 알아? 누가 보기라도 했으면 어쩌려고… 다음부터는 절대로 그런 장난은 하지 말아요!

대한 - 장난이요? 저는 장난한 적 없는 데요? 전 그냥 선생님이 떨어뜨린 볼펜을 주워드리려고 그러다 실수로 손을 잡은 건데요! 우리 선생님 많이 놀라셨구나! 헤헤!

영은 - 흥! 뻔한 거짓말! 대한 학생이 나한테 이런 식으로 나온다 이거지? 근데 오늘은 어쩐 일로 내 수업에는 들어온 거니?

대한 - 어? 저한테 반말하시네요? 헤헤! 오늘은 밖에 나갈 일이 없었거든요! 어디 갈 데도 없고 그래서 그냥 들어갔어요!

영은 - 모? 어쩐지… 아무튼 난 대한 학생한테 실망이야!

대한 - 실망은 무슨 실망이에요? 앞으로는 수업 잘 받을게요! 근데 저한테 그냥 지금처럼 편하게 말씀해주심 안 돼요? 존대도 아니고 반말도 아니고… 호칭이 잘 적응 안 돼요!

영은 - 내가 그랬나? 그럼 지금부터 편하게 말할 게! 사실 전에는 대한 학생이 조금 불편하게 느껴져서 그랬어! 다른 학생들하고는 조금 느낌이 다른 것 같기도 하고 말이야.

대한 - 지금 그 말씀은 저를 흉보신 거죠? 헤헤헤!

영은 - 어? 그런 거 아니야! 그렇게 받아들이지 마! 난 그냥 대한 학생이 어른스럽다고 하는 표현이었으니까. 오해는 하지 않았으면 좋겠어!

대한 - 저… 선생님! 그건 그렇고요… 내일 주말인데 혹시 스케줄이 어떻게 되세여?

영은 - 내일? 잠깐만… 내일 오후 4시 이후부터는 괜찮은데… 그건 왜?

대한 - 그럼 내일 상담 좀 해주세요! 저녁 식사는 제가 대접할게요! 어떠세요?

영은 - 저녁 식사는 조금 부담스러운데… 그냥 학교 상담실에서 하면 안 될까? 보는 눈도 많고 그래서 좀 불편할 것 같아~

대한 - 저는 학교에 있는 그 자체가 불편한데… 학교 상담실에서 상담이 되겠어요? 그게 무슨 상담이에요?

영은 - 음… 그런가? 그래! 알았어! 그럼 저녁은 내가 살게! 그런데 대한이 너! 혹시 수작 부리는 거면 가만 안 둔다! 약속할 수 있지?

대한 - 수작이요? 무슨 수작이요? 학생이 스승님한테 무슨 수작을 부린다는 거죠? 말해보세요! 도대체 무슨 상상을 하시는 거예요?

영은 - 아… 니… 난 그냥… 그냥 해 본 말이야~ 네 앞에서는 무슨 말도 못 하겠다. 자꾸 말꼬리를 잡아서… 아무튼 내일 연락할게! 그럼 되는 거지?

대한 - 오~ 성격 깔끔하시네요! 그럼 낼 봬요! 선생님!

짜릿했다. 전화를 끊고 대한이 두 주먹을 불끈 쥐며 '됐어!' 하고 소리친다. 곁에 있던 친구들이 깜짝 놀라 대한을 쳐다본다. 대한의 얼굴에 환하게 미소가 피어오른다. 이렇게 계획대로 착착 진행되어가자 대한이 은근한 기대감에 가슴이 마구 방망이질을 한다.

다음 날인 토요일 주말. 학교 수업을 마친 대한이 세탁소에 들려 정장 한 벌을 말끔하게 차려입고 서둘러서 시내로 향한다. 시내의 한 식당에서 우석과 만나 점심 식사를 마친 대한이 2층에 위치한 커피숍으로 올라간다. 오늘도 어김없이 대한과 우석의 손에는 카프리 맥주가 한 병씩이 들려져있다. 맥주 한 모금을 마신 우석이 대한의 옷차림을 빤히 살펴보다 궁금했는지 대한에게 묻는다.

우석 - 이거 못 보던 정장인디? 너 오늘 어디 가는 겨?

대한 - 응~ 얼마 전에 그냥 하나 맞췄어! 어때? 잘 어울려?

우석 - 그려~ 깔끔하네! 나하고 사이즈만 맞으면 나도 한번 입어보고 싶은디. 아쉽구먼!

대한 - 그럼 살을 빼면 되지 우석아~ 하하하!

우석 - 아녀~ 난 지금이 딱 좋아!

대한 - 야! 좋긴 뭘 좋냐? 꼭 텔레토비 몸매 같은데. 푸하하!

우석과 얘기면서도 대한이 연신 휴대폰 액정의 시계를 흘끔거린다. 눈치가 빠른 우석은 대한이 누군가의 전화를 기다리고 있는 것 같다는 생각을 하지만 말해주지 않는 대한에게 굳이 물어보지는 않는다. 대한이 어쩐 일인지 한 병이면 족했던 카프리 맥주를 목이 타는 일이라도 있는지 연신 들이킨다. 우석의 얼굴이 궁금해 도저히 못 참겠다는 표정이다. 하지만 여전히 우석은 대한에게 이유를 묻지 않고 말없이 대한을 바라보기만 한다.

시간이 조금씩 흐르자 커피숍 안이 사람들로 가득 찬다. 커피숍 안은 사람들이 떠드는 소리로 소란스럽지만 평소와는 달리 대한이 이런 소란에도 무신경하게 휴대폰 액정만 연신 힐끔거리고 있다. 시간은 어느새 오후 4시가 지나가고 있었다. 대한이 앉은 테이블 위에는 카프리 맥주 빈 병이 빼곡하다. 음료수처럼 마시는 카프리 맥주지만 벌써 여러 병을 마신 탓에 대한이 취기가 오르는 것을 느끼며 화장실로 향한다.

잠시 후 돌아온 대한이 여전히 아무 말도 하지 않는다. 연신 휴대폰만 만지작거리고 있을 뿐이다. '영은님은 그저 별 뜻 없이 한 말인데 내가 공연한 착각을 한 건가? 학교 수업이 끝나도 벌써 끝났을 텐데 아직도 전화가 오지 않는 걸 보면 내 계획이 모두 틀려버린 건 아닐까?' 그녀가 말한 시간이 가까워지자 대한의 속이 바짝바짝 타들어 간다. 우석이 이런 대한을 바라보며 고개를 갸우뚱한다. 그때 교생 안영은 선생으로부터 전화가 걸려온다. 대한이 전화벨 소리를 듣자마자 허겁지겁 전화기를 집어 든다. 대한의 얼굴에 순간 알 수 없는 긴장감이 흐른다.

영은 - 대한 학생! 지금 어디니? 내가 대한 학생 있는 곳으로 태우러 갈게!

대한이 터질 것 같은 심장을 가까스로 진정시키며 짐짓 목소리를 가다듬고 대답한다.

대한 - 전 지금 시내 UFO 커피숍에 있는데 이리로 오실래요? 근데 여기가 어딘지는 아세요?

영은 - UFO 커피숍? 그럼 알지! 10분쯤 뒤에 커피숍 아래 1층으로 내려와! 지금 그쪽으로 갈 테니까. 알았지?

대한 - 아~ 네! 선생님! 알겠습니다!

귀를 쫑긋 세우고 대한의 통화하는 소리를 엿듣고 있던 우석이 대한이 전화통화를 끝내자 대한에게 바짝 다가앉으며 묻는다.

우석 - 대한아! 너 지금 통화한 여자 누구냐? 잉?

어떤 여자냐고 묻는 우석의 질문에 순간 당황한 대한이 우물쭈물하며 얼버무린다.

대한 - 그냥… 그냥 조금 아는 분이여! 우석아! 약속 때문에….

우석 - 내가 방금 분명히 들었는디! 선생님이라고 했잖어! 도대체 누군디 나한티도 숨기는 거여? 이~잉? 나한티까지 이럴 거여?

대한 - 숨기긴 내가 뭘 숨기냐? 나중에 때가 되면 말해줄게! 응?

대한이 통화한 상대가 여자임에는 분명하다. 그것도 그냥 여자가 아니라 대한이 통화 중에 선생님이라고 부르는 걸 보면 대한이보다는 나이가 많거나 무언가 전문적인 일을 하는 여자인 것 같은 생각이 든다. 의형제인 자신에게만큼은 숨기는 것이 없었던 대한이 누구냐고 묻는 자신의 질문에 대충 얼버무리려는 것에 더욱 궁금해진 우석이 대한을 집요하게 추궁하기 시작한다.

우석 - 나중은 뭔 나중이여~ 누군지 지금 말햐! 지금 당장 알아야겄어! 대체 그 선생이 누군디 숨기는 거여? 잉?

대한 - 그만 좀 찡얼거려라! 딴 사람들 알면 조금 불편할 것 같아서 그러니까… 네가 좀 봐줘라! 친구야?! 응?

우석 - 안 돼! 싫어! 네가 말 안 해주면 대한이 너 가는 데끼지 찰거머리처럼 따라갈 거! 맘대로 해! 내 성격 알지?

대한 - 우석이 너 왜 그래? 임마! 오늘 딱 하루만 봐주라! 내가 다음에 술 살게! 응?

우석 - 술은 됐어! 진짜로 너 말 안 해줄 거지? 씨발! 나도 몰러! 너 따라갈 거! 네 맘대로 하~

대한은 우석이 정말 따라올 거라는 것을 알고 있다. 우석은 자신의 입으로 내뱉은 말은 꼭 하고야 직성이 풀리는 성격인 것을 대한도 잘 알고 있었다. 대한은 우석에게 솔직하게 말을 하지 않으면 안 될 것 같은 생각이 든다.

대한 - 아~ 미치겠네! 진짜! 너 비밀 지켜줄 수 있어?

우석 - 나 입 무겁잖여~ 여태껏 겪어 보고도 날 그렇게 모르냐? 걱정 말고 누군지나 말해! 답답하게 시간만 끌지 말고. 언능 말해!

대한 - 아~ 정말 말하면 안 되는데… 그럼 조용히 하고 들어! 사실은 우리 학교 교생이야. 이거 소문나면 안 되니까 절대로 아무한테도 말하지 말고 조심 좀 해줘! 친구야! 응?

우석의 눈이 놀란 토끼처럼 휘둥그레진다.

우석 - 그라믄 선생이여? 와~ 대한이 너 대단하다! 어떻게 꼬신겨? 응? 말 좀 해 봐! 잉?

대한 - 야! 이 씨발놈아! 목소리 좀 낮춰! 옆 사람들 다 듣겠다! 너 이 새끼!

출싹거리지 말고 진짜로 입 틀어막고 있어야 된다! 알겠지?

대한의 표정이 험상궂게 변한다. 이 일을 발설이라도 하는 경우에는 대한이 정말 크게 화를 낼지도 모른다는 생각에 우석이 움찔하며 대답한다.

우석 - 그라! 알았어! 걱정 말어! 내 약속은 꼭 지킬 테니께~

우석이 꼬치꼬치 캐묻는 통에 할 수 없이 털어놓기는 했지만 대한의 마음이 왠지 찜찜하다. 다른 사람도 아니고 여교생과의 스캔들이라도 나면 자칫 학교에서 큰 문제가 될지도 모른다. 대한이 휴대폰 시계를 들여다본다. 우석과 실랑이를 하는 새에 10분이 다 지나고 있었다. 대한이 허겁지겁 커피숍을 나서 계단 아래로 곤두박질친다.

잠시 후 작은 소형차 한 대가 커피숍 앞에 정차하며 비상등을 켠다. 교생 안영은 선생이 분명했다. 기다리고 있던 대한이 영은에게 인사를 하며 조수석으로 오른다. 2층에 있는 우석을 의식하며 대한이 고개를 들어 2층 커피숍 베란다를 올려다본다. 아니나 다를까? 우석이 자리에서 일어나 야릇한 표정으로 대한을 내려다보며 손을 흔들고 있다. 영은도 2층 커피숍 베란다에서 손을 흔들고 있는 우석을 발견한다. '호호호' 영은이 터져 나오는 웃음을 참으며 대한에게 묻는다.

영은 - 저분은 누구시니? 대한이 너희 삼촌이니?

대한 - 네~에? 삼촌이요? 푸하하! 아니에요! 삼촌은 무슨⋯ 제 친구예요!

놀랐다는 듯이 영은이 눈을 똥그랗게 뜨고 커피숍을 다시 올려다본다.

영은 - 뭐? 친구라고? 호호호! 정말로 친구야? 대박이다 얘! 어떻게 저렇게 나이 들어 보이는 사람이 네 친구라는 거니?

대한 - 맞아요! 내 친구! 나이 많이 들어 보이죠?

영은 - 외모도 그런데 옷까지 저렇게 입고 있으니까 꼭 아저씨 같아. 근데 저 친구는 왜 저렇게 바지를 올려 입었다니? 넘 웃긴다! 얘!

대한 - 저랑 의형제 삼은 놈인데요. 배가 나와서 그런지 저렇게 바지를 올려 입으면 다리가 길어 보인다고 생각하는 것 같아요. 지는 나름대로 자기가 패션 감각이 있다고 생각하는 친구예요.

영은 - 호호호! 재밌는 친구네! 근데 이제 어디로 가지?

대한과 영은이 탄 차가 '부웅' 하고 출발한다. 아직 목적지를 정하지는 않았지만 영은은 대한이 안내하는 방향으로 차를 몬다. 어느새 영은의 차가 시내를 빠져나가고 있었다.

대한 - 선생님! 오늘 날씨 기가 막히죠? 날도 좋은데 개천해수욕장 쪽에 가서 회나 드실래요?

영은 - 얘는~ 거기는 너무 멀잖아. 여기서 한 시간 반 정도는 달려야 될걸? 너! 상담 핑계로 설마…?

대한 - 설마? 설마 뭐요? 도대체 무슨 생각을 하시는 거예요? 제가 그 정도로 음흉해 보여요? 제가 이상한 짓이라도 할 거 같아서 그러시는 거예요?

영은 - 넌 왜 화부터 내니? 난 그런 말이 아니고 너무 멀다는 거지! 네가 표정을 그렇게 하니까 무섭다. 얘~ 아휴~ 그래! 가자! 어차피 오늘 상담은 내가 수락한 거니까. 까짓것, 가자! 가!

대한이 정말로 화가 난 것처럼 버럭 화를 내며 쏘아붙이자 순진한 영은이 당황해서 어쩔 줄을 모른다.

차는 도시 외곽을 벗어나 개천으로 향하는 국도로 접어든다. 가을을 맞은 도로 양옆에는 코스모스가 가을바람에 하늘거린다. 누렇게 변한 들판에는 벌써 추수가 한창이다. 정겨운 시골 풍경 저 너머로 보이는 산에는 알록달록 단풍이 흐드러져 있다. 운전대를 잡은 영은의 입가에 소녀처럼 미소가 번진다. 이런 영은을 조수석에 앉아 바라보는 대한의 입가에도 알 수 없는 미소가 번진다.

영은 - 와아~ 저 산에 단풍들 좀 봐! 너무 좋다!

영은은 가을색이 완연한 교외로 나오자 마음이 들뜬 것처럼 보인다.

대한 - 와~ 정말 그러네! 영은 누나처럼 뷰티풀하다!

영은 - 어? 모? 너 갑자기 말투가 왜 그래?

영은은 대한이 자신을 갑자기 누나라고 부르자 당황스러운 듯 잠시 아무 말도 하지 않는다. 두 사람 사이에 어색한 침묵이 흐른다.

영은 - 대한 학생! 누나가 뭐니? 선생님이라고 해야지! 너하고 나는… 학생하고 선생님이지 동생하고 누나는 아니잖아~ 그건 선생님을 무시하는 행동인 거야!

대한 - 무시요? 여기가 학교는 아니잖아요? 선생님하고 학생하고 학교에서 만난 것도 아니고. 뭐… 지금은 사적으로 만난 거니까… 누나라고 부르는 게 맞지 않나?

영은 - 에이~ 그래도 선생님한테 누나라고 부르는 건 좀 그렇지!

대한 - 여기는 사적인 자리라서 난 누나라고 부르는 게 더 맞는 거 같은데? 누나! 안영은 누나! 난 이게 더 편한데… 안 그래요? 영은 누나!

영은 - 자꾸 누나라고 그럴래? 선생님이라고 부르라니까.

대한 - 난 누나를 생각해서 그러는 건데… 내가 자꾸 '선생님! 선생님!' 하고 부르면 다른 사람들이 우릴 보고 어떻게 생각하겠어요? 이상하게 생각하지 않겠어요? 교복을 입고 있는 것도 아니고… 선생님이라고 얼굴에 쓰여 있는 것도 아니고… 그런데 내가 선생님하고 부르면 사람들이 이상하다고 생각하지 않겠어요? 공연히 오해만 생길 수도 있잖아여… 그러니까 밖에서 둘이서만 있을 때는 그냥 누나라고 부르는 것이 좋겠어요! 난 누나라고 부를래요. 누나~~ 헤헤!

영은 - 음… 조금 이상하기는 한데… 에휴~ 그럼 밖에서 둘이 있을 때만 누나라고 하자. 근데 어쩐지 내가 대한이 너한테 설득당한 느낌인데?

대한 - 설득당한 게 아니고요… 제가 옳은 말을 하고 있다는 거죠~

영은 - 아! 옳은 말은 무슨… 내가 볼 때는 말도 안 되는 소리 같구만! 대한이 너 완전 엉터리… 궤변으로 우기고 있거든? 너 이제 보니 자기 합리화 대장이구나?

대한 - 자기합리화요? 그건 마음대로 생각하세요. 나는 일단 지금부터는 선생님말고 영은 누나라고 부를 거예요. 예쁜 영은 누나~ 좀 밟아 봐요. 고! 고! 씽!

대한이 영은의 옆모습을 물끄러미 바라본다. 영은의 얼굴이 차창으로 들어오는 바람을 맞아서 그런지 발그스름하게 물들어 있다. 그런데 갑자기 영은이 속도를 줄이더니 갓길에 차를 세운다. 순간 대한의 머릿속이 복잡해진다. '화난 건가? 갑자기 왜 차를 세우지? 내가 너무 짓궂었나? 뭐지? 에라이~ 나도 모르겠다. 이럴 땐 그냥 이판사판 들이대는 게 상책일지도 몰라!' 온갖 생각을 하던 대한이 담배를 꺼내 입에 문다. 영은이 갑작스런 대한의 행동에 당황한 듯 놀라는 표정이다. 대한이 라이터를 꺼내 담배에 불을 붙이고는 담배 연기를 들이켜 창밖 하늘로 '후우~' 하고 내뿜는다. 영은이 '빽' 하고 소리를 지른다.

영은 - 대한이 너 빨리 담배 끄지 못하겠니? 너 이게 뭐 하는 짓이야! 그것도 선생님 앞에서. 담배 꺼! 어서!

하지만 어쩐지 영은의 목소리에서 단호함이 느껴지지는 않는다. 마치 투정을 부리는 거 같은 말투다. 대한이 영은 쪽으로 몸을 돌리며 짐짓 진지한 표정으로 그녀의 얼굴을 뚫어져라 바라보고 지금까지의 장난기를 뺀 진중한 목소리로 말하기 시작한다.

대한 - 누나! 솔직하게 말해보자! 말 빙빙 돌리지 말고. 어때? 누나!

영은 - 너… 갑자기 왜 그래? 대한아! 무섭게. 응?

대한의 표정과 말투가 갑작스럽게 바뀌자 그녀의 얼굴이 순간 창백하게 변한다.

대한 - 지금부터 나 농담 같은 거 안 하고 솔직하게 말할 거야. 그러니까 누나도 진지하게 대답해줘!

영은 - 그… 그래~ 알았어! 뭔지 모르지만… 그러니까 대한이도 흥분 가라앉히고 차근차근 말해 봐! 응?

대한 - 난 지금처럼 우리 둘만 있을 때 누나한테 선생님이라고 부를 생각
조금도 없어! 난 그냥 누나라고 부를 거야. 그 대신, 학교에서는 깍듯하게
선생님이라고 부를게. 호칭 문제는 이렇게 정리된 거야. 누나도 여기에 불
만 없지?

영은 - 그… 그래! 호칭 문제는 대한이 네가 편한 대로 해!

잠시 대한이 고개를 숙이고 한 호흡을 쉬는가 싶더니 다시 고개
를 들어 영은의 두 눈을 똑바로 바라보며 말을 이어간다.

대한 - 영은 누나!

영은 - 으…응? 왜? 너 갑자기 무섭게 왜 그래~

대한 - 누나는 몰랐겠지만, 사실 누나가 교생 실습을 나온 첫날 처음 본 순
간부터 누나를 좋아하는 감정이 생기기 시작했어! 나도 왜 그랬는지는 모
르지만 자꾸 누나가 보고 싶고… 집에 가서 잠자리에 들어가서도 꿈속에서
까지 누나 얼굴이 떠올랐어. 처음에는 누나가 내 선생님이고 난 학생이니까
그래서는 안 된다고 생각하고 또 생각했지만 그럴수록 더욱 누나가 보고 싶
어서 미칠 것 같았어. 그래서 난 내 힘으로는 더는 어쩔 수 없다고 생각하고
그냥 내 마음이 가는 대로 놔두기로 생각했던 거야. 그래서 누나한테 관심
을 끌기 위해 의도적으로 접근했어. 누나 삐삐번호는 반장이랍시고 일부러
교무실을 찾아가서 비상연락망에 있는 걸 알아낸 거고… 수업 시간에 땡땡
이를 친 것도 나에게 관심을 갖게 하려는 생각에서 그랬어. 오늘도 상담이
라는 건 핑계고 누나하고 가까워지고 싶어서 내가 계획한 거야.

영은에 대한 자신의 감정을 진지하고 거침없이 전하던 대한이 잠

시 고개를 숙이며 말을 멈추고 뜸을 들인다. 그녀는 몹시 당황한 듯 놀란 표정을 지어 보였다. 대한이 다시 영은의 얼굴에 시선을 고정하고 말을 잇는다.

대한 - 근데! 누나가 느꼈는지 못 느꼈는지는 모르겠지만… 누나가 나하고 단둘이 이 먼 곳까지 왔다면 여기 오기 전까지 내가 뭔가 다른 의도가 있을 수도 있다고 생각하지 않았을까? 생각을 하지 못했다고 하더라도 지금 이 자리에 나하고 이렇게 마주 보고 있다는 건 나에 대해서 조금은 좋은 감정이 있다는 거 아닐까? 내 말이 틀렸어? 솔직하게 누나의 마음을 알고 싶어! 대답해줘! 누나!

대한의 말에는 순수성과 진심이 담겨 있었다. 대한이 말하는 내내 대한의 진지하고 당당한 모습을 바라보던 영은이 말없이 고개를 숙인다. 그렇게 한참 동안 침묵이 흐른다. 잠시 후 영은이 결심했다는 듯이 고개를 들고 대한을 바라보며 어렵게 말을 꺼낸다.

영은 - 대한아! 그럼 나도 솔직하게 말할게! 내가 교생 신분인데 학생인 너와 사적으로 만난다는 것 자체가 잘못된 행동일 수도 있다는 생각이 들어. 조금 부담스럽기도 하고… 그래서 처음부터 너의 행동이나 나를 바라보고 있는 너의 눈빛이 신경 쓰이고 때로는 거북스럽기도 했어. 그런데 언제부터인지 네가 내 머릿속에서 문득문득 떠오르기 시작하더라. 혼자 '내가 미쳤구나!'하는 생각을 하면서 자책하기도 했지만 내 생각하고 마음이 똑같지는 않더라고… 처음엔 몰랐지만 네가 처음 내게 호출번호를 남긴 뒤로는 네 전화번호를 나도 기억하고 있었어. 그래서 호출기에 대한이 네 휴대폰 번호가 남겨져 있는 걸 볼 때면 나도 모르게 마음이 이상하게도 혼란스럽더라. 나도 그게 뭔지 몰랐는데 지금 생각해보면 설렘 같은 거였다는 생각이 들어. 지금도 난 내가 너하고 여기 있는 게 잘하는 짓이 아닐지도 모른다는 생각을 해. 하지만 나도 내 마음을 잘 모르겠어! 난 선생님이고 넌 학생이라고 생각을 하면서도 내 머릿속 생각하고는 달리 내 가슴이 내 마음대로는 되지 않아. 그래서 혼란스러워! 나도 이런 나를 잘 모르겠고… 어떻게 해야 할지도 정말 모르겠어!

영은이 많이 흔들리고 있는 것처럼 보인다. 얼굴은 빨갛게 상기되어 있었고 말하는 내내 대한을 바라보는 영은의 눈동자가 심하게 흔들리고 있었다. 대한은 이런 영은을 바라보며 그녀도 자신에 대한 호감을 가지고 있음을 확신한다.

대한 - 그래. 누나! 무슨 뜻인지 잘 알겠어! 누나는 누나 자신의 마음을 잘 모르겠지만 내가 듣기에는 누나도 날 좋아하고 있는 것 같아! 누나가 말하는 것을 보면서 날 좋아하는 마음을 난 느낄 수 있었어. 잘 생각해 봐! 누나도 나를 좋아하는 거 아닐까?

영은 - 으… 응… 인정하기는 싫지만… 나도 그런 거 같아!

대한 - 그러면 더 얘기할 거 없겠다. 오늘부터 우리 그냥 연애하자! 어때?

영은 - 하지만 사제지간에 연애라는 게 어떻게 말이 되니?

대한 - 괜찮아. 누나! 우리가 말이 되게 만들면 되잖아?

영은 - 그건 아니지 않을까? 어쩜 우린 비난받게 될지도 몰라. 다른 사람들이 우리가 사귄다는 걸 알면 우릴 손가락질 할 수도 있어. 난 그게 두려워! 대한아! 아무래도 이건 아닌 거 같아!

대한 - 영은 누나! 내 말 들어 봐! 누나 혹시 모태 솔로야? 남자 안 사귀어 봤지?

영은 - 아… 아니야~ 사귀기는 해봤지.

대한 - 푸하하! 대충 알 거 같다. 그냥 아무것도 따지지 말고 내 말대로 하자! 오늘부터 우리는 1일이야! 알겠지? 이제부터 내 자기라고! 헤헤!

영은 - 내 생각은 아직 정리하지 못했는데 네 마음대로 결정하는 게 어디 있니? 윤리적으로 우리는 사제지간이….

대한과 서로의 생각을 나누며 영은은 대한의 말에 묘하게 설득 당하는 것 같은 느낌이 든다. 한편으로 생각하면 대한의 말처럼 젊은 남녀가 만나 사랑하는 것이 큰 문제가 될 일도 아닐지 모른다. 자신의 마음도 대한을 향하고 있음은 분명하다. 그렇다면 대한하고 사적인 관계로 지금처럼 좋은 연인 사이가 될 수도 있지 않을까? 하지만 영은은 여전히 자신은 선생이고 대한은 자신의 학생이라는 생각에 마음이 개운치 않다.

대한 - 윤리? 사제지간? 그게 무슨 고리타분한 소리야? 누나! 그럼 누나하고 나하고 여기 개천까지 함께 와있는 건? 이건 윤리적인 거야? 이 자체가 비윤리적인 거 아니야? 우리 고상한 척 그만하고 서로에게 솔직해지자! 우리는 이미 한배를 탄 거야.

영은 - 야! 그만해! 나도 생각 좀 해 보고… 난 지금 머릿속이 너무 복잡해! 잠시만이라도 조용히 해줄래?

대한 - 그렇지! 복잡한 게 정상이야. 누나! 에이~ 나도 모르겠다! 생각은 천천히 하고 일단은 개천 앞바다에 가서 광어회에 소주나 한잔 들이키자! 그러다 보면 복잡한 게 조금 정리될 거야! 생각은 나중에 하고 일단 개천으로 가자!

대한과 영은이 다시 차에 오른다. 차에 오른 영은과 대한이 아무런 말이 없다. 두 사람의 머릿속이 복잡한 것과는 달리 두 사람이 탄 차는 해맑은 가을 하늘 아래 시원스럽게 개천을 향해 내달린다. 영은은 문득 자신이 무언가 당했다는 생각이 든다. 대한의 묘한 논리에 걸려들어 횡설수설하다 이내 자신의 속마음을 들켜버리고 만 것이다. 그녀의 머릿속이 점점 더 복잡해진다.

얼마나 달렸을까? 목적지인 개천해수욕장이 보인다. 영은은 대한이 가리키는 한적한 해변 옆 횟집 주차장에 차를 세운다. 대한이 차에서 내려 담배 한 개비를 꺼내 불을 붙이고 영은을 기다린다. 차 문을 잠근 영은이 담배를 물고 있는 대한을 못마땅한 눈으로 바라보며 횟집 방향으로 향한다. 대한이 다가가 슬며시 영은의 손을 잡는다. 영은이 순간 '흠칫' 하고 놀라며 손을 뿌리치려 해보지만 영은의 손을 잡은 대한이 손을 꼭 잡고 놓아주지 않는다. 영은은 두어 번 팔을 흔드는 척하더니 포기했다는 듯 대한을 바라보며 수줍은 미소를 짓는다. 대한은 점점 영은도 자신을 좋아하고 있다는 확신이 든다.

대한 - 와~ 우리 누나! 웃으니까 엄청 예쁘구만! 손도 따뜻하네. 앞으로 내 앞에서는 항상 이렇게 웃어요. 누나!

영은 - 넌 어쩜 이런 행동이 이렇게 자연스럽니? 설마 너 바람둥이? 선수?

뭐 그런 사람 아니지?

대한 - 에이~ 뭔 바람둥이, 선수예요? 못하는 말이 없어. 들어가기나 해요. 근데… 술은 좀 마시죠?

영은 - 그냥… 조금… 소주 반병 정도가 주량이야. 근데 대한이 널 누가 고딩이라고 하겠니? 겉모습만 보면 오빠 같아! 호호호!

대한 - 어라? 자꾸 꼰대 같은 말만 하시네. 나이가 뭐가 중요해여? 헤헤!

영은 - 어쭈? 이제 네가 날 이겨먹으려고 한다… 이거지?

대한 - 이겨 먹기는… 그런 거 아니에요. 아~ 드디어 내 생에 평생 잊지 못할 안영은과의 첫 데이트가 여기 개천에서 이렇게 시작되는구나! 와우!

영은 - 휴우~ 제자하고 단둘이 개천해수욕장에 온다는 건 생각조차… 아니 상상조차 못했던 일인데… 나도 오늘은 평생 잊지 못하겠다. 증말~

대한 - 어라? 누나 은근히 제자랍시고 꼽주시는데! 진짜 자꾸 그러기 있어? 지나가는 사람들한테 누가 윗사람 같아 보이는지 내기라도 할까?

영은 - 뭐? 아… 아니야! 대한아! 알았어! 그러지마! 응?

갑작스런 대한의 제안에 당황한 영은이 대한을 말려보지만 말이 끝나기가 무섭게 지나가는 50대 중반 아주머니들을 붙잡아 물어본다.

대한 - 안녕하세요? 예쁜 누님들! 뭣 좀 여쭈어도 될까요?

아주머니들 - 예쁜 누님들이라고? 호호호! 총각이 보는 눈이 있구먼~ 내가 한 미모 하기는 하지! 안 그라? 호호호!

대한 - 그럼요! 당연하신 말씀을… 젊으셨을 때 형님들 여럿 절단 났겠어요! 안 그래요?

아주머니들 - 암만! 내가 젊었을 땐 난리도 아니었어. 근디 뭐 물어 본다고 안혔어? 뭔디? 물어봐! 잘생긴 총각!

대한 - 제 옆에 있는 이 사람하고 저하고 몇 살이나 돼 보이는 것 같아 보여요?

아주머니들 - 글쎄! 아가씨는 한 스물 셋이나 다섯 정도 되어 보이고 총각은 한 두어 살 더 많아 보이는디… 근디 둘이 잘 어울리는구먼~ 데이트하러 온 거여?

대한 - 오늘 첫 데이트 하는 건데요. 진산에서 무작정 여기로 왔어요.

영은이 지나가던 아주머니들을 붙잡고 너스레를 떨고 있는 대한의 팔을 잡아끈다.

영은 - 대한아! 그만하고 가자! 응? 창피하게 길거리서 왜 그래?

아주머니들 - 호호호! 좋을 때다~ 참 좋을 때여! 오늘 그짝들을 보니께 몸뚱이가 아주 후끈후끈하겠네! 일 나겠어~ 색시! 아주 부러워 죽겠네~ 젊음이 좋구먼! 좋아! 그럼 재밌게 놀다가~ 총각!

대한이 부끄러워 어쩔 줄 모르고 서 있는 영은의 손을 낚아채듯 잡아끌며 큰 소리로 허풍스럽게 소리친다.

대한 - 갑시다! 영은 씨! 일내러! 응?

영은 - 창피하게 왜 그래? 장난 좀 그만 쳐!

아주머니들이 부끄러워하는 영은을 보고 우스워 못 참겠다는 듯 배를 잡고 웃는다. 대한은 이런 아주머니들에게 눈짓을 찡긋하고는 영은의 손을 잡고 횟집으로 향한다.

대한과 영은이 횟집 2층 바다가 내려다보이는 창가에 자리를 잡고 마주 앉는다. 바닷가 창문을 열자 '쏴아~ 철썩!' 하얀 포말을 만들며 시원한 파도 소리가 바람에 실려 온다. 창밖은 점점 어두워지고 있었다. 대한과 영은이 한동안 말이 없다. 잠시 후 주문했던 광어회와 음식들로 푸짐하게 상이 차려지고 대한이 소주병을 들어 마주 앉은 영은의 잔을 채우며 장난스럽게 말을 꺼낸다.

대한 - 누나! 지금 내가 따라 준 술잔은 우리의 첫 데이트와 1일을 기념하는 잔이야. 그런 의미로 지금부터 건배사를 할 건데… 내가 먼저 '오늘부터!'라고 선창을 하면 누나는 '1일!'이라고 외치고 잔을 비우는 거야. 알겠지? 잔 들어 봐! 누나!

영은 - 아휴~ 대한이 너! 자꾸 이상한 거 시킬 거야? 그냥 조용히 마시고 나가자 응? 난 이런 거 안 해 봐서 창피하다고… 이런 거 안 하면 안 될까?

대한 - 누나는 왜 자꾸 남들을 의식해? 뭐가 창피한데?

일부러 대한이 목소리를 높인다. 그러자 주변 사람들이 대한과 영은을 쳐다본다. 창피함에 그녀는 얼굴을 붉히며 얼른 고개를 숙인다. 대한은 아무렇지도 않게 다시 영은에게 건배사를 제의한다.

대한 - 영은 누나! 잔 들어! 빨리! 자! 그럼 건배사를 시작한다. 오! 늘! 부! 터!

영은 - 1일!

영은이 기어들어 가는 목소리로 간신히 건배사를 따라 한다.

대한 - 어? 소리가 안 들려. 다시! 오! 늘! 부! 터!

대한이 목소리를 더욱 높여 건배사를 선창한다.

영은 - 1일!

영은이 억지로 목소리를 높여 건배사를 하고는 대한과 술잔을 부딪쳐 건배한다. 주변의 시선을 의식한 영은이 부끄러워 고개를 숙이고 어쩔 줄 몰라 하는 모습을 보며 대한이 웃음을 터뜨리자 주변 손님들도 덩달아 깔깔거리며 웃기 시작한다. 대한이 너무 웃겨 미치겠다는 듯이 목젖이 보일 정도로 호탕하게 웃다 벌러덩 뒤로 누워버린다. 그러자 고개를 숙이고 있던 영은이 바닥에 누워 껄껄거리고 있는 대한을 흘겨보며 쏘아붙인다.

영은 - 창피하게 왜 그래? 사람들이 다 쳐다보잖아. 빨리 일어나! 어서!

대한 - 아~ 웃겨! 영은이 누나 진짜 너무 순진하다. 하하하! 어쩜 그렇게 내가 시키면 시키는 대로 다 하냐? 캬하하! 조금 전에 '오늘부터 1일' 하고 외치는데 누나 표정이 얼마나 웃기던지… 캬캬캬! 누나가 누나 얼굴을 직접 봤어야 하는데… 난 그게 자꾸 생각나. 푸하하하!

영은 - 너 자꾸 이런 식으로 놀릴 거야? 자꾸 그러면 화낼 거야! 진짜야!

대한 - 헤헤! 알았어. 알았어. 누나! 미안! 미안해! 한잔 더 받아여. 하하하!

대한과 영은이 술잔을 주거니 받거니, 처음의 어색했던 분위기는 어느새 사라지고 오래된 연인처럼 분위기가 무르익는다. 대한과 영은은 벌써 소주 네 병째를 마시고 있었다.

대한 - 누나! 술 더 마실 수 있겠어? 누나 얼굴이 홍당무 같아!

영은 - 아 그래? 과음한 것 같은데 아직까지는 괜찮아!

대한 - 더 못 마실 것 같으면 얘기해! 누나!

영은이 홀에서 일하는 아주머니를 부른다.

영은 - 저… 아주머니! 여기 매운탕 좀 올려주세요! 공깃밥도 두 공기 주시구요!

대한 - 술은 그만 마시고 밥 먹으려고요?

영은 - 술 마실 땐 안주하고 밥을 든든하게 챙겨먹어야 다음 날 숙취에 좋아.

대한 - 어? 누나도 술 마시면 꼭 밥을 챙겨 먹나 봐? 나도 그런데. 내 취향하고 비슷하네.

까맣게 밤이 내린 개천해수욕장. 저녁 식사를 마친 대한과 영은이 횟집 문을 나선다. 둘의 걸음걸이가 흔들린다. 취한 탓인지 영은의 발음이 꼬여있다.

영은 - 내가 그래도 선생님인데 학생인 너한테 얻어먹고 있을 수만은 없지. 안 그러니?

대한 - 뭐 그렇긴 하지. 코 묻은 돈 빼먹으면 체한다고 하더라.

영은 - 어쭈? 너 말이 점점 짧아진다?

대한 - 어허~ 오빠한테 감히! 하하하!

영은 - 그래! 오늘은 내가 봐 준다. 까짓것! 우리 2차는 어디로 갈까? 노래방 어때?

대한 - 누나가 가고 싶은 데로 가. 난 안영은만 옆에 있으면 어디든지 갈 테니까.

영은 - 어휴~ 정말? 호호호! 그럼 저 앞에 보이는 노래방으로 가자!

대한이 영은의 손을 슬그머니 잡는다. 처음 대한이 영은의 손을 잡았을 때와는 다르게 영은이 아무런 저항도 하지 않는다. 대한이 영은의 손을 잡은 채로 노래방으로 향한다. 대한은 늘 그랬던 것처럼 제일 큰 룸을 빌리고 술과 마른안주를 주문하고는 지정된 룸으로 들어간다. 잠시 후 영은이 대한의 옆에 찰싹 붙어 앉아 노래방 책장을 넘기고 있다. 이런 영은을 대한이 흐뭇한 표정으로 지긋이 바라본다.

대한 - 워~ 안영은! 우리 누나! 노래 좀 되나 본데?

영은 - 아니~ 잘 하지는 못하고… 그냥 노래 부르는 걸 좋아해!

영은이 선곡한 노래는 '이승재'의 '아득히 먼 곳'이다.

대한 - 우와~ 누나가 이 노래를 한다고? 이 노래는 내 가슴을 울리는 애절한 노랜데. 나도 이 노래 좋아해! 누나!

영은 - 정말? 너가 이 노래를 안다고? 그럼 같이 부르자!

대한 - 아니야! 첫 곡이니까 이번 노래는 누나 혼자 노래 부르는 걸 듣고 싶어!

잔잔하게 전주가 흐른다. 영은이 자리에서 일어나 마이크를 들고 모니터를 바라본다. 기도하듯 두 손을 모아 마이크를 잡은 영은이 차분한 목소리로 노래를 부르기 시작한다.

"찬바람♪ 비껴 불어 이르는 곳에♬~ 마음을 주고 온 것도 아니라오♭~ 호숫가 푸른 숲속 아득한 곳에♬~ 내 님을 두고 온 것도 아니라오♬~"

눈을 감고 노래하는 영은의 모습을 대한이 사랑스러운 눈으로 바라본다. 슬픈 가사의 발라드를 청아한 목소리로 차분하게 부르는 영은의 노래를 들으며 대한은 가슴 저 깊은 곳에서 무언가 아련한 감정이 솟아오름을 느낀다. 대한이 눈을 감고 허공으로 담배 연기를 길게 내뿜으며 그녀의 노래에 젖어 든다. 대한이 맥주병을 들어 잔을 채운다. 이를 본 영은이 부르던 노래를 멈추고 대한의 손에 들린 맥주병을 빼앗아 대한의 잔에 따른다. 대한이 싱긋 웃으며 영은을 바라본다.

대한 - 왜? 노래 잘하는데… 계속하지!

영은 - 네가 혼자 술 따르고 있어서 그랬지. 남자는 혼자서 술 따라 마시면 안 된다고 그러더라. 난 했으니까 이젠 대한이 너가 해! 뭐 할 거야?

대한은 대답 대신 맥주 한잔을 시원하게 들이켜고 담배를 꺼내 입에 문다. 영은이 인상을 찌푸리며 대한이 물고 있는 담배를 빼앗는다.

영은 - 대한아! 담배 좀 그만 펴! 내가 노래 부르는 내내 담배만 피우고! 오늘부터 1일이라고 그러면서 날 이렇게 소홀하게 대하면 예의가 아니지 않니? 지금 이 순간은 나한테 최선을 다해야 되는 거 아냐?

영은이 많이 화가 난 것처럼 뾰로통해서 툴툴거린다. 이런 영은의 모습도 대한은 사랑스럽게 느껴진다. 대한이 알았다는 듯이 자리에서 벌떡 일어선다.

대한 - 당연하지! 알았어. 예의? 지켜야지 암만~ 누나 취향이 뭐야? 발라드? 아님 댄스? 말해 봐! 누나!

영은 - 난 댄스보다는 잔잔한 발라드가 좋더라!

대한이 리모콘을 들고 거침없이 번호를 누른다. 리모컨 시작 버튼을 누르자 락발라드곡인 '피노키오'의 '시간이 흐른 뒤에'라는 노래의 전주가 흘러나온다. 사실은 대한도 발라드 취향이다. 대한의 목소리나 가창력은 발라드에 특화되어 있는 듯, 대한이 부르는 노래는 늘 이성들의 폭발적인 반응을 이끌곤 했었다. 대한은 눈을 감고 슬픈 가사 말의 노래를 읊조리듯 노래하기 시작한다. 대한을 바라보는 영은의 눈빛이 가늘게 떨린다. 마음을 담아 노래하는 대한의 노래가 그녀의 마음을 움직인 것일까? 대한의 노래가 끝나자 영은이 자리에서 일어나 감동에 젖은 표정으로 물개 박수를 친다.

대한의 노래에 답가라도 하려는 것처럼 영은이 자리에서 일어나 'Mariah Carey'가 부른 'without you'를 선곡하고 노래를 부르다 앉아 있는 대한의 손을 잡아 일으키며 마이크를 넘긴다. 대한은 그녀가 건네준 마이크를 들고 2절을 따라 부른다. 대한의 다음 선곡은 'Chicago'의 'Hard to say I'm sorry'다. 그들은 마치 오래된 연인이었던 것처럼, 손을 맞잡은 대한과 영은은 둘의 음악적 취향마저 비슷한 것에 놀라며 묘한 동질감을 느낀다. 두 사람의 노래가 잠시도 그침이 없이 계속 이어진다.

얼마나 노래를 불렀을까? 대한이 영은의 손을 잡고 자리로 이끈다. 한동안 서로를 바라보던 그들은 누가 먼저라고 할 것도 없이 맥주잔을 들어 잔을 비운다. 도톰한 영은의 입술이 대한의 눈을 자극한다. 영은의 술에 취해 발그스레한 볼과 촉촉한 입술이 대한을 유혹하는 것처럼 느껴진다. 술에 취한 대한이 본능적으로 그녀의 입술을 탐한다. 갑작스런 대한의 키스를 거부할 듯이 두어 번 얼굴을 피하던 그녀는 이내 체념한 듯 지그시 눈을 감으며 대한을 받아들인다. 그녀의 입술이 열리고 대한의 혀가 그녀의 혀와 섞인다. 영은의 허리를 끌어안고 그녀의 입술을 탐닉하는 대한의 숨결이 거칠어진다. 영은이 떨리듯 가늘게 신음을 토해낸다. 대한의 손이 영은의 원피스 치마 속 매끄러운 둔부를 파고들자 그녀가 허리를 젖히며 대한의 머리를 감싼다. 이때 갑자기 노래방 여주인이 '왈칵' 방문을 열고 들어온다.

노래방 여주인 - 엄마야! 미안해요! 손님! 시간이 다 돼서….

노래방 여주인의 갑작스런 방문에 그들이 놀라 서로에게서 급히 떨어지며 벌떡 일어선다. 머쓱해진 노래방 여주인이 미안한 표정으로 얼른 룸을 나간다. 마음속으로는 이미 서로에게 사랑을 허락했지만 불청객의 난입으로 머쓱하게 되어버린 대한과 영은이 두근거리는 가슴을 애써 진정하며 노래방을 나선다. 어둠이 까맣게 내린 고요한 밤바다에는 파도 소리만이 가득하다.

대한과 영은은 노래방에서 있었던 첫 키스의 흥분이 영 가라앉지 않는다. 대한이 말없이 영은의 손을 꼭 잡고 멀지 않은 곳에 있는 모텔 골목을 바라본다. 두 사람의 발길이 저절로 모텔 골목으로 향한다. 대한은 평소답지 않게 모텔 골목 앞에 이르러 영은의 눈치를 살피며 머뭇거린다. 생각 같아서는 당장이라도 그녀를 안고 싶은 마음이다. 하지만 상대는 자신의 학교 선생이기도 하고 그녀와의 첫 만남이기도 하다. 이런 대한의 마음을 읽기라도 한 것처럼 영은이 대한의 손을 뿌리친다.

영은 - 대한아! 이건 좀 아닌 거 같아! 왠지 널 보는 내 마음이 편하지 않아! 창피하기도 하고… 조금 천천히… 서두르지 말고… 그럼 안 될까? 응?

대한은 속으로 생각한다. '여기서 이대로 멈추면 시작하지 않은 것만도 못하게 될지 모른다.' 그녀의 걱정스러운 표정을 외면한 채 퉁명스럽게 말을 꺼낸다.

대한 - 뭐가 아닌데? 술을 마셨으니까 운전도 할 수 없고… 그럼 이제부터 뭐 할 건데? 잠은 어디서 자고? 응?

영은 - 그래도 첫 데이트부터 모텔로 가는 건 좀… 아닌 거 같애! 대한아!

대한 - 아마추어같이 왜 그래? 설마 누나 모태솔로야? 연애도 한 번 못 해 본 모태솔로 맞구나! 모텔은 말 그대로 숙박업소야~ 그냥 잠을 자는 곳이라고. 잠은 자야 할 것 아냐! 촌스럽게 왜 그래?

사실 영은은 모태솔로다. 모태솔로 아니냐고 채근하는 대한의 말을 듣자 모태솔로인 그녀의 얼굴이 붉어진다. 모텔에서 어떤 일이 일어날지 영은으로서는 알 수 없었다. 모태솔로인 것을 들키기라도 한 것처럼 그녀는 갑자기 목소리를 높이기 시작한다.

영은 - 말을 너무 심하게 하는 거 아냐? 내 나이가 몇인데 아직도 모태솔로겠니?

대한 - 아니면 됐지. 뭘 그렇게까지 화를 내고 그런 대? 누나가 화를 내니까 더 수상한데? 하하하! 누나! 팩하고 화내니까 더 귀여워! 으이구~ 이리와 봐! 누나! 응?

대한이 영은의 손을 잡고 덥석 끌어안으며 등을 어루만진다. 그녀의 몸이 가늘게 떨린다. 대한이 영은의 볼을 양손으로 감싸고 그녀의 입술에 감미롭게 키스하며 그녀의 귀에 거칠어진 숨소리로 속삭인다.

대한 - 지금 나한테 자존심 세우고 싶은 거야? 응?

몸을 움츠리며 영은의 숨소리도 조금씩 거칠어진다.

영은 - 아니야! 자존심 때문이 아니야! 무서워! 무섭단 말이야!

대한 - 무섭긴 뭐가 무섭다고 그래? 내가 누나를 잡아먹기라도 할까 봐 그래? 그러는 거라면 괜찮아. 걱정 말아! 일단 들어가자. 들어가서 얘기하자. 안 덮쳐! 안 덮칠 테니까… 날 믿어 걱정 말고! 응?

머뭇거리는 것 같던 영은이 술에 취한 것처럼 흐느적거리며 어쩔 수 없이 대한의 손에 이끌려 모텔로 향한다. 그녀는 모태솔로가 분명했다. 모텔 입구에서부터 그녀는 한 번도 얼굴을 들지 못한다. 대한의 손에 이끌려 모텔 방에 들어서기는 했지만 그녀는 대한을 쳐다보지도 못하고 등을 진 채로 서 있다. 그녀의 쿵쾅거리는 심장 소리와 거친 숨소리가 방안에 가득하다. 대한이 등지고 있는 영은의 뒤로 다가가 떨고 있는 몸을 살며시 끌어안으며 가슴을 감싼다. 대한의 뜨거운 입술이 천천히 그녀의 목과 귀를 스친다. 뜨거워진 혀끝이 그녀의 귓불을 자극하며 귓불에 입김을 불어 넣자 다리에 힘이 풀린 영은이 바닥에 힘없이 주저앉는다.

영은 - 이러지 마! 대한아~ 넌 참을 수 있잖아! 응? 누나를 사랑하면 아껴

줘야지~ 안 그래?

대한 - 그럼 당연하지~ 내가 이뻐해 주고 아껴주고 그럴게… 많이! 아주 많

이! 그러니까 누나! 이제부터 아무 말도 하지 마!

대한도 영은도 이미 서로를 받아들일 준비가 되어있었다.

대한이 영은을 일으켜 천천히 그녀의 목을 혀끝으로 애무하다

미끄러지듯 그녀의 입술을 훔친다. 긴장한 영은이 몸을 움츠리고

대한의 혀를 받아들이며 힘없이 대한의 어깨로 무너져 내린다. 대

한이 영은의 매끄러운 엉덩이를 쓰다듬으며 다른 한 손으로는 그녀

의 한쪽 가슴을 스치듯이 만진다. 어느덧 엉덩이를 쓰다듬던 손이

그녀의 사타구니로 향해 팬티 속을 헤치고 손을 집어넣는다. 그녀

의 몸이 저항하듯이 꿈틀거린다. 영은은 대한의 거침없는 손놀림

에 저항할 의지를 잃고 몸을 뒤틀며 그에게 몸을 맡긴다. 처음 느

끼는 남자의 손길에 영은의 다리 사이가 축축하게 젖어 있었다. 그

의 손이 그녀의 은밀한 곳을 향하자 '하~아~' 하는 가녀린 신음 소

리가 그를 더욱 자극한다. 그녀의 젖은 속옷을 벗겨내자 다리를 움

츠리고 부끄러워하던 그녀는 벗겨진 속옷을 베게 밑으로 감춘다.

몸이 불덩이처럼 뜨거워진 대한이 영은의 원피스 지퍼를 내리자

브래지어만 남은 그녀의 백옥 같은 속살이 어둠 속에서 하얗게 드

러난다. 그녀가 와락 대한의 품에 안기자 한 손으로 그녀의 브래지

어 끈을 거침없이 풀어버린다. 그러자 터질 듯 풍만한 그녀의 가슴이 봉긋하게 드러난다. 대한의 얼굴이 벌겋게 달아오르며 용솟음치는 욕정을 더는 참지 못한다.

대한은 마음이 급한 듯이 자신의 옷을 벗어 집어 던지고 그녀를 침대에 눕힌다. 침대에 누운 그녀의 몸이 사시나무 떨듯 떨린다. 대한의 건장한 몸이 영은의 위로 쏟아져 내린다. 대한은 영은의 풍만한 가슴을 움켜잡고 혀끝으로 그녀의 분홍색 젖꼭지를 애무하기 시작한다. 흥분을 주체하지 못한 영은의 몸에 그의 혀끝이 닿자 신음을 토하며 몸을 꿈틀거린다. 잠시 후 체위를 바꿔 침대로 돌아누우며 그녀를 배 위에 앉힌다. 그러자 그녀는 서툴 듯이 허리를 움직이기 시작한다. 대한은 자신과 하나가 된 영은의 벗은 몸이 요동치는 것에 흥분하며 터질 것 같은 심장박동 소리를 느낀다. 누워있던 대한이 다시 그녀를 침대에 눕히고 거칠게 그녀의 위로 오른다. 대한이 흠뻑 젖은 영은의 음부에 자신의 용광로처럼 뜨겁게 달구어진 불기둥을 밀어 넣는다. 부들부들 떨고 있던 그녀의 눈가엔 어느새 눈물이 흘러내리고 있다. 그녀가 대한의 가슴을 슬쩍 밀어내듯 올려다보며 떨리는 목소리로 말을 꺼낸다.

영은 - 잠깐만! 대한아! 제발 잠깐만! 응?

대한 - 왜 그래? 지금 꼭 말해야 하는 거야?

영은 - 응~ 사… 사실은… 사실은 나 네가 처음이야!

대한 - 뭐? 진짜? 하하하! 괜찮아~ 누나! 처음엔 다 그래~ 헤헤! 겁먹지 마!

영은 - 처음이라서 그런지… 너무 아프고 무서워! 그래두 난 널 믿으니까.

첫 경험이었던 그녀의 몸이 극도의 긴장감으로 바들바들 떨고 있었다. 대한이 행복한 미소를 지으며 그녀의 깊숙한 곳으로 뜨거운 사랑을 불어 넣는다. 그들의 몸이 하나가 되자 거친 비명을 지르며 그의 허리를 꽉 끌어안는다. 뜨거운 용광로 속으로 이르자 그녀의 가슴에 정열적으로 키스하며 천천히 허리를 움직이기 시작한다. 영은의 배 위로 오른 대한의 허리 움직임이 점점 속도를 내며 거칠어지기 시작하자 그녀는 참았던 눈물을 쏟아내며 격한 신음 소리를 토해낸다. 아파하는 그녀의 신음이 소리가 흥분한 대한을 더욱 자극한다. 그들은 서로 격정적인 사랑에 한껏 몰입한다. 영은이 첫 경험의 고통을 어느새 잊은 듯 대한을 온몸으로 받아들이기 시작한다. 대한의 사랑을 온몸으로 받아들이고 있던 영은의 허리가 조금씩 움직이기 시작한다. 대한도 난생처음 극한의 쾌감을 느낀다. 둘의 격정적인 사랑의 몸부림이 끝날 줄을 모른다.

얼마나 지났을까? 영은에게 자신의 모든 것을 쏟아 낸 대한이 그녀의 땀으로 흠뻑 젖은 몸 위로 쓰러질 듯 무너져 내린다. 온몸으로 대한의 모든 것을 받아 낸 영은이 대한의 허리를 꽉 끌어안으며 쾌감에 몸을 부르르 떤다. 대한이 그녀의 벌겋게 상기된 섹시한 얼굴을 사랑스럽게 내려다본다. 가슴에 안긴 영은을 감싸고 있는 대한을 바라보던 그녀가 가쁜 숨을 몰아쉬며 입을 연다.

영은 - 너! 정말 의심스러워! 어쩜 날 이렇게 손쉽게 다룰 수 있는 거야? 너

설마 바람둥이 아니야?

대한 - 뭔 바람둥이야! 사랑은 그냥 본능적으로 하는 거지 뭐~

영은 - 본능? 칫! 내 첫 순정을 대한이 너한테 빼앗길 줄은 상상도 못 했는데 아~

대한 - 그러게. 그것도 고딩한테 말이야~ 하하하! 어? 근데 침대가 왜 이렇게 축축하지? 뭐지? 불 좀 켜자! 응?

영은 - 야! 안 돼! 켜지 마! 이런 망가진 모습 너한테 보이기 싫어! 너 먼저 씻고 와! 응? 너 씻는 동안 내가 치울게! 응? 빨리!

대한 - 괜찮아! 창피해 할 것 없어! 누나 순정을 내게 줬으니까! 하하하! 누나! 고마워! 하하하!

영은은 첫 순정을 대한에게 빼앗겼다는 생각을 하며 부끄러워했다. 이런 영은의 순수함을 보며 대한의 입가에 웃음이 번진다. 어느새 벌써 시간은 새벽이다. 팔을 베고 나란히 누운 영은이 대한을 바라본다.

영은 - 근데 대한이 너하고 나하고 몇 살 차이지?

대한 - 한 6~7살? 근데 나이는 왜?

영은 - 그렇구나~ 나이 차이가 많이 나는 것 같은 생각이 드니까 조금 두렵다!

대한 - 뭐? 아니 또 뭐가 두렵다는 거야? 누나는 뭐가 그렇게 자신이 없어? 누나는 정말 괜찮은 여자야! 매력 있고… 화장하면 섹시하고… 지우면 청순하고… 뭐 하나 빠지는 거 없이 최고야!

영은 - 고마워! 내가 걱정하는 건 너가 너무 좋아질까 봐. 그래서 무서워!

두렵기도 하고~

대한 - 그냥 지금처럼 의풍당당하게 살자~ 누나는 충분히 자신감 가져도 돼! 걱정 마!

영은 - 하긴! 네 말이 맞다. 넌 뭔지는 모르겠지만 언제나 자신감이 있어 보여~난 너에 뻔뻔하고 당당한 모습 때문에 오늘 여기까지 오게 된 거 아닐까?

대한 - 난 누나하고 잘 될 줄 알았어! 처음부터 지금까지 내가 계획했던 대로 순조롭게 척척 잘 돌아갔거든. 헤헤헤!

영은 - 저… 대한아!! 우리가 사귀다가 만약에라도 서로에게 상처 주는 일은 절대로 만들지 말자!

대한 - 당연한 거 아냐? 근데 그 상처 주는 일이라는 것이 구체적으로 뭘 얘기하는 거야?

영은 - 서로 지루하다고 느껴진다거나, 다른 이성에게 마음이 흔들린다면 서로에게 솔직히 말해주고 쿨하게 놔 주기로 하자!

대한 - 아 진짜! 또 열 받게 만드네. 방금 이 말은 협박처럼 느껴지는데? 각자 알아서 잘 처신하면 되는 거지. 그리고 남녀 사이에 쿨한 것이 어디 있어? 그게 말이 돼?

영은은 대한에게 너무 깊은 마음을 주지는 않으려 절제하고 싶었다. 그러나 그녀는 대한과의 첫날밤 이후로 정신적으로 육체적으로 지배당한 듯이 그에게 점점 더 깊이 빠져들고 있었다.

다음 날, 아침부터 대한의 휴대폰이 요란하게 울린다. 잠에서 먼저 깨어난 영은이 옆에서 잠들어 있는 대한을 흔들어 깨워 휴대폰을 귀에 갖다 대준다.

대한 - 여보세요? 아! 우석이구나! 그래! 그러면 다음 주 토요일에 같이 가자! 난 지금 개천인데 조금 이따가 출발할 거야. 그래~

대한의 전화통화가 끝나자 영은이 대한에게 물 한 잔을 건넨다. 대한이 영은을 바라보자 화장을 지운 것이 부끄러운지 이불을 뒤집어쓰며 얼굴을 가린다. 대한이 이불 속 영은의 머리를 들어 팔베개를 해주며 입술에 가볍게 키스를 한다. 지난밤 술에 취한 모습과는 대조적인 청순한 영은의 모습은 어제와는 다른 매력을 가지고 있었다.

대한 - 화장 지우니까 어제와는 완전히 다른데? 완전 귀여워! 애기 피부 같아! 어쩜 이렇게 피부가 하얗지? 신기해!

영은 - 정말? 나 화장 안 해도 예뻐?

대한 - 응! 더 예뻐! 앞으로 나랑 만날 때는 기초화장만 하고 나와. 어려 보이게.

영은 - 으이그~ 내가 어쩌다 네 꼬임에 넘어가서 이러고 있는지… 앞으로가 걱정이다. 걱정이야!

대한 - 그래! 걱정이긴 하지. 선을 확실하게 넘었으니까. 그래서 난 너무 행복하다. 누나! 헤헤!

영은 - 나도 마찬가지야! 너무 좋은데… 우리 나이 차이가 있어서 그런지 많이 두렵고 걱정이 되긴 해!

대한 - 그놈의 걱정도 참 많으셔~ 지금 이 순간을 즐겨라! 누나야! 알겠어?

영은 - 넌 걱정이 없어서 좋겠다! 우리 이제 슬슬 준비하고 나가자. 바다에 기서 피도 좀 보구~ 백사장에서 걷다가 간단히 점심부터 먹고 가자.

대한 - 아~ 가기 싫다! 난 누나 젖 좀 더 만지고 조금 더 자고 싶어!

영은 - 아휴~ 너는… 저질스럽게 젖이 뭐냐? 매너 없이! 말 좀 이쁘게 해!

평생 잊지 못할 뜨거운 밤을 함께 보낸 두 사람이 모텔에서 나와 해변으로 나간다. 살랑살랑 불어오는 바닷바람에 영은의 원피스 치맛자락이 몸에 찰싹 달라붙어 실루엣이 드러나자 영은이 치마 깃을 잡아 드러난 실루엣을 가린다. 대한이 영은의 어깨를 끌어안고 백사장을 맨발로 걸으며 밀려오는 파도와 스치는 바람에 몸을 맡긴다. 그들은 서로 이대로 시간이 멈추었으면 좋을 것 같다는 생각이 든다.

간단한 점심 식사를 마친 대한과 영은이 전망이 좋은 커피숍에 마주 앉아있다. 대한의 손에는 카프리 맥주 한 병이, 영은의 손에는 블랙커피 한 잔이 들려져 있다. 창밖의 경치를 만끽하고 있는 두 사람의 눈에는 초콜릿처럼 달달함이 느껴진다.

그날 이후 대한과 영은은 아무도 모를 은밀한 비밀연애를 즐기며 행복한 시간을 보내고 있었다. 대한이 영은과 사귄 지 8일째가 되던 토요일 주말. 대한이 우석과 함께 서라군 친구들과 만나기로 한 날이다. 대한이 학교 수업을 모두 마치고 영은이 있는 수학 실습실로 향한다. 실습실 밖에서 대한을 기다리고 있던 영은이 언제

쯤 대한이 올까 하는 마음으로 주위를 두리번거리며 서 있다. 그
모습을 몰래 지켜보던 대한이 고양이 걸음으로 영은의 뒤로 다가
가 '야옹!' 하며 영은을 놀라게 한다. 깜짝 놀란 영은이 '엄마야!'하
고 그 자리에 주저앉는다. 대한인 것을 본 영은이 자리에서 벌떡
일어나면서 대한의 등짝을 냅다 후려갈기며 눈을 흘긴다. 대한은
이런 영은이 사랑스럽다는 듯 그녀를 와락 끌어안으며 그녀의 입
술에 진한 키스를 퍼붓는다. 돌연 수학 실습실 한쪽에서 요란스러
운 박수와 함성 소리가 들린다.

오현 - 와우~ 브라보! 안영은 선생님! 축하드립니다!

시경 - 대한아! 축하해! 이야~ 시팔 너무 부럽다!

수학 실습실 한쪽 구석에 숨어서 몰래 담배를 피우고 있던 오현
과 시경이 우연히 그들이 키스하는 모습을 들키고 만 것이다. 영은
은 대한의 같은 반 친구들에게 애정현장을 들키자 부끄러워 양손
으로 얼굴을 가린 채 실습실로 도망치듯 들어가 버린다. 다급해진
대한이 오현과 시경을 불러 입단속을 시킨 뒤 급히 수학 실습실로
따라 들어가 불안해하고 있는 영은을 안심시킨다.

잠시 후 대한이 서라군 친구들과의 약속을 지키기 위해 우석과
함께 진산 오거리 실비식당에서 점심을 간단히 마치고 서라행 시
외버스에 오른다. 대한이 휴대폰을 꺼내 서라 친구 최영진(돼지똥)
에게 전화를 건다.

대한 - 야! 돼지똥! 지금 우석이랑 버스 탔어!

영진 - 난 지금 태준(서라파)이하고 같이 있으니까 조금 이따가 만나자.

대한이 탄 시외버스가 20여 분을 달려 서라터미널에 도착한다. 대한과 우석이 시외버스에서 내려 서라터미널 밖으로 나서자 터미널 앞에는 약 30여 명 쯤 되어 보이는 패거리가 대한과 우석을 기다리고 있다. 맨 앞에 있던 낯익은 얼굴이 대한과 우석을 보고 웃으며 다가온다.

대한 - 어따~ 태준(서라파)아! 얼마나 대단한 놈 온다고 이렇게 무섭게 떼거지로 몰려왔냐?

태준(서라파) - 야! 그래도 천하의 대한이가 오는데 이 정도 대우는 해줘야 하는 거 아녀? 우석아! 반갑다!

우석 - 누가 보면 단체로 다구리 치러 온 거 같은디?

영진 - 야! 왜 그려~ 그래도 니들 온다고 서라 친구들 모두 다 불렀어. 아직 못 나온 친구들도 있어.

태준(서라파) - 대한아! 일단 서라에 왔으니까 구드레 쪽 가서 감자탕에 소주나 한잔하자. 아직 못 온 친구들은 거기서 인사 나누고…

대한 - 그래! 태준(서라파)아! 일단 식당으로 가서 인사 나누자.

영진 - 그러면 날 따라와! 구드레 식당으로 갈 테니까.

대한이 서라 친구들과 무리 지어 이동하자 지나던 사람들이 알아서 길을 터준다. 길 건너편의 사람들이 이들을 힐끔힐끔 쳐다본다. 식당이 가까워질 무렵, 식당 근처에서 서라파 1년 선배(범진, 지수, 준수)들과 우연히 마주친다. 태준(서라파)이 선배들에게 인사하고 함께 있는 대한과 우석을 소개한다.

범진(서라파 1년 선배) - 대한이! 우석이! 니들 얘기는 많이 들었다. 오늘 친구들하고 재밌게 놀다 가고 다음에 기회 되면 소주나 같이 한잔 하자.

서라파 선배 일행이 먼저 자리를 뜬다. 식당에 도착해 한자리에 모여 앉은 대한과 서라 친구들이 마치 영화에서 나오는 조폭처럼 보인다. 음식과 술이 나오자 태준(서라파)이 자리에서 일어나 먼저 말을 꺼낸다.

태준(서라파) - 자! 주목! 먼저 진산에서 여기 서라까지 찾아준 내 친구 대한이와 우석이를 소개한다. 먼 길까지 와 준 친구들에게 박수! 잔 모두 들어봐! 건배하자! 우리들의 멋진 만남을 위하여~ 건배!

태준(서라파)의 건배사를 시작으로 술자리가 시작된다. 서라 친구들은 하나같이 캐릭터가 독특했다. 그중 김영수라는 친구는 160cm 정도의 작은 키에 체격은 왜소했지만 왠지 모를 카리스마가 느껴졌다. 한쪽에서는 영수를 처음 보는 사람들이 영수의 체격이 작다고 무시했다가 봉변을 당했다는 이야기를 하며 함께 웃고 있었고 다른 한쪽에서는 대한의 절친 오현(좆밥)이 태준(서라파)에게 서라파 조직에 가입시켜 달라며 생떼를 부리고 있다.

태준(서라파) - 야! 좆밥! 너는 서라파에 들어올 수 있는 자격이 안 된다니까… 그냥 뻘짓 하지 말고 기술이나 배워서 돈이나 벌어~ 임마!

대한 - 그래. 태준(서라파)이 말 들어~ 오현아! 넌 건달 재목이 아니야. 괜히 평생 후회할 수도 있으니까 그만 마음 접어라. 응?

오현 - 태준(서라파)아! 나 정말 잘할 수 있어. 선배들하고 만날 수 있는 자리만 만들어 줘라. 제발 부탁할게!

우석 - 아! 좆밥이 저렇게까지 부탁을 하는디 선배들한테 말이라도 한번 해 줘라. 짠하다! 증말~

영진 - 좆밥이 서라파에 들어가면 서라가 개망신 당한다. 싸움도 좆도 못 하는디 뭔 놈의 건달을 하겠다는 거여? 말도 안돼~ 지나가는 개가 웃을 일이여.

영수 - 난 오현이의 용기가 대단해 보이는데… 혹시 모르잖아! 오현이가 선 배들한테 인정받을 수도 있는 거잖아!

영진 - 너까지 왜 그러냐? 영수야! 좆밥은 안 된다니까….

태준(서라파) - 철 좀 들어라. 오현아! 어? 내가 아주 곤란해 미치겠다!

오현 - 니들은 내가 존나 우습게 보이지? 씨발놈들아! 친구란 놈들이 이렇 게 개무시하는데 내가 무슨 건달을 하겠냐? 그냥 내 꿈일 뿐이여~ 나 먼저 일어 날란다. 재밌게 놀다 가라.

친구들의 말이 서운했던지 자존심이 상한 오현(좆밥)이 벌떡 일 어나 화를 내며 자리를 뜬다. 친구들이 미안하다며 오현을 붙잡아 보지만 뒤도 돌아보지 않고 나가버린다.

영수 - 좆밥한테 우리가 말이 좀 심하긴 했어~ 근디! 남자 새끼가 왜 저렇 게 소심하냐? 쟤는 진짜 안 되겠다! 니들이 적극적으로 말리는 이유를 알 거 같애~

영진 - 좆밥은 우리가 심하게 말해주지 않으면 헛된 꿈을 꾸니까… 안 되는 건 안 된다고 확실하게 대놓고 말해 줘야 돼!

대한 - 하긴~ 네 말이 맞다! 영화를 너무 많이 봐서 그런지 환상 속에서 사 는 놈이라 확실하게 해 둬야 해!

영진 - 오현이가 은근히 순진해서… 건달 한다고 그러다가는 선배들한테 이용만 당하고 징역만 왔다 갔다 할 게 뻔해! 그러니까 우리가 나서서 말려야 해!

대한 - 태준아! 네가 좆밥 좀 잘 지켜보고 그래야겠다.

태준(서라파) - 그려~ 걱정 말어!

친구들과 1차 구드레식당에서 술자리를 끝내고 일부는 먼저 떠나고 2차에는 약 10여 명 정도만 술집으로 향했다. 2차 술집에서 태준(서라파)은 대한과 우석에게 소주와 맥주를 5:5 비율로 섞은 폭탄주를 건네며 은근히 기 싸움을 하려는 듯 보였다. 이들을 보던 영진이 말을 꺼낸다.

영진 - 니들은 무슨 술하고 웬수 졌냐? 술을 무슨 생수 마시듯이 잡아댕기냐~ 찬찬히 마셔라. 겁난다.

우석 - 그래도 여기 서라까지 와서 친구들도 사귀고 술도 마시니까 겁나 좋구먼~

태준(서라파) - 그래. 우석아! 앞으로 자주 좀 놀러와!

대한 - 야! 다음엔 못 오겠다! 술 마시다 죽겠어! 하하하!

영진 - 그래! 천천히 마셔라. 술 마시다 필름 나가면 큰일이니까. 조심하구….

시간이 흐르자 술에 취한 친구들이 하나둘씩 자리를 빠져나간다. 날이 저물기 시작하자 일행은 3차 장소로 이동할 준비를 하고 있었다. 이때 술집 문을 열고 철희(서라파)와 현석이 손을 흔들며 다가온다. 철희는 건장한 체격과 남자다운 멋스러움을 지닌 친구다. 술에 많이 취한 친구들을 바라보며 철희가 비웃듯 이죽거리기 시작한다.

철희(서라파) - 미친 새끼들! 똥 겁나 빨았네! 빙신새끼들…,

철희의 건방진 말투에 대한의 인상이 일그러지며 철희를 노려본다. 이때 술이 많이 취한 우석이 벌떡 일어서며 대거리를 한다.

우석 - 너는 뭔디 오자마자 욕지거리여? 시팔놈아!

철희(서라파) - 너 지금 나한테 말한 거냐? 다시 한번 지껄여 봐!

우석 - 그러믄 씨발놈아! 여기 너 말고 누가 욕했냐? 어?

갑자기 분위기가 험악해진다. 우석과 철희가 한바탕 뒤엉켜 싸움이라도 할 기세다. 친구들이 우석과 철희를 뜯어말린다. 태준(서라파)과 대한이 감정이 격해진 우석과 철희를 막아선다.

대한 - 우석아! 그만하자! 태준이랑 영진이 입장도 있으니까 네가 좀 참아라! 응?

우석 - 그랴~ 알았어! 근디 저 새끼! 싸가지 좆나 없네!

태준(서라파) - 철희야! 너도 그만해! 우리 동네 온 손님인데 이러면 안 되는 거여. 쪽팔리게 왜 그러냐?

철희(서라파) - 아~ 씨발! 알았어. 임마!

대한 - 일단 흥분부터 가라앉히고 자리에 앉아 봐! 싸울 거면 확실하게 한 번 하던지… 아니면 깔끔하게 악수하고 화해를 하던지 해! 어때?

영진 - 그래. 임마! 철희야! 우석아! 서로 화해하고 악수해! 분위기 망치지 말고 빨리!

친구들의 성화에 못 이기는 척 우석과 철희가 마지못해 사과하며 악수를 나눈다. 하지만 여전히 서로 경계를 하며 기 싸움을 하는 모습을 물끄러미 지켜보던 대한이 빙그레 미소를 띄우며 웃는다.

대한 - 덩치는 산만한 것들이… 얘들 철희랑 우석이랑 너무 귀엽지 않나?

태준(서라파) - 아직은 서로 잘 모르니까 기 싸움하고 그런 거지. 뭐….

영진 - 새끼들 싸우지도 않을 거면서… 공포 분위기 조성하지 마라! 응?

철희(서라파) - 야! 돼지똥(영진)! 너 말 그딴 식으로 할 거여?

영수 - 병신 꼴값 떠는 거지. 센 척하고 싶어서….

대한 - 서라의 인물은 내가 보기에 영수 너다! 안 그러냐? 하하하! 스타일이 어딘가 모르지만 카리스마 있고 나하고 잘 맞을 거 같애~ 하하하!

영수 - 그래도 여기서 날 인정해 주는 건 대한이 밖에 없구만! 하하하!

철희(서라파) - 대한아! 초면에 미안하다! 친구야!

대한 - 괜찮아! 철희야! 오해 다 풀렸잖아~ 그럼 된 거야!

영수 - 철희 넌 주딩이로만 미안하냐? 네가 3차 풀코스로 쏴! 시발놈아!

철희(서라파) - 아~ 김영수! 이 새끼! 진짜 말 참~ 싸가지없이 잘한다! 그치? 암튼 알았어. 내가 쏠게! 가자!

대한 - 하하하! 재밌다! 서라에는 영수가 있으니까 든든하네~ 일단 나가자!

일행은 철희가 예약해 놓은 노래방으로 장소를 옮긴다. 점원이 룸 안으로 소주와 맥주를 박스째로 들여온다. 이를 본 친구들이 박스째로 들여오는 술을 보며 한마디씩 한다.

대한 - 와아~ 니들 나랑 우석이를 술로 아주 죽일 작정이냐?

철희 - 눈치 하나는 빠르네! 서라에 들어오는 건 쉬워도 나가는 건 함부로 못 나간다. 명심해! 하하하!

우석 - 야! 기다려! 화장실 가서 손가락 집어넣고… 배 속에 있는 거 싹 다 비우고 올 테니께!

영진 - 야! 난 항복이니까 강제로 먹이지 마라.

태준(서라파) - 지랄 말어. 최영진! 지금부터 똑같이 마시는 거여.

영수 - 그려~ 씨발 거! 해 보자! 우선 늦게 온 놈들부터 이리와! 소주 맥주 5:5 섞어서 3잔씩 마시고 공평하게 시작해야지. 안 그러냐?

철희 - 아~ 저 새끼는 도대체 누구 편인 거냐?

대한 - 역시 영수가 대장부 맞구만! 딱 내 스타일이네! 정의가 살아있는 친구 구만!

영수 - 대한아! 나도 오늘 사내다운 널 만나서 기분 참 좋다!

뒤늦게 3차 술자리에 합류한 철희, 현석이 폭탄주 3잔을 연속으로 마시자 이를 본 친구들이 박수를 치며 함성을 지른다. 이때 갑자기 노래방 문이 열리고 서라 친구 주지운이 여자 3명을 데리고 들어와 대한과 우석의 옆자리에 한 명씩 앉힌다.

지운 - 대한아! 니들 옆에 앉혀주려고 30분 동안 개고생해서 애들 세 명 헌팅해서 데리고 왔다. 어떠냐? 이쁘지?

철희(서라파) - 그래! 지운아! 수고 많았다. 술이나 한잔 해라!

대한 - 지운아! 그럴 필요 없는데… 왜 그러냐~ 난 괜찮은데… 조금 부담스럽다.

대한과 우석의 옆에 앉은 여자애들은 대한과 동갑내기였다. 이들이 여흥을 돋우자 분위기가 고조된다. 실내가 시끄러워진 탓에 대한이 걸려온 전화를 여러 통 받지 못한다. 문득 핸드폰을 확인한 대한이 부재중 전화가 꽤 많이 걸려온 것을 살피다 영은이 전화했던 것으로 보고 그녀의 집으로 전화를 걸어보지만 통화가 되지 않는다.

같은 시각 영은은 서라에 놀러 간 대한이 연락이 닿지 않자 걱정이 된 나머지 차를 운전해서 서라까지 찾아온다. 대한을 찾을 생각으로 무작정 차를 몰고 서라 시내를 여기저기 돌아다니던 영은이 우연히 노래방 건물 앞에서 짧은 치마를 입은 여자와 대한이 함께 있는 모습을 발견한다. 대한이 여러 친구들과 어울려 술에 취한 채 담배를 물고 낯선 여자애들과 웃고 있는 모습을 목격한 영은의 얼굴이 질투심으로 일그러진다.

그 시각에 대한은 영은에게 삐삐 호출을 하고 친구들과 함께 4차 장소인 야식집으로 향하고 있었다. 야식집에 도착해서도 영은에게서 연락이 오지 않자 대한이 재차 영은의 음성사서함에 음성메시지를 남긴다.
'나야 조금 전에는 시끄러워서 전화를 받지 못했어. 미안해! 지금은 4차로 야식집에 왔어. 시간이 벌써 새벽이네. 오늘은 많이 늦었으니까 잘 자고 내일 봐.'
영은에게 음성메시지를 남긴 대한이 곧 야식집으로 들어가 친구

태준(서라파), 우석과 함께 셋이서 마지막까지 남아 술자리가 끝날 때까지 술을 마신다.

다른 여자와 함께 있는 대한의 모습을 본 영은은 화를 참을 수 없을 지경이다. 더구나 그 늦은 시간에 술에 취한 채 짧은 치마를 입은 또래 여자아이들과 웃고 있는 대한의 모습이 자꾸만 떠올라 영은은 운전하면서도 화를 참지 못한다. 어떻게 운전을 하고 집에 돌아왔는지도 모를 만큼 질투심에 화가 머리 꼭대기까지 난 영은이 집에 들어서자마자 침대로 쓰러져 내내 참았던 눈물을 터뜨린다. 한참을 흐느껴 울던 영은이 눈물로 범벅이 된 얼굴로 일어나 작은 상을 펴고 소주를 꺼내 안주도 없이 들이킨다.

영은 - 대한이 네가 어떻게 나한테 이럴 수 있어? 나쁜 놈! 이 나쁜 새끼! 미워! 너 정말 미워!

이런 사정도 모르는 대한은 야식집에서의 마지막 술자리를 끝내고 택시를 잡아 집으로 향해 가고 있다. 갑자기 대한의 휴대폰이 울리고 술에 만취한 영은의 목소리가 들려온다.

영은 - 너! 지금 어디야? 지금 어디냐고? 이 새끼야!

대한 - 술을 왜 이리 많이 마신 거야? 혀가 꼬였어. 누나! 무슨 일 있어?

영은 - 대한이 너! 오늘부터 끝이야! 끝! 알겠니? 우리 쿨하게 끝내자!

대한 - 아니 그게 갑자기 무슨 말이야? 왜 그러는데? 갑자기 왜 그러냐고~ 지금 어디야? 아까 집으로 전화해도 안 받던데… 응?

영은 - 왜? 내가 어디 있는지 말하면 올 거야?

대한 - 당연하지. 그럼 지금 바로 갈게! 누나 집으로….

대한이 왠지 기분이 '쌔~' 하다. 전화 통화를 끝낸 대한이 허겁지겁 영은의 집으로 달려간다. 영은의 집 앞에 도착한 대한이 영은 집 현관의 초인종을 누른다. 하지만 영은은 문조차 열어주지 않는다. 영은이 문 앞에 앉아 문에 대고 말한다.

영은 - 그냥 가! 너하고 마주하고 싶지가 않아! 그냥 더러워! 너!

대한 - 더럽다고? 내가? 도대체 뭔 소리 하는 거야? 문 안 열어 줄 거야? 어?

영은 - 그래! 안 열어 줄 거야! 우리는 이제 끝이니까. 그만 돌아가!

대한 - 누나 잘 들어! 지금부터 딱 셋만 셀 거야! 그 안에 문 안 열면 문짝 때려 부수고 들어간다. 내 성질 알지? 하나! 둘….

'찰칵' 하는 소리와 함께 닫혔던 현관문이 열린다. 방에 들어서자 영은은 등을 돌리고 선 채로 대한을 쳐다보지도 않는다. 대한이 영은의 어깨를 잡아 돌려세우자 얼마나 울었는지 영은이 퉁퉁 부은 눈으로 애처로이 눈물을 흘리고 있다. 대한이 아무 말도 하지 못하고 그녀를 꼭 안는다.

대한 - 왜 우는 거야? 누나! 내가 뭘 잘못했는지 말을 해줘야 알 거 아니야? 말 좀 해 봐! 응?

영은은 대한의 가슴에 기대어 한마디도 하지 않고 하염없이 눈물만 흘린다. 대한이 영은의 방 한쪽에서 빈 소주병을 발견한다. 술을 그리 잘 하지 못하는 영은이 어쩐 일인지 혼자 소주 한 병을 더 넘게 마신 것처럼 보인다. 왠지 좋지 않은 일이 있었을 것이라는 불길한 생각이 대한의 뇌리를 스친다. 대한이 영은을 진정시키고 그녀와 마주 앉는다.

대한 - 무슨 일인데 그래? 누나! 도대체 무슨 일인데? 혼자 술 마신거야! 응? 괜찮은 거야?

영은 - 아니! 하나도 안 괜찮아! 너 때문에 화가 나서 미치겠고… 이런 내 자신이 미워서 미쳐버릴 거 같애!

대한 - 그래. 알았어~ 누나! 알았으니까 차분하게 대화 좀 해보자! 응? 갑자기 헤어지자는 이유가 뭔지는 알아야 할 것 아니야!

영은 - 어제 저녁에 서라에 간다고 했던 너가 몇 번이나 전화를 해도 받지 않는 거야! 난 또 무슨 일이라도 생겼나 하는 생각에 너무 걱정도 되고 그래서 무작정 차를 가지고 서라로 갔어. 근데 서라 시내로 들어가서 여기저기를 살피고 있는데 대한이 네가 야하게 옷 입은 어떤 여자애하고 함께 있는 거야.

대한 - 아~ 그 애! 걔는 나도 어제 처음 봤어. 서라 친구들이 그냥 내 옆에서 술이나 따라 주라고 앉혀 준 거야. 오해야! 누나! 미안해~ 하지만 걔는 누나가 걱정할 만한 애가 절대 아니야. 정말이야! 누나 믿어줘!

영은 - 그래. 아니겠지! 나도 쿨하게 그렇게 생각하려고 했는데… 네가 그 여자애하고 웃으며 얘기하고 있던 그 장면이 내 머릿속에서 잊히지 않아. 그것 때문에 너무 힘들었어. 내가 대한이 널 진심으로 좋아하는 건 맞는데… 여기서 더 깊어지면 내 미래가 비참해질 수도 있단 생각이 들었어!

대한 - 아~ 답답해! 그게 무슨 말이야~ 걔하고는 정말 아무것도 아니라니까~ 어쨌든 누나! 미안해! 정말 미안해!

영은 - 알아. 대한아! 그냥 오해 때문만이 아니고 우리 관계가 더 깊어지기 전에 누나가 먼저 널 포기할래. 우리가 첫 데이트 때 약속했듯이… 서로를 위해서 쿨하게 보내주자. 미래를 생각해서 그만 여기서 멈추자! 미안해! 대한아!

영은의 결의에 찬 이야기를 들으며 대한은 아무 말도 할 수 없었다. 그저 그녀의 흐르는 눈물을 바라보며 가슴이 먹먹해짐을 느낀다. 한참 동안을 말없이 생각에 잠겨 있던 대한이 천천히 말을 꺼낸다. 대한은 이유가 무엇이든 영은의 결심을 존중해 주기로 한다. 대한이 굵은 눈물을 쏟고 있는 영은의 얼굴을 손으로 닦아주며 힘겹게 말을 시작한다.

대한 - 영은이 누나가 날 많이 좋아했구나! 그런 맘도 모르고… 미안해! 누난 어차피 우리가 현실적으로 이루어질 수 없겠다고 결정을 내려버린 거잖아! 그치? 그래~ 누나 뜻대로 쿨하게 헤어지자. 이제 울지 마! 미안해 하지도 말고… 그럼 나 먼저 일어날게!

대한이 잡고 있던 영은의 손을 힘없이 내려놓으며 일어선다. 그러자 영은이 소리 내어 흐느끼기 시작한다. 대한이 현관문을 나서려 하자 영은이 와락 달려와 대한의 품에 안기며 오열하기 시작한다. 오열하는 영은을 바라보는 대한의 눈에 눈물이 그렁그렁하다.

대한 - 그만 울어! 누나가 쿨하게 결정해놓고 바보처럼 왜 울어?

영은 - 미안해! 대한아! 정말로 널 사랑하는데… 우리 나이 차이도 있고… 관계가 더 깊어지면 내가 너무 힘들 것 같아. 그래서 더 정들기 전에 헤어지는 것이 좋겠다고 생각했어.

대한 - 그래. 누나 말이 맞을 수도 있겠지. 나도 그래서 누나 말처럼 쿨하게 이쯤에서 불러서는 거야. 약속했잖아! 내 입으로… 누나하고 약속했으니까… 갈게! 누나! 잘 지내!

떠나는 대한의 뒤돌아선 어깨가 조금씩 들썩거린다. 대한의 떠나는 뒷모습을 바라보며 영은이 세상을 다 잃은 듯 바닥에 주저앉아 오열한다. 오열하는 영은의 애처로운 목소리가 떠나는 대한의 발길을 가로막는다. 하지만 대한은 뒤도 돌아보지 않고 발걸음을 재촉한다. 영은이 대한의 떠나는 뒷모습을 놓치지 않으려는 듯 휘청거리며 벽을 잡고 일어선다. 대한이 갑자기 멈칫하더니 담배에 불을 붙여 깊은숨을 들이마시며 고개를 숙인다. 대한이 오열하는 그녀의 목소리를 들으며 울고 있는 그녀의 마지막 모습을 보고 싶다는 생각을 한다. 고개를 숙인 대한이 땅이 꺼질 듯 기인 한숨과 함께 하얀 담배 연기를 땅이 꺼져라 내뿜는다. '잘 있어! 영은아! 잘 지네! 안영은!' 돌아보고 싶은 마음을 애써 누르고 대한이 등 뒤의 영은에게 손을 들어 흔들어 보이며 말없이 마지막 작별 인사를 한다. 대한은 그녀를 뒤로한 채 우울할 때마다 즐겨 부르던 '장철웅'의 '이룰 수 없는 사랑'을 소리 내어 구슬프게 부르며 하염없이 걸었다.

"텅 빈 세상인 것 같아♬~ 그대가 나를 떠나던 날엔, 눈물만 흘러 아무 말 없이, 그냥 멍하니♪ ~시린 눈을 감아 버렸어♪ ~ 아픈 기억 서로 가슴에 안고 돌아서면 남이 되는 걸~♪ 우리 차라리 기도하며 살기로 해요~♬"

대한의 울먹이듯 애절한 노랫소리가 어둠이 짙게 깔린 주택가 골목길을 서글프게 감싼다. 그렇게 대한은 실습 교생 안영은과의 짧은 만남으로 깊고 깊은 사랑의 상처를 경험하게 되었다.

〈2편 계속〉